MISTÉRIO
EM
CHALK HILL

Susanne Goga

MISTÉRIO EM CHALK HILL

Tradução
Karina Jannini

JANGADA

Título do original: *Der Verbotene Fluss*.
Copyright © 2014 Diana Verlag.
Uma divisão da Verlagsgruppe Random House GmbH, Munique, Alemanha.
Copyright da edição brasileira © 2017 Editora Pensamento-Cultrix Ltda.
Texto de acordo com as novas regras ortográficas da língua portuguesa.
1ª edição 2017.
Todos os direitos reservados. Nenhuma parte desta obra pode ser reproduzida ou usada de qualquer forma ou por qualquer meio, eletrônico ou mecânico, inclusive fotocópias, gravações ou sistema de armazenamento em banco de dados, sem permissão por escrito, exceto nos casos de trechos curtos citados em resenhas críticas ou artigos de revistas.

A Editora Jangada não se responsabiliza por eventuais mudanças ocorridas nos endereços convencionais ou eletrônicos citados neste livro.

Esta é uma obra de ficção. Todos os personagens, organizações e acontecimentos retratados neste romance são produtos da imaginação do autor e usados de modo fictício.

Fotos nas p. 420-1 © Susanne Goga

Referências bibliográficas | Erich Fried, Shakespeare, vol. 2, Büchergilde Gutenberg/Wagenbach 1968-1987, 1989, p. 396 (citação p. 460)

Editor: Adilson Silva Ramachandra
Editora de texto: Denise de Carvalho Rocha
Gerente editorial: Roseli de S. Ferraz
Preparação de originais: Bárbara Parente
Produção editorial: Indiara Faria Kayo
Editoração eletrônica: Join Bureau
Revisão: Vivian Miwa Matsushita

Dados Internacionais de Catalogação na Publicação (CIP)
(Câmara Brasileira do Livro, SP, Brasil)

Goga, Susanne
  Mistério em Chalk Hill / Susanne Goga; tradução Karina Jannini. – São Paulo: Jangada, 2017.

  Título original: Der Verbotene Fluss
  ISBN: 978-85-5539-088-3

  1. Ficção alemã 2. Suspense – Ficção I. Título.

17-05180   CDD-833

Índices para catálogo sistemático:
  1. Ficção: Literatura alemã   833

Jangada é um selo editorial da Pensamento-Cultrix Ltda.

Direitos de tradução para o Brasil adquiridos com exclusividade pela
EDITORA PENSAMENTO-CULTRIX LTDA., que se reserva a
propriedade literária desta tradução.
Rua Dr. Mário Vicente, 368 — 04270-000 — São Paulo, SP
Fone: (11) 2066-9000 — Fax: (11) 2066-9008
http://www.editorajangada.com.br
E-mail: atendimento@editorajangada.com.br
Foi feito o depósito legal.

"Para refutar a afirmação de que todas as gralhas são pretas, não é preciso tentar provar que nenhuma delas é preta; basta encontrar uma gralha branca; uma única já é suficiente."

WILLIAM JAMES

PRÓLOGO

A lua brilhava, pálida, naquela noite. A mulher atravessou o gramado ainda molhado da chuva, passando por um balanço sob um olmo, e desapareceu entre as árvores que circundavam a casa como guardiões taciturnos. Seu vestido roçou o chão e manchou um palmo acima da barra. Ela não se preocupou com os cascalhos que perfuravam a sola de seus pés descalços. Abriu o portão de ferro forjado, preso ao muro, e continuou pelo caminho, como que à força, aprofundando-se cada vez mais na floresta.

O silêncio era absoluto, como se todos os seres vivos tivessem fugido do pálido luar. Em dado momento, ouviu um ligeiro ruído – talvez um rato se movendo entre as folhas secas do último outono. De resto, ouviu apenas os próprios passos no solo macio.

Apertou o xale ao redor dos ombros. O luar pintava sombras espectrais na casca lisa das árvores. Ela conhecia a floresta como a própria casa, e sempre a havia considerado um lar. Todo arbusto a chamava, toda curva no caminho lhe parecia familiar. No entanto, havia algo diferente.

Ela se virou ao ouvir um barulho atrás de si, mas só viu as sombras dos teixos nodosos, os galhos pendentes que se estendiam até ela como braços tortos. Estaria alguém se escondendo ali depois de segui-la? Procurou identificar alguma coisa no silêncio, mas nada ouviu. Tentou respirar com calma e coordenar cada um de seus passos ao ritmo de sua respiração, pois já não estava longe.

Em seguida, escorregou subitamente na folhagem úmida, mas conseguiu se segurar num tronco. Seu coração disparou. Ela cerrou os dentes e, por um instante, fechou os olhos. De repente, sentiu os pés frios, a umidade glacial subir por seus tornozelos, percorrer suas pernas, chegar aos joelhos...

Forçou-se a continuar. Aquela era a sua floresta, já lhe pertencia desde menina. Sempre fora sua amiga, e dela não teria medo. Quando as árvores rarearam, parou e respirou fundo. Deitou a cabeça para trás e olhou para o céu, para a lua. Depois abriu os braços, como se quisesse envolver a noite.

I

Setembro de 1890, Dover

Charlotte Pauly estava em pé, junto à balaustrada, olhando a água cinzenta sob a névoa, de onde aos poucos emergia um fraco clarão. Mais de perto, uma imagem pareceu se moldar sozinha, os contornos esmaecidos tomaram forma e se transformaram numa ampla cadeia de falésias brancas, coroada por campos verdes ainda estivos. Era como se um poderoso golpe de machado tivesse fragmentado parte da terra, fazendo com que os restos terminassem de maneira abrupta na costa em vez de afundarem suavemente em direção à margem. Charlotte imaginou o pedaço dividido tombando no mar e naufragando em meio a uma forte onda.

As falésias brancas não pareciam inóspitas; ao contrário, chamavam-na e a convidavam para entrar naquela terra que seria seu novo lar. Charlotte respirou fundo, a fim de aplacar as sensações conflitantes que se enfureciam dentro dela. Alegria antecipada, tensão, saudade de casa, resolução, dúvida — tudo isso lutava dentro dela, tentando se impor. Sentiu a terra que havia deixado para trás, o continente, atraí-la de leve e, ao mesmo tempo, empurrá-la. É claro que a Alemanha era sua terra natal, onde tinha passado a vida até então, e a ideia de não voltar para lá tão cedo e de já não ouvir a língua familiar pousaram como uma sombra em sua alma. Por outro lado, os últimos meses haviam deixado feridas que não cicatrizariam em sua terra natal. Ir em busca de um trabalho na Inglaterra, despedir-se da família, fazer as malas e reservar a viagem de travessia até Dover haviam sido medidas drásticas e imprescindíveis, como um corte drástico, a fim de evitar o sofrimento de uma dilaceração lenta e dolorosa.

Sua mãe não havia demonstrado nenhuma compreensão em relação à sua decisão.

— Mas o que aconteceu, filha?

Charlotte só balançara a cabeça.

— Você não pode simplesmente ir embora só porque está infeliz ou insatisfeita com o emprego; não faz sentido. Você poderia muito bem arranjar trabalho em outro lugar na Alemanha. Na Baviera, por exemplo. Munique deve ser tão bonita! Assim você poderia viajar com os patrões para os Alpes ou para a Itália...

A fim de evitar outras perguntas indesejadas, Charlotte respondera que tinha de adquirir experiência no exterior para mais tarde poder ensinar melhor o inglês a suas alunas e seus alunos.

— E quem precisa de inglês? Francês é a língua da sociedade elegante — replicou a mãe. — Se é para ter uma profissão em vez de se casar, como suas irmãs, você poderia pelo menos praticá-la no seu país. Não é adequado para uma moça viajar sozinha ao exterior. E num bom emprego talvez você tenha a oportunidade de conhecer um rapaz adequado...

Antes que ela pudesse terminar a frase, Charlotte batera a porta do quarto atrás de si. Nos dias seguintes, a mãe tentara várias vezes dissuadi-la e a criticara, dizendo que não tinha coração por deixar uma viúva como ela sozinha. No entanto, como suas duas irmãs casadas moravam na vizinhança, Charlotte não levara a sério essa tentativa de deixá-la com a consciência pesada. Não chegaram a brigar, mas se desentenderam, o que Charlotte lamentava. Porém, não mudara de ideia.

— Uma vista sempre bonita — disse uma voz masculina profunda e rouca ao seu lado.

Charlotte emergiu de seus pensamentos e olhou para o senhor que havia se postado a seu lado. Tinha um farto bigode amarelado pelo fumo, mas, por outro lado, parecia elegante, e ergueu o chapéu, como se estivesse diante de uma *lady*.

— O senhor é inglês? — perguntou Charlotte.

— Sou. Permita que me apresente: William Hershey. Sou comerciante e já viajei muito — fez um vago movimento com a mão na direção atrás deles, que supostamente deveria abranger a França, a Europa e o resto do mundo —, mas nada comove tanto meu coração como a vista dessas falésias. A senhorita me permite? — Ergueu a mão direita com a qual segurava um cachimbo, e Charlotte anuiu.

— É realmente muito bonito.

— De onde vem, se é que posso perguntar? — Deu várias pitadas no cachimbo até a fumaça sair, depois jogou o fósforo pela amurada. — Percebi um leve sotaque na sua voz. Países Baixos? Escandinávia?

— Charlotte Pauly. Sou da Alemanha.

— Alemanha, excelente. Já estive várias vezes em Berlim, Hannover, Hamburgo. São bons negociantes, econômicos e habilidosos. Em Hamburgo, gosto do porto, da elegância e do estilo de vida requintado. Berlim é impressionante a seu modo, embora não tão acolhedora. Um luxo frio, se é que me entende. Rigor prussiano.

— Trabalhei durante algum tempo em Berlim — respondeu Charlotte.

— Trabalhou? — Mr. Hershey pareceu admirado, como se nesse instante tivesse percebido que Charlotte não era uma *lady*.

— Como professora particular para uma família.

— Entendo, uma preceptora.

Charlotte achou ter sentido uma leve condescendência em sua voz. Estava acostumada ao esnobismo e respondeu com tranquilidade:

— Eu me considero, sobretudo, uma professora. Em alemão, o termo "preceptora" é um pouco antiquado e rigoroso, o que não corresponde ao meu modo de ser. Muitas pessoas querem colocar nos filhos uma camisa de força de boas maneiras que os sufoca. Não é do meu feitio.

Mr. Hershey a surpreendeu com sua risada retumbante.

— Isso é bom, Miss Pauly, realmente muito bom. Uma mulher que diz o que pensa.

— Não deveriam todas agir dessa maneira?

— Hum, me parece que a maioria é educada justamente para *não* agir dessa maneira — respondeu despreocupado. — De minha parte, tenho três filhos, e isso não vale muito para eles. Nesse caso, ter certa ousadia é considerado força de caráter e, se possível, deve ser incentivado. Posso perguntar como a senhorita lida com seus alunos?

Ela mostrou um sorriso. Um homem curioso, mas até que simpático.

— Bem, eu me esforço para ensinar as meninas a serem sinceras *e* gentis. Sem dúvida, há situações em que sinceridade demais pode ofender. Considero que reconhecer isso e ensinar a ter um comportamento discreto são minhas principais tarefas, além de transmitir o conhecimento escolar.

Ele voltou a erguer o chapéu.

— Meus parabéns, Miss Pauly, a senhorita é uma mulher esclarecida. Serei sincero: na verdade, fico muito feliz que minha mulher e eu tenhamos apenas meninos. Isso facilita em muita coisa. Escola, esporte, um pouco de briga, aprender a se impor são o mais importante. Dois dos meus filhos trabalham na empresa, o terceiro foi para a marinha. Em breve, receberá sua patente de capitão. Não há espaço para afetação nem sensibilidade; cada um realiza seu trabalho e recebe seu salário.

Charlotte não sabia direito o que deveria responder.

— Na Alemanha, também lecionei para meninos e tive boas experiências com eles. Quando se sabe conduzi-los de modo correto, são esforçados e obedientes. Entre os alemães não há o costume de mandar meninos de 8 anos para o internato. Já na Inglaterra, vou lecionar apenas para uma menina pequena.

— Posso lhe perguntar em que região?

— Em Surrey, perto de Dorking — respondeu Charlotte.

— As colinas de Surrey. Uma paisagem encantadora com belos lugares. Ali há florestas que desde os tempos de Cromwell não veem um machado. Pode se considerar feliz.

Ele lançou um olhar para o porto de Dover, que se aproximava, e acima do qual se sobressaía um imponente castelo.

— Eu lhe desejo tudo de bom e espero que se sinta bem em nosso país — disse com gentileza, erguendo mais uma vez o chapéu para se despedir.

Quando Charlotte ficou sozinha, voltou a olhar para a costa rochosa e imaginou quantas pessoas já haviam atravessado aquele estreito com intenções e esperanças totalmente diferentes — monges devotos, que queriam difundir o cristianismo entre os britânicos pagãos; guerreiros normandos em navios de madeira, prontos para conquistar a terra por trás das rochas cretáceas; soldados franceses, comerciantes holandeses, Reformadores, fugitivos. Jangadas, barcos a remo, veleiros altivos, barcaças e navios movidos a vapor, uma cadeia infindável transportando pessoas, mercadorias e armas de um lado para o outro. Fechou os olhos e viu o canal, tal como era havia séculos, uma estreita faixa de água, mas ainda assim um risco para os navios, pois nem todos chegavam com segurança ao destino. Quase oitocentos anos antes, o navio do sucessor ao trono inglês havia naufragado ali. Daquela costa haviam partido frotas de guerra em ambas as direções, a fim de conquistar a outra margem, que parecia tentadoramente próxima.

E o que ela estaria buscando? Quem parte para o exterior em geral quer deixar algo para trás. É claro que ela poderia continuar trabalhando na Alemanha, mas a necessidade de recomeçar tinha sido maior. Queria evitar encontrar antigos conhecidos em Berlim, viver num lugar onde não houvesse olhares que soubessem demais nem bocas que cochichassem. Optou por um emprego no campo enquanto ainda vivia na grande Berlim. Queria fazer tudo diferente do que tinha feito até então.

Charlotte respirou fundo e endireitou a postura, mantendo o rosto ao vento. Um novo país, um novo começo. Uma aventura.

O prédio da estação logo ao lado do porto possuía uma bela torre, que lhe conferia certo ar italiano. Charlotte encontrou um carregador para levar suas pesadas malas até lá.

O movimento era intenso. Por toda parte ancoravam navios pequenos e grandes, vapores e veleiros antigos, carroças eram carregadas e descarregadas, passageiros embarcavam em coches que os aguardavam, um trem de carga parou assobiando na plataforma próxima. As palavras em inglês que chegavam aos ouvidos de Charlotte pareciam estranhas e completamente diferentes daquelas usadas por suas professoras. Aquilo não era uma sala de aula, e sim a realidade. Ali, *ela* era a estrangeira, cuja língua quase ninguém compreendia.

Antes que pudesse sentir tristeza, apertou a bolsa contra si para protegê-la em meio à multidão e se apressou atrás do carregador, que transportava suas malas para a estação. Deu-lhe alguns *pennies*, que ele guardou com um aceno de cabeça, antes de desaparecer em meio à multidão. Charlotte olhou para o papel amarelado com os horários, afixado numa caixa de vidro.

O secretário de Sir Andrew Clayworth, este deputado no Parlamento e seu futuro patrão, havia lhe enviado uma carta com instruções precisas a respeito da viagem. Em Dover, tinha de pegar um trem para Dorking, no condado de Surrey, onde um coche a buscaria na estação. Os horários de chegada e partida do navio e do trem tinham coincidido com exatidão. Charlotte olhou preocupada para o relógio, pois já era fim de tarde. Por certo só chegaria a Dorking depois do anoitecer.

O trem chegou às cinco e meia, mas não teve pressa em partir. Os outros passageiros ficaram vagueando tranquilos enquanto fumavam e olhavam várias vezes para o relógio ou para a lista com os horários. As sombras se alongaram, e um frescor de outono expulsou o último calor da tarde de setembro. Uma rajada fez um redemoinho com as folhas secas e arrancou o chapéu de quem esperava.

Às seis horas e oito minutos, o chefe da estação apareceu em seu elegante uniforme entre os passageiros e anunciou que, em razão de um acidente no trecho pouco antes de Dover, o trem não poderia mais circular naquele dia. Uma carruagem havia sofrido um acidente nos trilhos e não seria possível liberar o trecho em pouco tempo. O trabalho à luz de lampiões demoraria até tarde da noite.

Charlotte ficou atordoada. Alguns passageiros apenas deram de ombros e deixaram a estação, enquanto outros olharam hesitantes ao redor. Supostamente, estavam tão inseguros quanto ela.

Engoliu em seco. Manter a calma era o mais importante. Tinha de arranjar um lugar para passar a noite e pegar o primeiro trem no dia seguinte. Não havia como avisar o patrão. Ou talvez, sim, com um telegrama? Quanto custaria? Mas o correio com certeza já estaria fechado.

Enquanto ainda pensava no que fazer, o chefe da estação, um senhor amigável de bigode branco, se aproximou dela.

— Posso ajudá-la, Miss?

Charlotte explicou sua situação complicada, e ele anuiu, mostrando compaixão.

— De fato, o correio já está fechado. Também não sei se o telegrama chegaria a tempo se seu destino, como a senhorita disse, fica um pouco fora de Dorking. O melhor a fazer é procurar um lugar para ficar. Amanhã, o primeiro trem parte às oito e meia. Sua passagem continua válida; vou adicionar uma observação a ela.

— Obrigada, é muito gentil de sua parte — disse Charlotte, recobrando a coragem. — O senhor poderia me indicar uma pensão onde eu pudesse alugar um quarto por um preço razoável?

Ele sorriu.

— Por acaso, sim, Miss. Minha irmã viúva mora perto do porto e aluga quartos a viajantes de passagem. Um bom café da manhã está incluso no preço.

— Muito obrigada. — Lançou um olhar às bagagens.

— Se quiser colocar o necessário em sua bolsa, posso guardar as malas aqui na estação.

O chefe da estação dispensou seu agradecimento, anotou o nome e o endereço da irmã e acompanhou Charlotte até a frente do edifício, para lhe explicar o caminho.

Quando se viu sozinha na rua, respirou fundo. O coche de Sir Andrew esperaria em vão por ela em Dorking. Essa falta de pontualidade logo no dia da chegada não causaria uma boa impressão. Esperava que o cocheiro estivesse ciente do cancelamento do trem. Engoliu em seco e mordeu os lábios. As lágrimas arderam em seus olhos.

Nesse momento, como num passe de mágica, o sol apareceu novamente entre as nuvens e lançou um raio em forma de leque sobre as falésias do outro lado do porto, mergulhando os muros cinzentos do castelo numa luminosidade dourada. Extasiada, Charlotte parou e observou a imponente muralha e as torres que, do local onde ela estava, pareciam tão intactas e sólidas como se a época dos cavaleiros nunca tivesse chegado ao fim.

Charlotte bateu a aldraba na porta da casa geminada de tijolo vermelho, que o chefe da estação havia indicado. Através de uma grande janela saliente, ao lado da porta pintada de verde, uma luz fraca lançava-se à rua.

Mrs. Ingram era uma mulher corpulenta de meia-idade, que abriu a porta ofegante, como se tivesse descido a escada correndo. Afastou do rosto uma madeixa, que se soltara de seu coque, e olhou Charlotte com ar interrogativo.

— Boa noite, Mrs. Ingram. Quem a indicou para mim foi seu irmão. Meu trem foi cancelado, e ele disse que talvez a senhora tivesse um quarto onde eu pudesse passar a noite.

Mrs. Ingram examinou-a com rigor.

— Está viajando sozinha?

— Sim. Amanhã parto para Surrey.

— Não é daqui?

Charlotte balançou a cabeça e se apresentou.

— Da Alemanha? Então já fez uma longa viagem! — A mulher pareceu um pouco mais condescendente. — Entre. Martin tem coração mole. Me manda todos os seus passageiros perdidos.

Charlotte entrou no corredor, onde sentiu o agradável odor de cera para assoalho e limão. Mrs. Ingram indicou uma porta.

— O café da manhã é ali, das sete às oito e meia. Seu quarto fica no andar de cima.

Charlotte perguntou sobre o preço, e Mrs. Ingram respondeu uma quantia em *shilling* e *pence*, que nada lhe dizia até ela fazer mentalmente a conversão. O preço era adequado.

— Pagamento adiantado — acrescentou a locadora.

Charlotte abriu a bolsa, pegou a carteira e contou as moedas.

— Infelizmente não posso lhe oferecer nada para comer esta noite, pois estou esperando uma visita. Vou lhe mostrar o quarto e depois o caminho para um pequeno restaurante aqui perto, onde não terá problemas, como uma viajante desacompanhada, para receber uma refeição quente.

Charlotte anuiu agradecida e seguiu Mrs. Ingram, que iluminou o caminho com um lampião e subiu a escada estreita, coberta por uma passadeira verde-escura, até o primeiro andar. A casa era bastante limpa, mas sombria. O revestimento de madeira, os papéis de parede e os móveis eram em tons de marrom e verde-escuro, lembrando uma densa floresta.

Mrs. Ingram abriu uma porta e deixou Charlotte entrar. O quarto possuía uma janela com vista para o porto, e era tão limpo e lúgubre quanto o restante da casa. Mesmo os quadros nas paredes mostravam paisagens de outono que se inseriam com naturalidade na atmosfera da pensão.

Ainda assim, Charlotte ficou grata por conseguir um lugar para ficar a um bom preço.

— É bem agradável, Mrs. Ingram, muito obrigada. Gostaria de comer alguma coisa e depois me recolher.

A locadora a acompanhou de novo ao térreo, saiu com ela até a entrada e apontou uma casa de esquina bem iluminada, que ficava a cerca de cem metros.

— Como vê, é bem perto. Quando a senhorita retornar, não estarei disponível para atendê-la. Embaixo desse vaso de flores há uma chave. Por favor, suba em silêncio.

Charlotte agradeceu outra vez e caminhou no anoitecer de outono até o restaurante.

Conforme Mrs. Ingram havia previsto, ela foi recebida sem nenhum problema. Indicaram-lhe um lugar agradável perto da lareira e a serviram com rapidez e cortesia. Pediu uma torta com recheio de carne e verduras, que estava deliciosa, e bebeu uma pequena xícara de chá. Quando se sentiu satisfeita, recostou-se no banco e se permitiu um instante de contentamento.

Se alguns meses antes lhe tivessem dito que buscaria um emprego no exterior e atravessaria sozinha o Canal da Mancha, ela não teria acreditado. A mudança do vilarejo em Brandemburgo para Berlim já tinha sido enorme, mas em nada comparável com essa travessia.

Charlotte pagou, vestiu o casaco e voltou para a pensão.

Um vento fresco bateu em sua saia, e da água vinham guinchos de gaivotas. Ficou feliz porque, apesar da estação do ano, tinha feito uma travessia relativamente tranquila. Se tivessem ocorrido as furiosas tempestades de outono, por certo não teria tido coragem para fazer a viagem marítima.

O castelo sobressaía como uma sombra escura sobre a cidade. Charlotte decidiu voltar ali no verão para passear sobre as falésias, que sem dúvida ofereceriam uma vista arrebatadora do canal. Talvez com o tempo claro fosse possível ver até mesmo a costa francesa.

Ao chegar diante da casa, pegou a chave sob o vaso e abriu a porta. Colocou-a de volta no lugar, entrou e se dirigiu na ponta dos pés para a escada quando um ruído a deteve. Vinha da sala da frente, cuja janela saliente dava para a rua.

Charlotte não queria ouvir, mas os sons que saíam da sala eram tão estranhos que involuntariamente aguçou os ouvidos.

Ouviu uma voz feminina falando numa espécie de lamúria. Num primeiro momento, supôs que fosse uma oração. Mas não, soava diferente, de certo modo desconcertante. Charlotte sentiu o coração disparar e deu mais um passo em direção à escada. O murmúrio foi ficando mais alto, e ela conseguiu ouvir frases inteiras: "Fale conosco" e "nós o chamamos". Desconfiada, virou-se para a porta fechada e tentou enxergar alguma coisa pela fresta de madeira.

Os ruídos não lhe agradaram, e, de repente, a ideia de passar a noite naquela casa já não lhe pareceu tão atraente. Poderia subir em silêncio, pegar sua bolsa e se esgueirar para fora da casa — mas para onde iria? — ou sair e tentar dar uma olhada pela janela para descobrir o que estava acontecendo ali. Talvez depois se acalmasse. A última possibilidade era a que mais correspondia à sua natureza. Por isso, voltou para a entrada, mal ousando respirar, saiu, encostou a porta atrás de si e se esgueirou pelo muro para espiar pela janela. As cortinas estavam fechadas, mas ela descobriu uma fenda entre a cortina e a parede, pela qual conseguia ver uma parte do ambiente.

A sala tinha uma decoração tão sombria quanto o restante da casa. A metade esquerda estava oculta, mas a uma mesa percebeu Mrs. Ingram, que estava sentada de costas para ela, e outra mulher. O cômodo era iluminado apenas por três velas brancas, que ardiam em cima da mesa. Ambas as mulheres mantinham um dedo sobre um copo emborcado que estava entre elas sobre a mesa. A mulher desconhecida estava com os olhos fechados e movia os lábios.

Uma sessão espírita! Charlotte já tinha ouvido falar a respeito, mas nunca tinha visto esse tipo de reunião. Em Berlim, não parecia ser algo bastante difundido, muito menos entre seus últimos patrões, que eram bem objetivos e materialistas. Fascinada e entretida, continuou olhando pela fenda, mas não conseguiu ver se o copo se moveu sobre a mesa. Ao perceber passos na rua, Charlotte deslizou para dentro da casa e fechou a porta atrás de si. Respirou fundo e foi rapidamente para o quarto, fechando a porta com cuidado.

Em seguida, tateou no escuro em busca do lampião, que havia visto em cima da mesa, e acendeu-o com os fósforos ali dispostos. Depois, tirou o casaco, as botas e colocou a bolsa sobre uma cadeira. Apesar da longa viagem, estava muito agitada para ir dormir.

Sentou-se na cama e pensou na estranha sessão que ocorria no andar de baixo. À primeira vista, Mrs. Ingram lhe pareceu uma pessoa sensata; por isso, era ainda mais surpreendente que fizesse esse tipo de reunião em sua casa. Ou seria este um passatempo habitual na Inglaterra, como o artesanato ou o jogo de cartas?

Então lhe sobreveio um pensamento. No corredor no andar de baixo, tinha notado a fotografia de um homem vistoso, com uma densa barba grisalha. A moldura estava adornada com uma fita de luto. Talvez a viúva estivesse tentando estabelecer contato com o marido falecido. Esse pensamento atenuou o espanto de Charlotte, embora a ideia de que Mrs. Ingram estivesse invocando um espírito naquela casa com a ajuda de um copo lhe causasse um leve calafrio na espinha. Por mais que a visão anterior a tenha entretido, pensar que estava sentada sozinha em seu quarto naquela casa não a deixava tão tranquila.

Agitou-se, como se quisesse afastar o medo irracional, e pegou a carta que Sir Andrew Clayworth havia lhe enviado.

Chalk Hill, julho de 1890

Prezada Miss Pauly,

Folgo em saber que chegamos a um acordo e que a senhorita irá assumir a posição de preceptora junto à minha filha Emily. Depois que esclareceu e concordou com as questões fundamentais em sua correspondência ao meu secretário, aguardo sua chegada com alegria. Para que não inicie seu trabalho de maneira totalmente repentina, gostaria de prepará-la para o encontro com minha filha Emily.

Neste mês, Emily comemorou seu aniversário de 8 anos. É uma menina gentil e obediente, que só dá alegria a todos que a conhecem. Gosta de desenhar e fazer pequenos trabalhos manuais. Também demonstra certo talento musical e toca piano há um bom tempo. Infelizmente, suas professoras até agora não corresponderam às minhas expectativas, por isso apreciei suas excelentes referências nesse sentido.

Bordar e costurar não estão entre as atividades preferidas de Emily, embora eu espere que isso mude sob sua competente instrução.

Emily é uma menina saudável e forte, o que me deixa muito satisfeito, pois passou vários anos doente. Felizmente, essa fraqueza parece ter sido superada, e não há nenhum impedimento para que ela pratique uma atividade esportiva moderada, que considero benéfica também para meninas. Por isso, espero que passeios regulares, partidas de croquet e atividades semelhantes tenham espaço fixo em seu dia a dia. Além da atividade física em si, esse tipo de passatempo é adequado para afugentar as fantasias e sonhos infantis e educar Emily para ser uma menina objetiva e firme de caráter, que saiba se orientar na vida cotidiana.

Como já mencionei, desde a última primavera, minha esposa e boa mãe de Emily já não está entre nós, o que para mim e minha filha foi um duro golpe que tem pairado como uma sombra sobre nossa casa. No entanto, espero que a senhorita facilite o caminho de Emily para o futuro com rigor afetuoso e lições variadas.

Quanto às outras regras e aos outros fundamentos de nosso convívio, irei colocá-la a par de tudo quando nos encontrarmos em Chalk Hill. Conforme combinado, o cocheiro irá buscá-la na estação de Dorking.

Desejo-lhe uma agradável viagem.
Atenciosamente,
Andrew Clayworth

Charlotte colocou a carta de lado e encostou-se à cabeceira da cama. Um pouco rígido, mas não hostil, pensou. A descrição da menina corresponde à da maioria das crianças de 8 anos, não havia nada que chamasse a atenção. O fato de estar de luto pela mãe, que havia perdido apenas poucos meses antes, era bastante natural. Com a devida amabilidade e cautela, por certo Charlotte conseguiria ajudar a garota a superar aquele período difícil.

Voltou a guardar a carta na bolsa, lavou o rosto e as mãos na bacia de porcelana e se enxugou com a toalha, que tinha um leve perfume de lavanda.

Em seguida, despiu-se, ficando apenas com a roupa de baixo, colocou as peças no encosto da cadeira e da poltrona e desatou o penteado.

Charlotte escovou os longos cabelos louro-acinzentados com movimentos regulares e se observou no espelho — os olhos cinza, o nariz reto, a boca bem arqueada. Não tinha uma beleza impressionante, mas sempre se sentiu satisfeita com a própria aparência. Colocou a escova de lado, espreguiçou-se e, com um movimento de cabeça, jogou os cabelos por cima dos ombros. Quando criança, sempre queria deixar os cabelos soltos, contrariando a mãe, que ordenava tranças rígidas. Assim que ficava sozinha com as irmãs no quarto, soltava as fitas e sacudia vigorosamente os cabelos, fazendo com que Elisabeth e Frieda se contorcessem de tanto rir. Isso a fez pensar num poema de Annette von Droste-Hülshoff.

> *Em pé, na alta sacada da torre, sinto-me à vontade,*
> *circundada por ruidosos estorninhos,*
> *e como uma mênade deixo a tempestade*
> *revolver meus cabelos em redemoinhos.*

Sempre gostou mais desses versos do que dos últimos, que lhe soavam como uma derrota.

> *Agora, com elegância tenho de me sentar,*
> *tal como uma criança com bom comportamento,*
> *e apenas em segredo meus cabelos posso soltar,*
> *deixando-os voejar ao vento!*

Charlotte deu uma última olhada no espelho. Sim, estava na Inglaterra. Tinha chegado.

2

Na manhã seguinte, Mrs. Ingram serviu um substancioso café da manhã, que consistia em ovo mexido, *bacon*, peixe defumado e torrada com manteiga salgada. Para acompanhar, chá com leite num bule grande e pré-aquecido.

Charlotte fez a refeição e, discretamente, observou a sala ao seu redor. Não teve dúvida de que estava sentada na mesma mesa à qual, poucas horas antes, havia se realizado a estranha invocação de espíritos. Olhou para a dona da casa, que estava regando as plantas do cômodo, mas não ousou tocar no assunto sobre a noite anterior, pois assim admitiria que havia ouvido e observado a sala às escondidas.

— O castelo parece muito impressionante — disse Charlotte. — Se tivesse mais tempo, gostaria de visitá-lo.

— Muitas pessoas vêm a Dover apenas para isso. Suponho que na Alemanha também haja castelos.

A frase soou um tanto condescendente, como se as ruínas alemãs não fossem páreo para as inglesas, o que despertou de imediato o espírito contestador de Charlotte.

— De fato. Certa vez tive o prazer de fazer uma viagem ao longo do Reno com meus ex-patrões. O panorama é o de um conto de fadas. Nessa região, uma fortificação surge após a outra, algumas em ilhas em meio ao rio, outras em rochas altas e falésias. Além disso, há vinhedos nas encostas ensolaradas... Uma paisagem magnífica.

— Hum — disse Mrs. Ingram, simplesmente. — Mesmo assim, gosto dos nossos castelos ingleses. Há séculos o castelo de Dover guarda o porto, e navios inimigos nunca conseguiram aportar aqui. — Passou então a limpar as folhas das plantas com um pano úmido.

Charlotte se voltou para seu café da manhã e, intimamente, se espantou com o patriotismo da senhoria. Pelo visto, Mrs. Ingram nunca tinha saído da Inglaterra e estava profundamente convencida de que não poderia haver país mais bonito do que o seu. Mas *ela*, pelo menos, tinha se proposto a observar tudo com olhos bem abertos e a não comparar sempre o novo país com sua terra natal. Algumas coisas seriam piores, outras, melhores, muitas seriam estranhas, e era justamente isso que causava o suspense. Estava ansiosa para ver o máximo possível, reunir impressões e conhecer novas pessoas.

Ao terminar o café da manhã, despediu-se de Mrs. Ingram, vestiu o casaco, pôs o chapéu e pegou a bolsa. Estavam uma diante da outra, no corredor, e quando Charlotte se dirigiu para a porta, a mulher mais velha a examinou e, de maneira quase imperceptível, balançou a cabeça.

— O que foi, Mrs. Ingram? — perguntou Charlotte, admirada, já levando a mão ao chapéu. — Alguma coisa errada?

— Não, não... Eu tive... foi só uma sensação. — Fez um gesto furtivo. — Não é nada. Desejo-lhe boa viagem.

Mas quando Charlotte se dirigiu à estação, teve a impressão de sentir o olhar de Mrs. Ingram às suas costas.

O céu havia escurecido e caía uma leve garoa. Charlotte tinha se levantado cedo para mandar um telegrama a Sir Andrew Clayworth, antes de pegar o trem, e avisá-lo de seu atraso. Além disso, esperava não ter de aguardar muito na estação de Dorking, pois o tempo estava ficando cada vez mais desagradável.

Tornou a agradecer a ajuda ao chefe da estação, que passou a falar do tempo e a se desculpar pela chuva, como se fosse o culpado.

— É bem incomum, pois no momento estamos passando por um longo período de seca — esclareceu.

Charlotte o olhou com espanto, até que se lembrou de que na Grã--Bretanha as pessoas gostam de falar do tempo com detalhes.

— Talvez ainda tenhamos um belo outono.

Ele anuiu, obsequioso.

— É o que desejo, Miss, para que a senhorita possa conhecer o melhor do nosso país. Seu trem já está para chegar. Boa viagem.

— Mais uma vez, muito obrigada pela gentileza. E mande lembranças à sua irmã.

Perguntou-se se ele sabia que Mrs. Ingram realizava sessões espíritas em sua casa. De repente, o breve instante de medo que lhe sobreviera na noite anterior lhe pareceu até tolo. Ela não costumava acreditar nesse tipo de magia e quase sentiu compaixão pela viúva que, desse modo, tentava resgatar o marido do mundo dos mortos.

Um carregador trouxe sua bagagem e a colocou no compartimento. Charlotte se aproximou da janela e acenou mais uma vez para o gentil chefe da estação. Em seguida, o trem pôs-se aos poucos em movimento, saindo da estação em meio a uma nuvem de vapor. Charlotte lançou um último olhar para o imponente castelo e a extensão cinza do Canal da Mancha antes de se sentar e se recostar confortavelmente. A penúltima etapa de sua viagem havia começado.

Primeiro olhou pela janela e desfrutou da visão da paisagem, que sob a leve chuva parecia amadurecer num verde ainda mais opulento. O trem percorreu um trecho pela costa, lado a lado com o canal, até os trilhos virarem atrás de Folkestone, rumo ao interior do país.

Era uma região amena, com colinas onduladas, amplas sebes, aldeias com casas de enxaimel e grandes igrejas de pedra, ao lado das quais o trem parecia um corpo estranho. Muitas torres de igreja eram facetadas e, com seus pináculos, lembravam as torres dos castelos medievais. Ovelhas pastavam sob o imenso céu. Charlotte achou muito interessante uma fileira de construções estranhas — torres redondas com telhados de palha, dos quais despontavam picos brancos inclinados, como sacolas de papel.

Começou a conversar com um senhor mais velho, cujo colarinho indicava que era religioso, e perguntou o que significavam aquelas construções.

O senhor, que se apresentou como reverendo Horsley, sorriu com ternura.

— São secadores de lúpulo, Miss. As folhas frescas de lúpulo são colhidas, espalhadas nesses edifícios e secas sobre o fogo. Em seguida, são levadas para as cervejarias.

— São bonitos, parecem gorros de gnomos — disse Charlotte.

Gentil, o reverendo perguntou de onde ela vinha, e comentou em seguida:

— Em seu país também deve haver algo semelhante. Pelo que já ouvi dizer, na Alemanha se produz uma excelente cerveja.

Travaram uma conversa animada, o que fez com que a viagem decorresse sem que percebessem. Ele elogiou sua pronúncia e sua coragem de buscar um emprego no exterior.

— Sou muito favorável à instrução das crianças por boas preceptoras estrangeiras. Isso amplia o horizonte e melhora o entendimento entre os povos. Aqui em nossa ilha achamos que estamos no centro do mundo. Um pouco de modéstia seria não apenas adequado, mas também cristão. Como é que diz mesmo o Antigo Testamento? "Vindo o orgulho, virá também a ignomínia; mas a sabedoria mora com os humildes."

— Estou muito feliz por ter encontrado um emprego na Inglaterra. Não foi tão fácil, pois existem muitas professoras particulares.

— Pela minha experiência, ter uma preceptora da Alemanha ou da França eleva o prestígio de uma família. Esse tipo de ligação é vantajoso para ambas as partes, e as crianças só têm a ganhar quando aprendem um idioma com uma falante nativa. Além disso, as preceptoras alemãs são consideradas excelentes em música.

— O senhor é muito gentil, Sir — respondeu Charlotte. — Isso me encoraja. Em todo caso, espero ser igualmente bem recebida em Chalk Hill.

Ela percebeu que o religioso ficou surpreso.

— A senhorita disse Chalk Hill?

— Sim, a casa de Sir Andrew Clayworth, o deputado. Conhece a família?

O reverendo balançou a cabeça.

— Conheço... Uma história triste — esfregou decidido as mãos, como se quisesse encerrar um capítulo. — Bem, mas "se vivemos, vivemos para o Senhor; se morremos, morremos para o Senhor", escreveu São Paulo na Epístola aos Romanos. Assim, temos de olhar para a frente.

Charlotte concordou, mas a observação do religioso a deixou pensativa.

Em Dorking encontrou um carregador que tirou suas malas do trem, colocou-as num carrinho e as empurrou pela estação. Quando o trem, apitando, tornou a se movimentar e o reverendo acenou mais uma vez para Charlotte pela janela, foi como se uma porta se fechasse atrás dela. Agora estava por conta própria, já não havia retorno à antiga vida.

Diante da estação, nenhum coche a aguardava. Olhou indecisa ao redor, mas as poucas pessoas do lado de fora não prestavam atenção nela. Charlotte não ousou falar com alguém. Não esperava encontrar pela segunda vez uma pessoa tão gentil como o chefe de estação em Dover. Como estava com sua bagagem, não tinha como se afastar da estação nem se informar sobre um meio de transporte. Portanto, nada mais lhe restava a não ser aguardar.

De repente, notou que estava com fome; já fazia algumas horas que havia tomado o café da manhã, e ele não a sustentaria por muito mais tempo. No entanto, sua situação complicada impedia que saísse em busca de um restaurante ou de uma padaria, para se alimentar antes de seguir para a última etapa da viagem.

Ficou em frente à estação, com a bagagem a seu lado, a bolsa apertada contra si, observando o vaivém. Na esquina mais próxima, havia um hotel chamado Star and Garter, e de lá viu sua salvação se aproximar. Um adolescente veio empurrando um carrinho para a estação, bem em sua direção. Ao se aproximar, ela o ouviu anunciar: "Pão com passas! Sanduíche de presunto! Enguia em conserva, fresquinha!"

A ideia de comer enguia àquela hora do dia em plena rua lhe pareceu estranha, mas pão com passas e sanduíche de presunto eram bem-vindos. Acenou para o rapaz e comprou um de cada, contando as moedas com cuidado.

O rapaz agradeceu, acenando com o boné.

— Obrigado, Miss!

Depois, partiu com seu carrinho em busca de outros viajantes famintos na estação.

Charlotte mordeu com gosto o sanduíche de presunto. Que a olhassem quanto quisessem, sua fome era maior do que qualquer vergonha. Estava tão concentrada em comer que nem notou a caleche que parou diante da estação. Estava mastigando o pão com passas quando uma voz masculina a chamou por trás. Charlotte teve um sobressalto, virou-se e enrubesceu por estar de boca cheia.

À sua frente estava um homem de cerca de 50 anos, vestido com um terno marrom simples e um boné de *tweed*. Em volta do pescoço, tinha amarrado um lenço vermelho. Seu rosto mal barbeado parecia rude, mas era simpático.

— Miss Pauly?

Charlotte anuiu e finalmente conseguiu engolir o que tinha na boca.

— Sou Wilkins, o cocheiro, e vou levá-la para Chalk Hill. Ontem estive aqui, mas disseram na estação que o trem de Dover havia sido cancelado.

— É verdade. Passei a noite lá e hoje de manhã cedo mandei um telegrama. Espero que tenha chegado.

Wilkins deu de ombros.

— Isso eu já não sei. Sir Andrew me mandou aqui, pois contava que hoje a senhorita tomaria o primeiro trem. Esta é toda a sua bagagem?

Apontou para as duas malas, e Charlotte concordou com um aceno de cabeça. Arrastou-as até o coche, acomodou-as no bagageiro e a ajudou a subir.

— Aqui está uma manta, caso queira cobrir as pernas.

Precisou se esforçar para entender o dialeto, mas gostou do seu jeito prestativo. Charlotte ainda deu uma olhada ao redor antes de se recostar no estofado.

A família Clayworth não vivia exatamente em Dorking, e sim num vilarejo chamado Westhumble, que ficava nas proximidades.

— Não chega a dar uma milha, Miss — esclareceu o cocheiro de modo espontâneo. — Se quiser, posso lhe mostrar um pouco da região.

— Gostaria muito.

Charlotte ficou feliz por conhecer um pouco dos arredores e se voltava alternadamente para a direita e a esquerda, enquanto Wilkins conduzia a caleche pelas estradas próximas. Dorking parecia uma cidadezinha bonita, e Charlotte esperava conhecê-la melhor em breve. Se Chalk Hill não fosse longe, de tempos em tempos poderia levar Emily até a cidade para um passeio. Sabia que crianças nessa idade costumam ficar presas em casa e raramente têm contato com outras pessoas, mas nunca vira sentido nisso. A seus olhos, mal não fazia aprender a lidar com outras pessoas e reunir experiências que fossem benéficas para o desenvolvimento posterior da menina. É claro que não planejaria caminhadas muito longas; afinal, Emily havia ficado doente várias vezes, mas um pequeno passeio a Dorking ou à floresta com certeza seriam recomendáveis.

Contente, Charlotte olhou para fora enquanto a caleche deixava a cidade e a paisagem ia ficando cada vez mais verde e isolada.

— Esta é a estrada para Londres — explicou Wilkins. — Mas Sir Andrew pega o trem de manhã para a capital. É mais confortável e bem mais rápido. O coche só é usado para viagens nas redondezas.

Por seu tom de voz, Charlotte percebeu certo lamento.

— Que rio é aquele do outro lado?

— É o Mole, que desagua no Tâmisa.

— Dá para passear ali?

— Claro — disse Wilkins após ligeira hesitação. — Os caminhos que beiram a margem são lindos, Miss.

Charlotte se lembraria disso para os passeios com Emily.

— Olhe para a esquerda, Miss.

Nada se via, a não ser um cruzamento.

— É o North Downs Way, uma das estradas mais antigas da Inglaterra. Em outros tempos, os peregrinos a usavam como conexão entre Winchester e Canterbury. Ela leva a Box Hill, subindo à direita, um destino bastante procurado para excursões.

Quase com reverência, Charlotte ouviu os nomes das duas antigas cidades e suas famosas catedrais. Havia muito a ser explorado, e ela esperava que, apesar da atividade que ocuparia todo o seu tempo — dificilmente poderia contar com férias —, tivesse a oportunidade de visitá-las.

O coche entrou à esquerda e seguiu a indicação para Westhumble. Quando cruzaram uma linha férrea, Wilkins se virou para trás e disse:

— Como pode ver, Miss, também temos uma estação aqui, mas os trens não vão até Dover. Por isso a senhorita teve de desembarcar em Dorking.

Passando a estação, viraram à direita. Do outro lado da rua havia extensas florestas, que já haviam começado a vestir seu quente vestido marrom-avermelhado de outono. Ao longe, numa colina, via-se uma casa senhorial branca.

— Estamos quase chegando, Miss. À direita estão Nicols Field e Beechy Wood, e atrás da floresta corre o rio Mole. Uma região bonita em qualquer estação do ano. Lá em cima, na colina, a senhorita pode ver Norbury Park. A casa tem pouco mais de cem anos.

Crabtree Lane era uma rua estreita e longa, margeada por casas elegantes e independentes com grandes jardins. Muros antigos de pedra, sobre os quais se curvavam os galhos extensos de árvores imponentes, protegiam os terrenos até a rua. Uma região agradável, na qual era possível se sentir bem, pensou Charlotte.

Wilkins passou por um portão do lado direito da rua, e a caleche prosseguiu crepitando na subida coberta de cascalho. Charlotte esticou o pescoço para ver a casa. Quando a viu por trás dos arbustos, perdeu o fôlego.

Era feita de tijolo e muito vistosa. O frontão largo e voltado para a frente era decorado com enxaimel branco e preto, e as generosas janelas permitiam imaginar cômodos iluminados. Contudo, o mais fascinante era a torre redonda, que flanqueava uma extremidade da construção, assemelhando-a a um castelo. À esquerda, ao lado da casa, ficava a cocheira. A casa inteira era emoldurada por altas árvores, e parecia encantadora e bem inglesa.

— Bem-vinda a Chalk Hill, Miss.

Wilkins pegou a manta e a ajudou a descer. Enquanto cuidava da bagagem, a porta da casa foi aberta por uma mulher de vestido preto fechado na gola. Tinha os cabelos rigorosamente puxados para trás e atados num coque. Não saiu, mas ficou imóvel na soleira, olhando para Charlotte, que sentiu uma angústia repentina. Na postura da mulher havia certa rejeição.

A jovem respirou fundo. Uma coisa que tinha aprendido em seus anos como preceptora era não se mostrar ofendida, nem aos patrões nem aos alunos ou serviçais. Quem é vulnerável acaba sendo atacado, é simples assim. As pessoas sentem isso. Endireitou os ombros e caminhou lentamente em direção à mulher.

Por fim, esta deu um passo para a frente e abaixou a cabeça de maneira quase imperceptível.

— Mrs. Evans, governanta de Sir Andrew. A senhorita é Miss Pauly?

Disse seu nome com a pronúncia britânica, com um longo "o". Charlotte teria de se acostumar a isso.

— Sim.

— Espero que, apesar do atraso, tenha feito uma boa viagem.

Afastou-se para dar passagem a Charlotte.

— Muito obrigada.

Charlotte olhou para o *hall* e se surpreendeu com a beleza requintada da decoração. A porta de entrada era provida de uma janela com vidro colorido, e o piso de ladrilhos estava impecável. A balaustrada da larga escada que, pelo lado esquerdo, conduzia ao primeiro andar, era feita de carvalho marrom-claro e brilhante. As paredes forradas com tecido vermelho pareciam quentes e convidativas, e um grande espelho com moldura dourada fazia o ambiente parecer ainda maior. Nesse momento, o sol irrompeu das nuvens, atravessou o vidro da porta e desenhou um prisma colorido no chão. Charlotte perdeu o fôlego ante a beleza dessa visão.

— Wilkins vai levar sua bagagem para cima. Suponho que queira fazer um pequeno lanche.

Charlotte não contou que havia comido na rua.

— Obrigada, com prazer.

A governanta a conduziu por um corredor que partia do lado esquerdo do *hall* e levava à cozinha e aos outros cômodos da área de serviço. Mrs. Evans abriu a porta de uma pequena copa e lhe ofereceu uma cadeira antes de sair.

Charlotte queria ter perguntado quando conheceria seu patrão e sua filha, mas a governanta desapareceu muito depressa, como se tivesse acabado de cumprir uma tarefa penosa, mas necessária. A posição de uma governanta era sempre delicada. Não pertencia ao quadro de serviçais, mas também não era patroa. Era tolerada nas refeições, mas em geral na extremidade distante da mesa, entre as crianças, ou até numa mesa separada, com seus pupilos. Muitas vezes tinha de suportar a condescendência dos patrões e a hostilidade dos criados.

Charlotte sabia de tudo isso e se armou internamente; porém, ao se ver sentada, sozinha, naquela casa estranha e olhar para a porta, sentiu-se insegura. Levantou-se e foi até a janela, que dava para um jardim magnífico. Não havia canteiros delineados, e sim pontos isolados com crisântemos, gérberas e ásteres, que se uniam formando um gigantesco buquê colorido.

Suas cores eram tão vibrantes que Charlotte sentiu vontade de esticar a mão e colher as flores. A relva formava um tapete espesso e verde sob as árvores antigas. Estava tão mergulhada em sua contemplação que teve um sobressalto quando bateram à porta e uma jovem criada de vestido preto e avental branco entrou e colocou uma bandeja sobre a mesa. Fez uma reverência.

— Seja bem-vinda, Miss. Sou Susan. Se quiser se sentar...

Serviu-lhe um prato com rosbife, picles, pão torrado, manteiga e uma pequena xícara de chá.

— Se precisar de mais alguma coisa, é só tocar a campainha.

A moça fez outra reverência e se dirigiu à porta, mas Charlotte lhe perguntou rapidamente:

— Susan, sabe me dizer se Sir Andrew está em casa?

— Não está, Miss; só volta à noite da cidade. À tarde ainda haverá sessão no Parlamento.

— E Miss Emily?

— Foi visitar o pastor em Mickleham. Quando voltar, poderá vê-la.

Com essas palavras, saiu.

Charlotte começou a comer, mas não estava com muito apetite, e não apenas porque já tinha comido. Forçou-se a mastigar bem e a engolir cada pedaço com um gole de chá. O silêncio no cômodo era tão grande que teve a impressão de sentir as batidas do seu coração.

Após uma eternidade — pelo menos assim pareceu —, ouviu passos, e Mrs. Evans entrou, seguida por Susan.

— Já terminou, Miss Pauly?

— Sim, obrigada; estava ótimo. — Afastou o prato e se levantou.

Com um gesto que pareceu discreto e, ao mesmo tempo, autoritário, a governanta apontou para a porta.

— Se quiser me acompanhar, vou lhe mostrar seu quarto.

Conduziu Charlotte novamente ao *hall* de entrada e subiu a escada até o primeiro andar — e isso num ritmo tão veloz que Charlotte mal pôde olhar o restante da decoração da casa. O que chamou sua atenção foi o silêncio dominante. Os passos eram abafados pela passadeira da escada e pelos tapetes orientais que cobriam o assoalho.

A pequena figura da governanta se movia com graça enquanto erguia a saia com a mão. Com suas botinas de viagem e os trajes de lã, Charlotte se sentia quase desajeitada.

Quando estavam no patamar, Mrs. Evans apontou para uma porta à sua esquerda.

— Este é o quarto de Miss Emily. À direita fica o quarto de estudos, onde a senhorita irá lecionar. Os aposentos de Sir Andrew se encontram no térreo.

Continuou a caminhar, sem mostrar os quartos a Charlotte, e no final do corredor abriu uma porta forrada com o mesmo papel da parede, atrás da qual uma escada de caracol feita de pedra e com enormes curvas conduzia para cima e para baixo. Em intervalos regulares, pequenas janelas que pareciam seteiras de castelos medievais ofereciam vista para o exterior.

Mrs. Evans subiu a escada na frente de Charlotte. Então ficou claro onde era seu quarto: na bela torre do lado direito da casa, cuja visão externa a havia encantado tanto. Mrs. Evans abriu a porta e deixou-a entrar. A preceptora respirou fundo e rodopiou para absorver o quarto deslumbrante. Era redondo, e as janelas filtravam muita luz. Os móveis eram feitos sob medida e se encaixavam com perfeição nas curvas da parede. O papel que a revestia parecia gasto, mas era bonito e estampado, e as coloridas aquarelas dependuradas retratavam paisagens supostamente das cercanias. A cama estava coberta com uma colcha; ao seu lado havia um lavatório com um jarro, uma vasilha impecável de porcelana e um porta-toalhas. Havia também uma pequena escrivaninha, sobre a qual se encontravam a postos um tinteiro e um maço de papéis.

Suas duas malas marrom-escuras pareciam corpos estranhos no cômodo agradável e claro.

— É um belo quarto, Mrs. Evans. Com certeza me sentirei muito bem aqui.

Mrs. Evans não esboçou nenhuma expressão.

— Daqui a senhorita pode chegar rapidamente ao quarto de estudos e ao de Miss Emily.

— Sem dúvida.

Olhou mais uma vez ao redor.

— Este cômodo parece... tão habitado! Como se alguém o tivesse decorado com muito amor.

— Este era o quarto de solteira de Lady Ellen Clayworth. Ela cresceu aqui; esta era a casa de seus pais.

Charlotte esperou mais informações sobre a falecida dona da casa, mas Mrs. Evans disse apenas:

— Vou deixá-la sozinha agora. Pode desfazer suas malas com calma. Mais tarde a chamaremos.

Charlotte permaneceu imóvel até a porta ser fechada e os passos na escada silenciarem. Depois, girou mais uma vez em torno de si mesma para examinar seu novo lar. Era um quarto de fato adorável. No entanto, lhe pareceu peculiar terem-no dado a uma estranha; afinal, a ele o dono da casa deveria relacionar lembranças tristes. Ou será que o fizeram justamente por isso, para espantar os espíritos?

Balançou a cabeça. Seria a experiência da véspera que a estava fazendo pensar nessa bobagem?

Aproximou-se de uma janela e olhou para fora. Dali via a rua pela qual havia chegado; as outras janelas davam para o grande jardim e para a floresta atrás dele.

Decidida, Charlotte se afastou da janela, pôs-se a desfazer as malas e a se arrumar.

Em pouco tempo, guardou tudo no armário e na cômoda, colocou numa estante os livros escolares que havia trazido e uma fotografia de seus pais e de suas irmãs no criado-mudo. Em seguida, sentou-se na cama e esperou. Na casa, o silêncio era absoluto. A certa altura, ouviu rodas crepitarem no cascalho da entrada e olhou pela janela. Não conseguiu ver quem havia chegado; talvez Miss Emily tivesse voltado de sua visita ao pastor.

Charlotte tentou ler, mas o silêncio a deixou deprimida. Pegou o diário, que não preenchia regularmente, mas ao qual até então confiava seus pensamentos. Sentou-se à escrivaninha e mergulhou a pena no tinteiro.

Hoje cheguei a Chalk Hill. Ainda não posso dizer muito sobre a família com a qual viverei. O cocheiro é falante; a governanta, fria e rigorosa; a criada, amigável e parece temê-la.

A casa é decorada com muito bom gosto, e a redondeza, verde e agradável, mas desde que entrei aqui, sinto um silêncio estranho. Está claro que Lady Clayworth morreu, mas não posso dizer com certeza se é o luto que cobre esses aposentos como um manto. Talvez isso não passe de fruto da minha imaginação perturbando minha cabeça, pois estou aqui sozinha nesta torre, como uma princesa enfeitiçada.

Ah, sim, os contos de fadas. Trouxe a coletânea dos irmãos Grimm, pois gosto muito deles, embora em meu último emprego não fossem bem-vindos. Se minha aluna for aprender alemão, talvez eu possa familiarizá-la com esses contos, em vez de lhe passar apenas os áridos exercícios de gramática e os ditados. Começarei com contos curtos e simples, como o do mingau doce e, mais tarde, passarei para as histórias mais difíceis e atemorizantes.

Agora que pus meus pensamentos no papel, sinto-me mais animada e aguardo, confiante, o encontro com a família.

Estava guardando a pena quando ouviu passos do lado de fora. Bateram à porta.

— Pois não?

Susan abriu a porta.

— Se quiser descer agora, Miss Pauly, Miss Emily já chegou.

— Obrigada, já vou.

Charlotte ainda se olhou depressa no espelho e alisou os cabelos. Em seguida, fechou a porta e desceu a escada atrás de Susan, que a conduziu ao cômodo no primeiro andar, indicado por Mrs. Evans como quarto de estudos.

Com o coração acelerado, Charlotte entrou. Era algo especial conhecer uma nova aluna, uma criança estrangeira, com a qual, a partir de então, passaria praticamente o dia inteiro, de quem seria professora e também um pouco mãe. Antes de ver a criança, que estava em pé diante do primeiro banco, olhando-a com expectativa, Charlotte notou logo a decoração do espaço: lousa com esponja e giz, dois bancos com carteira e uma mesa maior para a professora, um mapa da Grã-Bretanha e um mapa-múndi pendurados na parede, uma estante com livros e outros utensílios.

Emily Clayworth tinha cabelos castanho-escuros, cujos cachos rebeldes resistiam às fitas e fivelas. Estava com um vestido azul-claro e um avental branco. Quando olhou para Charlotte, esta prendeu a respiração por um instante. Os olhos de Emily eram mais azuis do que tudo o que já tinha visto. Os cílios longos e pretos pareciam os de uma boneca, e o rosto era pálido, salpicado de ligeiras sardas. Reconheceu de imediato uma criança incomum.

— Emily, sou *Fräulein* Charlotte Pauly, sua preceptora. Como seu pai já deve ter lhe dito, a partir de agora serei sua professora. — Deu um passo à frente e estendeu a mão. — É um prazer conhecê-la.

A mão de Emily era leve e fria, e o toque, delicado como o de uma borboleta.

— O prazer é meu, *Fräulein* Pauly. Devo chamá-la de "*Fräulein*" ou "Miss"?

Charlotte refletiu rapidamente.

— O que você prefere, Emily?

A menina olhou para ela, pensativa.

— Meu pai disse que era algo especial ter uma preceptora estrangeira. Por isso, seria bom eu chamá-la de *Fräulein*, assim todo mundo saberá que a senhorita é alemã.

— Resposta inteligente, Emily. — Charlotte olhou para a criada, que havia ficado em pé junto à porta. — Pode nos deixar sozinhas agora.

Susan fez uma reverência.

— Pois não, Miss. Será chamada para o chá.

Depois que a porta se fechou, Charlotte teve a impressão de notar uma leve insegurança na menina. Sorriu e ofereceu a Emily um lugar no banco. Em seguida, apoiou-se na mesa.

— A princípio, vou falar com você em inglês, a não ser nas aulas de alemão, é claro. Isso vai facilitar nossa comunicação no começo.

Notou o olhar surpreso da menina.

— O que foi?

A menina hesitou e olhou para o chão.

— Pode dizer sem medo.

— O reverendo Morton, o papai e a *nanny* disseram que preceptoras são muito rigorosas.

— E o que mais? — perguntou Charlotte com delicadeza.

Emily se calou e olhou para a porta, mas Charlotte não soube se foi por medo ou buscando ajuda.

— Não precisa ter medo de mim — disse de maneira amigável e deu um passo em direção à menina.

Emily mordeu o lábio inferior.

— Estava com um pouco de medo da senhorita. O papai disse que agora é sério e que o tempo de brincadeiras acabou. Que agora tenho de estudar e me tornar uma dama.

— É claro que você vai aprender muitas coisas e se tornar uma dama, mas isso não precisa acontecer de um dia para o outro. Vamos fazer tudo com calma e, se você se esforçar e fizer suas tarefas direitinho, com certeza será uma boa aluna. Quem deu aulas para você até agora?

— Primeiro, Miss Pike. Já não está conosco.

— O que aprendeu com ela?

— A ler, escrever e fazer contas. — Emily hesitou: — Ela também deveria ter me ensinado a tocar piano, mas não era muito boa nisso. Pelo menos foi o que o papai disse, e a demitiu. Depois veio Miss Fleming, mas também não ficou muito tempo aqui porque não sabia nenhuma língua estrangeira. Então ele descobriu a senhorita. Contou que foi através de uma agência em Londres.

Supostamente, não haviam sido professoras particulares formadas. Charlotte tinha lido que na Inglaterra a formação profissional não era tão boa como na Alemanha e, sobretudo, na Prússia.

— O papai disse que uma preceptora alemã era algo especial e que só queria o melhor para mim.

Do modo como se expressava, Emily parecia tímida e precoce ao mesmo tempo.

— Bem, sei tocar piano e vou lhe ensinar alemão e francês, além de matemática, desenho e trabalhos manuais. E embora eu seja rigorosa, também serei gentil se você se comportar de modo adequado e trabalhar com afinco.

A menina olhou para o chão.

— Então fico feliz que tenha vindo.

Sua voz era tão baixa que Charlotte mal conseguiu ouvi-la. Então, ocorreu-lhe um detalhe.

— Você mencionou uma *nanny*. Era sua babá?

Emily a olhou surpresa.

— *É* minha babá desde que nasci.

Charlotte não havia contado com isso. Em geral, as babás deixavam as casas antes de as preceptoras iniciarem seu serviço — uma separação significativa, com a qual os alunos se despediam de sua tenra infância, das brincadeiras despreocupadas e, no caso de meninos ingleses, também da casa dos pais.

— E ela ainda mora com vocês?

Emily concordou com um aceno de cabeça.

— Mora, porque a mamãe morreu. Papai achou melhor, para que eu não ficasse muito sozinha. Por isso a *nanny* pôde ficar. Mas já não tem um quarto ao lado do meu. Já sou grande e tenho de dormir sozinha.

— Entendo.

Charlotte decidiu não fazer mais perguntas; não queria sondar a menina logo no primeiro dia.

Nesse momento, alguém bateu à porta.

— Pode entrar.

Uma moça de rosto redondo e cabelos louros e crespos entrou.

— Sou Nora, a babá, e vim buscar Miss Emily para o chá.

Em sua voz vibrou uma hostilidade manifesta.

Que cretina!, pensou Charlotte de maneira involuntária, logo se envergonhando por ter pensado assim. Pelo visto, Nora era uma moça simples do campo; além disso, as bochechas rosadas e os cachos que emolduravam seu rosto lhe conferiam uma aparência ingênua e simples. Contudo, seu tom não foi adequado, pois, como preceptora, Charlotte estava sem dúvida acima da babá na hierarquia.

Emily deu um passo em sua direção, hesitou e se virou para Charlotte.

— E *Fräulein* Pauly? Não vai tomar chá conosco?

— Claro, Emily. — A babá olhou para Charlotte com má vontade. — Por favor, nos acompanhe, Miss.

Em seguida, girou nos calcanhares, pegou a mão de Emily e com ela desceu a escada.

Charlotte as seguiu, suspirando. Decerto não podia esperar mais do que isso no começo.

3

Clerkenwell, Londres, dezembro de 1888

Thomas Ashdown colocou a caneta-tinteiro de lado e, suspirando, passou as mãos pelos cabelos. Fazia horas que estava sentado à mesa, escrevendo; seus membros estavam rígidos, e seus músculos doíam de tão tensos. Levantou-se, espreguiçou-se e foi até a janela. Ainda era cedo, mas havia um lusco-fusco de inverno no jardim. Encostou a cabeça no vidro, e seus longos cabelos escuros lhe caíram no rosto. Seu coração estava pesado, pois Lucy o havia deixado no último inverno, uma época do ano sempre ligada à perda e ao passado e que, para ele, era ainda mais difícil de suportar. Respirou fundo para controlar os sentimentos, mas o impulso para se virar era mais forte.

Foi mais do que um impulso; era como se um punho agarrasse seu braço e o obrigasse a olhar para trás, para o canto ao lado da porta, onde Lucy costumava ficar sentada, costurando, enquanto ele trabalhava à mesa. Eram tão próximos que ela preferia ficar sentada naquele canto só para estar perto dele. Não conversavam, mas se dedicavam concentrados às suas respectivas atividades, no agradável silêncio daqueles que não precisam de palavras para demonstrar união.

Desde a morte de Lucy, às vezes lhe sobrevinha a sensação de que ela estava sentada naquele mesmo canto e de que bastaria ele se virar com rapidez suficiente para vê-la. Nesses momentos, persistia como que petrificado à mesa ou ficava em pé junto à janela, sentindo o coração disparar e as costas arderem, como se seu olhar suplicante o atingisse. *Vire-se, Tom, por que você não olha para mim?*, ela parecia perguntar.

Porque você não está aqui, Lucy, respondia ele em pensamento.

Como pode dizer isso? Afinal, estou vendo você! Está junto à janela, como sempre faz quando não sabe como continuar o trabalho ou busca a expressão correta. Vire-se e olhe para mim, não é difícil.

A tentação era tão grande que ele tinha de cerrar os dentes para não gritar. Fechou os punhos, engoliu em seco e foi até a porta, sem olhar para o mencionado canto. Em seguida, tocou a campainha, chamando a criada.

O minuto que Daisy precisou para chegar até ele lhe pareceu uma eternidade. Ela entrou e fez uma reverência.

— Deseja alguma coisa, Sir?

— Um bule de chá, por favor.

— Pois não, Sir.

Quando ela fechou a porta atrás de si, ele por fim olhou para o canto. Ali estava a poltrona e, ao lado dela, a mesinha com a luminária e a bandeja com a cestinha de costura.

A poltrona estava vazia. É claro.

Tom voltou para mesa e leu o que havia escrito naquele dia. Uma crítica teatral e dois outros artigos para jornais. Na verdade, também estava trabalhando num livro que havia começado dois anos e meio antes e ainda não terminara.

Por que tinha escolhido justo Shakespeare, que tanto o fazia se lembrar de Lucy? Inúmeras vezes foram juntos ao teatro ou a palestras. Como se não bastasse, estava escrevendo sobre as personagens femininas de Shakespeare e, a cada frase que levava ao papel, ouvia a voz de Lucy, perspicaz e irônica.

— Não vê que Ofélia é fraca demais, Tom? No lugar dela, eu tomaria satisfação com Hamlet e acabaria com seus caprichos em vez de me conformar com meu destino.

Assim era ela: direta, enérgica, divertida. Nada de Ofélia; antes, uma Beatrice.

Sentiu um aperto na garganta e, quando Daisy lhe trouxe o chá, apenas acenou com a cabeça. Queria dispensá-la logo, mas ela tirou do bolso do avental um envelope e entregou a ele.

— Acabou de chegar uma carta para o senhor.

Em seguida, saiu do aposento.

O chá exalava um odor aromático que preencheu todo o ambiente. Tom verteu-o numa xícara, acrescentou um pouco de açúcar e se sentou com a carta numa poltrona Berger junto à janela.

A escrita era de John Hoskins, velho colega de Oxford.

> *Meu caro Ashdown,*
> *Espero que me perdoe a intromissão, mas já não aguento ver você se afastar do mundo e dos seus amigos. Estamos todos preocupados com você e por isso desejamos poder recebê-lo de volta em nosso meio — tanto como crítico teatral implacável e divertido quanto como amigo.*
>
> *Minha querida Sarah pensa como eu e, nas próximas semanas, gostaria de convidá-lo para passar um fim de semana prolongado conosco; assim você sairia um pouco do seu escritório escuro. Aqui em Oxford você encontrará velhos conhecidos, e Sarah já preparou uma extensa programação para você — que também pode ser abreviada, caso não esteja disposto a exposições e palestras, mas prefira belos passeios e uma visita ao pub.*

Tom passou rápido os olhos pelos últimos parágrafos, que continham novidades sobre conhecidos em comum, e se deteve de repente.

> *Imagine que Emma, irmã de Sarah, que você conheceu em nossa casa, esteve com espíritas. Há pouco tempo foi a uma sessão em Londres e ficou muito impressionada com o médium que conheceu por lá. Disse que o*

> *homem consegue estabelecer contato com espíritos e que estes lhe contam coisas das mais espantosas. Pessoalmente, sou um grande cético, mas Sarah está de fato tentada a acompanhá-la numa sessão. Tentei dissuadi-la dizendo que esse tipo de bobagem não lhe convém.*

Tom acreditava piamente na possibilidade de estudar o espírito humano, mas não em fenômenos ou aparições sobrenaturais. É claro que conhecia histórias de pessoas que haviam sentido a aproximação da própria morte, ou de relógios que haviam parado de funcionar no momento em que um parente deixava este mundo. Nesse contexto, um evento de sua infância havia marcado profundamente sua memória.

Num dia de verão, estava sentado no jardim da casa de sua avó, comendo cerejas que havia colhido. Lembrava-se muito bem da ocasião, pois tinha comido cerejas em excesso e depois sentiu terríveis dores abdominais. De repente, uma amiga de sua avó saiu correndo aos berros pelo vilarejo, assustando todos ao afirmar que seu filho teria morrido num acidente. Embora ele não estivesse na cidade, tinha aparecido de repente no quarto da mãe e, sem dizer uma palavra, despediu-se dela de um modo que ela não conseguiu descrever. A avó de Tom havia tentado tranquilizar a amiga, mas ela não desistira de sua história. Dois dias depois, recebeu uma carta com a informação de que seu filho, que trabalhava como engenheiro numa fábrica ao norte da Inglaterra, havia morrido numa explosão junto com outras cinco pessoas. A mãe fez questão de saber a hora exata da morte e descobriu que a tragédia tinha ocorrido no mesmo momento em que tivera a visão.

Tom pensava com frequência nessa tarde. Em sua lembrança, o sabor delicioso das cerejas e as dores abdominais se uniam à estranha história da velha senhora. Na época, pareceu-lhe totalmente plausível e conclusivo que o filho tivesse se despedido dela de alguma forma que escapava à compreensão. Contudo, ao ficar mais velho, perdeu essa convicção. A história parecia improvável e melodramática demais.

Agora a situação se complicou: minha querida Sarah está preocupada com a irmã, que há algum tempo perdeu o noivo num acidente e espera entrar em contato com o morto por intermédio desse Belvoir, ou seja lá como o homem se chama. Está depositando grandes expectativas nele e se deixando levar por essa história, o que também me preocupa. Por isso, seu bom senso nos seria tão bem-vindo.

Tom não conseguiu continuar a leitura, pois um véu cobriu seus olhos. Lembrava-se muito bem do dia, sete meses antes, em que havia tomado o mesmo caminho que a cunhada de seu amigo.

Quando Lucy morreu, algo dentro dele se partiu, e com isso também a postura cética com que sempre havia encarado as questões sobre o além e a crença em espíritos. No início, ela era tão presente na casa que ele achava ser possível tocá-la. Ouvia seus passos e sua voz, sentia seu perfume e acreditava ver a barra de sua saia balançar no canto da porta. À noite, acordava e tateava seu lado da cama, pois tinha ouvido sua respiração; depois, passava semanas dormindo no estreito sofá no escritório, a fim de afugentar essas percepções.

Seu desespero cresceu tanto que, certa noite, procurou uma médium em Islington. A mulher não era desconhecida, já havia lido sobre ela no jornal e achado o artigo sério o bastante. No entanto, a sessão foi horrível.

Tom havia recebido a instrução para levar consigo alguns objetos de Lucy, que a médium usaria para entrar em contato com ela — uma luva, uma escova e um colar. Sem o menor constrangimento, a mulher apalpou várias vezes os objetos, o que o fez sentir uma ligeira raiva. Em seguida, pareceu entrar em transe e começou a falar em voz alta e estranha, que de modo algum se assemelhava à de sua falecida esposa. Transmitiu-lhe supostas mensagens, tão genéricas que qualquer um poderia proferi-las. Não era necessário nenhum dom sobrenatural para perceber que o marido sentia sua falta; assim, o suposto espírito implorou a Tom que criasse coragem para enfrentar a vida.

A representação inteira foi barata e insuportável, e ele se envergonhava ao pensar nessa visita, embora ninguém tivesse sabido dela.

Pensativo, Tom pegou novamente a carta de John e a leu pela segunda vez. Sabia que andava muito sozinho e que nos últimos meses não tinha sido gentil com alguns amigos. Dobrou a carta e a colocou de volta no envelope. Sua decisão estava tomada.

4

Setembro de 1890, Chalk Hill

Era uma companhia estranha para o chá. Charlotte estava sentada com Nora e Emily na sala de jantar, onde a mesa estava decorada com fina porcelana. O cômodo era muito bem decorado. As delicadas estampas de flores nas cortinas e nos estofados denunciavam mãos femininas, supostamente as da dama falecida da casa. Uma criada que se apresentou como Millie serviu sanduíches finos com pepino e bolinhos com creme e geleia de morango. Antes de pegar alguma coisa, Emily olhou para Nora com ar interrogativo.

— Pode, mas não muito — disse a babá, sem nem sequer tentar inserir Charlotte na conversa. Seria esse seu comportamento indelicado comum, ou esta seria uma afronta a uma mulher que ela via como concorrente — em relação à simpatia da criança e à sua posição na casa?

— Você esteve doente? — perguntou à menina, sem olhar para Nora.

Emily abanou a cabeça e pôs um pedaço de bolo no prato.

— Agora não estou mais, *Fräulein* Pauly. Mas temos que tomar cuidado com o que como para eu não adoecer de novo.

— Entendo. — Sir Andrew havia mencionado o fato em sua carta.

— Emily é uma criança delicada. Não pode se sobrecarregar — disse Nora em tom entrecortado, como se fizesse esforço para soltar as frases.

— Claro que não. — Charlotte bebeu seu chá, que exalava um aroma delicioso. — Conhece Emily desde seu nascimento?

— Sim.

Charlotte suspirou intimamente; só podia esperar que Sir Andrew renunciasse aos serviços da babá tão logo o convívio da preceptora e da aluna se estabelecesse. Não aguentaria por um longo tempo esse comportamento monossilábico e hostil.

— Vocês moram numa região muito bonita, Emily. Vamos fazer vários passeios, assim você poderá me mostrar tudo.

Desta vez, Emily não olhou para Nora, mas respondeu logo.

— Com prazer, *Fräulein* Pauly. Há muito para se ver aqui.

— Podemos colher folhas para prensá-las num álbum. Também fiz isso quando criança — sugeriu Charlotte, sentindo o olhar de Nora sobre si. Era como se seu rosto ardesse nos locais atingidos pelos olhos da babá.

— Sim, é uma boa ideia. Talvez eu possa dar o álbum de presente de Natal para o papai. — Nesse momento, olhou involuntariamente para a porta, como se esperasse ver o pai. — Ele vai voltar logo, *Fräulein* Pauly. Com certeza vai ficar feliz em conhecê-la.

Felicidade não era bem o termo exato em se tratando de um patrão que iria encontrar sua contratada pela primeira vez, pensou Charlotte achando graça, mas a menina tinha boas intenções.

— Se seu pai concordar, amanhã mesmo começarei as aulas. Excepcionalmente às dez, e não às nove, pois tenho de organizar minhas coisas no quarto de estudos e preparar tudo. Além disso, a partir de agora, tomaremos café da manhã juntas.

Nora se levantou de maneira tão abrupta que sua cadeira quase tombou para trás. Emily olhou para ela assustada, levantou-se e colocou a mão em seu braço, um gesto familiar que Charlotte registrou com atenção. Tinha de fazer de tudo para evitar que Emily se sentisse dividida entre elas — afinal, conhecia a babá desde que tinha nascido. Era melhor conversar em particular com Nora, a fim de resolver todas as divergências. Sua permanência em Chalk Hill não deveria começar de maneira desfavorável.

Nora permaneceu em pé, imóvel, olhando de Emily para Charlotte e novamente para Emily. A veia que pulsava em seu pescoço era o único sinal de vida nela. Em seguida, engoliu em seco e abaixou a cabeça.

— Irei acordar Miss Emily na hora certa. Despeça-se agora, pois você ainda tem alguns trabalhos manuais para terminar. São ordens do seu pai.

Charlotte percebeu quanto esforço custava à moça controlar seus sentimentos. Convinha ter cautela.

— Concordo, é claro. Trabalhos manuais são importantes, mesmo quando não são fáceis para algumas moças. Como é para você, Nora? Tem facilidade?

A babá hesitou.

— Sei... fazer tricô e cerzir. Tenho mais dificuldade para bordar.

— Tudo bem, então você pode continuar ensinando Emily a fazer tricô e a cerzir, e eu assumo o bordado.

Nora fez apenas uma reverência, mas sua face ligeiramente enrubescida revelou que não contava com essa postura amigável. Deu um leve empurrão em Emily, que se postou diante de Charlotte e lhe estendeu a mão.

— Até amanhã, *Fräulein* Pauly. Tenha uma boa noite.

Em seu quarto na torre, Charlotte observou pensativa os livros e cadernos que havia trazido. O quarto de estudos parecia bem equipado, e ficou feliz por poder usá-lo para as aulas de Emily. Estava alegre por ter tido a oportunidade de propor a paz a Nora. Quando esta se levantara abruptamente, Charlotte temera uma cena ruim diante da menina. Com sua atitude cautelosa, quis não apenas proteger Emily, mas também a si mesma, pois se Sir Andrew ficasse sabendo de alguma briga antes mesmo de conhecer a nova preceptora, isso também a prejudicaria. Charlotte ainda tinha de conquistar prestígio e respeito, ao passo que Nora trabalhava ali havia muito tempo e já desfrutava da confiança dos outros serviçais.

Suspirando, sentou-se numa poltrona. Não era fácil chegar a uma nova casa e descobrir como era o relacionamento entre as pessoas, em quem podia confiar e quem devia evitar.

Por outro lado, tinha chegado ali porque havia buscado esse desafio. Ao pensar nisso, levantou-se com um impulso. Não podia demonstrar nenhuma fraqueza, e sim parecer segura de si e usar sua experiência. Assim, nada poderia lhe acontecer.

Ao baterem à porta, respondeu com voz firme:

— Pois não?

Susan enfiou a cabeça pelo vão:

— Sir Andrew chegou. Irá recebê-la agora e pede que, em seguida, a senhorita jante com ele.

— Obrigada, já vou.

Charlotte esperou a porta ser fechada, lavou depressa o rosto e as mãos e ajeitou o penteado. Em seguida, desceu a escada de caracol com passos firmes.

Um homem bem-apessoado — seu primeiro pensamento foi tão surpreendente quanto inadequado. Em geral, Charlotte não ligava para aparências, uma vez que já tinha conhecido muitas pessoas e havia aprendido que aparência e caráter nem sempre coincidem. Sempre procurava esperar para conhecer melhor uma pessoa antes de formar algum juízo a respeito dela. Ainda teria de descobrir se Sir Andrew era uma pessoa agradável; que era um homem bonito, isso qualquer um que gozasse de boa visão era capaz de enxergar. Não tinha barba e mantinha a testa livre dos cabelos louros e cacheados. Seu traje era elegante, mas não rígido, e quando se levantou da cadeira para cumprimentar Charlotte, seus movimentos pareceram hábeis e seguros.

— É um prazer conhecê-la, *Fräulein* Pauly.

Estendeu-lhe a mão e ofereceu-lhe uma cadeira à mesa. Susan a tinha conduzido à biblioteca, em cujas estantes que iam até o teto estavam enfileirados volumes que pareciam valiosos. Num canto junto à janela, Charlotte descobriu, para sua surpresa, uma mesa com um microscópio e outros aparelhos. As paredes estavam decoradas com documentos que não conseguiu ler rapidamente, mas não havia objetos pessoais, como fotografias ou outras peças de recordação.

Depois que ela tomou o assento, ele se sentou à mesa e uniu as pontas dos dedos.

— Espero que a viagem não tenha sido muito cansativa. Pelo que me disseram, a senhorita teve de pernoitar em Dover fora do planejado. É lamentável, mas infelizmente nem sempre podemos confiar nos trens britânicos. Eu mesmo já fui obrigado algumas vezes a passar a noite em Londres, devido ao cancelamento do trem para Dorking.

— Por sorte encontrei um bom alojamento e pude continuar a viagem hoje de manhã. O percurso foi bem agradável.

Ele ficou em silêncio por um momento, e ela sentiu seu olhar frio e azul sobre si. Será que também examinava amostras minúsculas ao microscópio com o mesmo olhar? E que objetos seriam? Plantas, animais ou partes do corpo humano? Como combinava isso com sua atividade como deputado parlamentar?

— Já conheceu minha filha?

Na verdade, não era uma pergunta, mas uma constatação à qual se misturava certa expectativa.

— Sim. Parece uma menina muito gentil, e estou feliz por lecionar para ela. Mencionou que duas preceptoras me antecederam na casa...

Sir Andrew pigarreou.

— É verdade. Eram professoras assistentes, que deveriam prepará-la para a chegada de uma boa preceptora, mas se mostraram inadequadas.

Charlotte esperou para ver se ele acrescentaria mais alguma coisa, mas ele se calou.

— Em sua carta, o senhor mencionou que Emily já adoeceu várias vezes. Há pouco sua babá aludiu a problemas no estômago. Agradeceria se me informasse que precauções devo tomar para não prejudicar a saúde dela involuntariamente.

Uma fugaz expressão de indignação passou pelo semblante de Sir Andrew, que logo se controlou e sorriu:

— Minha filha é perfeitamente saudável. Nora chegou a ver Emily passar mal algumas vezes e, por isso, exagera nos cuidados. Assim são as babás. Mas não se deixe influenciar por isso. Conforme já mencionei em minha carta, não há nenhuma medida especial a ser tomada. Acharei muito bom se Emily puder sair ao ar livre depois de passar várias horas sentada no quarto de estudos.

Charlotte anuiu. Uma pergunta ardia em sua alma, e refletiu se seria adequado fazê-la tão cedo. Hesitou por um momento, mas depois tomou a decisão.

— Permita-me perguntar: Nora continuará a viver na casa como babá?

Sir Andrew olhou para ela, examinando-a.

— Por quê?

— Bem, é que, por experiência própria, às vezes o convívio entre preceptora e babá é um pouco complicado. Há divergências sobre quem deve cuidar das crianças em determinado momento e em determinadas circunstâncias. Se possível, as crianças não devem sofrer com essas divergências.

Sir Andrew levou um tempo para responder, e Charlotte temeu ter ido longe demais.

— *Fräulein* Pauly, essa pergunta vem um pouco antes da hora. — Sua voz soou gentil, mas nela oscilou certa frieza. — Minha filha passou por um período terrível. A morte da mãe foi um duro golpe para a família. Por isso, não gostaria de submetê-la a muitas mudanças de uma só vez. Não considero correto separá-la de Nora neste momento. Se Emily se habituar à senhorita e à nova situação, reconsiderarei minha decisão. Até lá, tente manter com Nora um relacionamento o mais harmonioso possível.

Ao ouvir essas palavras, Charlotte engoliu em seco e ficou com uma resposta afiada na ponta da língua. Na hierarquia, a preceptora era superior à babá; por isso, Nora também deveria, pelo menos, se esforçar por um convívio pacífico com ela. Engoliu em seco mais uma vez e, em seu íntimo, contou até dez antes de responder.

— Evidentemente, Sir Andrew. O bem-estar de Emily vem em primeiro lugar. Como já disse antes, fico feliz por poder lecionar a ela e farei tudo para que haja um bom entendimento entre Nora e eu.

Ele anuiu satisfeito.

— Ótimo, então isso está esclarecido. Mais algumas considerações: quando eu estiver em casa, jantaremos juntos com Emily. Quando houver convidados, decidirei se a senhorita e minha filha também participarão da refeição. Aguardarei relatórios regulares sobre os progressos e as eventuais dificuldades de Emily, bem como sugestões para superá-las. — Calou-se por um breve instante, como se estivesse repassando uma lista mentalmente. — O quarto de estudos estará sempre à sua disposição. Além disso, poderá usar a biblioteca depois de pedir minha autorização, mas não para se demorar nela; apenas para consultas ou pegar algum livro emprestado.

Charlotte concordou em silêncio. A gravidade na fala dele não deixava espaço para resposta.

— Passeios com minha filha são sempre permitidos. Contudo, ela sempre deverá estar acompanhada. A senhorita irá constatar que nossa região é muito atraente.

— Do trem e do coche não vi muita coisa, mas o pouco que vi achei magnífico. Wilkins também mencionou o caminho às margens do rio Mole.

A reação de Sir Andrew foi tão fugaz, que mais tarde Charlotte já não teve certeza sobre o que tinha visto exatamente. Fora um sobressalto ou apenas um recuo? Teria lido um indício de irritação ou até de raiva em sua expressão? Em seguida, ele recobrou a postura e disse com voz tranquila:

— Terá de buscar outros caminhos, *Fräulein* Pauly. Às vezes, o rio é imprevisível. Emily não irá passear em suas margens.

Seu tom não admitia contestação.

— Certo, irei me lembrar disso.

— É o que espero.

De repente, foi como se as paredes da biblioteca se aproximassem, como se as estantes fossem soldados movendo-se enfileirados na direção de Charlotte. Viu-se cercada e preferia ter se levantado e saído; porém, em vez do impulso de ceder, olhou com serenidade para o homem bem-apessoado, cujos olhos frios pousaram sobre ela.

— Bem... — Ele se levantou devagar. — Vamos passar à mesa?

Sua voz soou novamente cortês e atenciosa, como se a indisposição de pouco antes não tivesse ocorrido. Charlotte ficou feliz por poder deixar o ambiente.

Sir Andrew a acompanhou até a porta da sala de jantar.

— Queira me desculpar por um instante. Volto logo.

Na sala, ela foi até a janela e viu-o na esquina, em direção à cocheira.

Durante o jantar, conversaram amigavelmente, sem mencionar a futura atividade de Charlotte. Falaram dos pontos turísticos de Berlim e Londres, da travessia do Canal da Mancha e do tempo no último verão. Sir Andrew mostrou-se encantador e divertido, e Charlotte se perguntou se havia imaginado a mudança de humor de pouco antes.

Por fim, Sir Andrew também esclareceu a presença do microscópio que Charlotte havia notado na biblioteca. Contou que era um estudioso amador em botânica e se aperfeiçoava trabalhando ao microscópio. Em Londres, gostava de visitar o Museu de História Natural.

— Interessante — disse Charlotte. — No ano passado, em Berlim, também foi aberto um museu semelhante. Se algum dia eu tiver a oportunidade de ir a Londres, gostaria de visitá-lo.

Pela primeira vez, Sir Andrew esboçou um sorriso que alcançou seus olhos frios.

— É um palácio, uma catedral do conhecimento. Tem apenas nove anos, mas já é de suma importância. Lá também se encontra a coleção botânica de Sir Joseph Banks, que navegou com o capitão Cook.

Charlotte se surpreendeu com a repentina mudança nele ocorrida. Mostrou-se entusiasmado com seus estudos em botânica, com a fauna de Surrey e os fósseis que desde muitas décadas se descobriam no sul da Inglaterra.

Ela mencionou a coleção de folhas que pretendia fazer com Emily.

— Obviamente, apenas se o senhor e sua filha ainda não a tiverem feito.

Mais uma vez, seu olhar estranho se fez presente, e ela percebeu que havia cometido uma gafe. Nas famílias que podiam dispor de preceptoras, as mães abriam mão de todas as atividades educativas — o mesmo devia valer para os pais, que em geral só viam os filhos à noite ou quando eram apresentados a convidados.

— Com certeza poderá fazer isso, *Fräulein* Pauly, desde que as lições obrigatórias não sejam abreviadas. Na educação de uma menina, os idiomas, a música e os trabalhos manuais têm prioridade.

— Naturalmente. Vamos nos ocupar disso depois que as outras coisas tiverem sido encerradas.

Após o jantar, Sir Andrew se despediu e se dirigiu à biblioteca para fumar, enquanto Charlotte tomou o caminho rumo a seu quarto. Ao pé da escada, se deteve, pois ouviu uma voz baixa e exasperada vindo do corredor dos serviçais. Era como um *déjà-vu* – viu-se mais uma vez na casa de Mrs. Ingram, com um pé na escada, tentando ouvir as vozes vindas da sala. Desta vez, também ficou imóvel.

— Foi um exagero gritar com ele daquela maneira.

Não conseguiu ouvir mais nada; porém, entendeu claramente o nome do senhor Wilkins. E se lembrou de ter visto Sir Andrew indo em direção à cocheira antes do jantar.

A princípio, Charlotte dormiu bem. O silêncio no quarto e o cansaço da viagem fizeram com que não permanecesse acordada por muito tempo.

Por volta das duas horas, porém, foi despertada por rumores no piso inferior. Embora não fossem altos, ela logo acordou. Levantou-se e pôs um xale nos ombros, antes de abrir a porta do quarto com cautela.

Ouviu passos e sussurros no andar de baixo. Com cuidado, desceu os degraus e olhou pela porta que separava a escada de caracol do corredor no primeiro andar. Não se via ninguém. Então notou que a porta do quarto de Emily estava apenas encostada e se aproximou.

Ouviu o murmúrio tranquilizador de uma voz feminina.

— Pronto, está tudo bem, foi só um sonho. Volte para a cama. Está tudo bem.

Ao que tudo indicava, Emily tinha tido um pesadelo e estava sendo consolada por Nora. Aliviada, Charlotte se virou para a escada e voltou para o quarto.

5

No dia seguinte, quando Charlotte desceu para o café da manhã, Sir Andrew estava de saída. Cumprimentou-a rapidamente, mas de maneira amigável, e desapareceu na manhã cinzenta.

Charlotte se sentou à mesa na sala de jantar. Millie serviu uma travessa de prata, que colocou numa chapa quente antes de erguer a tampa. Nela havia um café da manhã substancioso, com ovo mexido e *bacon*, suficiente para duas pessoas.

— Onde está Emily?

Millie, que estava para deixar a sala, se virou.

— Está tomando café com Nora no quarto de estudos.

Charlotte sentiu a face arder.

— Tem certeza?

Millie mordeu o lábio, como se a pergunta a tivesse incomodado.

— Desde que... desde que Lady Ellen faleceu, elas sempre tomam café no quarto de estudos. E, sim, levei a refeição para elas há dez minutos.

— Obrigada.

Anuiu para a criada, que deixou a sala depressa.

Havia perdido o apetite, mas tinha um longo dia de trabalho pela frente e precisava se alimentar. Irritou-se consigo mesma, pois não tinha mencionado nenhum local para o café da manhã em comum. Assim, Nora podia dar a desculpa de que sempre havia comido com a menina no quarto de estudos e imaginara que Charlotte manteria o hábito.

Charlotte comeu torrada com manteiga, ovos e *bacon* e bebeu várias xícaras do chá delicioso, mas forte, servido junto com a refeição.

Não fazia sentido se envolver nesse tipo de joguete. Terminaria seu café da manhã com calma, depois iria para o quarto de estudos e esclareceria a situação com Nora.

Foi quando se lembrou de que tinha acordado durante a noite — já não sabia se tinha sido pelo choro ou grito de Emily. Mas deve ter sido alto, do contrário não teria chegado até ela na torre. Nora também deve tê-lo ouvido, embora dormisse no andar de cima.

Limpou a boca com o guardanapo e estava para se levantar quando bateram à porta e Mrs. Evans entrou.

— Bom dia, Miss Pauly — disse em tom sóbrio. — Espero que tenha dormido bem.

— Sim, muito obrigada.

— A que horas devo mandar o almoço para o quarto de estudos? Até agora sempre se almoçou por volta de uma hora da tarde.

— Para mim está perfeito, Mrs. Evans. — Charlotte hesitou por um instante. — A partir de amanhã de manhã, Miss Emily e eu tomaremos café juntas aqui embaixo. Poderia cuidar disso?

A governanta ergueu rapidamente as sobrancelhas e anuiu.

— Pois não, Miss Pauly.

Em seguida, virou-se e deixou a sala.

Satisfeita, Charlotte subiu para o quarto. Como ainda eram nove e meia, leu um pouco, reuniu o material que usaria naquele dia e foi para o quarto de estudos. Encontrou-o vazio.

Charlotte respirou fundo, virou-se e olhou para o corredor. Não se via ninguém. Aguçou os ouvidos e achou ter ouvido vozes vindas do quarto de Emily, que ficava ao lado. Bateu à porta e entrou. A menina estava sentada diante da cômoda; Nora, atrás dela, fazia tranças em seus cabelos. Apesar da irritação, Charlotte notou como o quarto era bonito. Móveis pintados de branco, roupa de cama e cortinas azuis, belos quadros com animais e paisagens, bonecas e um grande cavalo de balanço com uma sela de couro autêntico. Num canto, uma magnífica casa de boneca com três andares e quartos cuidadosamente decorados.

— Bom dia, Emily. Vamos começar a aula agora. Estou esperando por você aqui ao lado.

Sem conseguir mexer a cabeça enquanto Nora trançava seus cabelos, a menina olhou para ela de soslaio.

— Tivemos de trançar o cabelo de novo. Tentei fazer sozinha, mas se soltaram durante o café da manhã.

Nora permaneceu em silêncio.

Charlotte deu um passo para dentro do quarto.

— Emily, por favor, vá para o quarto ao lado.

Nora soltou a trança já feita, e Emily, que deve ter sentido a tensão, correu para o quarto de estudos.

— Nora, eu gostaria de esclarecer algumas coisas com você. A partir de amanhã, Emily vai tomar café da manhã comigo na sala de jantar. Espero que ela esteja vestida e penteada antes da refeição. Você pode cuidar disso, mas ela terá de estar pontualmente às oito e quinze sentada comigo à mesa.

Olhou com expectativa para Nora, que ficou calada e de cabeça baixa. Após sua oferta feita no dia anterior, Charlotte achava que o primeiro passo rumo a uma convivência pacífica tinha sido dado, mas a moça parecia tão obstinada quanto antes.

— Não é fácil se desapegar de uma criança que se conhece há tanto tempo. Suponho que no café da manhã de hoje tenha havido um mal-entendido.

Você continuará a ver Emily, mas ela precisa de uma rotina regrada, a ser determinada pelas aulas. Tenho certeza de que o pai dela concorda com minha opinião.

Ao mencionar o dono da casa, uma sombra passou pelo semblante de Nora.

— Sim, Miss Pauly — disse em voz baixa e deixou o quarto.

Charlotte a viu se afastar. Não havia sido uma vitória.

No quarto de estudos, Emily já estava sentada no banco e olhou tensa para ela.

Charlotte se sentou à mesa da frente e juntou as mãos.

— Em primeiro lugar, gostaria de saber como você está.

A menina a olhou com surpresa.

— Estou bem.

— Esta noite ouvi ruídos vindos do seu quarto e me levantei para ver. Mas já havia alguém com você.

Emily assentiu com a cabeça, mas nada disse.

— Foi Nora?

— Foi. Isso é ruim? — Sua voz soou hesitante.

— Não, é claro que não é ruim — respondeu Charlotte, atenuando a situação. — Teve um pesadelo?

Mais uma vez, Emily fez que sim.

— Costuma tê-los?

Sua aluna deslizava de um lado para o outro do banco, o que revelava quanto aquelas perguntas a incomodavam. Charlotte não quis pressioná-la mais.

— Bem, vamos começar então com a aula. Por favor, me ajude. — Foi para o canto, onde alguns mapas estavam encostados à parede. — Há algum da Europa?

— Acho que sim — disse Emily, cujo alívio era visível. Passou os dedos pelos mapas enrolados e apontou para um, empoeirado. — Este aqui. Ainda não o utilizamos.

Então Emily começou a mostrar a Charlotte os rios e as cidades mais importantes da Inglaterra num mapa do país. Os conhecimentos geográficos da menina eram bons, e ela ficou radiante a cada resposta correta. Porém, quando Charlotte desenrolou o mapa da Europa e o pendurou no suporte, as respostas fáceis tinham acabado.

— Vamos ter de estudar a Europa mais a fundo — disse.

Emily olhou para o chão, até que Charlotte levantou seu queixo com o dedo e ambas se olharam.

— Vamos começar. Não é nenhum crime não saber uma coisa, mas é tolo se acomodar na ignorância.

Em seguida, trabalharam tranquilamente em conjunto e mal perceberam o tempo passar. Emily era esforçada, falava com espontaneidade, mas pouco. Eis por que Charlotte ficou ainda mais surpresa quando ela perguntou sem rodeios:

— É bonito o lugar de onde a senhorita vem, *Fräulein* Pauly?

Ela assentiu.

— Muito bonito. Venho das proximidades de Berlim, de uma localidade em Brandemburgo. Uma região extensa e plana, com muitas florestas e herdades suntuosas.

— O que são herdades?

— São propriedades rurais ricas, que às vezes parecem pequenos castelos — explicou Charlotte. — Porém, a mais bonita é a área de Spreewald. — Falou dos afluentes e canais que cruzam a floresta como uma rede, das águas tão calmas que as copas das árvores se refletem nelas como num espelho encantado.

— A senhorita parece triste — disse Emily abertamente, e Charlotte a olhou surpresa.

— Talvez eu esteja sentindo um pouco de saudade de casa, o que não é incomum. Mas na viagem para cá vi um pouco da paisagem inglesa e também a achei muito bonita. Espero conhecer tudo isso melhor em breve.

Emily hesitou.

— Eu... eu praticamente nunca saí daqui, porque várias vezes fiquei doente. O papai diz que logo vai me levar para Londres. — Seus olhos brilharam ao dizer essas palavras. Atividades com o pai pareciam raras e, por isso, preciosas.

— Mas você está melhor agora? — perguntou Charlotte de modo casual.

— Estou, bem melhor. Vamos continuar?

— Claro. Até onde foi com as contas?

Estavam na aula de alemão quando bateram à porta. Já seria uma hora? Ao olhar para o relógio, Charlotte viu que, de fato, já tinham se passado três horas. Fechou o livro e pôs de lado o ponteiro que havia usado para mostrar a Emily os primeiros vocábulos na lousa.

— A partir de amanhã, vamos tentar conversar um pouco em alemão. Agora vamos recobrar as energias para a parte da tarde.

Millie trouxe rosbife, pão e picles, além de frutas e queijo.

No início, comeram em silêncio, e Charlotte pôde observar discretamente a menina. Parecia muito quieta, quase um pouco deprimida, e se perguntou se era por causa da noite agitada ou da hostilidade de Nora, que não devia ter passado despercebida a Emily.

— Está triste? — perguntou, por fim.

A menina negou com a cabeça e continuou a comer.

— Podemos conversar, desde que não falemos de boca cheia — disse com delicadeza. — Comigo, isso não é proibido.

— Conte alguma coisa da Alemanha.

Charlotte examinou-a. Para sua idade, Emily tinha uma habilidade espantosa de se esquivar com educação de suas perguntas. Enquanto outras crianças costumavam contar muitas histórias, ela parecia cautelosa e media as próprias palavras com exatidão. Quando não queria responder a uma pergunta, apenas contornava mudando de assunto, em vez de se calar com obstinação.

— Muito bem. Conhece os contos dos irmãos Grimm?

— Alguns, que... — De repente, Emily permaneceu imóvel, o olhar voltado para o prato.

— Sim?

A menina pareceu ter despertado de um curto transe e olhou assustada para ela.

— O quê?

— Você ia me dizer quem lhe narrou os contos dos irmãos Grimm.

Emily deu de ombros e olhou para o prato. Charlotte tentou por outro caminho.

— Gostou deles?

— De alguns, sim. Outros eram assustadores. Não gostei daquele da cabeça de cavalo.

— Você se refere ao conto "A Guardadora de Gansos" — disse Charlotte. — É de fato horripilante. Mas você deve se lembrar de que, no final, tudo termina bem.

— Mas antes é assustador — insistiu Emily, e Charlotte não a contestou. As crianças possuem sensibilidade para coisas que incutem medo, e se lembrou de que, quando criança, ela também teve medo do cavalo decapitado.

Charlotte não prosseguiu, mas percebeu que, mais uma vez, Emily tinha saído pela tangente.

À tarde, saíram para um passeio, pois a menina precisava se acostumar aos poucos à rotina mais rigorosa. Emily perguntou se Nora poderia ir junto, mas a babá tinha aproveitado o tempo livre para visitar parentes na vizinha Mickleham.

Charlotte ficou aliviada.

— Seria ótimo se você me falasse um pouco do lugar — disse à menina quando passaram pelo portão e viraram na Crabtree Lane.

— Com prazer.

Muitas crianças ficavam orgulhosas quando podiam explicar ou ensinar alguma coisa aos adultos.

— Está vendo aquela casa ali? — A menina apontou para uma construção em meio a um grande jardim, atrás de um muro. — É Camilla Lacey. Foi construída por uma escritora. Eu a acho muito bonita.

Charlotte parou e observou a casa com as pequenas janelas com caixilhos de chumbo e telhado pontiagudo sobre a porta. Era de fato muito bonita, e o jardim devia ser um verdadeiro paraíso na primavera e no verão.

Emily deu alguns passos à frente.

— O mais bonito é isto aqui.

Parou e apontou para a direita, onde o muro terminava num arco de pedra. No ponto mais alto, era decorado com pedras cor de areia e cinza, dispostas como num tabuleiro de xadrez, e coroado por um telhado. Na verdade, parecia grandioso demais para uma propriedade modesta.

— Tenho sempre a impressão de que o portão pertence a um castelo — disse Emily, com diligência. — E imagino passar por ele com o coche, puxado por dois cavalos. — Do lado de fora, a menina pareceu repentinamente mais livre e saltitava, mostrando uma coisa e outra. — Certa vez estive lá dentro com o papai. Mas já faz muito tempo. O interior também é bem bonito, mas não é nenhum castelo de conto de fadas.

— Quer colher folhas para o álbum? — perguntou Charlotte quando deram uns passos mais adiante. — Ainda é cedo para isso, mas uma ou outra iremos encontrar.

E logo Emily procurou sob as árvores alguns exemplares bem coloridos.

— Se as comprimirmos, já não ficarão como agora.

— Infelizmente, não. Mas podemos colá-las, e você escreve o nome delas embaixo. Assim, poderá surpreender seu pai.

— Ótimo, vamos fazer isso. — Emily juntou as folhas pelos pedúnculos, fazendo com que parecessem um ramalhete de flores marrom-avermelhadas. Suas bochechas estavam rosadas, e seus olhos brilhavam.

— Quer que eu lhe mostre as ruínas da capela? Mas é um pouco longe.

— Uma ruína? Claro! Gosto de ruínas.

— É mesmo? Mas estão destruídas.

Charlotte riu.

— Algumas pessoas acham ruínas algo romântico porque lembram o passado. Em tempos remotos, chegou-se a construir ruínas artificiais de castelos ou mosteiros, que pareciam antigos e como se tivessem sido destruídos muito antes.

Emily parou e a olhou desconfiada.

— Quem é que constrói uma coisa destruída desde o começo?

— Bom, isso é uma invenção inglesa.

A menina arregalou os olhos.

— Que estranho! Sempre pensei que algo só fosse bonito inteiro.

Olhou para Charlotte com insegurança, como se tivesse dito uma bobagem.

— É verdade, é difícil entender.

Ocorreu-lhe a ideia de aproveitar a ocasião para ensinar à menina um pouco sobre o romantismo. Assim, em linguagem adequada para uma criança, falou-lhe da nostalgia de castelos encantados, de tempos antigos, da busca por uma flor azul que ninguém conseguia encontrar e do amor pela natureza. Entre uma explicação e outra, Emily fez perguntas inteligentes, e logo a conversa ficou tão animada que mal viram o vilarejo por onde passaram.

— Depois que você aprender um pouco de alemão, vamos ler alguns belos poemas dessa época.

— Também vamos ler poemas ingleses?

— Mas é claro! Você poderá lê-los para mim em voz alta, assim ouço como devem soar.

Emily olhou para ela com orgulho e surpresa.

— De verdade?

Charlotte achava importante dar autoconfiança às crianças e fortalecê-las naquilo que lhes podia fazer bem. Havia professoras que nunca admitiriam que uma criança pudesse ser superior a elas em alguma coisa, mas achava isso errado.

— Claro!

— Mas a senhorita fala bem inglês.

— Muito obrigada. Porém, desde que cheguei noto quanto ainda tenho de aprender.

De repente, Emily parou e apontou para a esquerda.

— Ali está a ruína.

Em meio a um prado, circundado por uma cerca simples de madeira, erguia-se um muro de frontispício de pedra natural cinza. Apenas a abertura arredondada da janela revelava que se tratava dos resquícios de uma igreja. Um pouco mais adiante, Charlotte descobriu outros destroços de muro, que deveriam representar a outra extremidade da construção.

— Sabe quantos anos tem a capela?

Emily refletiu.

— Não exatamente, mas é o prédio mais antigo do vilarejo e é da Idade Média.

— Consegue imaginar como era antes? Sempre faço isso quando vejo uma ruína ou outro edifício antigo — disse Charlotte. — Feche os olhos e imagine um cavaleiro equipado com seu escudeiro, ou um mercador ambulante, cuja carroça é ornada com sininhos para atrair as pessoas. — Lançou um olhar a Emily, que estava de olhos fechados.

— Vejo-os muito bem à minha frente.

— E agora surge um monge com um livro de orações, querendo visitar a capela. Seu traje marrom roça a grama molhada, então ele estica a mão em direção à porta de madeira e a empurra. Dentro da capela faz frio e sente-se um cheiro de incenso...

— O que é incenso, *Fräulein* Pauly? — Emily abriu os olhos.

Charlotte lhe explicou o que era, e a menina torceu o nariz.

— Acho que não é bom, não é?

— Algumas pessoas gostam. — Aos poucos, uma sombra pousou sobre o campo com as ruínas, e Charlotte percebeu que já estava tarde. Tinham passado mais de uma hora no vilarejo.

— Vamos voltar, pois logo vai escurecer.

No caminho de volta, um homem de batina preta veio ao encontro delas e cumprimentou Emily com gentileza. Tinha um semblante jovem e bronzeado, e parou para se apresentar.

— Reverendo Morton, sacerdote da paróquia de Mickleham. Também respondo por Westhumble.

— Charlotte Pauly. Sou a nova preceptora em Chalk Hill. Prazer em conhecê-lo.

— Já lhe falei dela, Mr. Morton — interveio Emily. — *Fräulein* Pauly vai me ensinar alemão e sabe tocar piano.

Na verdade, Charlotte deveria ter advertido Emily por ela ter se inserido na conversa dos adultos, mas o sacerdote afagou com carinho os cabelos da menina.

— É verdade, você me falou. E fico feliz por já conhecer sua professora.

— Emily é uma excelente guia — disse Charlotte sorrindo.

— É, sim, e a senhorita com certeza já viu nossa ruína. Infelizmente a capela foi abandonada em meados do século XVII, um período funesto para a Igreja. Defendo que os muros sejam restaurados para que pelo menos eles continuem a existir. — Deteve-se. — Toca piano? Se me permite perguntar, toca bem?

— O suficiente para ensinar as crianças — respondeu Charlotte de pronto.

O sacerdote sorriu.

— Então talvez eu a convide para uma de nossas noites musicais em Mickleham, que são muito apreciadas. Nos esforçamos para fomentar as belas-artes em nossa região.

— Se minha atividade me permitir, irei com prazer — respondeu Charlotte, que logo achou o reverendo simpático.

— Excelente, *Fräulein* Pauly. Espero que se adapte bem à nossa pequena comunidade. E você, Emily, estude bastante com sua nova professora.

A menina fez que sim.

— Posso ver seus coelhos de novo, Sir?

— Claro! Pode vir com *Fräulein* Pauly para o chá, assim poderá segurá-los e afagá-los. Agora, infelizmente tenho de me despedir, pois vou visitar um doente...

Com um aceno de cabeça, pôs-se a caminho, e Charlotte voltou com sua pupila para Crabtree Lane. Ao passarem pelo portão de Chalk Hill, Wilkins veio a seu encontro.

Quis cumprimentá-lo de maneira amigável, mas ele apenas fez um breve aceno de cabeça e continuou a caminhar a passos rápidos, como se quisesse evitar conversar com ela. Surpresa, Charlotte viu-o se afastar.

Jantaram juntas com Sir Andrew. Charlotte observou com atenção como ele e Emily se comportavam, pois queria ter uma ideia do relacionamento entre pai e filha. O que viu quase cortou seu coração.

Sempre que Emily tomava a palavra, olhava com expectativa para o pai. Segurava os talheres com tanta firmeza que o nó de seus dedos sobressaía, mas ele parecia nem notar a filha. Charlotte tentou incluir Emily na conversa, mencionando como a menina a havia conduzido com habilidade pelo vilarejo, mas Sir Andrew só estava interessado em seu rendimento escolar.

— O senhor há de entender que ainda não tenho como montar um quadro abrangente — esclareceu Charlotte. Por que tinha de discutir esse tipo de coisa na presença da menina? — Sua filha tem sede de conhecimento e é aplicada. Creio que trabalharemos bem juntas.

— Ótimo, ótimo — disse, colocando o guardanapo de lado. — No próximo sábado terei convidados. Gostaria de lhe pedir para tocar piano para nós após o jantar.

Não foi um pedido amigável, como o manifestado antes pelo reverendo, mas uma ordem clara. Algo em Charlotte se opunha à naturalidade com que Sir Andrew dela dispunha; por outro lado, esta era uma tarefa que podia perfeitamente ser exigida de uma preceptora. Por isso, assentiu.

— Tem preferência por alguma música...?

— Isso a senhorita decide, *Fräulein* Pauly — disse num tom como se já estivesse com o pensamento em outro lugar.

Ela lançou um olhar para Emily. A menina estava sentada, cabisbaixa, olhando para o prato quase intocado. Charlotte ficou com o coração partido e se perguntou qual seria o motivo para a fria postura do pai. Então lhe ocorreu que talvez o luto pela esposa estivesse entre ele e a filha, impedindo-o de tratar a menina com gentileza e carinho. Será que Emily o fazia se lembrar do que havia perdido?

Logo em seguida, bateram à porta, e Nora entrou para levar Emily para a cama. Lançou a Charlotte um olhar de relance, no qual ela teve a impressão de ter lido algo como um triunfo. Agora ela pertence de novo a mim, a babá parecia dizer. Ficou em pé atrás de Sir Andrew, que deu um beijo distraído na testa de Emily.

— Durma bem.

Quando Nora estava levando a menina para a porta, Emily se virou e foi até Charlotte. Fez uma reverência e disse:

— Boa noite, *Fräulein* Pauly. Foi um belo dia.

Charlotte sorriu em silêncio e sentiu o olhar de Sir Andrew se voltar para ela.

— Pelo visto, a senhorita começou bem.

— Sua filha é uma menina gentil e compreensiva — respondeu com sinceridade. Em seguida, criou coragem. — Sir Andrew, na noite passada fiquei sabendo que Emily teve um pesadelo. Posso lhe perguntar se isso ocorre com frequência? Assim, eu estaria preparada, caso no dia seguinte ela se mostre desatenta ou cansada na aula.

O silêncio na sala era impenetrável, e Charlotte achou que ele nunca fosse responder. Mas então olhou para ela com as sobrancelhas erguidas.

— Já mencionei que antes minha filha adoecia com frequência. Isso e o fato de ter perdido a mãe acabam sobrecarregando uma criança. É perfeitamente natural que tenha pesadelos.

Charlotte não se deixou constranger.

— Não foi minha intenção fazer uma crítica. Só me parece útil saber o máximo possível sobre minha aluna, para que eu possa levar em conta alguma dificuldade.

— E a mim parece útil que uma criança sempre se dedique com atenção, e não seja encorajada a usar pequenas fraquezas como pretexto para a falta de aplicação.

Ela respirou fundo e olhou para o prato. Restavam-lhe poucos segundos para decidir. Se dissesse com franqueza o que pensava, seu tempo na casa Clayworth chegaria ao fim. Valeria a pena? O que Emily iria pensar se sua nova preceptora fosse demitida logo após o primeiro dia? Charlotte não podia correr esse risco. Mas como reagir ao modo frio daquele homem?

Engoliu em seco e respirou outra vez.

— Não é do meu feitio tolerar pretextos. Mas sei por experiência própria que falta de sono e noites maldormidas são prejudiciais. Essa foi a única razão de minha pergunta. Isso não atenuará em absoluto as expectativas que tenho em relação à sua filha.

Ele pareceu satisfeito com a resposta, pois anuiu brevemente e se levantou para ir à biblioteca.

Charlotte também se levantou, mas esperou que ele deixasse a sala. Não lhe agradou pensar que ele se sentisse obrigado a abrir a porta para ela.

Naquela noite, ela ficou um bom tempo acordada. As muitas impressões novas e as tensões que sentia entre as pessoas da casa a perturbaram. O comportamento estranho de Wilkins, que durante a viagem até lá havia sido tão gentil, também a deixou confusa.

Sentou-se, acendeu a luz e pegou um livro para se distrair, mas, após poucas páginas, outras palavras e vozes se insinuaram em sua cabeça e expulsaram o pouco que havia conseguido reter da leitura. Fechou o livro e colocou-o no criado-mudo.

Deve ter adormecido em algum momento, pois acordou com um sobressalto devido a um sonho estranho. Depois de despertar, só conseguiu se lembrar de um fragmento: um homem parecido com Sir Andrew estava em pé no escritório, curvado sobre um microscópio, falando de nervuras de folhas, clorofila e luz solar, mas, quando se virou, o rosto que olhou para ela era outro. Um rosto que ela não gostaria de rever.

Charlotte permaneceu deitada, ofegante, e tentou se lembrar do restante; porém, como costuma acontecer com frequência em sonhos, reteve apenas esta cena em sua memória, e mesmo assim se desvaneceu rapidamente, transformando-se num esboço absurdo.

6

Boars Hill, Oxford, janeiro de 1889

Durante o passeio, os três estavam protegidos por capotes quentes, cachecóis e gorros, mas o frio não os impediu de parar no prado coberto pela geada e desfrutar da vista da paisagem circundante, que era de tirar o fôlego. Ao longe, Oxford se erguia no claro ar invernal como uma ilha encantada, que se destacava nos campos brancos, cobertos de neve.

— As torres sonhadoras... sua beleza se afirma a cada estação do ano — disse o homem esguio e de cabelos escuros, apontando para a silhueta de arenito dourado. — Nelas, o tempo parou. Como se nada tivesse mudado desde nossos dias de estudantes.

Seu acompanhante riu:

— É o que você pensa, Tom. O progresso não para em lugar nenhum, mesmo quando se realiza atrás de muros antigos.

— Mas você tem razão, são magníficas, sobretudo quando vistas de longe — disse a mulher batendo as mãos. Sua face estava avermelhada devido ao frio.

Continuaram a passos lentos, e o gramado congelado crepitava sob seus pés. Foram até Boars Hill e subiram no monte para desfrutar da famosa vista para a cidade, apesar do frio.

— No verão, poderíamos vir fazer um piquenique aqui — disse a mulher, dando o braço a Tom. — Estou tão feliz por você ter vindo! Deve ser difícil encontrar paz de espírito em Londres. — Olhou para ele com cuidado.

— Para isso é necessário mais do que o ambiente adequado, mas é verdade, em Oxford sinto uma tranquilidade que muitas vezes me falta em casa — admitiu Tom, sorrindo. — Infelizmente, não pude vir antes. Até o Natal tive muito que fazer, depois fui visitar meu pai, em Warwick. Ele está sempre preocupado comigo, por isso não consegui escapar do turbilhão dos dias festivos.

— Como ele está?

— Está ótimo. Minha irmã e meus irmãos também estavam lá com os filhos, ainda bem que não todos no mesmo dia, senão meus nervos não aguentariam. Mas foi bom revê-los.

Tom havia chegado no dia anterior, depois de entregar o artigo que faltava. Talvez ali conseguisse continuar a escrever seu livro sobre Shakespeare. Oxford tinha sempre o efeito de renovar seu espírito. Tomado de esperança, levara consigo o manuscrito e nutria a ideia de mostrá-lo a John Hoskins, embora ele não fosse um especialista em literatura inglesa. Mas pelo menos poderia avaliar se algo havia sido escrito bem ou mal. Pois esse texto era algo diferente de suas críticas teatrais, que lhe proporcionavam muita alegria, mas eram escritas apenas para o momento.

A noite anterior fora divertida. A cozinheira havia preparado uma excelente refeição, e ainda ficaram sentados à lareira, bebendo vinho e conversando sobre vários assuntos. Antes, Tom observara com interesse a atenção que Sarah e John dedicavam aos filhos. As crianças comeram junto com eles, tocaram algumas peças com seus instrumentos e, em seguida, Sarah leu para eles antes de irem para a cama. Naquela família, tudo se dava de maneira harmoniosa e espontânea.

— Como vai sua irmã? — perguntou de repente. — John havia mencionado em sua carta de novembro que vocês andam apreensivos por causa do médium.

Notou a preocupação no rosto de Sarah.

— Não está bem. Na verdade, está pior do que nos meses logo após a morte de Gabriel. Esteve várias vezes com esse Belvoir. Já não faz nada sem antes consultá-lo. Não entendo o que viu nele.

— Não viu nada nele, mas depende de suas evocações — objetou John com certo mau humor. — Vi uma foto dele no jornal; é um baixinho exótico, com barba no queixo, e impossível de ser levado a sério.

— John! Não tem graça nenhuma — disse Sarah, recriminando-o. — Esse homem precisa ser desmascarado; é um charlatão!

— Pelo visto, um charlatão convincente — retrucou o marido. — Eu considerava sua irmã uma pessoa sensata, mas ela caiu completamente nesse absurdo. Não é porque de repente Deus e o mundo resolvem fazer sessões espíritas e mesas balançam que as leis da natureza vão deixar de existir. Basta pensarmos em Madame Blavatsky e em seus teosofistas... uns embusteiros.

— Para você, é muito fácil falar — indignou-se Sarah. — Você vê tudo de um ponto de vista racional e se esquece de que as pessoas possuem não apenas a razão, mas também sentimentos. Emma já não é a mesma de antes da morte de Gabriel. Deveríamos levar isso em conta.

Tom sabia que o noivo de Emma Sinclair havia morrido num horrível acidente. Um coche o havia atropelado em plena rua e o arrastara ao longo de um trecho.

— Ninguém supera um golpe do destino como esse em um espaço de tempo tão curto.

Tom se afastou um pouco — não por causa da calorosa discussão de seus amigos; afinal, ele já tinha presenciado o bastante esse tipo de coisa —, mas porque o rumo que a conversa tinha tomado não o agradava.

Ambos discutiam enquanto caminhavam, até que John parou abruptamente, olhou para Tom e deu um tapa na própria testa.

— Tom, nos desculpe... Foi um comentário tolo e desrespeitoso da nossa parte.

Sem dizer uma palavra, Sarah colocou a mão em seu braço, mas ele a tirou com delicadeza.

— Tudo bem. Em resumo, vocês dois estão preocupados, embora tenham pontos de vista diferentes. Acham que o sujeito está explorando Emma para ganhar dinheiro e, ao que tudo indica, outros clientes graças à sua recomendação. Estou certo?

Sarah fez que sim.

— Ela já não vive no presente, só almeja essas reuniões porque espera notícias de Gabriel. Não é nada saudável. Mas é intransigente e não admite nenhuma crítica a Belvoir. John não quer que eu a acompanhe até a sessão... — Lançou um olhar interrogativo ao marido, que deu de ombros.

— Acho desnecessário prestigiar esse sujeito em sua atividade infame.

— Mas eu poderia ver exatamente o que ele faz, pois sou objetiva e não vou me deixar impressionar por seus truques — respondeu Sarah, mas o marido balançou a cabeça.

Tom notou que a atmosfera entre o casal havia se alterado e que a diferença de opinião ameaçava causar um verdadeiro conflito. Por isso, sem refletir muito, disse:

— Podem deixar, eu vou.

Sarah e John o olharam surpresos.

— Tem certeza? — perguntou Sarah. — Você prestaria uma grande ajuda a Emma e a nós. Eu ficaria muito grata a você.

— Mas prefiro ver o sujeito sem que sua irmã esteja presente. Vou formar uma opinião sobre ele e, se o considerar um impostor, vocês podem me apresentar a ela como testemunha.

No mesmo instante, sobreveio-lhe um pensamento desagradável. E se o espírita tentasse incluí-lo na sessão e evocasse seus próprios espíritos? Tom mordeu o lábio. Teria se precipitado com sua oferta? Mas então já não podia voltar atrás.

— Tom, o que foi? Mudou de ideia? — perguntou Sarah, preocupada.

— Não, não. Só estava pensando... Sarah, o que exatamente faz esse Belvoir? Evoca o espírito dos mortos e transmite mensagens para os vivos ou também faz outras coisas?

— Ah, faz de tudo — respondeu, rindo. — Faz mesas e cadeiras balançarem e espíritos escreverem em lousas de ardósia. — Então, ela pareceu compreender. — Talvez você realmente devesse dar uma olhada na psicografia. — Lançou um olhar de advertência ao marido.

— Ah, sim, claro. Tom, ficaríamos muito gratos se você assumisse isso. Se o considerar um impostor, poderia escrever a respeito no jornal e desmascará-lo. Assim, quem sabe Emma também se convença.

— Sim, é uma boa ideia — concordou Sarah.

Tomara que tenham razão, pensou. De repente, a vista dos campos cobertos de neve havia perdido seu encanto.

7

Setembro de 1890, Chalk Hill

Havia alguma coisa diferente naquela manhã. Quando Charlotte entrou no quarto de estudos, depois de ter ido à torre buscar um livro, Emily já estava sentada em seu banco. Charlotte olhou ao redor com atenção, mas não notou nada fora do habitual. Então, sentou-se à mesa e começou com um ditado em inglês.

Emily estava curvada sobre o caderno, os olhos concentrados na folha, sem erguer a cabeça sequer uma vez.

Charlotte se levantou e, enquanto ditava, caminhou e observou o jardim, que nos últimos dias se cobrira com um vestido de tons quentes, alaranjados e marrons. Uma rajada de vento passou pelos galhos, derrubando folhas murchas. Ela se virou e percebeu quatro manchas claras no chão, um pouco atrás dos pés do banco.

Charlotte se aproximou. Emily levantou a cabeça, viu seu olhar e logo se voltou para o caderno.

Não tivesse sido esse movimento, Charlotte teria acreditado numa coincidência, um descuido da criada. Mas aquilo só podia significar uma coisa: sua aluna tinha empurrado o banco para mais perto de sua mesa.

Sentiu que, com isso, Emily queria lhe dar um sinal. Estaria buscando sua proximidade? Sua primeira impressão da menina dizia que seu comportamento lhe apresentava certo mistério.

— *Fräulein* Pauly? — Emily olhou para ela com ar interrogativo, e Charlotte notou que tinha interrompido o ditado.

— Desculpe, eu estava mergulhada em meus pensamentos. "Ele foi até a porta que conduzia ao aposento contíguo."

— O que é "aposento"?

— É uma palavra elegante para "quarto".

Charlotte continuou a ditar, mas não estava concentrada o suficiente.

Emily era muito aplicada e se esforçava para agradá-la, às vezes até demais. Era tão obediente que de vez em quando Charlotte chegava a desejar um pouco de resistência ou uma observação impertinente. É claro que crianças estudiosas e obedientes eram a meta mais elevada de toda boa educação, mas em Emily ela sentia falta da energia transbordante, que era própria da maioria das crianças.

Onde estava o ímpeto de se levantar de um salto e correr até a janela quando uma nuvem cobria o sol de repente? E as interrupções engraçadas ou os pés batendo embaixo do banco, como se mal pudesse esperar para jogar o capote sobre os ombros e sair correndo para o jardim? Coisas simples que Charlotte costumava ver em outras crianças nessa idade.

Falar a respeito com o pai de Emily, nem pensar; ele não entenderia sua reclamação a respeito de uma menina tão comportada. Talvez a razão fosse o luto pela mãe. Algumas crianças sofriam caladas, sem derramar nenhuma lágrima, e só deixavam transparecer sua perturbação por meio de seu comportamento silencioso.

— Leia mais uma vez o que escreveu e depois me entregue o caderno.

Emily fez conforme ordenado, levantou-se e foi até sua mesa. Ao entregar o caderno a Charlotte, disse hesitante:

— *Fräulein* Pauly, tenho uma ideia.

— Qual seria?

— Que tal perguntar a Wilkins se ele poderia nos levar para dar uma volta? Assim eu lhe mostraria a vizinhança.

Charlotte gostou da sugestão. Naqueles primeiros dias, tinham passado bastante tempo dentro de casa, trabalhando com afinco; um pouco de ar fresco com certeza faria bem. Contudo, Charlotte não se sentia muito à vontade, pois o comportamento estranho de Wilkins não havia mudado. Ela suspeitava que Sir Andrew o tivesse repreendido depois que ele a tinha buscado na estação. Mas por quê?

— Vou pensar, Emily.

Depois da aula, Charlotte entrou na grande cozinha de azulejos brancos e pretos e utensílios brilhantes, pendurados na parede, e perguntou por Mrs. Evans, que saiu de um cômodo contíguo, segurando os óculos de leitura, e se mostrou surpresa ao deparar com a preceptora na área dos serviçais.

— Mrs. Evans, eu gostaria muito se nos próximos dias Wilkins pudesse fazer um pequeno passeio com Miss Emily e eu, para que ela possa me mostrar a região.

Notou que a cozinheira, que estava com os braços mergulhados na massa de pão até os cotovelos, lançou à governanta um olhar furtivo, que Charlotte não conseguiu interpretar.

— Pergunte a ele — respondeu Mrs. Evans, olhando pela janela. — Está no pátio. — Abriu a porta dos fundos e chamou o cocheiro.

De botas, Wilkins veio a passos pesados e parou à porta aberta, sem olhar para Charlotte.

— Miss Pauly tem uma pergunta a lhe fazer, Wilkins.

— Pois não? — Seus olhos ainda estavam voltados para os pés, que pareciam atraí-los como um ímã.

Charlotte lhe comunicou seu pedido, ao qual ele reagiu girando devagar o gorro nas mãos.

Charlotte teve a impressão de que os lábios de Mrs. Evans se curvaram em um ínfimo sorriso.

— E então? — perguntou em tom de exigência.

— Claro, Miss. Amanhã está bom para a senhorita? Por volta das duas?

— Combinado, Wilkins. Amanhã, então.

Ele anuiu e deu meia-volta, sem dizer mais nada.

— O que foi isso? — deixou escapar a cozinheira, enquanto afastava com o braço uma madeixa que lhe caíra no rosto luminoso.

Mrs. Evans lhe dirigiu um olhar severo.

— Não sei do que você está falando. — Em seguida, virou-se para Charlotte: — É bom comunicar sua intenção a Sir Andrew. Ele gosta de saber onde Emily está durante o dia.

— Claro. Não era minha intenção agir sem seu consentimento — respondeu Charlotte brevemente e deixou a cozinha.

A tensão no ambiente era palpável; porém, nem mesmo com a maior boa vontade conseguia entender o que havia por trás do comportamento estranho do cocheiro. Menos ainda por que Mrs. Evans pareceu ignorar seu comportamento brusco. De todo modo, ela não se deixaria intimidar por isso.

A noite correu sem problemas. Sir Andrew logo concordou com o passeio de coche e voltou a falar dos convidados do sábado seguinte.

— Convidei alguns conhecidos, personalidades do meu distrito eleitoral, cerca de vinte convidados. A senhorita jantará conosco, enquanto Emily permanecerá lá em cima com Nora. Em seguida, minha filha cumprimentará rapidamente os convidados, antes que a senhorita toque algo para nós no piano. Deixo a escolha das peças a seu critério.

Charlotte anuiu.

— Certo, Sir Andrew.

Ele pigarreou, como se quisesse dizer mais alguma coisa, mas se calou. Por fim, olhou para ela através de sua taça de vinho.

— O que pode me dizer sobre Emily?

— Estou muito satisfeita com ela — respondeu Charlotte de imediato. — Gosta de estudar, é esforçada e compreende tudo bem rápido. — Calou-se, hesitante, ao pensar na obediência extremada de Emily.

— Sim?

— Ah, não é nada.

Charlotte teve a impressão de ter lido certa suspeita em seu olhar, mas ele não perguntou mais nada; só lhe desejou boa-noite e se retirou para fumar.

Ela subiu e bateu à porta do quarto de Emily. A menina estava sentada numa cadeira, enquanto Nora penteava seus cabelos.

— Nora, eu gostaria de conversar a sós com Emily.

A babá não se deixou perturbar.

— Só mais vinte escovadas e terminamos.

— Quero conversar *agora* com ela.

A escova continuou a deslizar pelos cabelos escuros de Emily, que caía como um manto cintilante sobre seus ombros.

— A madame sempre dizia que tinham de ser cem escovadas.

Fez-se um silêncio mortal no quarto. Nora paralisou-se em meio ao movimento, e Charlotte lhe lançou um olhar penetrante. Pela primeira vez desde sua chegada alguém mencionava a mãe de Emily. Seu olhar migrou para a menina, sentada imóvel na cadeira. Como estava de costas para ela, não conseguiu ver seu rosto.

— Se dizia isso, não vou impedir — respondeu Charlotte. — Volto logo.

Foi para o corredor e fechou a porta em silêncio. Em seguida, andou por cinco minutos de um lado para o outro, antes de entrar novamente no quarto. Emily já estava na cama, com a coberta puxada até o queixo e os cabelos espalhados como uma auréola no travesseiro. Nora estava arrumando suas roupas e logo depois deixou rápido o quarto.

Charlotte se aproximou da cama e olhou para Emily. Seu rosto não revelava nada.

— Emily, você sabe que no sábado seu pai vai receber visitas e que vou tocar piano.

A menina fez que sim.

— Pensei que poderíamos tocar uma pequena peça a quatro mãos. Quer tentar?

Emily a olhou com insegurança.

— Nunca fiz isso.

— Não é muito difícil. Pegamos uma peça que você já conheça, e eu a altero um pouquinho. Infelizmente, isso me ocorreu tarde demais, senão teríamos mais tempo para praticar. Mas seria uma boa surpresa para o seu pai.

Percebeu como Emily lutava consigo mesma. A ideia de dar uma alegria ao pai era atraente, mas também parecia lhe incutir medo. Mordeu o lábio inferior e depois perguntou em voz baixa:

— E se eu errar?

— Isso acontece até com os melhores. Sem dúvida ele ficará feliz se tomar coragem e tocar em público.

— Então, está bem. Mas a senhorita ficará o tempo todo sentada ao meu lado.

— Claro!

Não queria exibir a menina, mas talvez assim conseguisse amolecer um pouco a frieza com que Sir Andrew tratava a filha.

— Durma bem, Emily.

Charlotte estava indo para a porta, mas olhou mais uma vez por cima dos ombros e viu que, nesse momento, Emily abria a boca para dizer alguma coisa.

— *Fräulein* Pauly?

— Sim?

— A senhorita vai proibir a Nora?

Charlotte se virou por completo.

— Proibir o quê?

Emily engoliu em seco.

— Que escove meus cabelos.

Charlotte a olhou surpresa.

— Por que eu a proibiria?

— Porque... porque era... e não deveríamos... — Emily se calou.

Charlotte respirou fundo. Podia sentir de verdade a tensão da menina e tornou a se aproximar da cama.

— Era sua mãe quem fazia isso, e Nora não devia fazer o que a faz se lembrar dela. É isso?

Emily virou a cabeça para o lado e anuiu em silêncio.

— Não vou contar para o seu pai.

Percebeu o esforço que a menina fez para se controlar.

— Nora acha que a senhorita vai contar para ele.

Charlotte se obrigou a permanecer tranquila.

— Ela é sua amiga, mas não me conhece o bastante e não pode saber como vou me comportar. Entende?

Emily aquiesceu e se virou de lado, deixando à mostra apenas seus cabelos escuros.

Charlotte desejou-lhe boa-noite mais uma vez e se dirigiu em silêncio para a porta.

Então foi rapidamente para o quarto de Nora, que se encontrava no andar de cima, junto com os dos outros serviçais. Ao bater, ouviu um leve "entre".

A babá arregalou os olhos ao vê-la.

— Sim, pois não?

— Preciso falar com você.

— Eu já ia me deitar, Miss.

— Não vai demorar — disse Charlotte decidida, fechando a porta atrás de si e nela se apoiando.

— Você disse a Emily que eu ia proibir que escovasse seus cabelos?

Nora enrubesceu e olhou para o chão.

— Por que quer colocá-la contra mim? Assim você só está fazendo mal a ela. Afirma que quer o bem da menina, mas se continuar a me denegrir aos olhos dela, só vai prejudicá-la. — Calou-se por um momento, antes de tirar seu último ás da manga. — Nora, pense bem qual de nós duas é mais necessária nesta casa. Boa noite.

Charlotte já estava com a mão na maçaneta, quando a babá lhe perguntou:

— A senhorita vai contar para Sir Andrew?

— Não vou contar nada — respondeu sem se virar.

Logo em seguida, saiu para o corredor e puxou a porta atrás de si.

Respirou fundo. Na verdade, não era do seu feitio ser grosseira com as pessoas, mas tinha de se afirmar naquela casa. Por isso, endireitou os ombros e desceu a escada. Parou um pouco diante do quarto de Emily, mas não ouviu nada. Já estava indo para a porta forrada com papel de parede quando ouviu vozes vindas do *hall* no andar de baixo. Permaneceu imóvel.

As criadas Millie e Susan carregavam uma pesada cesta, que colocaram no chão para descansar.

— Ela disse que Mrs. Evans fingiu que nada tinha acontecido. E Wilkins ficou ali parado, sem dizer uma palavra. — Fez uma pausa, como se estivesse imitando a expressão facial do cocheiro, enquanto a outra moça deu uma risadinha.

— Ainda por causa da bronca do patrão?

— Claro! Afinal, ele soltou os cachorros; ouvi tudo pela porta dos fundos! Depois disso, Wilkins ficou cabisbaixo. E só porque tinha falado do passeio às margens do Mole.

Pegaram a cesta e desapareceram na ala dos serviçais.

Charlotte subiu pensativa para sua torre.

À noite, começou a cair um temporal, por isso quase não ouviu o grito. Galhos chicoteavam as janelas, e a chuva batia nos vidros como granizo. Charlotte despertou e olhou para fora, mas nada conseguiu reconhecer na escuridão impenetrável. Enrolou um xale nos ombros e andou de um lado para o outro, pois não queria ficar na cama sem sono. De todo modo, estava inquieta porque a conversa entre Millie e Susan não lhe saíra da cabeça.

Então Sir Andrew tinha, de fato, repreendido o cocheiro, mas ela continuava sem entender a razão. Durante a viagem até Chalk Hill, Wilkins tinha mencionado de modo casual que era possível fazer belos passeios às margens do rio. O que haveria de condenável nisso?

Quando a chuva cedeu um pouco, e Charlotte estava para voltar para a cama, ouviu um barulho. Abriu a porta do quarto e prestou atenção. De novo!

Rapidamente, desceu a escada de caracol e foi ao quarto de Emily. Seu sexto sentido não a tinha enganado. De dentro do quarto vinha um soluço.

Charlotte abriu a porta e acendeu o lampião a gás.

A menina estava encolhida na cama, com os olhos bem fechados e a coberta por cima da cabeça, como se quisesse se esconder.

Com cuidado, Charlotte se aproximou para não a assustar.

— O que aconteceu? — perguntou com delicadeza e se sentou na beira da cama.

A menina não se mexeu.

Esticou a mão e tocou o cabelo de Emily, que estava úmido de suor.

— Teve um pesadelo?

Emily anuiu de modo quase imperceptível.

De repente, Charlotte percebeu que o quarto estava muito frio. Uma das janelas estava aberta, e as cortinas esvoaçavam por causa do vento. Quis se levantar para fechá-la; então, uma mãozinha saiu de repente de baixo da coberta.

— Não!

— Tudo bem.

Tirou as pantufas e se sentou ao lado de Emily, encostando-se à cabeceira. Delicadamente, passou a mão pelos cabelos da menina, até os soluços diminuírem e ela ficar em total silêncio. O quarto foi ficando cada vez mais frio, mas não ousou se afastar, até Emily se acalmar por completo.

— Com o que você sonhou?

A princípio, não houve resposta. Depois, em algum momento, em voz tão baixa que mal dava para ouvi-la:

— Com a mamãe.

Charlotte sentiu o coração disparar. No começo, ninguém fez alusão à falecida. De repente, foi mencionada duas vezes em tão pouco tempo. Teria a funesta história da escovação dos cabelos desencadeado o pesadelo?

— Quer falar a respeito?

Nesse momento, ouviram passos diante da porta.

— Quem está aí?

Nora enfiou a cabeça pelo vão.

— Pensei que...

— Tudo bem, ela só teve um pesadelo — explicou Charlotte. — Pode deixar que eu cuido dela.

A babá hesitou, anuiu e fechou a porta.

— Quer falar a respeito, Emily? — repetiu Charlotte.

Fez-se um longo silêncio, tão longo que chegou a pensar que a menina tivesse adormecido.

— Ela estava ali. Perto da minha cama.

— E isso a deixou com medo?

Emily deu de ombros.

— Sim. Não sei por quê. Parecia tão... tão real. Como se estivesse mesmo aqui. Mas ela morreu!

— Nisso você tem razão. — Charlotte se afastou da menina com cuidado e se levantou. — Volte a dormir, Emily. Vou fechar a janela. Aliás, por que a abriu? Ainda está ventando e chovendo.

— Não a abri — disse a menina com voz sonolenta.

— Com certeza esqueceu-a aberta ou já estava meio adormecida — respondeu Charlotte, tranquilizando-a.

— Não, estou dizendo a verdade — murmurou Emily.

Charlotte trancou as janelas, deixando o temporal do lado de fora, e lançou um olhar carinhoso para a menina, antes de fechar as cortinas. Já estava se encaminhando em silêncio para a porta, quando seu olhar pousou no chão, ao lado da cama. Ela se inclinou e tocou o tapete. Uma mancha úmida. Cheirou a mão. Água, apenas água.

Depois, lançou um último olhar à menina adormecida e voltou para sua torre.

8

Na manhã seguinte, durante o café da manhã, Charlotte não mencionou o sonho. Observou a aluna com muita atenção, mas Emily nada deixou transparecer. Teria se esquecido de tudo porque não estava totalmente desperta na noite anterior? Também era compreensível que não quisesse falar sobre o assunto, o que Charlotte tinha de respeitar.

Permanecera acordada por um bom tempo depois de voltar ao seu quarto. Era natural que crianças tivessem pesadelos, sobretudo depois de sofrerem uma perda difícil, como era o caso de Emily, mas havia algo estranho. Por um lado, a janela estava aberta. Havia perguntado a Nora a respeito, mas a babá tinha respondido, indignada, que jamais deixaria a janela aberta numa noite como aquela, e Charlotte havia acreditado nela. Teria sido a própria Emily? Era a única explicação. Seria sonâmbula? Nesse caso, era preciso ficar de olho nela durante a noite, para que não corresse nenhum perigo na escada ou perto das janelas.

Por outro lado, havia a mancha úmida no tapete. Teria chovido dentro do quarto? Mas o local ficava longe da janela. Talvez Emily tivesse bebido alguma coisa e deixado o copo cair ou esticado as mãos para fora da janela enquanto chovia...

Charlotte procurou se concentrar. A aula começaria em poucos minutos, e Emily não deveria perceber que estava preocupada.

— Parou de chover — disse a menina de repente, pousando a xícara na mesa.

De fato, o tempo tinha melhorado; um sol pálido e leitoso brilhava por entre as árvores, prometendo um dia agradável para o passeio.

— É, teremos sorte com o passeio de coche. Na aula, vamos preparar um pouco nossa excursão — explicou Charlotte. — Vamos falar sobre o que vemos na natureza durante o outono, e você vai me contar sobre a região. Talvez mais tarde até possamos tomar chá em algum lugar.

Emily ficou radiante.

— Há uma casa de chá em Dorking. É muito bonita. Estive lá uma vez com a tia Maggie, irmã de papai.

As bochechas de Emily estavam um pouco enrubescidas, e ela parecia animada de uma maneira fora do comum.

— Ela vem sempre aqui?

Uma sombra caiu sobre a expressão de Emily.

— Não. Eu... gostaria de vê-la com mais frequência, mas... o papai e ela brigaram.

— Sinto muito. Talvez eles ainda façam as pazes. Me fale um pouco sobre ela.

Levantaram-se, empurraram as cadeiras para junto da mesa e subiram para o quarto de estudos.

Ao fecharem a porta, Emily disse:

— Ela cavalga muito bem. Papai disse uma vez que é uma amazona. O que é uma amazona?

— É uma guerreira da mitologia grega. As amazonas sabiam usar como ninguém arco, flecha e espada. — Charlotte preferiu não contar que, segundo a lenda, cortavam um dos seios para melhor manejarem as armas.

Emily arregalou os olhos.

— Quer dizer que lutavam como os homens?

— Sim. Eram bem destemidas e fortes.

A menina pareceu impressionada, e Charlotte decidiu ler algumas sagas antigas com ela.

— E sua tia sabe cavalgar bem?

— Sabe, tem alguns cavalos. Certa vez... certa vez fui visitá-la, e ela me deixou montar um pônei grande. Foi maravilhoso.

Charlotte percebeu a breve hesitação, mas se calou.

— E bebe como um gambá — acrescentou a menina, tampando a boca logo em seguida.

Charlotte precisou se esforçar para não rir. Com certeza Emily tinha ouvido isso dos serviçais.

— Sinto muito, não devia ter dito isso — desculpou-se a menina de imediato. — Não foi gentil. Não devo repetir os que os outros dizem. — Mas os cantos de sua boca indicavam um leve sorriso.

Era incrível a rapidez com que conseguia deixar uma lembrança dolorosa e rir de alguma coisa, pensou Charlotte, que de repente se sentiu muito próxima de sua aluna. A valentia de Emily a impressionava. Ela parecia resolver muita coisa sozinha, mas talvez porque não tivesse em quem confiar.

Depois dessa digressão, voltaram para a aula, e Charlotte mostrou à aluna as formas de folhas em um livro que havia pegado na biblioteca. Emily tinha de lhe apontar quais conhecia e escrever o nome das árvores a que pertenciam.

— Você pode comparar com as folhas que reunimos.

Mais tarde, treinaram a peça de piano que apresentariam no sábado, e ela se saiu muito bem. Emily era atenta e entendia as coisas com rapidez, embora às vezes lhe faltasse um pouco de paciência. Charlotte sentiu nela uma inquietação interior, que borbulhava sob a superfície e só se manifestava quando ela balançava levemente os pés ou puxava os cabelos. Por fim, fechou a tampa do piano.

— Está muito bom. Amanhã cedo continuamos a praticar.

— Mas só depois que o papai sair. Ele disse que amanhã irá visitar o distrito eleitoral e por isso vai sair mais tarde de casa. — A afirmação soou hesitante, como se Emily não soubesse ao certo qual era a ocupação do pai.

— Não se preocupe, vamos surpreendê-lo no sábado à noite — disse Charlotte, e começou a apagar a lousa.

Estava de costas para Emily quando sentiu uma leve puxada em sua manga. A menina estava atrás dela, como sempre com o olhar voltado para o chão.

— Obrigada. — Foi apenas o sopro de um sussurro.

— Por quê? — perguntou Charlotte.

— Por ontem à noite. — Então, Emily virou a cabeça, como se já não quisesse falar a respeito.

Por sorte, o tempo continuou seco também após o almoço. Wilkins colocou à disposição duas mantas quentes, com as quais elas podiam se cobrir, pois a caleche, embora tivesse capota, era aberta na frente e nas laterais, e nessa época do ano esfriava muito.

O cocheiro as recebeu com cortesia, mas não falou mais do que o necessário. Seu comportamento se distinguia nitidamente da conversa amigável que havia tido com Charlotte na viagem desde a estação de trem.

Ela e Emily haviam escolhido um trajeto e o anotaram para ele. Primeiro percorreram a Chapel Lane no sentido oeste, passando por campos e prados cercados por belos muros de pedra. Dirigiram-se mais uma vez às ruínas da capela e atravessaram uma suave paisagem de outono. Nesse meio-tempo, Charlotte pediu para o cocheiro parar e a Emily que dissesse o nome de uma árvore.

— É divertido — disse a menina ao subir com as bochechas rosadas na caleche após a quinta parada. — Ali fica Polesden Lacey. Precisa conhecer, *Fräulein* Pauly.

Wilkins entrou em uma estradinha de terra que sacudiu muito suas passageiras.

— É um atalho, Miss! — exclamou ele por cima dos ombros. — Do contrário, teríamos de atravessar todo o vilarejo e contornar a propriedade.

O cansaço foi recompensado quando a casa surgiu à sua frente. Como costumava acontecer na Inglaterra, o conceito de "casa" era bastante minimizado, pensou Charlotte achando graça. A construção pintada de amarelo tinha uma simetria incrível. Duas alas, que terminavam em sacadas semicirculares, circundavam o edifício principal com o pórtico, coroado por uma torre com cúpula em forma de cebola. As muitas janelas com pinázio miravam o verde da vegetação como olhos radiantes.

— Que castelo maravilhoso! — disse Charlotte.

— Quase como o de um conto de fadas — concordou Emily. Em seguida, acrescentou em voz baixa: — Já estive nele. Por dentro é quase tão lindo como por fora.

— Seu pai conhece os proprietários?

A menina fez que sim.

— Mas na época eu era mais jovem.

A frase soou como se, nesse meio-tempo, ela tivesse se tornado uma mulher idosa, e Charlotte reprimiu um sorriso.

— Talvez o papai possa levá-la algum dia, assim a senhorita também poderá ver o jardim. É belíssimo. Às vezes o papai colhe plantas lá.

Mais uma vez, Charlotte se surpreendeu com as diferentes facetas da natureza de Sir Andrew. Por mais frio e reservado que se mostrasse de vez em quando, parecia praticar seu *hobby* com fervor. Uma pessoa tão dedicada a alguma coisa não poderia ser de todo antipática.

Depois que contemplaram por um longo tempo Polesden Lacey a distância, Wilkins retornou e continuou rumo a leste.

— Esta é a North Downs Way, Miss, que já lhe mostrei antes — esclareceu de imediato. — Dizem que é uma das vias mais antigas da Inglaterra.

— O reverendo Morton me contou que antigamente os peregrinos que iam para Canterbury passavam por aqui — observou Emily, orgulhosa. — E muito antes deles, os caçadores da Idade da Pedra já tinham estado aqui.

— Na primavera, vamos fazer um passeio — sugeriu Charlotte. — Arrumaremos algumas provisões e uma manta e caminharemos até onde conseguirmos.

Os olhos de Emily brilharam.

Chegaram à estrada que, à direita, levava a Dorking. Wilkins parou do outro lado, mas não desceu da boleia. Então apontou com o chicote para a frente.

— Ali, atrás do rio e das florestas, fica Box Hill.

— Já estive lá com papai e o reverendo — contou Emily. — Lá de cima dá para ver bem longe. É lindo. — Seus olhos se voltaram com nostalgia para a colina.

— Talvez na primavera possamos subir lá juntas — disse Charlotte, lançando um olhar para o Mole, que corria por entre as árvores. Então observou Wilkins, sentado na boleia, com o chicote atravessado sobre os joelhos. — Existe alguma ponte por aqui?

Achou que ele não fosse responder de tanto tempo que demorou.

— Existe, sim, mas fica um pouco longe. Lá adiante há um caminho de pedra. Mas é perigoso, pode-se escorregar e...

Charlotte sentiu Emily estremecer a seu lado e olhou preocupada para a menina.

— Está com frio?

Ela abanou a cabeça negativamente.

— Pode seguir em frente, Wilkins.

Puxou a manta sobre os ombros de Emily, que ficou em silêncio junto a si, olhando para o lado, como se quisesse esconder o rosto.

O rio, havia alguma coisa com o rio, pensou Charlotte. O pai de Emily tinha lhe proibido terminantemente de caminhar com a filha às suas margens. E, então, aquele susto repentino quando Wilkins... o que ele tinha acabado de dizer?

Pode-se escorregar e...

Charlotte ficou feliz quando as primeiras casas de Dorking começaram a surgir. Tinha mencionado a Wilkins que queriam ir à casa de chá, e ele as conduziu para lá. A rua principal não era coberta por paralelepípedos, mas tinha calçadas pavimentadas, nas quais era possível passear e observar as mercadorias expostas nas lojas. A rua era ladeada por postes com lampiões a gás, e seu aspecto agradável convidava a demorar-se ali por um instante.

Algumas pessoas cumprimentaram quando viram a caleche dos Clayworth, e Wilkins retribuiu tocando o cabo do chicote no chapéu. Emily voltou a olhar para a frente, o rubor tinha voltado à sua face.

— É ali! — exclamou, apontando para uma casa bonita, pintada de azul-claro, com grandes janelas salientes, sobre cuja entrada estava pendurada uma placa de metal em forma de chaleira.

— Quando devo voltar para buscá-las, Miss? — quis saber Wilkins.

Charlotte pensou.

— Daqui a uma hora. Não, digamos uma hora e meia, assim Emily e eu podemos olhar mais um pouco as vitrines.

Ele tocou o boné, subiu na boleia e partiu. Charlotte e sua pupila entraram na casa de chá, que exalava um odor de bolo recém-assado. Nas paredes havia quadros retratando a paisagem da região; as mesas eram decoradas com belas toalhas e velas. Parecia até uma sala particular, aconchegante e quente.

Uma senhora de touca branca foi até elas, tão rápido quanto seu corpo roliço lhe permitia.

— Boa tarde, senhoritas. — Espantou-se ao olhar melhor para Emily. — Mas já nos conhecemos! Você é filha de Sir Andrew Clayworth, de Westhumble.

Emily anuiu e fez uma reverência.

— Sim, *madam*. Já estive aqui com minha tia e minha babá.

— Que bom recebê-la de novo! Perdão — disse se dirigindo a Charlotte —, sou Ada Finch. A casa de chá pertence à minha irmã Edith e a mim. Veja quem está aqui, querida! — exclamou, chamando outra senhora, que estava atrás do balcão de bolos.

Esta veio e cumprimentou as clientes. Por fora, era exatamente o contrário da irmã, alta e magra, mas não menos gentil.

— A pequena Miss Emily, de Chalk Hill!

— Esta é minha preceptora, *Fräulein* Pauly, da Alemanha — anunciou Emily, orgulhosa.

— Muito prazer, Miss — disse a rechonchuda Miss Finch. — É um prazer recebê-la. O que podemos lhes servir?

— Deixe que se sentem primeiro, querida — advertiu com brandura a esbelta Miss Finch.

Enquanto isso, os outros clientes começaram a prestar atenção e olharam para as recém-chegadas, como se fossem uma atração especial, o que incomodou um pouco Charlotte. Sentaram-se a uma mesa no canto, da qual tinham um panorama da sala.

— Quer escolher alguma coisa no balcão? — perguntou, mas Emily balançou negativamente a cabeça.

— Já sei o que vou pedir. Um *scone* com creme e geleia de morango. Também deveria provar — acrescentou com timidez.

— Vou dar uma olhada no que há de bom — respondeu Charlotte e foi até o balcão, onde teve uma visão maravilhosa. Diversos bolos e tortas, pequenos potes com geleia de morango e creme espesso.

Miss Edith sorriu para ela.

— Se não conhecer alguma coisa, posso lhe explicar com prazer.

— Emily me sugeriu os *scones*.

— Sim, é uma especialidade inglesa que deveria experimentar. Quer provar um?

— Com prazer. Um para cada uma de nós e chá, por favor.

Miss Edith hesitou e a examinou.

— Posso lhe perguntar se já está há muito tempo com os Clayworth?

— Há quase uma semana.

— Espero que goste da nossa região.

— Até agora estou gostando bastante. Imagino que na primavera e no verão seja ainda mais bonita.

— Ah, sim, nessa época vêm muitos excursionistas para Dorking. As ruas ficam com um vaivém colorido, e o que se vê são mais estrangeiros do que pessoas daqui. Para nós, naturalmente é bom — disse sorrindo. Então, olhou por cima do ombro de Charlotte até a mesa, e, de repente, sua expressão ficou séria. Charlotte se virou.

Uma mulher estava em pé junto a Emily, conversando com a menina, que olhou ao redor com olhar suplicante.

— A velha Tilly Burke — murmurou Edith. — É melhor a senhorita ir até lá.

Charlotte apressou-se até a mesa, e a velha senhora logo recuou.

— Posso saber quem é a senhora? — perguntou em tom severo e colocou a mão sobre o ombro de Emily. Sentiu que ela tremia.

— Tilly Burke. Não fiz nada à menina.

— Retire-se. Não está vendo que ela está perturbada? — ordenou Charlotte num tom que fez Emily olhá-la com espanto.

Tilly Burke olhou ao redor, mas ninguém parecia prestar atenção nela. Seus cabelos grisalhos se soltaram do coque, ficando desgrenhados. Não usava chapéu e trazia o capote abotoado até embaixo. Na nodosa mão esquerda, segurava uma bengala com castão preto e brilhante, na qual apoiava todo o peso do corpo, como se, do contrário, pudesse cair.

Atrás do balcão, as irmãs Finch observavam a cena.

— A menina está triste.

— Por favor, retire-se — disse Charlotte, energicamente.

— Mas ela está triste. Como a mãe dela. Também era triste. Sempre. E então foi para o rio.

Emily se levantou de um salto, gritando, e precipitou-se para a porta, que naquele instante estava sendo aberta por um senhor. Por instinto, ele esticou os braços e segurou a menina assustada, antes que Miss Ada corresse até ela e a puxasse para si. Passou a mão nos cabelos de Emily, tentando acalmá-la.

Enquanto isso, sua irmã foi até Tilly Burke e a pegou energicamente pelo braço. Conduziu-a até a porta e, decidida, empurrou a velha senhora até a calçada.

— Não quero mais vê-la aqui! — exclamou.

Charlotte pegou Emily e voltou com ela para a mesa. Os outros clientes se esforçaram para olhar para seus pratos e suas xícaras, como se não quisessem parecer nem um pouco curiosos.

Charlotte e Emily se sentaram lado a lado, e as senhoras Finch apressaram-se em lhes trazer o chá e os doces, que dispuseram na mesa com cuidado especial.

— Ela é só uma velha louca — sussurrou Ada Finch. — Fala bobagens e procura como uma desesperada alguém que a escute.

Agradecida, Charlotte assentiu, mas nada disse. Serviu chá à menina, que ainda tremia, acrescentou leite e açúcar e lhe passou o prato com o *scone*. Ela própria tinha perdido o apetite, mas queria dar um bom exemplo e começou a comer. De fato, era delicioso. Junto com a geleia e o creme, o pãozinho não muito doce formava um conjunto delicado.

— Coma alguma coisa, assim irá se sentir melhor — disse, tentando consolá-la.

Hesitante, Emily partiu o *scone* com a faca e nele passou creme e geleia, mas logo pousou a mão ao lado do prato.

— Não consigo.

— Claro que consegue.

Por fim, mordeu um pedaço minúsculo, depois mais outro, e comeu até o tremor ceder e o chá a aquecer por dentro.

Charlotte queria descobrir de todo modo o que havia por trás daquele incidente. Imaginou que houvesse um segredo sobre Chalk Hill e a família Clayworth, e não podia suportar a sensação de que todos na região pareciam saber mais do que ela.

— Quem era aquela mulher que a assustou?

Emily olhou para o prato, como se nele estivesse a resposta.

— Ela trabalhou antigamente, muito antigamente, para a mamãe. Como babá. E mais tarde também.

— Entendo. Ela mora aqui perto?

— Mora. Na periferia de Mickleham. Numa casinha velha. Chegamos a visitá-la algumas vezes. Não gosto dela.

— Já a encontrou muitas vezes?

A menina concordou com um aceno de cabeça.

— Está sempre andando pelas ruas, falando com as pessoas. Ninguém lhe dá atenção.

Charlotte refletiu se estaria se aproveitando da vulnerabilidade de Emily se lhe fizesse mais perguntas. Mas como poderia ajudar a menina se nada soubesse sobre a história de sua família?

— É verdade que sua mãe estava triste?

Emily apenas deu de ombros.

— E o que a mulher quis dizer quando mencionou que ela foi para o rio?

No mesmo instante, Charlotte percebeu que tinha ultrapassado o limite, pois Emily empalideceu e comprimiu os lábios, como se quisesse trancar as palavras.

— Tudo bem, não vamos mais falar nisso. Quer comer mais um pouco? Não? Então vou pagar e vamos passear.

Junto ao balcão, Miss Edith Finch olhou preocupada para ela.

— A menina está melhor? Não vamos mais deixar a velha Tilly entrar, pois ela só cria confusão.

— Ela trabalhou para a família da mãe de Emily?

— Sim, mas já faz muito tempo. Com a idade, foi ficando cada vez mais confusa, não podiam mais mantê-la. Na época, os Hamilton, pais de Lady Ellen, deixaram Chalk Hill para a filha e seu marido e, por razões de saúde, se mudaram para Jersey. Até onde sei, morreram nesse período. A velha Tilly ficou aqui.

Charlotte olhou com atenção para Miss Finch.

— Posso lhe fazer uma pergunta confidencial?

— Claro que pode, minha querida. Vi como é boa para a menina.

— Do que morreu Lady Ellen? — Falou baixo, para que os outros clientes não a ouvissem. Na verdade, não era adequado que uma preceptora se informasse sobre a vida pregressa dos patrões numa casa de chá.

Miss Finch suspirou.

— Uma história muito triste. Morreu afogada no Mole.

9

Londres, março de 1889

Em meio ao público, que havia se reunido a certa distância ao redor de uma mesa simples de madeira com apenas uma cadeira, circulava um murmúrio tenso. Os espelhos nas paredes estavam cobertos com panos aveludados, e as cortinas estavam fechadas, a fim de criar uma atmosfera adequada para a apresentação. Em razão disso, fazia um calor abafado no ambiente, mas a anfitriã havia insistido para que o mundo externo não penetrasse na sala e perturbasse a concentração do médium.

Mrs. Burton cumprimentou os presentes.

— Prezados senhores e senhoras, esta noite Mr. Charles Belvoir, o famoso médium, lhes dará uma prova de sua grande capacidade. Ele já se apresentou no continente e nos Estados Unidos, onde demonstrou seus dons muito especiais a um público entusiasmado. Em seu nome, eu gostaria de lembrar que ele também realiza sessões em grupos menores, durante as quais consegue estabelecer a conexão com o espírito de pessoas desencarnadas e transmitir mensagens. Pedimos por gentileza a todos que se mantenham em silêncio para não comprometer a apresentação de Mr. Belvoir. Por favor, coloquem sobre a mesa as lousas de ardósia que trouxeram e verifiquem se estão limpas e sem nenhuma inscrição.

Os seis presentes — três homens e três mulheres — se levantaram um após o outro e, como crianças, cada um colocou uma simples lousa de ardósia em cima da mesa, à qual o médium iria se sentar. Mrs. Burton acrescentou uma caixa com gizes coloridos, que havia mostrado antes a todos os espectadores.

Nesse momento, no cômodo ao lado, Charles Belvoir deu uma última olhada no espelho e alisou os cabelos pretos, de aparência quase meridional. Era um homem de constituição miúda, cujo cavanhaque lhe conferia um leve ar mefistofélico. Pegou uma lousa de ardósia e uma caixa de madeira, saiu do recinto e bateu à porta da sala contígua. Mrs. Burton a abriu e, com um gesto, pediu silêncio às pessoas reunidas.

— Prezados senhores e senhoras, apresento-lhes Mr. Charles Belvoir!

Os espectadores aplaudiram gentilmente, e Belvoir inclinou-se diante do grupo.

Mrs. Burton o conduziu à mesa, à qual se sentou, pousando a palma das mãos sobre o tampo e abaixando a cabeça, concentrado.

De repente, espalhou-se no ambiente um odor denso e oriental, e Tom Ashdown reprimiu um sorriso. Tinha de ser justo patchuli!

Com um gesto dramático, Mrs. Burton apontou de novo para Belvoir e, por fim, deixou o palco para se sentar numa cadeira de espaldar alto, no canto da sala.

O médium pigarreou.

— É uma honra para mim poder lhes apresentar esta noite vários experimentos de psicografia. Utilizando a força do pensamento, tentarei responder às suas perguntas escrevendo-as nas lousas. E farei isso sem segurá-las, ou então as segurando e observando-as junto com os senhores.

Apontou para as lousas que estavam sobre a mesa, ergueu-as, uma após a outra, e tornou a mostrá-las ao público para comprovar que nelas não havia nada escrito.

— Nada foi preparado de antemão, prezados senhores e senhoras. Temos apenas a ardósia.

Então apontou para a caixa de madeira que havia trazido e a abriu. Os espectadores viram que, na realidade, não era uma caixa, e sim duas lousas de ardósia com verso de madeira, munidas de uma dobradiça e um fecho, que podiam ser abertas e fechadas, bem como trancadas. Essas lousas também não continham nenhuma inscrição.

— Senhoras e senhores, agora é sua vez. O que o espírito deve escrever?

Tom Ashdown se reclinou na cadeira e cruzou as pernas. Estava ali aquela noite para dar uma olhada no médium em quem a irmã de Sarah Hoskins tanto confiava. Em janeiro, quando tinha visitado os amigos em Oxford, também conheceu Emma Sinclair, que não conseguia superar a morte do noivo. O encontro com a jovem desesperada o havia impressionado. Ela depositava grandes esperanças em Charles Belvoir e não falava em outra coisa. Para Tom, a preocupação de sua irmã e de seu cunhado pareceu totalmente justificável. Sarah queria que Emma voltasse a viver a sua vida e olhasse para o futuro, porém, as sessões com o médium a empurravam cada vez mais para o passado.

Antes de entrar na casa, ainda ficou em dúvida sobre a situação em que estaria se envolvendo. Não tinha nenhuma experiência com o espiritismo. Talvez estivesse sendo levado por sua aversão a indivíduos que, com o intuito de ganhar dinheiro, se aproveitavam dos sentimentos de pessoas desesperadas. Lembrou-se de como tinha saído envergonhado da sessão a que comparecera outrora, em vez de censurar a mulher gananciosa e exigir seu dinheiro de volta. Em seguida, tinha ficado irritado consigo mesmo. Talvez fosse benéfico ajudar alguém na mesma situação e, pelo menos num caso, pôr um fim nessa atividade vergonhosa.

— Uma citação de William Shakespeare — disse a mulher com expressão inteligente e cabelos puxados para trás, sentada ao lado de Tom. — Extraída de *Como gostais*.

— Muito bem — respondeu Charles Belvoir. — Por favor, aproxime-se da mesa.

A mulher, que Tom estimou ter 45 anos, puxou a cadeira para perto da mesa, enquanto Belvoir pegou a lousa que ele próprio tinha trazido.

— Vamos segurar a lousa juntos, embaixo da mesa. A senhora pega duas extremidades, e eu, as outras duas. — Olhou mais uma vez ao redor. — Por gentileza, façam silêncio.

Demorou alguns minutos até se ouvir o barulho de alguma superfície sendo arranhada. Tom tentou ver alguma coisa embaixo da mesa, mas como o lampião a gás lançava sua luz de cima, o local estava às escuras.

Poucos segundos depois, Belvoir ergueu a lousa com um gesto teatral e a segurou diante da mulher.

— Por favor, leia em voz alta.

— O mundo inteiro é um palco, e as mulheres e os homens são meros atores — leu segurando a lousa no alto, para que todos pudessem ver.

Um murmúrio circulou pela sala, e Mrs. Burton aplaudiu levemente.

— É impressionante, Mr. Belvoir — disse a mulher. — Poderia escrever agora alguma coisa na minha lousa?

Mal deu para perceber sua hesitação.

— Onde está ela?

A mulher apontou.

— Muito bem. Desta vez a seguraremos sobre a mesa e pediremos uma mensagem.

A mulher e o médium seguraram as quatro extremidades da lousa com firmeza, enquanto na sala se fazia silêncio. Todos pareciam prender a respiração. Tom não tirou os olhos da lousa, mas o ruído de antes já não se fez sentir, tampouco apareceram letras na ardósia cinza.

Por fim, Belvoir abaixou a lousa e levou as mãos à cabeça.

— Lamento, mas tive um dia cansativo hoje. Uma evocação com um convidado exigente, que por mais de duas horas quis manter contato com o espírito de sua mãe. Peço desculpas, mas entenderão que os resultados dependem da condição do médium e da disposição do mundo espiritual.

Tom ficou chocado com tamanho descaramento, enquanto Mrs. Burton e os quatro convidados ao seu lado aquiesceram, tão compreensivos quanto impressionados. Somente a mulher à mesa ergueu as sobrancelhas com ceticismo.

Seguiram-se outras apresentações, nas quais as lousas dobradas foram escritas por dentro, depois de Belvoir colocar gizes coloridos em seu interior. De modo geral, os jogos de prestidigitação — pois outra coisa não eram — mal superavam as atuações de um mágico num *show* de variedades, que entretinha os espectadores com seus ilusionismos. Tom tentou manter as lousas sempre em mira, mas as mãos hábeis de Belvoir, suas observações que desviavam a atenção e as sombras no ambiente e embaixo da mesa sempre acabavam por tirar-lhe a concentração por alguns instantes. Não poderia dizer como o homem realizava tudo aquilo, mas uma conexão com espíritos de alguma espécie era a última coisa que Tom acreditava que ele fizesse.

Portanto, Sarah Hoskins tinha toda razão em temer pela saúde mental da irmã. Era o que lhe diria na próxima vez que a encontrasse. Emma Sinclair não deveria de modo algum manter contato com esse homem.

Terminada a sessão noturna, aplaudiu por obrigação, mas não conseguiu reprimir um sorriso irônico.

A mulher que estava sentada à mesa percebeu e também sorriu.

— Não está convencido, Sir?

Ele negou com a cabeça quando entraram no corredor e pegaram seus respectivos chapéus e capotes.

— Nem um pouco. E a senhora?

— Vamos lá para fora — disse depois que ele a ajudou a vestir o capote.

Estava uma noite amena, com um primeiro prenúncio de primavera. Caminharam lado a lado por um trecho, então a mulher parou e estendeu-lhe a mão.

— Sou Mrs. Eleanor Sidgwick.

— Thomas Ashdown, muito prazer.

— É o famoso crítico teatral? — perguntou, interessada. — Gosto muito dos seus artigos. O senhor me livrou de muitas decepções.

— Espero que não tenha perdido nenhuma diversão só porque confiou em meu julgamento. Os gostos podem ser diferentes. — Pigarreou. — Permita-me perguntar: o que não pôde me dizer lá dentro?

Ela sorriu, e seu rosto severo logo pareceu mais brando.

— Já ouviu falar alguma vez da Society for Psychical Research?

Negou com a cabeça e olhou com curiosidade para ela.

— Fale-me a respeito.

— Poderia me acompanhar mais um pouco?

— Com prazer.

— Nossa sociedade se dedica à pesquisa científica de fenômenos sobrenaturais — explicou Mrs. Sidgwick. — Há anos trabalhamos para desmascarar charlatões e impostores e distingui-los daquelas pessoas que eventualmente possuam autênticas capacidades sobrenaturais.

Tom respirou fundo, a fim de digerir suas palavras.

— Isso significa que a senhora acredita que aparições de espíritos e vidência poderiam de fato existir?

Ela fez que sim.

— Pelo menos não excluímos essa hipótese. De nossa sociedade fazem parte filósofos e escritores, bem como cientistas. Pessoas de mentalidade aberta, que se perguntam se existem coisas que não podem ser esclarecidas com a ciência puramente material.

Tom não respondeu de imediato, pois não queria ofender Mrs. Sidgwick, mas tampouco estava pronto para abrir mão tão rápido de seu ceticismo.

— E então? — Olhou-o com ar interrogativo, e o sorriso que se formou nos cantos de sua boca encorajou-o a uma resposta.

— É um tanto... incomum. Quero dizer, as ciências naturais acabaram com tantos preconceitos e equívocos, e pessoas morreram na fogueira por isso. E justamente agora, que a razão se impôs, a senhora quer provar a existência de espíritos?

Ela não pareceu nem um pouco ofendida.

— Mas este é nosso objetivo: provar através da ciência a existência de forças que ultrapassam o comum e o palpável. De fato, há fenômenos que não são fáceis de ser compreendidos como as apresentações de um Mr. Belvoir qualquer.

— O que sabe sobre ele? — perguntou Tom.

— Bem, ele faz sucesso com suas evocações. Hoje o senhor o viu em um mau momento. Ele consegue fazer coisa melhor.

— Iludir melhor, a senhora quer dizer?

— Acho que sim. No momento, estou reunindo material para um artigo sobre Belvoir, que será publicado na revista de nossa sociedade. E o senhor? Posso lhe perguntar por que se interessou por ele?

Mal se deram conta da direção que haviam tomado, de tão mergulhados que estavam na conversa. Tom lhe contou a respeito do problema de Emma Sinclair sem mencionar seu nome, e Eleanor Sidgwick anuiu com compaixão.

— De fato, pode ser perigoso quando as pessoas dependem de um médium. Por isso, também nos preocupamos em impedir abusos e desmascarar embusteiros.

Por um momento, caminharam em silêncio. Então, Tom lhe lançou um olhar cauteloso, que ela pareceu perceber.

— Pois não? Pode perguntar.

— Hum... É que me espanta a senhora sozinha, quero dizer...

Eleanor Sidgwick riu baixinho.

— Sou vice-presidente do Newnham College, em Cambridge, onde leciono matemática. Sei muito bem me cuidar sozinha.

Tom sentiu sua face arder.

— Me desculpe.

Passou por sua cabeça que Lucy, sua finada esposa, o teria olhado com ar de repreenda nessa situação.

— Não precisa ficar encabulado, Mr. Ashdown. Muitas mulheres também acham estranho o que faço. O caminho para a igualdade de direitos é longo e árduo.

De repente, seu bom humor foi embora, pois pensava em Lucy. A noite tinha sido tão animada que ele se permitira algumas horas de esquecimento, mas eis que a lembrança dela voltava com toda força.

Mrs. Sidgwick entendeu de modo equivocado seu silêncio e acrescentou:

— Meu marido ajudou a fundar o College. Também faz parte da Society, o que me facilita muito trabalhar em diversas áreas interessantes. — Em sua voz oscilou uma ternura que desmentia a sobriedade de suas palavras. Em seguida, assumiu uma expressão pensativa. — Mr. Ashdown, o senhor é um cético que entende de escrever. Vem bem a propósito.

— Por quê? — perguntou, surpreso.

— Ficamos felizes com todo tipo de apoio, e me parece que o senhor observa o espiritismo com um olhar desperto e grande objetividade. Se pudesse retratar nossas pesquisas de maneira vivaz, porém objetiva, seria de grande ajuda. Nem todo cientista possui talento para escrever.

— Mas não entendo absolutamente nada de espiritismo — respondeu, decidido, permitindo-se uma mentira de emergência. — É a primeira vez que vou a um evento como esse.

— Pode ser. No entanto, tive a impressão de que tem um bom olhar para essas coisas. Me diga o que viu e pensou lá dentro. — A voz de Mrs. Sidgwick não tolerava resistência, por mais amigável que pudesse parecer. Confrontaria assim tão bem suas alunas?

— Bem, achei suspeito o fato de não ter surgido nenhuma escrita na sua lousa. É possível que a dele já estivesse pronta. Além disso, a senhora e ele seguraram a lousa embaixo da mesa, enquanto nela algo era escrito. O som alto me pareceu artificial, como se *tivesse* de ser ouvido.

— Muito bem. — Olhou-o com expectativa.

— A área embaixo da mesa estava à sombra. Mesmo tendo me esforçado, não consegui perceber se tinha feito algum movimento com as pernas ou os pés. Atrás dele havia uma cortina. A luminária em cima da mesa estava disposta de forma que apenas o tampo fosse iluminado.

— Continue.

Tom empolgou-se, e seu passo se tornou mais enérgico, de modo que Mrs. Sidgwick teve de acelerar o seu.

— Além disso, distraiu as pessoas com suas observações. Uma hora pediu a Mrs. Burton que fosse buscar alguma coisa na sala ao lado, e isso perturbou a atenção do público. Eu mesmo não posso jurar que fiquei o tempo todo de olho na mesa, por mais que tenha me esforçado.

Mrs. Sidgwick parou e, rindo, estendeu-lhe a mão.

— Bem-vindo à Society for Psychical Research.

10

Setembro de 1890, Chalk Hill

Charlotte quis evitar que Sir Andrew ficasse sabendo do encontro na casa de chá, pois temia que ele lhe proibisse outros passeios. Não tinha sido fácil tranquilizar Emily. Ainda viram algumas vitrines no local, entre elas a de uma loja de artesanato, na qual estavam expostos linhas e modelos de bordados. Charlotte se recordou de que o pai de Emily dava importância aos trabalhos manuais, e deixou a menina escolher um padrão de bordado de que tinha gostado.

O padrão mostrava um ramo com folhas e flores, e se tornaria um presente de Natal com o qual Emily poderia agradar o pai.

No caminho de volta, já sentadas na caleche, Emily começou a chorar de repente. Charlotte fez de tudo para consolá-la antes de chegarem a Chalk Hill, pois não queria que o semblante choroso da criança chamasse a atenção. Só podia torcer para que Wilkins fosse discreto.

Já em casa, mandou Emily subir rapidamente ao quarto de estudos e pediu a Susan que levasse o jantar para elas lá em cima. Por sorte, Sir Andrew jantaria fora naquela noite, segundo lhe comunicara a criada, de modo que a inquietação da filha poderia ser ocultada dele.

Emily estava bastante cansada do dia longo e repleto de acontecimentos e comeu pouco. Em seguida, Charlotte chamou Nora e lhe pediu que colocasse a menina na cama.

A babá recebeu Emily com alegria e lançou a Charlotte um olhar agradecido.

— Pode deixar que cuido de tudo, Miss. E vou verificar se a janela está bem fechada — acrescentou com diligência.

— Boa noite, Emily. Amanhã voltaremos a tocar piano juntas.

— Sim, *Fräulein* Pauly. Boa noite. — Emily se aproximou espontaneamente e pressionou de modo fugaz a cabeça contra o peito de Charlotte, antes de recuar com igual rapidez.

Charlotte desceu e encontrou Mrs. Evans na pequena sala ao lado da cozinha, na qual realizava seu trabalho administrativo. Era um cômodo minúsculo, decorado apenas com uma mesa, uma escrivaninha, uma cadeira e uma pequena estante. A governanta olhou-a surpresa quando entrou.

— Pois não? — Tirou os óculos e colocou-os sobre um livro de contabilidade aberto.

— Gostaria de conversar a sós com a senhora — disse Charlotte, lançando um olhar por cima dos ombros, na direção da cozinha.

— Feche a porta, assim nos deixam em paz. — Puxou um banquinho que estava embaixo da mesa e o empurrou até a visitante. — Por favor, sente-se.

Era visível que não conseguia esconder toda a sua curiosidade.

— Emily e eu estivemos hoje em Dorking e visitamos a casa de chá das irmãs Finch — iniciou Charlotte, hesitante.

Ao descrever o encontro com Tilly Burke, a expressão de Mrs. Evans ficou muito séria.

— Gostaria de saber como Lady Ellen morreu — explicou Charlotte. — A senhora há de entender que só posso trabalhar e educar Emily de maneira adequada se souber o que a aflige. Que ela está sofrendo, isso eu já percebi várias vezes. Mas o encontro com essa Tilly Burke a deixou muito perturbada.

— E por que veio até mim? — perguntou Mrs. Evans, com frieza.

A resposta custou certo esforço a Charlotte.

— Porque a senhora conhece bem a casa e a família, enquanto eu, até pouco tempo atrás, nem sequer sabia o nome de Lady Ellen. Porque não quero importunar Sir Andrew com esse assunto, que poderia lhe causar mais sofrimento. Porque a falta de conhecimento dificulta meu trabalho de preceptora. E porque, nesse breve período, já me apeguei a Emily e gostaria de ajudá-la.

Mrs. Evans refletiu por tanto tempo que Charlotte já estava achando que não ia responder. Forçou-se a permanecer tranquila em seu banquinho, embora preferisse se levantar de um salto e sair correndo. A situação era um tanto humilhante.

Por fim, a governanta disse:

— Entendo. Contudo, assim a senhorita me coloca numa situação delicada. Sir Andrew proibiu terminantemente que se fale em Lady Ellen nesta casa. Sua morte abalou tanto sua filha que só a menção a seu nome já é indesejada.

— Não espero nenhuma indiscrição de sua parte — respondeu Charlotte, que havia recuperado o sangue-frio. — Contudo, não saber o que Emily viveu e por que sofre dificulta meu trabalho de forma considerável. Se nada mudar nesse sentido, infelizmente vejo-me obrigada a procurar outra posição.

Na verdade, não estava querendo ameaçar Mrs. Evans, mas Charlotte até que ficou feliz com sua audácia. A mulher sempre se mostrara superior e dera a entender a Charlotte que ela era uma novata na casa. Mas é óbvio que não queria levar a culpa se a tão aguardada preceptora da Alemanha pedisse demissão após tão pouco tempo.

Mrs. Evans suspirou.

— Tudo bem. Vou lhe contar o que aconteceu. Mas peço que não diga nada a respeito dessa nossa conversa a Sir Andrew. Não quero arriscar meu posto nesta casa.

— Claro — garantiu Charlotte.

— Lady Ellen morreu afogada no Mole, em março. Certa noite, saiu de casa e foi até o rio. Em um trecho mais abaixo foi encontrado seu xale cor de marfim à margem, preso num galho. O Mole estava caudaloso naqueles dias; havia chovido forte por um bom tempo. Dizem que ela escorregou e caiu na água. Não havia ninguém nas redondezas que pudesse tê-la visto ou ouvido e a socorrido.

Calou-se.

— Então foi uma fatalidade?

A voz de Charlotte soou alta na estreita sala.

— É o que se presume — respondeu Mrs. Evans, com estranha rigidez.

— Por certo foi um duro golpe para a família — disse Charlotte, mas as palavras lhe saíram ocas. — Emily sabe o que aconteceu?

Mrs. Evans concordou com um aceno de cabeça.

— Contaram o que ela precisava saber.

Charlotte suspirou. Da governanta não poderia esperar mais do que essa árida descrição. Porém, talvez pudesse saber algo mais de Nora. A moça era fácil de influenciar, e se lhe demonstrasse certa amizade, talvez falasse mais.

— Só espero não encontrar essa senhora mais vezes — esclareceu Charlotte. — Seria uma pena haver mais locais na região que fossem uma ameaça para Emily. Isso limitaria muito nossos passeios.

Estava claro que Mrs. Evans sabia ao que ela estava aludindo com essas palavras.

— Em todo caso, do rio a senhorita deve manter distância.

Com isso, a conversa parecia encerrada para ela.

Charlotte já estava se retirando quando Mrs. Evans lançou um olhar para a bandeja que estava sobre a escrivaninha e nela pegou uma carta.

— A senhorita recebeu correspondência. Só agora me dei conta.

Entregou a Charlotte o envelope de papel caro e cor de creme.

Surpresa, ela o pegou, agradeceu e saiu rapidamente da sala. Enquanto caminhava, olhou a carta e parou de repente.

Em seu quarto, deixou-se cair na cama e tirou as botas dos pés. Em seguida, virou o envelope que segurava antes de abri-lo com hesitação.

Sentiu uma pontada ao ver a caligrafia familiar. Respirou fundo até as batidas de seu coração se acalmarem um pouco. Como ele tinha descoberto seu novo endereço? Onde havia se informado a respeito? Talvez com sua mãe? Ou na agência que lhe arrumara o emprego em Chalk Hill?

> *... sinto a necessidade de lhe dizer mais uma vez quanto lamento esse triste acontecimento. Tudo conspirou contra nós... Não se passa um dia em que eu não pense em você e conserve sua imagem em meu coração. Não poderia suportar vê-la sofrer... Como você deve saber, foi minha mãe quem a culpou de tudo. Asseguro-lhe minha fidelidade eterna...*

Era como se alguém tivesse reaberto uma cortina, e Charlotte viu outra vez a elegante mansão em Grunewald, onde havia lecionado a Luise e Caroline von Benkow. Lembrou-se do dia de verão em que o sol criava manchas claras a dançar nas paredes, e alguém bateu impetuosamente à porta do quarto de estudos, e como as meninas se levantaram de um salto quando o rapaz de uniforme elegante entrou.

— Friedrich! — exclamaram e abraçaram o jovem oficial antes de o apresentarem com orgulho à sua preceptora.

O lugar-tenente Friedrich von Benkow era alto, louro e bonito, mas não foi isso que mais chamou a atenção de Charlotte naquele primeiro encontro. Não, foi o brilho em seus olhos, suas covinhas e seus lábios, que pareciam sempre sorrir.

— Mamãe esconde uma joia dessas no quarto de estudos? — perguntara despreocupado, fazendo Charlotte enrubescer.

Sua razão resistira, prevenindo-a em voz baixa e insistente de ceder ao cortejo daquele homem. Porém, ele aparecia com frequência cada vez maior quando ela estava lecionando às meninas; sentava-se com elas para tomar chá ou as espiava nas aulas de dança. E, em determinado momento, o sentimento de Charlotte reprimiu a razão.

A cortina se fechou. Levantou-se abruptamente e passou as mãos na saia, como se tivesse de se limpar do contato com o papel e das palavras hipócritas. Nesse momento, reconheceu quanto tinha sido importante arrumar um novo emprego.

Não haveria uma resposta à carta.

11

No sábado, Emily parecia recuperada e revigorada. Ensaiaram a peça de piano, e a cada repetição pareceu mais fluente.

— Está tocando muito bem — Charlotte elogiou a menina.

— Esta noite vou ficar nervosa com certeza — disse Emily, olhando para ela com insegurança.

— É só imaginar que estamos sozinhas. Esqueça que outras pessoas estão ao seu redor, ouvindo. Vamos tocar só para nós duas e vai dar certo.

Emily aquiesceu e inclinou-se com as bochechas rosadas sobre o teclado, antes de começar mais uma vez desde o início.

Por sorte, já tinham terminado o ensaio quando Sir Andrew entrou e pediu para ter uma rápida conversa com Charlotte. Fez um breve aceno com a cabeça para a filha, antes de ela deixar o recinto.

— Mal nos vimos nos últimos dias. Espero que o passeio tenha corrido bem — disse, aproximando-se da janela, com as mãos cruzadas nas costas.

— Sim, conheci um pouco da região, e Emily me explicou algumas coisas — respondeu com gentileza enquanto o observava com o canto dos olhos. Na voz dele oscilou um tom que ela não foi capaz de identificar.

— Espero que a senhorita saiba que é obrigada a me manter informado da condição física e mental de minha filha.

Ela engoliu em seco.

— Sem dúvida.

— Não tem nada a me dizer a respeito?

Aonde ele estava querendo chegar? Teria ficado sabendo do encontro com Tilly Burke e do sofrimento de Emily? Mas por quem? Dificilmente Wilkins importunaria seu patrão com esse tipo de história.

— Na volta, Emily ficou um pouco perturbada — disse. Talvez alguém tivesse notado as lágrimas de Emily. — Ela chorou. Mas não foi nada grave, nada de fato grave. Acho que foi porque na beira da estrada viu um porco-espinho morto — mentiu Charlotte. — Tentei consolá-la.

— Um porco-espinho morto?

Ela assentiu.

— As crianças costumam gostar muito de animais e por isso não podem vê-los sofrer.

A próxima pergunta de Sir Andrew a pegou despreparada.

— Por que não me diz a verdade? — Seu olhar era penetrante.

— Desculpe, o que quer dizer? — Teve a impressão de que ele podia ouvir as batidas de seu coração, de tão fortes que eram.

— Não houve nenhum porco-espinho morto. Conversei há pouco com Wilkins e ele não mencionou nada a respeito. Disse que Emily começou a chorar sem razão aparente.

Charlotte respirou fundo. Então contou sobre o encontro com Tilly Burke.

Sir Andrew olhou para as próprias mãos e pareceu tranquilo, mas ela percebeu que uma veia pulsava em sua têmpora. Quando Charlotte terminou seu relato, ele disse entredentes:

— Preciso fazer com que essa mulher desapareça da região.

— Ela tem problemas mentais e certamente não fez por mal — observou Charlotte, de maneira conciliadora, o que fez com que ele virasse de repente a cabeça.

— Isso não é desculpa! Para pessoas como ela há instituições fechadas. — Com essas palavras, virou-se e deixou a sala.

Charlotte precisou de um momento para se acalmar. *Por que havia mentido para ele?*, perguntou-se. *Porque você quis proteger Emily*, disse uma voz baixa em seu íntimo. Do próprio pai? Mas isso era loucura. No entanto, tinha sido seu primeiro impulso, e geralmente ela podia confiar em seu instinto. Ficou aliviada que a ira dele tinha se concentrado em Tilly Burke — ela própria tinha escapado ilesa.

No final da tarde, Charlotte estava em seu quarto, diante do armário em que havia guardado suas roupas. Não tinha muitos vestidos, menos ainda para a noite, e sentiu dificuldade para escolher um que fosse adequado à ocasião. Depois de refletir um pouco, um modelo vermelho-escuro com ornamentos em veludo preto lhe pareceu mais apropriado. Tirou-o do armário e, perdida em seus pensamentos, passou a mão no tecido liso e brilhante.

O breve toque transportou-a para outro lugar, muito distante dali, para uma cidade grande e fervilhante, na qual tinha sido feliz por pouco tempo. Preferia ter deixado o vestido para trás com sua antiga vida, mas a razão vencera. Tão cedo não iria conseguir arranjar um modelo elegante como aquele. Portanto, entre várias camadas de papel de seda, ele viajara em sua mala e a acompanhara até ali.

Charlotte se despiu, lavou-se, alisou as anáguas e vestiu depressa o vestido que escolhera. Havia aprendido a se vestir sem precisar de ajuda, embora de vez em quando tivesse a impressão de que as roupas femininas fossem feitas só para mulheres que tivessem uma camareira. Teve certo trabalho com os colchetes, as fitas e os botões até tudo assentar corretamente. Em seguida, soltou os cabelos, escovou-os bem e ajeitou-os de modo que parecessem um pouco mais macios do que durante o dia.

Foi até o espelho e ficou satisfeita consigo mesma. Por sorte, em seus empregos anteriores tinha aprendido a transitar em sociedade. A língua estrangeira representava certo obstáculo, mas a cada dia aprendia mais;

além disso, por ser uma preceptora, não se interessariam em conversar muito com ela.

Por volta das seis horas chegaram os primeiros coches. Charlotte ouviu o rolar das rodas sobre o cascalho. Vozes soaram, e a luz saía pela porta de entrada, espalhando-se até a esplanada.

Pontualmente às seis e meia, Charlotte olhou-se mais uma vez no espelho e desceu para a sala de jantar, onde as criadas haviam arrumado uma longa mesa com a melhor porcelana e taças de cristal. Os convidados estavam reunidos em grupos. Charlotte olhou ao redor à procura de Sir Andrew.

Ele estava conversando com o reverendo Morton, mas de repente levantou o olhar e viu-a parada à porta. Pediu licença e foi até ela, enquanto um olhar surpreso deslizou por seu rosto.

— Boa noite, *Fräulein* Pauly. — Ofereceu-lhe o braço e conduziu-a ao reverendo, que a cumprimentou como uma velha conhecida.

— Bem, pelo visto escolhi justamente o único convidado no salão que a senhorita já conhece — disse Sir Andrew, achando graça. — Desse modo, podem retomar a conversa.

— Espero que nesse meio-tempo a senhorita tenha tido a oportunidade de conhecer melhor nossa bela região — disse o reverendo em tom alegre. — Os pontos turísticos de Westhumble não tomam muito tempo.

Ela lhe relatou de forma sucinta a respeito do passeio de coche com Emily e perguntou se o convite para ver os coelhos ainda estava valendo.

— Mas é claro! Ficarei feliz se a senhorita fizer uma visita a mim e à minha querida esposa na casa paroquial.

Acenou para uma senhora gorducha de azul-escuro, que veio de imediato a seu encontro.

— Permita-me lhe apresentar Mrs. Morton. *Fräulein* Pauly é a nova preceptora de Miss Emily.

— É um grande prazer. Meu marido disse que em breve a receberemos em nossas noites musicais.

Charlotte lançou um rápido olhar a Sir Andrew. Porém, ele tinha se voltado para um rapaz vestido com excepcional elegância e que estava acompanhado por uma bela jovem.

— Se meu tempo me permitir, com prazer.

Conversaram por alguns minutos até Sir Andrew voltar e apresentá-la aos outros convidados. Entre eles havia um advogado e sua esposa, o deputado de um distrito eleitoral vizinho também com a esposa e os dois filhos, o prefeito de Dorking com a esposa e a filha, bem como duas mulheres mais velhas e solteiras, que haviam se dedicado a promover as ciências. O jovem elegante se chamava Jonathan Edwards, era advogado em Londres e também atuava na política. Casara-se havia pouco tempo e, nesta noite, queria apresentar a esposa ao anfitrião.

Apesar da recepção amigável, Charlotte se sentiu um pouco deslocada, pois nenhum dos presentes a conhecia direito. Quando se dirigiram à mesa e ela constatou que a tinham colocado diante da entediada esposa do prefeito e entre homens que conversavam por cima de sua cabeça sobre as conexões de trem entre o sul da Inglaterra e a capital, percebeu com dolorosa clareza que não fazia parte daquele ambiente. Mas também não fazia parte dos serviçais que traziam os pratos e cuidavam para que o jantar ocorresse sem problemas. Por isso, ficou aliviada quando a refeição terminou e os homens se retiraram para tomar conhaque e fumar charuto, e as mulheres aceitaram café e licor.

Charlotte se sentou em uma poltrona que ficava um pouco afastada, girou a taça nas mãos até o cristal aquecer-se com o calor de seus dedos e bebericou o conteúdo.

A esposa do prefeito, sua filha e a mulher do deputado conversavam animadas sobre a última temporada em Londres, mas Charlotte suspeitou de que conheciam os nomes ilustres apenas do jornal. Olhou ao redor e se sentiu ainda mais incomodada. Torceu para que sua apresentação musical começasse logo.

— Está tão sozinha, Miss Pauly — disse uma voz conhecida. Mrs. Morton tinha ido até ela com uma xícara de café na mão e se sentado na poltrona da frente. — Não é fácil ir para um país estrangeiro, não é mesmo?

— A senhora fala como se tivesse experiência no assunto — respondeu Charlotte com gratidão.

— Bem, é verdade. Meu marido e eu passamos alguns anos na Índia, antes de ele assumir a paróquia aqui. O clima não fez bem à sua saúde, do contrário talvez tivéssemos ficado por mais tempo. Lá a oportunidade de exercer o ofício divino é muito grande, e conhecemos muitas pessoas amáveis.

— Índia... eu não compararia minha modesta viagem com a mudança para outro continente — respondeu Charlotte, sorrindo. — Com certeza a senhora viu um mundo totalmente novo, que nem sequer consigo imaginar.

Um sopro de melancolia passou rápido pelo semblante de Mrs. Morton.

— É verdade. A Índia pode ser encantadora, um êxtase de cores e odores, construções suntuosas, paisagens arrebatadoras e uma multiplicidade de animais e plantas. — Hesitou. — Mas também vi pobreza e costumes que às vezes podem parecer cruéis. Os intocáveis, que se encontram no nível mais baixo da sociedade e são chutados por todos. — Endireitou os ombros. — Não, me sinto em casa na Inglaterra e não gostaria de sentir falta daqui outra vez. — A mulher do reverendo sorriu. — Espero que se habitue logo. A região é muito bonita, e quando conhecer melhor as pessoas, verá que, no fundo, são alegres. Nós, ingleses, temos certa dificuldade com os estrangeiros, embora nós mesmos sejamos estrangeiros em toda parte do império.

Charlotte sentiu uma simpatia espontânea por essa mulher experiente e amável.

— E como tem se saído Emily?

— Muito bem. É muito esforçada e se interessa por tudo. — Charlotte se inclinou para a frente. — Em breve surpreenderemos seu pai. Estudamos uma pequena peça a quatro mãos.

— ... em todo caso, melhor do que as outras. — Foi o fragmento de sentença que chegou rapidamente aos ouvidos de Charlotte.

— Ele ficará encantado — respondeu a esposa do reverendo, lançando um olhar de reprovação ao grupo de mulheres que gargalhavam, mas nada disse.

Ao acompanhar seu olhar, Charlotte percebeu que a esposa do prefeito se virou depressa.

Levantou-se, pousou sua taça e se desculpou com Mrs. Morton.

— Preciso buscar as partituras.

— Claro, querida.

No corredor, respirou fundo. Achou que tivesse interpretado mal as palavras; afinal, não tinha ouvido a frase inteira. No entanto, ao se lembrar delas, sentiu como que um gosto amargo na língua, que, por sua vez, a fez se lembrar das humilhações públicas e dos olhares maldosos, das alusões e das ironias segredadas. Por um momento, viu-se de novo no salão dos Benkow, sem ser percebida, com um pé ainda no limiar da porta, e ouvindo uma mulher dizer:

— Uma vergonha para o rapaz, um oficial tão elegante; ele poderia ir longe, não fosse o estrago causado por um casamento imprudente...

Charlotte reprimiu o pensamento, comprimiu os lábios, atravessou o corredor até o *hall* de entrada e subiu a escada, longe das vozes das mulheres, que ainda ecoavam em seus ouvidos.

Os convidados ficaram encantados com a apresentação de Charlotte ao piano. Quando terminou, fez Emily entrar, e ambas se sentaram lado a lado no banco. Sua aluna não a decepcionou, tocou sem cometer nenhum erro e recebeu aplausos entusiasmados. Charlotte respirou aliviada quando Emily, a um sinal seu, levantou-se do banco e agradeceu aos espectadores com uma reverência. Em seguida, seu olhar vagou até Sir Andrew, que estava encostado na parede de braços cruzados e sorriu, contido.

— Que criança adorável! — entusiasmou-se a jovem Mrs. Edwards e levantou-se para aplaudir. — E tão musical! Pena que sua mãe não possa ver isso.

Por um segundo, os olhares de Charlotte e Sir Andrew se encontraram, e ela viu como seus olhos ficaram imóveis. Apenas seu peito, que subia e descia com intensidade, revelou seus sentimentos. O silêncio dominou o salão.

— É um grande prazer poder lecionar para Emily — disse Charlotte com presença de espírito. — Ela aprende com rapidez e possui um ouvido refinado.

Conduziu Emily a uma cadeira e buscou para ela um copo de suco e um pedaço de bolo, servido de sobremesa.

— Você tocou muito bem.

Emily sorriu com timidez e, com elegância, levou o pedaço do doce à boca.

Em seguida, a atmosfera voltou a se descontrair, enquanto Edwards conduziu a esposa para um canto e a censurou de modo enérgico.

— Que gafe! Este é o primeiro jantar desde a morte de sua esposa — observou uma voz baixa ao lado de Charlotte. Mrs. Morton tinha se colocado discretamente a seu lado.

Charlotte olhou rápido para o grupo e respondeu num sussurro:

— É natural que ele esteja triste pela morte da mulher. Mas... — buscou as palavras corretas — ... ela nem sequer pode ser mencionada nesta casa. Parece que Emily sofre com isso.

Mrs. Morton balançou a cabeça.

— Ele é muito sensível no que se refere a esse assunto e quer preservar a filha de todo sofrimento. A senhorita há de compreender.

Então Mrs. Morton voltou a falar da Índia, desviando-se do assunto.

Depois que todos os convidados se despediram e Emily foi levada para a cama por Nora, Sir Andrew voltou ao salão. Serviu-se de uísque enquanto Charlotte aguardava junto à janela, pensando se podia se retirar.

— Posso lhe oferecer uma taça de vinho?

— Não, obrigada, Sir Andrew.

Ele a examinou.

— A senhorita tocou muito bem. Agradeço-lhe a apresentação. E também a participação de Emily.

— O ensaio foi um prazer. Para nós duas. — Hesitou, pois tinha muitas perguntas a fazer, mas se controlou.

— Da próxima vez que receber convidados, gostaria de repetir a experiência. Uma apresentação musical descontrai o ambiente, e... talvez observações inadequadas não ocorram no futuro.

Bebeu um longo gole de uísque, depois deu um sorriso forçado.

— Não quero detê-la por mais tempo, *Fräulein* Pauly. Tenha uma boa noite.

Abriu-lhe a porta e, depois que Charlotte entrou no corredor, fechou-a com cuidado.

Em seu quarto, respirou fundo, tirou o vestido e as anáguas, desamarrou o espartilho e deixou-se cair na cama. Em seguida, sentou-se com as pernas cruzadas e, pensativa, apoiou o queixo na mão.

Não entendia Sir Andrew. Por que pouco antes não tinha aproveitado a oportunidade para lhe contar o que havia ocorrido com sua esposa, uma vez que aludira à gafe de Mrs. Edwards? Teria sido uma boa oportunidade para esclarecer a tragédia que se tinha abatido sobre a família. Mas lá estava ele de novo, aquele silêncio provocador, além da fria distância com a qual a confrontava.

Seria sua dor tão profunda que ele não conseguia falar a respeito com estranhos? Porém, o fato de proibir a filha de mencionar a mãe ultrapassava toda medida tolerável.

Com a observação infeliz de Mrs. Edwards, abrira-se uma fissura na fachada, e ele lhe permitira um rápido olhar em seu âmago, antes de apresentar de novo sua expressão impenetrável.

De repente, quando Charlotte pensou na ameaça de Sir Andrew a Tilly Burke, sentiu a consciência um pouco pesada e se perguntou se ele de fato chegaria a internar a mulher num hospício. Teria poder para tanto?

Levantou-se e se aprontou para dormir. Pouco antes, ainda deu uma olhada em Emily; a menina dormia um sono profundo.

Charlotte leu um pouco antes de apagar a luz e ajeitar o travesseiro. Sentiu na face o linho engomado e agradavelmente áspero. Do lado de fora, as folhas rumorejavam ao vento, mas o sono não queria vir. Havia acontecido muita coisa nos últimos dias, e os pensamentos que não paravam de girar em sua cabeça roubavam-lhe a tranquilidade.

Quando por fim mergulhou num sono leve e agitado, teve um sobressalto. Um ruído — ou teria imaginado? Ficou deitada de costas, segurando a respiração e ouvindo com atenção. De novo!

Um som de passos leves e arrastados, quase imperceptíveis, que vinha da escada. Sentou-se e aguçou os ouvidos. Soava estranhamente furtivo.

Charlotte se levantou e pegou um xale para cobrir os ombros. Deu um passo até a porta e acabou machucando o pé ao batê-lo numa cadeira, mal conseguindo refrear um grito de dor. Ficou imóvel.

Era como naqueles pesadelos em que se fica preso ao chão, sem conseguir fugir, embora se tenha pressa em sair correndo do horror. Os pés de Charlotte pareciam feitos de chumbo; tão pesados que ela não conseguia sair do lugar, e seus braços penderam sem força.

Quando a paralisia a deixou, os ruídos tinham esmorecido. Com cuidado, tocou a maçaneta e girou-a prendendo a respiração. De início, abriu apenas uma fenda da porta; depois, um pouco mais. Espreitou o patamar da escada, mas diante dela só havia escuridão. Não ousou descer. Esforçou-se para ouvir alguma coisa, mas o ruído não voltou.

12

Outubro de 1890, Londres

A cortina se fechou, e no amplo grupo de espectadores irrompeu um estrondoso aplauso. Muitos visitantes se levantaram de seus assentos. Pouco tempo depois, a cortina voltou a se abrir, e os atores se inclinaram em meio a um mar de flores que o público lançava em direção ao palco.

Tom Ashdown, que vestia uma chamativa sobrecasaca verde de veludo, lançou a seu acompanhante um olhar extenuado, também se levantou e foi até a porta do camarote.

— Não fico nem mais um segundo aqui — sibilou. — Vamos sair para tomar alguma coisa.

— Pelo menos você é pago para assistir a esse tipo de coisa — notou seu amigo Stephen Carlisle.

— Não de todo; ainda preciso escrever a respeito — respondeu Tom, dirigindo-se para a escada que dava para a chapelaria. Felizmente reinava na plateia um entusiasmo tão grande que ninguém além deles queria buscar seus capotes. Logo depois que a recepcionista da chapelaria lhes perguntou radiante se também tinham achado Miss Bellecourt maravilhosa no papel principal de *Flores Brancas do Soho*, os dois homens deixaram o teatro.

— Só o título já é uma ofensa ao intelecto saudável — anunciou Tom, quando dobraram a esquina e se dirigiram ao *pub* mais próximo. Pela janela saía uma claridade amarela, que se refletia de maneira convidativa no pavimento.

— O que vou escrever a respeito? "Miss Bellecourt impressionou sobretudo por seu decote arfante, ao qual eu gostaria de atribuir uma expressividade maior do que ao restante de sua encenação"? Ou: "O final de Mr. Hester lembra o de um cisne moribundo, porém sem a mesma graça e com um fundo sonoro que, nos minutos finais, lembram os de um porco no abatedouro"?

Stephen bateu em seu ombro rindo.

— Cuidado com essa sua língua afiada se não quiser se indispor com os defensores da peça, que devem ser a metade da população de Londres.

Entraram no *pub* e se sentaram num nicho depois de pedirem duas cervejas no balcão. Não era o estabelecimento mais elegante, mas Tom gostava de ir lá porque podia conversar com tranquilidade, sem ser incomodado pelos espectadores do teatro, que queriam saber a opinião do crítico a respeito da peça que tinham acabado de assistir. Deu um longo gole, pousou o copo e, desamparado, abriu os braços.

— Steve, isso é de fato um problema. Há muita gente que gosta dessa porcaria. Parece até que deixa sua capacidade crítica na chapelaria.

— Gosto não se discute.

Tom riu com malícia.

— Isso é o que *você* diz. Continuo sendo da opinião de que há coisas que são objetivamente boas, belas e que merecem ser preservadas. E outras, não.

Com a mão, Stephen Carlisle fez um gesto como para minimizar a opinião do amigo.

— As pessoas se divertiram no teatro e conseguiram esquecer a rotina por algumas horas. Isso não conta? Tenho pacientes que já ficariam curados se, para variar, se ocupassem dos grandes dramas desses personagens em vez de moverem os próprios dentro da cabeça.

— Um pensamento interessante — respondeu Tom com ironia. — É melhor você prescrever a eles um melodrama por semana ou uma comédia musical por mês. Assim você vai ficar famoso.

Stephen deu uma risadinha.

— Obrigado pelo conselho. Mas você também poderia aproveitar essas apresentações. Sei que suas melhores críticas são mais literárias e merecem ser lidas mais do que muitos romances. Mas prefiro sua aspereza porque é divertida.

— Então amanhã, na edição noturna, você vai se dar por satisfeito.

— Não esqueça o decote talentoso!

— E o cisne moribundo.

— Como anda seu livro sobre Shakespeare? — perguntou Stephen sem rodeios, e Tom o olhou com ar inquisidor.

— Por que está perguntando isso justamente agora?

— Bom, queria saber o que tem feito nos últimos meses. Você parece nunca estar em casa. Fico feliz.

— É, de fato, passo muito tempo fora. Mas não porque esteja pesquisando para o livro. — Tom hesitou. — Conhece a Society for Psychical Research?

— Já ouvi falar. Por quê?

— Faz um tempo que estou trabalhando para eles.

Seu amigo pareceu surpreso.

— Foi parar entre os caçadores de espíritos? Não sabia que você se interessava por assuntos sobrenaturais. — Então, uma sombra desceu sobre seu rosto. — Tom, não quero ser invasivo, mas...

Tom levantou a mão, em sinal de defesa.

— Não tem nada a ver com isso. Tenho participado de pesquisas científicas e escrito a respeito. Os colegas dizem que meu estilo é claro e mais compreensível do que o deles. É claro que, do ponto de vista técnico, são muito superiores a mim. Apenas coloco os resultados num formato compreensível.

Seu amigo o examinou.

— E você consegue separar o lado pessoal... dessas pesquisas?

Tom esvaziou o copo e o colocou energicamente sobre a mesa.

— Todos os meus amigos ficaram preocupados porque passei muito tempo isolado. Agora que estou em contato com outras pessoas, vocês continuam preocupados.

— Não, é só que... nesse caso, tudo gira em torno da morte — disse Stephen um tanto indefeso.

— A morte faz parte da vida, são dois lados da mesma moeda.

Tom não abriu espaço à contestação.

Nesse momento, dois clientes começaram a brigar junto ao balcão. Logo voaram socos, bancos foram derrubados, e copos, quebrados. Com mãos musculosas, o dono do bar agarrou os brigões e os arrastou até a porta, de onde os mandou para a rua com um belo empurrão.

Stephen e Tom não prestaram atenção no barulho ao redor. Com seu copo, Stephen fez círculos na mesa. Após um instante, perguntou:

— E como chegou a eles? Você não foi simplesmente até essas pessoas e perguntou se podia participar, foi?

Tom contou sobre Sarah, John Hoskins, Emma Sinclair e sua visita a Charles Belvoir. Ao terminar, seu amigo ergueu as sobrancelhas.

— E você os ajudou sem nenhum interesse porque temeu que o sujeito pudesse causar algum dano psíquico à moça?

— Claro — respondeu Tom, mas sem conseguir reprimir um sorriso.

— E a moça reconheceu que ele é um charlatão?

Tom voltou a ficar sério.

— Espero que sim. Relatamos a ela nossas conclusões. Além disso, usando um pseudônimo, escrevi um artigo sobre suas manobras que deve ter lhe custado alguns clientes. Parece que depois disso ela não o visitou mais. Só que... — Hesitou. — Temo que ela ainda seja vulnerável a esse tipo de gente. Belvoir é apenas um entre muitos que exploram a credulidade e o sofrimento dos outros em prol de seus próprios objetivos.

— E se ela encontrar alguém que de fato consiga evocar espíritos? — perguntou Stephen em tom de desafio. — O que você lhe aconselharia?

— Não sabemos se pessoas assim existem — disse Tom, evasivo. — A Society ainda está no início de suas pesquisas. É uma tarefa que requer muitos anos.

— Mas e se existisse? — insistiu Stephen. — Se essa Miss Sinclair pudesse entrar em contato com seu noivo no além? O que isso significaria para você?

— Para mim? — perguntou Tom, de modo casual, mas desviando-se do olhar de Stephen.

Seu amigo balançou a cabeça.

— A mim você não engana.

13

Outubro de 1890, Chalk Hill

Sir Andrew fora visitar conhecidos com Emily e dera a tarde de folga a Charlotte. Ela ficou feliz pela menina, que, por fim, passaria um dia com o pai, e pensou em como poderia aproveitar o tempo livre.

O clima estava fresco, mas seco, então decidiu explorar a região por conta própria. Quando estava com Emily não podia vagar com liberdade, menos ainda passear na margem do rio. Além disso, tinha um destino específico, que precisava conhecer de qualquer jeito.

Logo após o almoço, vestiu botas resistentes, um capote quente de *tweed* e um gorro e avisou Mrs. Evans, que a examinou surpresa.

— Pelo visto vai fazer uma caminhada. Cuidado para não ser surpreendida pela escuridão.

— Não se preocupe. Tenho um bom senso de orientação.

Com essas palavras, apertou o xale em volta do pescoço e deixou a casa.

Um vento áspero bateu em seu gorro, e ficou feliz por não ter posto um chapéu, que por certo perderia.

Charlotte caminhou sem rumo. Sempre gostara de tomar ar fresco e sentia falta de se movimentar quando passava longas horas sentada com Emily no quarto de estudos, na biblioteca ou no salão. Também em Berlim, sempre que tinha um tempo livre ia para a rua olhar vitrines, visitar museus ou apenas aproveitar a confusão da cidade. O isolamento ali era incomum, e acabou sentindo uma atração irresistível pelas ruas mais animadas de Dorking.

Graças à sola robusta de suas botas, ousou tomar a passagem de pedras sobre o Mole. Olhou ao redor para ver se não havia ninguém por perto, ergueu a saia e deu o primeiro grande passo. O seguinte já foi mais fácil. Parou no meio do rio e girou em círculo. Era emocionante estar em cima de uma pedra ao redor da qual corria água, e, por um momento, Charlotte soltou a saia e esticou os braços, para saborear a sensação de liberdade.

Enquanto atravessava o rio, não pensou em nenhum momento em Lady Ellen. Apenas quando chegou à margem oposta é que olhou pensativa para trás e se lembrou das palavras da governanta: "Certa noite, saiu de casa e foi até o rio".

Mergulhada em pensamentos, Charlotte caminhou ao longo do rio, na direção de Dorking, com o olhar sempre vagando por sobre as águas. As palavras de Mrs. Evans tinham despertado suas suspeitas. Não fosse aquela sua frase, ela teria acreditado numa lamentável fatalidade, num infortúnio durante um passeio, um momento de descuido. Mas agora praticamente não havia dúvida de que a morte de Miss Ellen não tinha sido um incidente trágico.

Charlotte teve de admitir que não se tratava apenas de devolver a paz de espírito a Emily, embora tivesse se apegado à menina. Queria descobrir a todo custo o que havia acontecido naquela noite de primavera em Chalk Hill que levara Lady Ellen ao rio Mole.

Um homem de capote de *tweed*, acompanhado por dois cães de caça, vinha na direção contrária e a cumprimentou erguendo o chapéu.

— Desculpe, este é o caminho mais rápido para Dorking? — perguntou com gentileza.

— Sim, Miss. Um pouco rústico para um passeio, mas pelo menos o tempo está seco — acrescentou olhando para o céu. Em seguida, apontou com sua bengala para os campos que flanqueavam o rio. — Siga sempre por ali. Tenha um bom dia.

Com essas palavras, assobiou para seus cães e continuou a caminhar com passos firmes.

À sua esquerda se erguiam os declives ainda verdes de Box Hill e, à sua frente, já surgiam os primeiros telhados e as chaminés de Dorking. Charlotte se sentiu bem por estar em meio à natureza, sem ser observada e sem a obrigação de conversar com alguém ou ser atenciosa. Por mais que gostasse de seu trabalho como preceptora, de vez em quando desejava ter um pequeno apartamento ou uma pequena casa onde pudesse ficar sozinha.

Ao chegar à cidade, perguntou onde ficava o cemitério. Circundado por uma sebe, ele se localizava na estrada que ia para Reigate. Era uma pequena capela de pedras cinza, um terreno amplo com relva verde e aveludada, da qual as lápides saíam como dentes tortos. Bem diferente de Berlim, onde caminhos cobertos de cascalho, minuciosamente medidos, separavam as fileiras de sepulturas e, desse modo, refletiam em pequena escala o modelo das ruas da cidade grande. Ali os mortos pareciam se unir à natureza, fundindo-se a ela. O cemitério ficava numa colina e oferecia uma maravilhosa vista para os campos e florestas de Box Hill.

Charlotte foi de um túmulo a outro, procurando uma lápide que parecesse nova e não estivesse coberta por líquens e musgos. Um vento frio se elevou, causando-lhe calafrios. Charlotte olhou para o relógio de bolso. Três e meia, logo o sol iria se pôr.

Ao parar junto a uma sepultura para amarrar a bota, ouviu uma voz atrás de si. Teve um sobressalto, endireitou-se e se virou.

Uma senhora idosa, de baixa estatura, vestida com roupas escuras, estava apoiada numa bengala com castão de prata. Sorriu com amabilidade.

— Desculpe, mas já faz um tempo que a estou observando. Está procurando algum túmulo específico?

Charlotte refletiu por um segundo e anuiu.

— Conhece bem o local?

— Meus quatro irmãos, meus dois filhos e meu marido estão enterrados aqui. Este cemitério é minha segunda casa. Quando venho aqui, sinto-me mais próxima deles. Posso saber que túmulo está procurando?

Charlotte não hesitou por muito tempo.

— O de Lady Ellen Clayworth.

A expressão da velha senhora alterou-se abruptamente. Olhou para Charlotte com surpresa, e esta se perguntou, preocupada, se tinha cometido um erro.

— A senhorita não deve ser daqui — disse a senhora, sorrindo.

— É verdade. Faz pouco tempo que moro na região.

— Ah, então é por isso. Todos aqui conhecem a triste história de Lady Ellen Clayworth.

— Ouvi dizer que morreu afogada durante a primavera. Gostaria de dar uma olhada em seu túmulo... por interesse pessoal — acrescentou Charlotte.

— Já está bem perto dele — respondeu a idosa. — Venha, me acompanhe. — Com a ajuda da bengala, caminhou devagar, e Charlotte se adaptou a seus passos. Por fim, sua acompanhante parou e apontou com a bengala para uma lápide simples e branca.

EM MEMÓRIA DE
ELLEN CLAYWORTH
1858 – 1890

Uma lápide como outra qualquer, pensou Charlotte um pouco decepcionada. A única diferença das outras era o epitáfio conciso. Na maioria das lápides que vira, havia algum versículo da Bíblia ou outra citação, às vezes também a menção aos que ficaram ou alguma expressão como "Aqui descansa em paz".

— É bem simples — disse Charlotte com diplomacia.

A senhora concordou.

— Sim, é verdade. Para meu querido esposo, escolhi "O Senhor é meu pastor", pois ele gostava muito desse salmo. Acho uma sentença muito consoladora.

Charlotte olhou para ela de esguelha.

— Lady Ellen ainda era muito jovem. Talvez não quisessem se lembrar de sua dolorosa morte.

Sentiu que a mulher hesitava a seu lado. Seus dedos seguraram a bengala com firmeza e voltaram a se soltar. Suspirou.

— Na verdade, não convém falar sobre essas coisas. Os mortos já se foram e devem ser deixados em paz.

Charlotte teve de controlar sua impaciência. Sentiu que a mulher sabia de algo em especial e estava para contá-lo.

— Posso lhe assegurar que meu interesse se baseia apenas em condolência.

— Bem, a senhorita parece ter um bom coração e talvez entenda o que essa lápide significa para a família. Trata-se de... como posso dizer? De uma espécie de memorial, não de uma lápide verdadeira.

— O que isso quer dizer? — perguntou Charlotte, confusa.

— Não é uma lápide propriamente dita. Aqui não há ninguém enterrado. O corpo de Lady Ellen nunca foi encontrado.

Charlotte sentiu um calafrio percorrer sua espinha. O dia pareceu escurecer de repente, e o rumor do vento nas árvores soou como um sussurro ameaçador.

— Está com frio, querida?

— Acho que não vesti roupas quentes o suficiente. Poderia me falar mais a respeito?

Obviamente era arriscado fazer investigações em Dorking; era de supor que todos se conhecessem na região e que logo Sir Andrew ficasse sabendo. Mas já que ele a deixava no escuro, não lhe restava alternativa a não ser buscar as informações por conta própria.

A velha senhora apontou com a bengala um banco próximo e sorriu, desculpando-se:

— Se quiser me acompanhar até ali... Ficar em pé é difícil para mim.

— Claro.

Charlotte a ajudou a se sentar e tomou lugar a seu lado, apertando o capote contra o corpo.

— Foi em março. Um mês úmido, havia chovido muito. Passei dias sem sair de casa por medo de escorregar e cair. Na minha idade, isso pode ser fatal. O Mole estava caudaloso naqueles dias. Em geral, corre tranquilo e não oferece perigo, mas pode mudar de uma hora para outra. Nesse caso, é bom ficar longe da margem.

Charlotte olhou-a de lado. Sua acompanhante mantinha as mãos apoiadas na bengala e parecia tranquila. Pensou em quanto dinheiro tinha consigo e se poderia pagar um fiacre, caso necessário. Não queria apressar a mulher, mas temia ter de voltar a pé para Westhumble na escuridão.

— Me desculpe se me perco em pensamentos, querida; é a idade que faz isso. Em todo caso, certa manhã fui à padaria, e as pessoas estavam muito agitadas. Diziam que a esposa de Sir Andrew Clayworth, o deputado, tinha sofrido um acidente fatal. Tinham encontrado seu xale cor de marfim na margem do Mole.

— Sabe onde exatamente o xale foi encontrado? — perguntou Charlotte, tensa.

— Me deixe pensar. Acho que foi atrás da floresta, chamada de Nicols Field. É vizinha ao Mole e pertence à propriedade de Norbury Park. Uma floresta maravilhosa.

À direita estão Nicols Field e Beechy Wood, e atrás da floresta corre o rio Mole. Uma região bonita em qualquer estação do ano. Foi o que dissera Wilkins em sua primeira viagem a Chalk Hill.

— A floresta é próxima a Crabtree Lane?

A velha senhora sorriu.

— Vejo que já conhece nossa região, querida. Começa logo atrás das casas. Lady Ellen também morou ali. — Balançou a cabeça. — Uma história triste. Agora a filha irá crescer sem a mãe.

— Uma desgraça terrível.

— Ainda era jovem. E uma boa mãe, pelo que contam. Muitas mulheres elegantes não cuidam dos próprios filhos, mas às vezes ela saía de coche com a menina. Por certo havia serviçais, mas era sempre vista com a filha.

Finalmente Charlotte havia encontrado alguém que falava de maneira aberta sobre Lady Ellen.

— E a senhora disse que nunca encontraram o corpo?

— Não. Procuraram rio abaixo, por várias milhas, mas sem sucesso. E o Mole deságua no Tâmisa. Em Hampton Court. — Olhou para a frente, absorta. — Quando eu era jovem, estive lá com meu marido. Um castelo luxuoso. Como nos contos de fadas. — Parecia ter voltado no tempo. — Bem, se ela foi levada até o Tâmisa... o rio é largo e fundo e deságua no mar.

Suspirou e se levantou com dificuldade.

— Me perdoe, mas agora tenho de ir para casa. Está frio demais para uma mulher na minha idade. Foi um prazer. — Despediu-se de Charlotte com um aceno de cabeça e foi mancando até o portão do cemitério.

Felizmente, Charlotte encontrou na estação um coche que a levou até Chalk Hill. Pediu para o cocheiro parar no início da Crabtree Lane, pois não achava nada agradável chegar dessa forma. Pagou e foi correndo para a casa, enquanto o cocheiro fez meia-volta e partiu.

Quando Susan abriu a porta, pediu para levar-lhe o chá no quarto; não ia jantar. Estava tão agitada que temia que percebessem como tinha passado a tarde. Além disso, teve uma ideia que quis pôr logo em prática.

Em seu quarto, pegou um caderno de capa dura e nele anotou tudo o que lhe contara a velha senhora no cemitério, além do que ficara sabendo por Mrs. Evans e o pouco que ouvira de Emily, Nora e Sir Andrew sobre

Lady Ellen. Desse modo, aos poucos comporia uma imagem até saber quem havia sido essa mulher.

Ao terminar seu relatório, guardou o caderno debaixo do colchão. Um ato um pouco melodramático, mas não gostaria que alguém soubesse dessas anotações.

Sir Andrew e a filha só voltaram para casa às nove horas. Emily parecia esgotada e logo foi levada à cama por Nora, segundo tinha relatado Susan ao ir buscar a bandeja de chá.

Em seguida, Charlotte ficou inquieta, andando de um lado para o outro do quarto. Costumava apreciar o silêncio na torre, mas, após aquela tarde cheia de acontecimentos, sentia-se agitada demais para dormir. Aproximou-se da janela e olhou para a treva que envolvia a floresta atrás da casa. Tudo estava na mais completa escuridão, no entanto, sentiu a floresta como um ser vivo que respirava do outro lado do vidro.

Fechou os olhos e tentou seguir o rastro do espírito da mulher que um dia tinha vivido naquele quarto. Teria deixado alguma coisa para trás? Teria restado algum vestígio de sua disposição e de seus pensamentos? Havia sido uma jovem que se entregara a esperanças e sonhos. Talvez tivesse escrito um diário ou cartas entusiasmadas às amigas. Será que essa mulher, mãe de uma menina encantadora como Emily, teria mesmo caminhado uma noite pela floresta e mergulhado no rio caudaloso? Em caso afirmativo, o que a teria levado a isso?

Então, outro pensamento passou por sua cabeça. Que papel teria Sir Andrew em tudo isso? Não teria ouvido sua mulher sair do quarto no meio da noite? Estaria viajando ou teria um sono pesado demais para perceber alguma coisa? Ou será que era comum, naqueles ambientes, que o casal dormisse em quartos separados?

De repente, Charlotte achou ter sentido um sopro frio que passou quase imperceptivelmente por sua face. Teve um calafrio. Decerto os caixilhos das janelas, sacudidas pelo vento, eram velhos e mal vedados. Sempre havia uma explicação objetiva. No entanto, sentiu-se incomodada, e de repente o quarto lhe pareceu mais sombrio do que nunca. Fez um esforço e voltou para a mesa, pois não lhe agradou o estado de espírito que lhe sobreviera.

Trata-se de Emily, lembrou-se. *Essa mulher só me interessa porque era mãe de Emily. Não posso me perder nessas reflexões.*

Tentou ler, mas seus pensamentos sempre voltavam ao encontro no cemitério. Ao que parecia, Lady Ellen se ocupava muito da filha, mais do que a maioria das mulheres da sociedade, tanto que fora notada até por aquela senhora simples de Dorking. Se a ligação entre as duas era tão estreita, decerto Emily não superaria a perda após tão pouco tempo. Será que, com seu silêncio, o pai esperava afugentar a tristeza? Com suas reflexões, Charlotte girava em círculos e já não encontraria nenhuma resposta naquela noite.

Levantou-se e começou a se despir. Ao se sentar na cama para tirar as meias, parou.

Nora. Ela poderia ser a resposta. Se Lady Ellen tinha sido uma mãe tão cuidadosa, a babá era quem mais saberia da relação entre ambas. Refletiu. Nora era uma moça simples, e mesmo que a princípio a tivesse enfrentado com hostilidade, Charlotte poderia ganhá-la com amizade. Com esse pensamento, deitou-se tranquila.

Por volta das quatro horas, foi abruptamente arrancada do sono. Alguém bateu à sua porta. Levantou-se, foi até a porta e perguntou:

— Quem é?

A voz de Emily soou tão baixa, que Charlotte mal conseguiu ouvi-la. Abriu a porta.

— Entre!

Embrulhou a menina numa manta e a levou para a cama, onde a fez se deitar delicadamente.

— O que aconteceu?

Emily olhou para ela com olhos arregalados, de modo que Charlotte achou que estivesse sonâmbula, assim como na noite em que encontrara a janela aberta.

Segurou Emily de leve pelos ombros.

— Está acordada? Sabe onde está?

— No seu quarto, *Fräulein* Pauly — respondeu a menina, surpresa. — Claro que estou acordada.

Charlotte respirou aliviada.

— Mas então, o que aconteceu? Você está tremendo!

Emily fechou os olhos e comprimiu os lábios.

— Tive um sonho.

— Foi um pesadelo?

Emily mexeu a boca como se quisesse falar, mas não emitiu nenhuma palavra. Desamparada, deu de ombros.

— Não havia nenhum monstro nele. Nem cavalo morto.

— Que bom. O que foi, então?

Num copo, verteu água do jarro que estava no lavatório e o serviu a Emily, que bebeu com avidez.

— Pode me contar.

Emily lhe devolveu o copo e olhou para o chão.

— Sonhei que estava doente. Eu estava quente. Meu corpo inteiro estava quente. Então alguém me levou até a janela, e do lado de fora estava bem frio. O vento soprou dentro do quarto e me esfriou. Foi bom.

— E por que ficou com medo?

Emily estremeceu.

— Olhei ao redor para ver quem estava me carregando, mas não havia ninguém. Eu estava sozinha. No ar. Como se pudesse voar. Então fui caindo, caindo...

— ... e despertou?

— Sim.

— Sei como é, Emily. Também já sonhei com isso. Eu ia caindo e, quando o medo do choque contra o chão chegou ao máximo, acordei.

— Conhece esse sonho?

— Claro, é perfeitamente normal. — O restante do sonho era estranho, mas ela não quis entrar em detalhes para não deixar a menina ainda mais confusa. — Vou levá-la para a cama agora. Assim, ninguém vai perceber que você se levantou nem vai fazer perguntas.

Intuiu que Emily preferia que seu pai não soubesse de sua excursão noturna.

— Mas você pode sempre vir me procurar quando tiver medo. Combinado?

Emily fez que sim, levantou-se e entregou a manta a Charlotte.

— Muito obrigada, *Fräulein* Pauly.

O impulso de dizer "pode me chamar de Charlotte" quase a venceu, mas não convinha a uma preceptora. Pegou a mãozinha de Emily, desceu a escada e, pelo corredor escuro, levou-a a seu quarto. Cobriu bem a menina e se assegurou de que a janela e as cortinas estavam fechadas. Em seguida, desejou-lhe boa-noite e voltou para sua torre.

Chegando lá, pegou o caderno debaixo do colchão e escreveu, à luz do lampião, o que Emily tinha lhe contado a respeito do sonho.

Em seguida, Charlotte não conseguiu mais pegar no sono. Depois de se virar por meia hora na cama, levantou-se irritada, vestiu o roupão e desceu até a cozinha para pegar um copo de leite. Foi quando seu olhar se deteve no *Sunday Times* que estava num cesto ao lado do fogão. Bom demais para acender o fogo, pensou, e o colocou debaixo do braço.

Dez minutos depois, estava de novo deitada, rindo alto. Tinha pegado o folhetim e estava lendo uma crítica teatral que falava de uma peça melodramática, intitulada *A Flor Branca do Soho*. Ao que parecia, o autor tinha passado uma noite insuportável no teatro e estava interessado em extravasar sua irritação. Contudo, fez isso de maneira tão divertida que a leitura espantou todo cansaço.

A ação dessa obra malfeita é tão exótica que tenho dificuldade em revesti-la de palavras. Mesmo assim, vou tentar: A Flor Branca do Soho é representada por Miss Lilian Bellecourt, uma moça órfã, adotada por um tocador havaiano de ukulele e sua esposa inglesa. A beldade mestiça é inocentemente envolvida em intrigas ignominiosas, que conduzem à morte dos pais adotivos. (Nota: a cena da morte da mãe levou o público a uma exteriorização de sentimentos como nunca antes se vira e que, quando muito, só pode ser comparada ao funeral do almirante Nelson, em 1806.) Sobre o final do pai, representado por Mr. Leonard Hester, prefiro estender o manto do silêncio.

No que se refere à heroína, sua representação de uma jovem inocente que se vê em apuros por certo convenceria mais se Lilian Bellecourt – que me desculpem pela indiscrição – tivesse menos de 35 anos.

O texto seguia nesse tom, e Charlotte teve de enxugar os olhos várias vezes durante a leitura. O artigo encerrava com as seguintes palavras:

Enquanto Miss Bellecourt abre seu coração a seu amado no palco, o autor só espera e torce para que os portões do inferno se abram e a engulam por completo.

A crítica era assinada por *ThAsh*.

14

A semana seguinte correu tranquilamente. Sir Andrew foi a uma reunião do partido em Londres e dormiu em sua residência na cidade. Assim, Charlotte teve tempo para observar Emily com toda a calma. Pensou muito no sonho que a menina havia lhe contado e que anotou de memória.

Sonhei que estava doente. Eu estava quente. Meu corpo inteiro estava quente. Então alguém me levou até a janela, e do lado de fora estava bem frio. O vento soprou dentro do quarto e me esfriou. Foi bom. Olhei ao redor para ver quem estava me carregando, mas não havia ninguém. Eu estava sozinha. No ar. Como se pudesse voar. Então fui caindo, caindo...

Não era nenhuma novidade que os sonhos pudessem dizer algo sobre o íntimo de uma pessoa, mas ela não sabia como interpretar o sonho de Emily. Talvez desse modo a menina estivesse revivendo o período obscuro em que adoecera tantas vezes. Charlotte ainda não sabia ao certo o que tinha acontecido com ela antes e que devia ter sido muito difícil para uma criança tão jovem suportar. A sensação de não ser carregada por ninguém e de cair numa profundidade sem fim podia representar a perda da mãe, que outrora lhe havia oferecido proteção e apoio. Sim, isso seria totalmente plausível. Porém, alguma coisa não se encaixava nesse quadro.

Quem carregaria uma criança doente até a janela aberta, onde soprava um vento frio? Charlotte se lembrou da noite algumas semanas antes, em que a janela estivera aberta. Talvez Emily fosse de fato sonâmbula, o que significava que poderia correr riscos frequentes — nas escadas, junto a janelas abertas, para não falar nos telhados. Teria sido o sonho uma lembrança subconsciente de suas deambulações noturnas?

A questão não deu sossego a Charlotte, que certa tarde foi ter com Nora em seu quarto, após ter passado uma tarefa escrita para Emily.

A babá pareceu surpresa e, depois, um pouco assustada quando Charlotte entrou em seu quarto. Nora pôs de lado o tricô e se levantou, limpando mecanicamente as mãos no avental imaculado.

— Miss Pauly? — Sua voz pareceu preocupada, como se temesse ter feito alguma coisa errada.

— Você teria um instante para mim? — perguntou Charlotte com gentileza, ao que a babá corou de leve e apontou uma cadeira.

O quarto era simples, mas limpo, com alguns quadros de paisagens nas paredes e uma pequena cruz sobre a cama.

Charlotte sentou-se e pensou qual seria a melhor maneira de introduzir o assunto. Então, relatou o incidente na noite de domingo para segunda-feira, e Nora empalideceu.

— Eu... eu teria cuidado disso, Miss Pauly, mas já não posso... — Levou a mão à boca, como se quisesse retirar o que havia dito.

— Você já não dorme no quarto ao lado. Eu sei. E não tem culpa de nada — disse Charlotte, acalmando-a. — Não vim aqui para repreendê-la, mas para lhe fazer uma pergunta.

— Pois não?

— Gostaria de saber mais sobre as doenças anteriores de Emily para que eu possa ter uma ideia se seu estado piorou.

Nora olhou para as próprias mãos, que mantinha unidas no colo.

— Adoeceu... por razões diferentes. Resfriado, febre, tosse, certa vez até pneumonia, da qual quase morreu. Dores de barriga, vômitos. Esse tipo de coisa. As crianças costumam ficar doentes.

— Mas no caso dela parece que foi mais frequente do que o normal.

Nora ficou em silêncio. Charlotte sentiu que a babá reagia a tudo com sensibilidade, como se estivesse sendo repreendida. Portanto, precisava ser mais cautelosa.

— Foi você que cuidou dela quando estava doente? Se foi, tenho certeza de que o fez muito bem.

— Não cuidei dela sozinha.

— Havia uma enfermeira para ajudá-la?

Negou com a cabeça.

— Não. Lady Ellen cuidou da filha. Sei que não é habitual, mas... — Deu de ombros.

— Garanto-lhe que tudo o que me disser ficará entre nós. Ninguém vai saber o que você me contar sobre Lady Ellen. Afinal, nós duas queremos o melhor para Emily.

A jovem pareceu relaxar um pouco. Seus ombros abaixaram levemente, e as mãos entrelaçadas se soltaram.

— Ela sempre cuidou de Emily. Levantava à noite quando a menina ficava doente ou até dormia na poltrona ao lado de sua cama. — Nora engoliu em seco. — Nunca vi uma mãe tão amorosa.

Charlotte respirou fundo. Lembrou-se das palavras da velha senhora que tinha encontrado no cemitério. *Muitas mulheres elegantes não cuidam dos próprios filhos, mas às vezes ela saía de coche com a menina.*

Coincidia com a declaração de Nora. Era totalmente extraordinário e levava a supor que a relação entre mãe e filha fosse mais estreita e afetuosa do que o habitual naquele meio. O que havia levado Lady Ellen a ir contra as convenções, e o que pensavam as pessoas ao seu redor? Teria Sir Andrew apoiado a esposa ou se envergonhava por ela assumir tarefas para as quais empregados eram pagos? Pelo modo como se mostrara frio, Charlotte não queria excluir essa possibilidade, mas sua frieza também poderia ser uma fachada atrás da qual escondia do mundo sua tristeza.

— Interessante, Nora. Você se dava bem com Lady Ellen?

Ela anuiu com diligência.

— Ah, sim, ela sempre foi muito gentil. Às vezes me dava fitas para o cabelo ou pentes que já não usava.

Havia tantas perguntas que Charlotte queria ter feito: se Lady Ellen havia sido uma mulher feliz e se ela e Sir Andrew haviam tido um bom casamento. O que a teria conduzido ao rio naquela noite de março e... Mas assim despertaria a desconfiança de Nora, e precisava dela a seu lado.

— Foi muito gentil da sua parte, Nora. A morte dela por certo foi um choque terrível para todos.

Nora engoliu em seco.

— Sim, Miss. Sir Andrew ficou fora de si. Ele... ele não queria acreditar, mandou várias vezes pessoas à sua procura, mesmo quando já não havia nenhuma esperança. É claro que tentamos esconder o acontecido de Miss Emily, mas ela acabou percebendo. Não deu para evitar.

Em pouco tempo, Charlotte conseguiu descobrir muita coisa, mas não pôde reprimir a sensação de que Nora não tinha lhe contado tudo. Todavia, a princípio tinha de se dar por satisfeita com o que havia conseguido.

— Ainda quero lhe perguntar uma coisa, Nora: Emily já tinha pesadelos antes ou eles começaram depois que a mãe morreu?

A resposta veio com rapidez:

— Só depois da morte de Lady Ellen. É claro que ela costumava ficar à noite sentada ao lado de Emily, de modo que eu não percebia se a menina tinha pesadelos, mas ela nunca mencionou nada. Não, começou depois que ela morreu, com certeza.

— E com que frequência ocorrem?

Nora deu de ombros.

— Depende. Às vezes, passa duas ou três semanas sem sonhar; outras, tem um pesadelo atrás do outro.

— E quem cuida dela nesses casos?

— Quando ouço, vou até ela.

Nora não disse mais que isso, mas Charlotte soube interpretar as palavras. Quando não ouvia a menina, Emily ficava entregue a seus medos. Ou então buscava consolo com a preceptora.

— Ela sempre sonha com a mãe?

Nora comprimiu os lábios, como se quisesse impedir a si mesma de falar.

— Por favor, estou preocupada com Emily. Talvez ela seja sonâmbula, e isso pode ser perigoso.

A babá pareceu lutar consigo mesma e, em seguida, disse em voz baixa:

— Às vezes, ela já não se lembra do que sonhou. Ou então conta que alguém entrou em seu quarto. Alguém que não consegue reconhecer. Mas também acontece de sonhar com a mãe. Uma vez — olhou para a porta, como se temesse ser ouvida —, uma vez, foi no verão, gritou tão alto à noite que a ouvi. Fui correndo até seu quarto, e ela disse que tinha visto a mãe. A lua estava bem clara, e ela foi comigo até a janela e mostrou um lugar no fundo do jardim, entre as árvores, onde sua mãe teria aparecido. Emily estava totalmente convencida disso. Ela de fato sonha com intensidade.

— Você tem toda razão. Ela é uma menina cheia de imaginação.

Charlotte olhou pensativa para as árvores escuras do lado de fora, cujos galhos nus se destacavam como recortes diante do céu. Até então, ainda não havia explorado o jardim, mas recuperaria o atraso com Emily. Assim, não levantaria nenhuma suspeita entre os serviçais e poderia olhar ao redor sem ser notada.

— Sou muito grata a você por sua sinceridade — disse em tom acolhedor.

— Tudo bem, só não conte a Sir Andrew... nem a mais ninguém — respondeu a babá, preocupada. O medo de irritar o patrão e perder o emprego pareceu profundamente arraigado.

— Não vou fazer isso. — Charlotte refletiu depressa. — Se lhe ocorrer mais alguma coisa que possa ser importante, por favor, me diga. Aliás, acho que seria bom se você pudesse continuar a pentear os cabelos de Emily todas as noites. Para ela é um consolo, e vocês podem ficar um pouco juntas.

O olhar agradecido de Nora a atingiu como uma punhalada.

— Obrigada, Miss, é muito gentil da sua parte.

Charlotte se virou para a porta. De repente, se deu conta de como o quarto estava frio. Lançou um olhar para a minúscula lareira, na qual não ardia nenhum fogo, e olhou para as mãos de Nora, que pareciam marmorizadas de vermelho e azul.

— Você precisa de lenha. Vou avisar Susan.

Com essas palavras, deixou o cômodo e voltou ao quarto de estudos, onde Emily estava sentada diante de seu caderno, com as mãos juntas, e olhou surpresa para ela.

— Sinto muito, demorei um pouco mais — disse Charlotte, sentando-se à sua mesa com o caderno. Em seguida, leu a curta redação que a menina havia escrito. Ela deveria compor frases simples em alemão, descrevendo sua rotina, e até que o fizera muito bem.

— Parece muito bom, Emily. Venha até aqui. — A menina se aproximou e ambas leram juntas as frases, enquanto Charlotte lhe mostrava os erros e marcava os acertos com tinta verde.

— Alemão é muito difícil — disse Emily, com timidez.

— Tem razão — confirmou Charlotte, rindo. — Mas não parece tão difícil quando se aprende a língua ainda criança.

— Mas a senhorita sabe muito bem inglês.

— Não tão bem como você — respondeu Charlotte. — Sempre dá para perceber meu sotaque. Não sei se passaria por uma inglesa. — Fechou o caderno e o devolveu a Emily. — Se amanhã fizer bom tempo, você poderia me mostrar o jardim. Até agora, só o vi da janela e gostaria de passear nele.

Emily anuiu com diligência.

— Mostro, sim. Há uma pequena estufa, onde papai cria plantas tropicais. Pelo menos, tenta. Algumas morrem quando está muito frio ou úmido para elas.

— Parece interessante. Mas não estou certa de que é correto entrarmos na estufa quando ele está fora de casa.

— Contanto que não toquemos nem quebremos nada, papai não vai se importar. Por favor, *Fräulein* Pauly.

— Está bem.

Na manhã seguinte, durante o café da manhã, Emily logo voltou a falar do jardim.

— Claro que vamos, mas primeiro você tem de fazer suas tarefas.

Emily concordou.

— Esta manhã vou me esforçar bastante, *Miss* Pauly. Prometo. E quando o papai voltar hoje à noite, vou poder lhe contar que a guiei pelo jardim.

Charlotte ficou feliz com a vivacidade de Emily e não quis estragar sua alegria.

— Tudo bem, mas até o meio-dia você tem muita coisa para fazer.

Emily concordou, animada.

— Já vou para o quarto de estudos, *Miss* Pauly.

Sorrindo, Charlotte a viu se afastar. Sempre ficava surpresa com as diversas faces da menina. Como ela conseguia se livrar dos medos noturnos e trabalhar concentrada durante o dia? Talvez fosse dona de um caráter bastante forte, que amadurecera precocemente nos anos que passara doente. Mas Charlotte sabia que tinha de ficar atenta. A experiência na casa de chá era uma boa lembrança de que algo parecido poderia acontecer a qualquer momento.

Emily de fato se empenhou, de modo que, depois do almoço, puderam ir para o jardim, bem agasalhadas com cachecóis e gorros.

— Aqui fica a cocheira — explicou Emily. — Para guardar o coche. Ali dentro, Wilkins também conserta coisas quebradas.

Charlotte passou pela porta aberta e procurou por Wilkins. Num canto, bem ao fundo, o cocheiro estava remexendo numa caixa de ferramentas e se virou abruptamente ao ouvir passos.

Endireitou-se, limpou as mãos nas calças e as cumprimentou levando a mão ao boné.

— Boa tarde, Miss. Está passeando?

— Estou mostrando o jardim para *Fräulein* Pauly — explicou Emily, olhando impaciente para a professora.

— Wilkins, gostaria de lhe pedir para nos levar amanhã às três e meia a Mickleham, à casa do reverendo Morton.

— Claro, Miss.

Emily puxou a manga de seu vestido.

— Podemos ir agora?

Charlotte fez mais um gesto com a cabeça a Wilkins e saiu da cocheira com Emily. Caminharam pela lateral da casa até a menina apontar para um canteiro, circundado por tijolos antigos.

— Esta é a horta. Aqui crescem verduras e legumes — explicou. — Agora não dá para ver muita coisa, mas a cozinheira já secou muitas ervas na estufa. No inverno, são usadas na comida.

O terreno era ainda mais amplo do que Charlotte havia imaginado. No meio do gramado havia um espaço circular com roseiras, que alongavam no ar seus galhos nus e espinhosos.

— Na primavera, Wilkins as poda — contou Emily. — Não no outono, porque os brotos antigos são uma proteção contra o frio.

— Wilkins também é jardineiro? Eu não sabia.

— É, ele faz o trabalho pesado, segundo papai. Quem cuida das flores é Mrs. Evans. Veja, ali está a estufa.

Era como um pequeno pavilhão octogonal, com uma pequena torre no telhado. As grades de metal eram pintadas de branco e mantidas minuciosamente limpas, assim como os vidros, de maneira que se podia olhar o interior. Já de fora Charlotte percebeu com quanto carinho a estufa era cuidada.

— É muito bonita — disse, dando uma volta ao redor da construção.

— O papai tem muito orgulho das suas plantas. Algumas dão frutos exóticos que são até comestíveis. Mas só no verão.

Outra vez, Charlotte sentiu o profundo interesse da menina e sua ânsia por partilhar alguma coisa com o pai, e se perguntou por que era tão raro ele demonstrar interesse por ela.

Ao entrarem, espantou-se com o ar aquecido, como se os vidros atraíssem os últimos raios quentes de sol e os conservassem para o inverno. Havia vasos com palmeiras, uma bancada de madeira com cactos e outras plantas que nunca tinha visto.

Emily parou diante de uma singela trepadeira, cujas flores pendiam tristonhas e secas.

— Esta é uma passiflora; suas flores são lindas. Brancas e violeta. Os estames parecem... — refletiu até lhe ocorrer a palavra — os instrumentos de martírio de Cristo. Foi o papai que me explicou. E nela crescem frutos chamados maracujá.

Conduziu Charlotte pela estufa, depois fechou a porta com cuidado. A preceptora olhou para o grande olmo do outro lado, que arqueava seus galhos pesados por cima do gramado e, no verão, sem dúvida devia formar um maravilhoso baldaquino verde. Num dos galhos mais forte estava pendurado um balanço.

— Quer se balançar?

Emily pulou no balanço e tomou impulso. Charlotte observou-a, mas seu olhar foi além, até a beira da floresta, onde Emily achava ter visto sua mãe. Pela primeira vez, notou o portão de ferro forjado, embutido no muro e que separava o jardim da floresta.

— Veja só, *Fräulein* Pauly, como consigo balançar alto!

— Sempre imaginei que, balançando, poderia voar até o céu — disse Charlotte, pensativa.

— É verdade, também acho!

Quando Emily finalmente desceu do balanço, Charlotte ainda estava no mesmo lugar, olhando para o portão. Então, saiu de seu estado absorto e se voltou para a menina.

— Aonde vai dar aquele portão? Parece meio secreto.

— Na floresta. — A hesitação de Emily era visível, e sua alegria logo desapareceu. — Chamada de Nicols Field. — Emily se virou, como se quisesse continuar a caminhar.

— Dá para passear lá?

— Dá. Mas não gosto dela.

Charlotte entendeu o sinal e não perguntou mais nada, porque não queria magoar a menina.

— Veja só, lá em cima fica o meu quarto na torre. De lá tenho uma vista maravilhosa.

Emily manteve a cabeça baixa, e Charlotte percebeu que estava com um nó na garganta. O que será que eu fiz?, perguntou-se. Teria ido longe demais com aquela pergunta? De repente, ficou em dúvida quanto a seus próprios motivos para fazer investigações, e essa experiência não era nem um pouco agradável. Estava ali sobretudo para dar aulas a Emily; esta era sua principal tarefa. No entanto, sabia que a menina estava sofrendo e que, por trás de seu sofrimento, escondia-se não apenas a tristeza compreensível pela morte da mãe, mas também algo obscuro, que ela não sabia o que era. Ainda não.

Estavam para dobrar a esquina da casa e terminar seu passeio quando o cascalho da entrada crepitou, talvez devido à entrada de um coche.

— Será que é o papai?

— Wilkins não ia buscá-lo na estação?

— Ia. — Emily olhou para ela com ar interrogativo. — Posso ir ver?

— Pode, sim.

A menina correu para a parte da frente da casa, e Charlotte ouviu uma voz masculina cumprimentá-la. Sir Andrew. Devia ter tomado um fiacre na estação.

Seguiu Emily e viu o patrão pagar o cocheiro, antes que este manobrasse o veículo e partisse. Charlotte estava se dirigindo a ele para cumprimentá-lo, quando ele se virou para ela.

Seu olhar era glacial.

— Gostaria de vê-la em meu escritório. Agora mesmo.

Charlotte apressou-se em subir, tirou o capote e o gorro e arrumou os cabelos diante do espelho. As batidas de seu coração chegavam à garganta, e ela mal conseguia engolir.

O que significava aquilo? Não tinha feito nada de errado. Ou teria ele, de algum modo, descoberto suas investigações? Angustiada, lembrou-se de que tinha conversado com muitas pessoas sobre sua falecida esposa: Miss Finch, Nora Burke, a velha senhora no cemitério de Dorking, Mrs. Evans, a esposa do reverendo... Mordeu o lábio, respirou fundo e saiu do quarto.

Ele a esperava diante da lareira, com um charuto numa das mãos e um copo de conhaque na outra.

— Sente-se, por favor.

Ela se sentou e mal ousou olhar para ele.

— Quando a senhorita se candidatou para trabalhar aqui, me mostrou excelentes referências.

Charlotte levantou o olhar, surpresa.

— Sim, Sir.

— E eu confiei nelas.

— Se me permite, não havia nenhuma razão para não confiar. O que delas consta corresponde à verdade — respondeu Charlotte, segura de si.

— Não estou falando de seus méritos como professora. Estou muito satisfeito com seu desempenho junto a Emily. Ela está progredindo bem.

Aonde ele estaria querendo chegar?, perguntou-se agitada.

— Como a senhorita sabe, passei alguns dias em Londres, onde encontrei o embaixador britânico em Berlim, que está passando férias aqui na Inglaterra. — Examinou-a, mas ela não desviou o olhar. — Começamos a conversar, e mencionei por acaso que tinha contratado uma preceptora alemã, que já havia trabalhado em Berlim.

Charlotte respirou fundo e torceu para que ele não percebesse a veia pulsante em seu pescoço. Estava esperando tudo, menos que ele a indagasse sobre seu passado.

— Tem algo a me dizer?

Deparou com seus frios olhos azuis.

— Não fiz nada de errado, Sir.

Ele terminou de beber o conhaque e pousou o copo com um som audível sobre a mesa. Em seguida, cortou pensativo a ponta do charuto, acendeu-o com um fósforo, girando-o lentamente na chama, e deu a primeira tragada. Através da fumaça, olhou para Charlotte.

— *Fräulein* Pauly, conhece o lugar-tenente Friedrich von Benkow?

... Não se passa um dia sem que eu não pense em você e conserve sua imagem em meu coração.

Ela afugentou a lembrança e anuiu.

— Conheço. Era o filho mais velho da família para a qual trabalhei. Eu lecionava para suas irmãs mais novas.

— E causou um escândalo — replicou Sir Andrew, áspero.

Charlotte endireitou as costas. Naquele momento, a postura era mais importante do que qualquer outra coisa.

— Isso não é verdade. Se fosse assim, a família não teria dado boas referências.

— Berlim inteira comentou sobre o filho da casa, o herdeiro do patrimônio familiar, que queria se casar com a preceptora de suas irmãs — respondeu Sir Andrew com ênfase.

Charlotte se levantou. Não poderia enfrentar aquelas acusações sentada.

— De fato, ele quis, e infelizmente não soube tratar essa intenção de maneira muito discreta.

— Por acaso está querendo se escusar?

Charlotte sentiu sua combatividade despertar. Se quisesse manter seu emprego e permanecer junto de Emily, tinha de enfrentar o ataque de seu patrão.

— Sir Andrew, por favor, me ouça. Depois o senhor pode me julgar, mas me deixe dar minha versão da história.

Ele demorou a responder, tragou o charuto e, em seguida, anuiu.

— Muito bem. Mas seja breve.

Ela não havia contado com o fato de que teria de recuperar seu passado ali, naquele momento, mas lutaria. E se depois tivesse de deixar a casa, o faria de cabeça erguida.

— Trabalhei quatro anos para a família Von Benkow. Houve, de fato, uma aproximação entre o filho mais velho, Friedrich, e eu. Ele me deu mostras de sua simpatia por meio de palavras e cartas, e eu... eu correspondi a seus sentimentos, mas nunca violamos o decoro. A certa altura, ele tomou a decisão de se casar comigo. Adverti-o de que seus pais ficariam horrorizados e jamais aprovariam o casamento, mas ele não se deixou dissuadir. Pedi que esperasse algum tempo e avaliasse seus sentimentos. Ele não manteve a palavra e falou sobre suas intenções com um amigo. Em pouco tempo, apareceram os primeiros boatos. Os Von Benkow são influentes, o pai atua na corte. Ficou sabendo que o filho queria se casar com a preceptora... — Respirou fundo. — Enfim, houve uma cena desagradável entre ele e seus pais, que o obrigaram a fazer uma longa viagem ao exterior e me demitiram. Após essa história, eu já não conseguiria arrumar trabalho na capital. Pedi à família Von Benkow que pelo menos me possibilitasse arrumar um emprego no exterior, dando boas referências a meu respeito, e foi o que fizeram. — Olhou para Sir Andrew, com ar de desafio. — Toda palavra que está em meu currículo corresponde à verdade. Estimo Emily como aluna e gosto de viver nesta casa. Como professora, farei o meu melhor, desde que o senhor me permita, para continuar meu trabalho. Não tenho mais nada a dizer, Sir.

Sentiu os olhos arderem e cerrou os dentes para não chorar. Sir Andrew permaneceu em silêncio, mas ela sentiu seu olhar, que parecia penetrá-la como um escalpelo.

— Posso me retirar agora? — Pôs-se a caminho da porta.

— Gostaria de saber o que o rapaz disse a respeito.

Sua punhalada foi precisa, teve de reconhecer.

— Ele obedeceu aos pais, como se espera de um filho ciente de suas obrigações.

— Moralmente irrepreensível, embora não exatamente corajoso.

Charlotte se virou e achou ter visto um ínfimo sorriso no canto de sua boca.

— Nunca nutri esperanças de me tornar sua esposa. *Ele* era o sonhador, não eu.

As palavras lhe custaram muito esforço, ainda que correspondessem à verdade. Surpresa, reconheceu com que familiaridade de repente falou com seu patrão.

— Bem, a senhorita continuará a lecionar a Emily. Contudo, quero deixar bem claro que em minha casa não tolero amizades de nenhuma espécie com senhores da sociedade e que possam dar ensejo a falatório. Caso isso aconteça, Emily terá de se separar de sua preceptora.

Charlotte anuiu.

— Agradeço-lhe. Vou me retirar agora.

Sua saída respeitável a deixou tão exausta que, na escada, seus joelhos começaram a tremer. Precisou parar e se apoiar no corrimão. Conseguiu chegar ao primeiro andar e, ao fechar a porta para a torre atrás de si, deixou as lágrimas correrem.

Nessa noite, escreveu uma carta a Friedrich.

Prezado senhor Von Benkow,
Agradeço-lhe pelas linhas, mas tenho de lhe pedir para não me escrever mais. Consegui um bom emprego na Inglaterra e não gostaria de

ser lembrada pelos acontecimentos tão desagradáveis para nós dois, ocorridos em Berlim.

Desejo-lhe muita felicidade para o futuro.
Atenciosamente,
Charlotte Pauly

Enquanto dobrava a carta, uma lágrima caiu. Ela a secou com resolução. Porém, quando levou a carta para Susan no andar de baixo, para que ela a pusesse no correio já no dia seguinte, sentiu como se, com isso, estivesse rompendo o último fio que a ligava à sua terra natal.

15

Outubro de 1890, Liverpool

A chuva chicoteava o asfalto em que as luzes amarelas dos postes se refletiam, e o vento sacudia com ímpeto os caixilhos das janelas do fiacre, como se quisesse entrar. Tom Ashdown pagou, desceu e correu os poucos passos até a porta, à qual bateu com força.

Mary Lodge veio abrir pessoalmente.

— Entre rápido, o tempo está horrível. — Deu-lhe passagem e pegou ela mesma seu capote e seu chapéu, o que ele constatou com surpresa.

— Não faça essa cara, Mr. Ashdown. Nossos serviçais não fugiram. Meu querido marido apenas fez questão de substituí-los todos de uma só vez, e, nesta noite importante, prefiro receber os hóspedes eu mesma.

— Substituí-los?

Aquiesceu.

— Não apenas isso. Também guardou à chave a Bíblia da família e todos os álbuns de fotos. Depois... — inclinou-se para a frente e colocou com discrição a mão diante da boca — ainda vasculhou a bagagem de Mrs. Piper. Ele próprio. O senhor não pode imaginar a vergonha que passei, mas ele explicou que eram medidas necessárias de segurança.

Tom reprimiu uma risada. Oliver Lodge era uma personalidade impressionante, um físico e professor universitário talentoso, que não apenas se ocupava de pesquisar ondas eletromagnéticas, mas também tinha, havia algum tempo, entrado para a Society.

Mary Lodge abriu a porta para o salão e anunciou-o antes de se retirar. O anfitrião se dirigiu a ele com a mão estendida. Sua barba grisalha e a coroa acinzentada de cabelos faziam-no parecer 40 anos mais velho.

— Meu caro Ashdown, que bom que veio apesar do mau tempo. Myers já chegou. Preparei ali um lugar para o senhor escrever. Espero que esteja tudo do seu agrado.

Numa pequena mesa estavam dispostos com cuidado um suporte para escrita, papel, caneta, tinteiro e mata-borrão; à sua frente, uma cadeira confortável.

— Muito obrigado.

O ambiente estava aquecido e aconchegante; na lareira ardia um fogo acolhedor. Tom cumprimentou Fred Myers, da Society, e olhou ao redor.

— Onde está a convidada de honra da noite, se posso perguntar?

— Instruí Mrs. Piper a permanecer em seu quarto até que todos chegassem e pudéssemos começar a sessão — explicou Lodge. — Nas últimas semanas, Fred e eu testamos inúmeras vezes seu estado de transe.

Nesse momento, bateram à porta, e Mrs. Lodge entrou trazendo uma bandeja com refrescos para Tom, que ele aceitou, agradecendo.

— Pode pedir para Mrs. Piper descer em dez minutos — disse Lodge à esposa, e fechou a porta atrás dela.

Tom levantou a mão.

— Posso perguntar como fizeram isso? Quero dizer, o exame do transe?

— Bem, primeiro conversamos com Mrs. Piper, sacudimos seus ombros e cuspimos em seu rosto. Depois — lançou a Tom um olhar, como se estivesse esperando sua reação —, passamos para métodos mais enérgicos.

Espetamos seu corpo com agulhas, passamos um fósforo aceso por seu braço e seguramos carbonato de amônio debaixo de seu nariz.

Tom ergueu as sobrancelhas.

— Esse procedimento é comum? Parece-me... como posso dizer... um tanto rude.

— Ou prefere dizer não científico? — perguntou Lodge, achando graça. — Às vezes, é preciso recorrer a tais métodos. Mrs. Piper não é uma médium qualquer, que trabalha com truques baratos.

— Do tipo Charles Belvoir?

— Não mesmo — interveio Myers. — Nosso muito estimado colega americano William James a designou como um corvo branco, que prova que nem todos os corvos são pretos. Uma grande verdade. Até agora, ninguém conseguiu provar que ela tenha usado de truques ou logros. Não usa gabinetes, cortinas ou outros requisitos, como gostam de fazer muitos médiuns. Nosso bom colega Hodgson observou-a em cinquenta sessões em sua terra natal e até colocou detetives particulares em seu encalço, sem constatar nada suspeito. Ficou impressionado, sobretudo porque não recebe dinheiro por suas sessões e não visa à fama. Isso é mais do que se pode afirmar em relação à maioria dos médiuns.

Myers concordou.

— É verdade. Em todo caso, Oliver e eu não conseguimos tirá-la do transe de modo algum. Por outro lado, não há nada que comprove suas capacidades.

— Em geral, ela se comunica através de um tal de Phinuit, que seria um médico francês — esclareceu Lodge. — Contudo, em nossas pesquisas, não encontramos uma pessoa real que corresponda a essa descrição.

— Supomos que possa ser uma espécie de segunda personalidade — observou Myers, olhando para a porta. — Acho que estou ouvindo as senhoras. Mais alguma pergunta a ser feita antes de iniciarmos, Ashdown?

— Não. Às vezes é melhor simplesmente deixar que essas coisas falem por si.

Como se tivesse sido combinado, bateram outra vez à porta, e Mrs. Lodge a abriu. Atrás dela entrou na sala uma mulher discreta, que Tom estimou ter cerca de 30 anos e que estava vestida de maneira decente e conservadora. Não se assemelhava em nada aos médiuns sensacionalistas que faziam de tudo para se mostrar e, na maioria das vezes, nada mais tinham a oferecer a não ser uma aparência chamativa. Esta era uma dona de casa e mãe, vinda de Boston, uma mulher de origem simples e respeitável. Será que naquela noite ia de fato conhecer alguém, cujas forças ultrapassavam em muito a medida normal e que conseguia chegar ao além, onde quer que ele fosse?

A voz soou rouca e irritada, nem um pouco parecida com a delicada mulher.

— Isto pertence a um de seus tios.

Ela girou nas mãos o relógio dourado que Lodge havia lhe dado.

— O dono deste relógio gostava muito de outro tio. O outro se chamava Robert. E é a Robert que este relógio pertence agora.

Tom escreveu, mas sempre levantando o olhar, quase sem desviar os olhos da mulher. O que havia motivado Lodge a colocar seu relógio de ouro nas mãos dela?

Volta e meia ela alisava o metal, como se lesse alguma coisa gravada em sua superfície. De repente, sua voz se atenuou:

— Este é meu relógio; Robert é meu irmão, e estou aqui. Tio Jerry, meu relógio.

Tom observou que Lodge lançou a Myers um olhar agitado. Então, disse:

— Tio Jerry, me conte alguma coisa que apenas você e Robert sabem. Um segredo, que ninguém além de vocês conhece.

Ansioso, Tom olhou para Mrs. Piper, que continuava a girar o relógio nas mãos, do verso para a frente, num fluxo dourado infinito, que cintilava.

— Ah, tem uma coisa, sim. Quando criança, gostávamos de nadar no riacho. Era muito perigoso. Certa vez, quase nos afogamos. E havia um gato, que matamos no campo de Smith. Sim, quando criança eu tinha uma arma. E um tesouro, uma pele longa e estranha, que parecia ser de uma cobra...

Já haviam se passado duas semanas desde a sessão com Mrs. Piper, nas quais Tom escrevera várias críticas teatrais, elogiara as memórias de um boxeador premiado e refletira muito a respeito da história com o relógio do tio Jerry.

Desta vez, os membros da Society não se encontraram em Liverpool, mas em Londres.

— Como pode ver, já estão todos reunidos.

Com gestos amplos, Oliver Lodge apontou Henry e Eleanor Sidgwick, Frederick Myers e Richard Hodgson, talvez os mais céticos da Society.

Tom cumprimentou os presentes e se sentou numa das confortáveis poltronas, enquanto Mrs. Sidgwick lhe lançou um olhar sorridente.

— Não sabia que o senhor se interessava por boxe, Mr. Ashdown.

— Não me interesso, mas sei apreciar um bom livro. Esse homem não doura a pílula e, de certo modo, nos conduz pela mão por todos os cantos obscuros de seu mundo, sem sentir vergonha. Acho admirável.

Lodge pigarreou, e todas as cabeças se voltaram para ele.

— Todos vocês sabem o que Mrs. Piper transmitiu na sessão em minha casa. O que tenho hoje a lhes dizer talvez os surpreenda e espante tanto quanto a mim mesmo. — Fez uma pausa dramática. — O relógio de ouro que dei a Mrs. Piper durante seu transe — tirou-o do bolso com um gesto fluindo — era do meu tio Robert. Ele tinha um irmão gêmeo chamado Jerry, que morreu há vinte anos.

Tom e Fred Myers se entreolharam.

— Pedi a meu tio que me enviasse um objeto que tivesse pertencido a Jerry, e acabei recebendo este relógio. Ninguém além de mim sabia que estava em casa nem a quem pertencia.

— De fato, é surpreendente — observou Henry Sidgwick. — Voltou a falar com seu tio?

— Claro. Conseguiu se lembrar do perigoso banho no riacho. E ele ainda tem a pele de cobra, da qual seu irmão tinha tanto orgulho.

Um murmúrio passou pela sala.

— As outras coisas, ele esqueceu; afinal, já é um homem de idade. — Lodge caminhou de um lado para o outro, com as mãos cruzadas atrás das costas. — Mas não quis me dar por satisfeito com isso. Portanto, escrevi para outro tio, mais jovem. — Mais uma pausa. — E ele conseguiu se lembrar de todos os detalhes mencionados por Mrs. Piper. O riacho levava à perigosa roda de um moinho; a arma era difícil de manejar; o gato morreu no campo de Smith. Contudo, não tinham ficado nem um pouco orgulhosos de seu feito, e seus irmãos fizeram de tudo para mantê-lo em segredo.

Tom observou:

— Em outras palavras, ninguém podia saber disso.

— Pelo menos ninguém que Mrs. Piper pudesse conhecer — confirmou Eleanor Sidgwick. — É impossível que tenha ficado sabendo dessas coisas. Oliver tomou todas as precauções para impedir que isso acontecesse.

— E mesmo assim não me dei por satisfeito — continuou Lodge. — Queria excluir de todo modo que ela tivesse descoberto alguma coisa pelos caminhos mais tortuosos; afinal, poderia imaginar que eu fosse perguntar por meus parentes.

— E então? — quis saber Hodgson, que até então se mantivera calado, e nos Estados Unidos já tinha fracassado em comprovar algum logro por parte da mulher.

— Enviei um detetive particular para a cidade natal de meus tios. Ninguém ali pediu informações sobre essas histórias antigas. Além disso, nos arquivos e documentos locais não havia nenhuma indicação aos acontecimentos. Minhas senhoras e meus senhores, Mrs. Piper me venceu.

Tom voltou a pé para casa, embora fosse uma longa caminhada. A noite o havia impressionado profundamente, e ele queria entregar-se a seus pensamentos ao ar fresco, sem ser incomodado. Não prestou atenção nos fiacres, nos bondes puxados a cavalo, nos passantes nem nos meninos que vendiam jornal e anunciavam em voz alta as edições vespertinas.

Seria esta uma prova de que há vida após a morte? De que espíritos entram em contato com os vivos e falam através deles? De que outra forma Mrs. Piper poderia ter sabido de todas essas histórias pessoais?

Olhou para o céu escuro da noite, onde as nuvens ocultavam as estrelas, e se sentiu tomado pela solidão familiar. Enquanto estivera confortavelmente sentado no cômodo quente, cercado por aqueles zelosos seguidores da ciência e dedicados caçadores de espíritos, havia se sentido bem e pudera observar a questão de um ponto de vista puramente intelectual.

Mas naquele momento estava sozinho, e as perguntas voltavam. Teria restado alguma coisa de Lucy depois de sua morte? Ou todo o seu ser teria partido com seu corpo, como acreditam aqueles para quem o mundo é apenas material e inteiramente explicável?

Um calafrio o percorreu, e ele apertou o capote contra o corpo.

Talvez não existisse nenhum espírito e, portanto, tampouco alguém que cochichasse esse conhecimento no ouvido de Leonora Piper. Mas então deveria haver uma capacidade, um sentido a mais, que nem todo mundo possuísse e que permitisse a ela superar as fronteiras do tempo e do espaço com seu espírito.

16

Outubro de 1890, Mickleham

— São tão graciosos! — disse Charlotte enquanto Emily ficou absorta diante da porta aberta da coelheira, segurando nos braços um coelho com manchas brancas e pretas. Com cuidado, passava a mão no pelo sedoso, lançando um olhar para o local, onde alguns filhotes se comprimiam ao redor da mãe. Tudo exalava um maravilhoso aroma doce de feno fresco.

O reverendo Morton sorriu, fechou a porta da coelheira e fez menção a Charlotte para que se afastasse um pouco com ele.

— Não é muito fácil lidar com crianças — disse em voz baixa. — É claro que mantemos os animais não apenas para que passem a mão neles.

— Entendo. Seria melhor que Emily não se apegasse a determinado animal, do contrário... — Lançou um olhar à menina, que estava ali em pé, completamente distraída, e havia escondido o rosto entre as longas orelhas do animal.

— Ela já sofreu uma dura perda, é o que quer dizer.

— Exato, Mr. Morton.

O sacerdote hesitou.

— Já pensei se deveria lhe dar um filhote de presente. Embora não gostem de ficar sozinhos, ganham cada vez mais confiança quando são criados sem outros da mesma espécie.

Charlotte refletiu.

— Talvez fosse bom se Emily aprendesse a ter responsabilidade por um ser vivo.

— E que as despedidas fazem parte da vida.

Olhou surpresa para o reverendo.

— Acha mesmo possível se preparar *para isso*?

— Sim, perfeitamente. Como sacerdote, vejo a morte com frequência e tenho de consolar as pessoas que perderam seus parentes. Tento criar forças a partir disso e me habituar com a ideia de que tudo aqui na Terra é finito.

Charlotte não estava convencida.

— Não acho possível estar preparada para a morte a qualquer momento. Se fosse assim, isso não nos tiraria a alegria de viver? Não é cruel dar um coelho de presente a uma menina para que ela se habitue à ideia de que, um dia, o animal irá morrer?

Mr. Morton balançou a cabeça.

— Não necessariamente. Também se poderia afirmar que aproveitamos mais as coisas porque elas não duram para sempre. Imagine se tivéssemos bom tempo com frequência. Será que o céu azul e o jogo de raios de sol nas folhas verdes ainda a alegraria todas as manhãs? Se esse prazer fosse evidente, já não seria capaz de elevar seu coração.

Por sorte, nesse momento foram chamados para o chá, pois Charlotte achou que a comparação dele era claudicante, e acreditava que a discussão levaria muito mais tempo ainda.

Emily tinha ficado muito agitada ao saber, durante o café da manhã, que mais tarde iriam ver os coelhos, e, no fundo, Charlotte tinha ficado aliviada, pois passara a manhã inteira distraída, o que, pelo visto, Emily tinha percebido. Enquanto estava ali sentada, mergulhada em seus pensamentos, a menina tinha olhado para ela várias vezes e pigarreara para chamar sua atenção.

Charlotte mal tinha dormido durante a noite, de tanto que a conversa com Sir Andrew a havia perturbado. Milhares de imagens a assaltaram, lembranças de Berlim, o rosto de Friedrich, o cochicho das pessoas que frequentavam a casa dos Von Benkow. Sentiu como um gosto amargo na boca a desilusão que achava ter superado.

Além do mais, não amo Friedrich, pensou, *talvez nunca o tenha amado. Gostava do seu charme, da atenção que ele me dispensava. De imaginar o amor. Nada mais.*

Moralmente irrepreensível, embora não exatamente corajoso. Com poucas palavras, Sir Andrew tinha conseguido surpreendê-la mais uma vez. Quando ela achava que já o conhecia, ele de súbito mudava de direção e a deixava para trás, surpresa. É claro que havia contado com o fato de que ele a criticaria e até a demitiria depois que soubesse dos acontecimentos em Berlim; porém, em vez disso, ele havia demonstrado compreensão e permitira-se até mesmo um sorriso.

— Como gosta do seu chá, Miss Pauly? — A voz amigável de Mrs. Morton a arrancou de seus pensamentos.

— Desculpe.

A esposa do reverendo estava em pé com a chaleira ao lado da mesa, pronta para servi-la.

— Gosto ao modo como se toma aqui na Inglaterra, com leite e açúcar.

Sobre a mesa havia bolo de frutas e *scones* com creme e geleia de morango, que Emily olhou com ansiedade. A fatídica visita à casa de chá parecia não ter estragado seu apetite pelo doce.

O cômodo era quente e decorado de maneira acolhedora. Nas paredes havia imagens bordadas de paisagens inglesas que revelavam uma grande habilidade, mas Charlotte também descobriu lembranças que os Morton deveriam ter trazido da Índia e que conferiam ao ambiente um ar exótico:

um leque colorido, um elefante de madeira, pintado, uma mesinha em forma de estrela com um maravilhoso trabalho de marchetaria.

Mr. Morton já tinha se despedido, pois precisava visitar alguns doentes, mas havia prometido a Emily que, antes de partir, ela poderia acariciar de novo os coelhos.

Conversaram sobre os progressos de Emily nas aulas, e Charlotte relatou que já haviam visitado a região.

— Na primavera é ainda mais bonito — disse Mrs. Morton. — Quando as plantas florescem, podem-se fazer passeios incríveis em Box Hill. Conhece *Emma*, de Jane Austen? Nela há uma cena famosa que descreve um piquenique na colina.

Charlotte negou com a cabeça.

— Só tive a oportunidade de ler *Orgulho e Preconceito*. Gostei muito desse romance.

— Infelizmente quase não é lido na Inglaterra. Sempre apreciei muito os romances de Miss Austen. Também seriam apropriados como leitura para Emily quando ela estiver mais velha. Posso lhe emprestar minha edição de *Emma*.

— Muito obrigada, eu gostaria muito.

Enquanto estavam as três juntas, conversando tão à vontade, Charlotte se lembrou de repente de um fato e perguntou à anfitriã:

— A senhora conhece o reverendo Horsley? Eu o conheci na viagem de trem de Dover para Dorking, e conversamos um pouco.

A simpática esposa do sacerdote confirmou com a cabeça.

— Conheço, foi o antecessor de meu marido aqui em Mickleham. Assumiu uma paróquia perto de Londres.

Charlotte lançou um olhar de relance a Emily.

— Terminou seu chá? Então pode ir olhar os coelhos mais uma vez. Não quero voltar muito tarde para casa.

Emily limpou a boca educadamente com o guardanapo, fez uma reverência a Mrs. Morton e saiu correndo da sala, enquanto as mulheres a acompanharam sorrindo com o olhar.

Charlotte pigarreou.

— Quando Mr. Horsley ouviu que meu destino era Chalk Hill, de repente ficou monossilábico. Achei estranho, pois antes tinha se mostrado muito eloquente e gentil. Só mencionou que havia conhecido Lady Ellen.

Mrs. Morton pousou a xícara de chá, recostou-se e cruzou as mãos sobre a mesa.

— Miss Pauly — disse hesitante —, está entrando num terreno perigoso, se é que posso dizer isso.

Charlotte não esperava ouvir isso.

— Por quê?

— Porque a morte de Lady Ellen deixou uma profunda ferida em toda a sua família.

— Entendo. Quando se perde a esposa e mãe de uma maneira tão trágica, nada mais natural do que a dor. Mas ando muito preocupada com Emily. Ela mal ousa pronunciar o nome da mãe. Isso não faz bem a ela.

Mrs. Morton suspirou.

— Minha querida, você assumiu uma difícil missão com a educação de Emily. Ela é uma menina encantadora e inteligente, mas o passado paira como uma sombra sobre sua família. Ao que parece, Sir Andrew não superou a perda da esposa. — Hesitou. — Não conversa com ninguém sobre ela. A proibição vale não apenas dentro de sua própria casa, mas também para todas as pessoas com quem ele se relaciona.

Charlotte refletiu. Finalmente havia encontrado alguém com quem não teria nenhum problema para manifestar seus pensamentos. Por certo mal conhecia Mrs. Morton, mas a esposa do reverendo lhe inspirava confiança. Portanto, ignorou toda e qualquer precaução.

— Estou preocupada com outra coisa, Mrs. Morton. Emily tem pesadelos. Temo que também seja sonâmbula. Tenta esconder seu sofrimento durante o dia, mas à noite fica desprotegida e entregue a eles. — Charlotte lhe contou sobre o estranho sonho em que alguém a tinha carregado até a janela aberta. — Temo que ela reprima tanto seus sentimentos que uma hora venha a ter uma crise, cujas consequências não posso nem imaginar.

Mrs. Morton levantou o olhar de modo abrupto.

— Uma crise? Não está exagerando um pouco?

— Acho que não. Ela pode adoecer fisicamente ou sofrer um colapso emocional. É o que acontece quando as pessoas enterram no fundo de si mesmas sua dor e seus temores. Por certo, a senhora sabe o que isso significa, pois, com seu marido, conhece o sofrimento das pessoas.

Mrs. Morton serviu chá para as duas.

— Entendo sua preocupação com Emily, mas não sei como posso ajudá-la.

— Falando-me dela e de sua mãe. — Charlotte comprimiu os lábios, como se quisesse impedir a si mesma de voltar atrás em seu pedido. — A senhora não estaria infringindo a regra de Sir Andrew — acrescentou depressa. — Afinal, não estamos falando sobre esse assunto na presença dele nem na de Emily, e manterei tudo em sigilo.

Sabia que estava se arriscando demais; na pior das hipóteses, os Morton relatariam suas investigações a Sir Andrew. Não era preciso ter muita imaginação para saber quais seriam as consequências.

Porém, o atrevimento de Charlotte foi recompensado. Mrs. Morton alisou a saia e a olhou com gentileza.

— Como sabe, não faz muito tempo que estamos na região, mas se eu puder responder às suas perguntas, farei com prazer. Ao longo do tempo, fiquei sabendo de uma ou outra coisa sobre a família.

Charlotte respirou aliviada.

— Emily costumava ficar doente antes?

Mrs. Morton fez que sim.

— Costumava. Toda a vizinhança se preocupava com a menina. Todos sentiam pena dos pais porque sua única filha adoecia sempre.

— Me contaram que Lady Ellen foi uma mãe fora do comum — continuou Charlotte. — Se ocupava muito da filha e cuidava dela pessoalmente, embora na casa haja uma babá. Também percebeu isso?

— De fato, para uma mulher em sua posição, isso era incomum. Segundo me contaram, ela até permanecia em casa quando Sir Andrew era convidado para eventos sociais em Londres e quase nunca o acompanhava em suas viagens. Isso significa que mãe e filha eram muito próximas, o que considero muito positivo. Perdoe minha franqueza, mas criei eu mesma meus filhos e aproveitei muito as horas que passei com eles. Não pretendo, com isso, menosprezar sua profissão, Miss Pauly...

Charlotte riu.

— Não se preocupe, a verdade não me magoa. Tantas vezes lamentei pelas crianças que só viam seus pais à noite, quando se apresentavam já de banho tomado e cabelo escovado e, logo em seguida, eram levados à cama. Certa vez, uma menina a quem lecionei não reconheceu a própria mãe ao vê-la inesperadamente de camisola e despenteada.

Mrs. Morton ficou chocada.

— É mesmo? Quer dizer que a menina só conhecia a mãe em roupas elegantes?

— Exato. — Charlotte ergueu os ombros. — Por isso, fico ainda mais impressionada com o fato de que, aparentemente, Lady Ellen se comportava de outra forma. — Nesse momento, lembrou-se do encontro no cemitério, e o contou a Mrs. Morton, que, séria, balançou a cabeça.

— É horrível quando as pessoas não podem se despedir direito. Meu marido e eu ficamos sabendo que, nesses casos, os parentes sofrem muito. É o que acontece quando pessoas morrem no mar ou em locais muito distantes, nas colônias, sem poderem ser enterradas na terra natal. Falta um lugar para os parentes visitarem e cumprirem seu luto.

— Mas fizeram um túmulo para ela.

A esposa do reverendo anuiu.

— Claro. Talvez Sir Andrew quisesse um lugar dedicado à esposa morta.

Charlotte tinha uma última pergunta, mas temeu estar forçando demais a situação.

— Me disseram que, na época, o rio Mole estava muito alto e caudaloso. Lady Ellen devia saber do perigo.

— É verdade. — Mrs. Morton enrubesceu e, nervosa, tateou o bolso em busca de seu lenço. — Mas não é cristão falar mal dos mortos — disse, tentando se esquivar.

— Desculpe, não foi minha intenção.

— Eu sei. — Hesitou. — No fundo, a maioria das pessoas na região pensa o mesmo, mas ninguém o diz para não causar mais dor à família.

Charlotte colocou o guardanapo de lado e se levantou.

— Agradeço-lhe a confiança e a ajuda, Mrs. Morton, e ficaria feliz em revê-la em breve. Deixe meus cumprimentos a seu marido.

Mrs. Morton foi buscar o livro prometido, pediu para a criada ir pegar o chapéu e o capote de Charlotte e a acompanhou até a coelheira. Antes de se aproximarem de Emily, a esposa do reverendo a reteve mais uma vez.

— Faça o que seu coração lhe mandar, Miss Pauly. A senhorita tem um bom coração, e ele lhe indicará o caminho. Deus a abençoe.

Emily se despediu dos animais, deu a mão a Mrs. Morton e fez-lhe uma reverência cortês, antes de deixarem a casa.

No caminho de volta, enquanto Emily ainda tagarelava animada sobre os coelhos, Charlotte não parou de pensar na frase: *No fundo, a maioria das pessoas na região pensa o mesmo, mas ninguém o diz.*

Sua suspeita havia se confirmado. Lady Ellen Clayworth teria tirado a própria vida. Isso explicava muitas coisas, principalmente o porquê de seu marido ter enterrado sua lembrança sob uma couraça de silêncio. Mas também conduzia a outra e insistente pergunta: por que ela teria dado esse passo?

Charlotte se levantou de um salto da cama assim que ouviu vozes agitadas, correu com olhos sonolentos pelo corredor e desceu. Ao lado de Nora, a criada Susan estava perturbada diante da porta do quarto de Emily.

— Fui... fui buscar um copo de leite na cozinha — balbuciou Susan. — Então a ouvi. Já estava do lado de fora, na entrada. Não sei aonde queria ir, no meio da noite... Com este frio!

— Emily tentou sair de casa — disse Nora. — Susan e eu a trouxemos para cima. Ela se defendeu, então tranquei a porta. — Segurou a chave no alto.

Do lado de dentro, reinava um profundo silêncio.

Agradecida, Charlotte mandou Susan voltar para a cama.

— Diga aos outros que ela teve apenas um pesadelo. Vamos cuidar disso.

Depois que Susan saiu, hesitante, Nora abriu a porta e empurrou a maçaneta com cuidado.

Emily estava encolhida na cabeceira da cama, com os olhos arregalados e voltados para algo que apenas ela conseguia enxergar. As cortinas inflavam-se ao vento, e a janela estava aberta.

Charlotte correu e a fechou energicamente, enquanto Nora permaneceu como que petrificada ao lado da cama, olhando em silêncio para Emily.

— O que ela está vendo?

Charlotte se voltou para as duas.

— Não sei.

Puxou com cuidado a coberta por cima dos ombros de Emily, mas não ousou despertá-la do transe.

De repente, a menina disse com voz rouca:

— Ela esteve aqui de novo. Veio me visitar.

Charlotte e Nora se entreolharam. Um olhar bastou para se entenderem. Fazia frio no quarto, mas na testa de Emily brilhavam gotas de suor.

— Falou comigo. Contou como a água estava gelada.

As palavras produziram círculos, como uma pedra que cai num lago, até preencherem todo o quarto.

— No começo, estava triste, mas depois ficou feliz. Disse que quer me levar. Em breve. Que vai ficar tudo bem. Mas eu já queria ir agora.

Charlotte se virou rapidamente para Nora:

— Vá chamar Sir Andrew.

A babá a olhou assustada.

— No meio da noite? Não posso, Miss, não tenho coragem.

Charlotte olhou para ela e suspirou.

— Então fique aqui sentada com Emily e não tire os olhos dela. Volto logo.

Correu para a torre e pegou um roupão, que vestiu e abotoou enquanto caminhava. Ao descer apressada a escada, fez uma rápida trança nos cabelos e jogou-a por cima do ombro.

O quarto de Sir Andrew ficava ao lado da biblioteca e dava para o jardim. Ao chegar com o coração palpitante à sua porta, um pensamento fugaz passou por sua cabeça. Será que em março ele já estava dormindo aqui, por isso não tinha ouvido sua mulher sair de casa à noite? Então, respirou fundo e bateu com força à porta.

De início, não houve nenhuma reação. Mas pouco depois ouviu um rangido e passos.

— Quem está aí? — perguntou Sir Andrew, sem abrir a porta.

— Sou eu, Charlotte Pauly. Me desculpe por incomodá-lo, mas estou preocupada com Emily.

Houve um leve ruído. Em seguida, Sir Andrew apareceu de roupão à sua frente. Esfregou os olhos. Seus cabelos louros estavam desgrenhados.

— O que aconteceu?

Charlotte contou de forma sucinta o ocorrido.

— Não sei o que fazer, Sir. Não foi um pesadelo comum, disso tenho certeza.

Ele fechou a porta atrás de si e, na frente dela, seguiu para o *hall* e subiu a escada. Enquanto caminhava, virou-se para ela.

— E ela simplesmente saiu correndo de casa?

Charlotte fez que sim.

Ele parou diante da porta do quarto da filha.

— Precisamos conversar.

Ela respondeu com espontaneidade:

— Depois. Primeiro o senhor precisa cuidar de sua filha.

Uma expressão estranha, como que de surpresa, passou célere por seu rosto antes de ele girar a maçaneta e entrar.

Emily ainda estava sentada na cama, olhando para a frente com os olhos bastante arregalados. Nora estava a seu lado, sentada num banquinho que havia puxado para perto da cama. Levantou o olhar aliviada, ergueu-se e apertou o xale sobre os ombros. Estava visivelmente sem graça por encontrar seu patrão daquele modo.

— Pode ir agora. — Dispensou-a com um aceno de cabeça. A babá passou rápido por Charlotte e saiu do quarto.

Sir Andrew aproximou-se devagar da cama, sentou-se na beirada e pegou a mãozinha de Emily, que acariciou e levou à face. Tensa, Charlotte o observou se aproximar com cautela da filha.

— O que você viu? — perguntou em voz baixa.

Ela pareceu despertar de um sono profundo e virou a cabeça de maneira quase imperceptível.

— Ela voltou.

— Quem voltou?

— A mamãe.

Ele retirou a mão, como se tivesse se queimado. Então, olhou para Charlotte e pareceu profundamente abalado. Seu rosto estava pálido, e os músculos de sua mandíbula sobressaíam sob a pele, pois ele havia cerrado os dentes.

— Por favor. — Foi tudo o que ela disse.

Ele se virou outra vez para Emily, passou com cuidado o braço por suas costas e a puxou para si, até sua rigidez se desfazer. Ela se apoiou no pai e escondeu o rosto em seu ombro.

— Ela perdeu seu xale favorito. Quis recuperá-lo, era tão bonito, com renda de Bruxelas. E disse que a água estava muito fria. Mas só no começo. E perguntou se recebi a carta dela.

17

Outubro de 1890, Londres

O trem se aproximou da estação Waterloo; do outro lado do rio erguiam-se as torres pontiagudas do Parlamento em meio ao céu nublado, como se quisessem perfurar o cinza opaco. Como de costume, Sir Andrew olhou pela janela com expectativa, pois amava a cidade e só havia se mudado para o campo por causa da mulher. Gostava do tumulto nas ruas, do ajuntamento de carroças, coches e bondes, das pessoas que se agitavam como uma massa flutuante. Ao longe, via-se a cúpula da St. Paul's Cathedral, cuja esfera dourada com a cruz, em dias de bom tempo, atraía para si toda a luminosidade do sol.

Nessa manhã, porém, havia entrado muito abalado no trem para Londres. A contragosto tinha deixado a filha sozinha, mas seu propósito não tolerava nenhum adiamento. Durante a viagem, olhou com inquietação pela janela, levantou-se e andou de um lado para o outro no vagão, fumou um cigarro, mas logo o apagou.

Desde que *Fräulein* Pauly o arrancara do sono às duas e meia, em alta noite e na mais profunda solidão de seu quarto, sentia um aperto no peito que mal o deixava respirar. Ofegava como se tivesse sido acometido por uma doença, mas sabia que era apenas sua alma que sofria.

Tinha acreditado tanto na cura de Emily! Tantas vezes agradecera a Deus o fato de ela parecer ter se recuperado dos sofrimentos da infância! E então, quando ele acreditava ter superado o pior, eis essa inesperada recaída. Porém, havia uma diferença em relação a antes — ao que parecia, não era o corpo de Emily que sofria, mas sua mente.

Às suas perguntas naquela noite, *Fräulein* Pauly ainda lhe descrevera outros incidentes que não lhe pareceram graves o suficiente para importuná-lo. Ele não podia criticá-la; dela esperava que assumisse a educação e não o incomodasse com questões insignificantes. Mas o estado em que tinha visto a filha na noite anterior o deixou muito preocupado.

Teria de procurar um médico, e já tinha alguém em vista. Porém, se fizesse isso, haveria perguntas, dúvidas desagradáveis, que tocariam em questões que ele preferia continuar reprimindo.

Concordou com a preceptora quanto ao fato de que não se tratava de um pesadelo comum. Emily devia ter imaginado algumas coisas em sua tristeza: o frio da água, a luta inicial para não se afogar, a paz subsequente.

No entanto, duas coisas ele não conseguia esclarecer: Emily nada sabia do xale. E a carta de despedida que a mãe tinha deixado para trás havia sido queimada na lareira muito tempo antes.

O consultório do doutor Martin Fenwick ficava na Harley Street, um sinal de seu sucesso. Quem residisse numa das elegantes casas georgianas de fachada sóbria podia escolher os próprios pacientes como bem lhe conviesse.

Sir Andrew e ele eram velhos amigos de escola, o que explicava o fato de terem privilegiado o visitante sem hora marcada.

A sala à que a recepcionista o conduziu era revestida de madeira escura e exalava um agradável odor de cachimbo. Sir Andrew se perguntou se Fenwick gostava daquele conforto ou se o ambiente convidativo serviria para tirar o medo de seus pacientes.

O médico de cabelos ralos e precocemente grisalhos, que o faziam parecer mais velho que o amigo, se levantou de sua poltrona e se dirigiu a Sir Andrew com a mão estendida.

— Clayworth, o que o traz aqui? — Examinou-o por cima dos óculos, que haviam escorregado para a ponta de seu enorme nariz. — Espero que ninguém esteja doente em sua casa!

Depois que se sentaram e a recepcionista levou-lhes chá, Fenwick apoiou os cotovelos no tampo da mesa e apertou a ponta dos dedos, uns contra os outros.

— O que aconteceu? Fale logo! Você não veio até aqui para falar dos velhos tempos.

— Não, tem razão. — Sir Andrew hesitou um pouco. — É sobre Emily.

Seu amigo o olhou consternado.

— Adoeceu de novo? Mas você tinha escrito que seu estado havia melhorado.

— Sim, melhorou. Fisicamente está bem, está crescendo e se desenvolvendo. — Fez outra pausa. Era mais difícil do que ele havia imaginado.

— Então o que é? — Fenwick serviu-lhe chá e empurrou-lhe a xícara.

Sir Andrew começou a contar, mencionando a princípio os acontecimentos que ficara sabendo por meio de *Fräulein* Pauly.

— Não é incomum uma criança ter pesadelos após uma dura perda. A psique tem de trabalhar esse tipo de coisa. Só faz meio ano que... que ela perdeu a mãe.

Para ganhar tempo em sua resposta, Sir Andrew bebeu o chá e quase queimou a língua. Seu olhar pousou sobre um crânio que estava na estante atrás de Fenwick. Desviou os olhos, pois a imagem o desagradava.

Fenwick se recostou na poltrona e perguntou:

— Como é essa preceptora?

Sir Andrew ficou surpreso.

— Passa uma excelente impressão. Emily parece estar aprendendo bastante e se dá muito bem com ela. Recentemente, ambas tocaram piano a quatro mãos quando recebi alguns convidados. É sincera e se interessa por tudo, mas, ao mesmo tempo, é educada e prestativa. Não tenho do que reclamar.

Fenwick se calou e brincou com a caneta que tinha pegado na mesa.

— O que foi, Fenwick? Por que não diz nada? — perguntou Sir Andrew, impaciente.

— Parece que você está esperando que eu lhe dê um conselho.

— Exato, um conselho médico.

— Sou clínico, Clayworth. Não entendo nada da psique infantil.

— Mas você já a examinou antes.

— E não constatei nenhuma doença grave, como você bem sabe. Na época, ela estava frágil e sensível, e essa fraqueza desapareceu com o tempo. É um motivo para se alegrar.

Sir Andrew coçou o queixo, pensativo.

— Claro.

— Mas?

— Isso não me tranquiliza. O que ela teve não foi um simples pesadelo.

— Já considerou que ela pode ser sonâmbula? Afinal, a preceptora mencionou que a janela estava aberta à noite por duas vezes. Talvez Emily a tenha aberto sozinha sem se dar conta. Não é raro isso acontecer em crianças. Contudo, é preciso observá-las, pois às vezes os sonâmbulos correm riscos.

Levantou-se e pegou um livro na estante, cuja capa de couro azul-escuro parecia gasta, como se a obra pertencesse às suas leituras preferidas.

— Posso emprestá-lo a você por alguns dias. Nele você encontrará alguma coisa sobre sonambulismo que talvez responda às suas perguntas.

Sir Andrew apenas deu uma olhada rápida no livro e depois olhou indeciso para as próprias mãos.

— O que ainda tem a me dizer? Vamos, fale logo! — disse Fenwick, em cuja voz pela primeira vez oscilou uma leve impaciência. — Minha sala de espera está cheia. Se o assunto for longo, teremos de nos encontrar à noite para conversar, acompanhados de conhaque e charuto.

— Não, não, está tudo certo o que disse e seria uma explicação plausível... Só que tem mais uma coisa... — Sir Andrew mordeu o lábio inferior e olhou para o teto. Passaria por louco diante de seu amigo se lhe contasse? Mas então descreveu, em voz baixa, a última coisa que Emily havia lhe dito.

Fenwick ergueu a mão.

— Espere, vamos com calma. Aonde você está querendo chegar?

— Não sei, droga! — Inclinou-se para a frente, como se temesse que pudessem ser ouvidos, embora a espessa porta de carvalho estivesse bem fechada. — Imaginei que pudesse haver uma ligação entre Emily e a mãe. Como se ela lhe tivesse cochichado essas coisas.

— Ela pode ter ficado sabendo pelos empregados, pelo reverendo, sei lá por quem mais. As pessoas nunca deixam de mexericar quando uma desgraça dessas acontece, e nem sempre prestam atenção em quem pode ouvir.

— Instruí todos os empregados a não falarem a Emily a respeito da mãe. E, até agora, nunca tive motivo para duvidar da lealdade deles.

Fenwick suspirou.

— Você está entrando num terreno perigoso, espero que esteja ciente disso. Num assunto desses, nenhum médico poderá ajudá-lo.

Sir Andrew deu de ombros, resignado.

— Não quero incomodá-lo mais. — Porém, alguma coisa o segurou em sua cadeira; era como se os pensamentos que não havia pronunciado o puxassem para baixo, como um peso. — Quando ela fala da mãe, parece tão viva, tão próxima, como se tivesse presenciado a morte de Ellen.

Pela primeira vez depois de meses, ele dizia o nome da própria esposa, que passou por seus lábios como uma palavra estrangeira. Sentiu a face enrubescer. Supostamente estaria arruinando sua amizade com Fenwick e a fama de ser um homem esclarecido. Ficou sentado, imóvel, e não foi capaz de levantar o olhar porque temeu encontrar compaixão nos olhos de Fenwick.

Ouviu o amigo se levantar, sair no corredor e conversar com a recepcionista.

— Mais dez minutos... Sim... Do contrário, terão de voltar mais tarde. É uma emergência.

A porta foi fechada, os passos se aproximaram da mesa. A poltrona de couro rangeu quando Fenwick nela se sentou.

— Acha que ela está vendo fantasmas.

Sir Andrew fechou os olhos, envergonhado. Em pensamento, o que havia acabado de contar soava ridículo. O que o tinha levado a ultrapassar tanto as fronteiras da razão? Preferia ter se levantado e ido embora, mas então voltou a pensar na filha, sentada na cama, com os olhos arregalados, como se visse coisas que estivessem ocultas de todos, menos dela.

Fenwick pôs fumo no cachimbo e olhou para ele com expectativa.

— Não sei se esta é a palavra correta, mas... é assim que imagino.

Por um minuto, o médico permaneceu sentado, em silêncio, o olhar voltado para as mãos, abertas sobre o tampo da mesa. Então empurrou o livro para Sir Andrew, como um convite.

— Leia. Talvez lhe seja suficiente como esclarecimento; é o que desejo. Se não for... — Pegou uma folha de papel, uma caneta e escreveu. Em seguida, entregou a folha ao amigo. — Se nada adiantar, tente este lugar. Alguns os consideram loucos, mas duvido que sejam. São cientistas de corpo e alma.

Sir Andrew pegou o papel. Nele seu amigo tinha anotado um nome e um endereço:

Dr. Henry Sidgwick
Society for Psychical Research
9, Buckingham Street
Adelphi, Londres W. C.

18

Outubro de 1890, Chalk Hill

Charlotte ficou em pé, imóvel, enquanto a cabeça de Emily repousava no ombro do pai. Sir Andrew estava sentado de costas para ela, totalmente inerte; apenas sua mão fazia sempre os mesmos gestos sobre a cabecinha da menina.

Ficou tensa e se sentiu uma invasora, mas não quis perturbar o silêncio com uma palavra ou um movimento. Quando Emily adormeceu — Charlotte não sabia dizer quanto tempo havia passado, mas, nesse meio-tempo, seus pés ficaram gelados —, Sir Andrew deitou a filha com cuidado, cobriu-a e levantou-se.

Fora do quarto, no corredor, lançou-lhe um olhar difícil de interpretar.

— *Fräulein* Pauly, sei que já é madrugada, mas gostaria de lhe pedir para me descrever em detalhes todos os incidentes. É importante. Vou pegar o primeiro trem para Londres e ainda não sei quando vou voltar.

A conversa durou mais de uma hora; ele até fez anotações.

Na manhã seguinte, Charlotte deixou Emily dormir até mais tarde — porque sua protegida precisava dormir, mas também por medo, pois não sabia como encarar a menina. Depois da conversa com Sir Andrew, passara a noite se revirando com inquietação na cama, sempre vendo o rosto de

Emily diante de si — os olhos arregalados, os cabelos desgrenhados, o olhar fixo em alguma coisa que ninguém além dela conseguia enxergar.

Charlotte não tinha dúvida de que Sir Andrew havia cometido um grave erro ao declarar a morte da esposa um tabu e de proibir a filha de falar sobre a mãe. Não se cura uma dor ao reprimi-la.

Já estava pronta e olhou para o relógio. Oito horas. Ainda não sentia fome, mas não sabia o que fazer. Pela janela, viu Wilkins entrar com o coche; por certo tinha levado Sir Andrew à estação em Dorking. Com quem ele iria conversar em Londres? E o que isso significaria para Emily?

Inquieta, andou pelo quarto na torre, que lhe parecera tão encantador quando chegara. Por certo não havia mudado, continuava belo e claro, mas dentro dela alguma coisa tinha se alterado.

Quando ficava ali sentada, em silêncio, ou deitada na cama, acordada, às vezes tinha a impressão de sentir uma presença, algo que no início não estivera ali. Charlotte era uma pessoa racional e se repreendia por esses pensamentos insanos, mas a ideia de algo sinistro se tornou cada vez mais intensa. De repente, lembrou-se da noite da recepção aos convidados, quando ouviu ruídos estranhos diante da porta. Na época, não tinha ousado ir olhar na escada, mas nesse momento, de manhã cedo, não havia razão para temores.

Charlotte pegou o lampião, abriu a porta do quarto e desceu a escada. Parou junto à porta forrada e fez algo que até então ainda não tinha feito: acendeu o lampião e desceu lentamente os degraus que, para sua surpresa, pareciam não ter fim. A cada passo, o frio aumentava, e a umidade se arrastava até ela. A escada se aprofundava cada vez mais, e Charlotte lançou um olhar hesitante por cima dos ombros antes de prosseguir. Ali embaixo não havia portas, apenas as paredes nuas e rebocadas, que pareciam úmidas e glaciais aos seus dedos. Por certo já estaria no nível do porão, no subterrâneo.

Por fim, chegou a uma porta de madeira pesada e guarnecida de ferro, que parecia muito antiga. Pressionou a maçaneta fria, que cedeu em sua mão. Trancada. Charlotte se abaixou e iluminou o buraco da fechadura, mas não conseguiu ver nada. Tentou sentir algum odor, mas o ar estava tão frio que cortou sua respiração. Recuou e enroscou a saia no salto dos sapatos. Estava para se virar quando ouviu um barulho.

Um ruído, muito leve. Podia ser um animal, camundongo ou rato, escondendo-se no porão atrás da porta. Ou uma criada saindo da cozinha e entrando ali para buscar provisões. Por certo, haveria uma explicação bastante banal. No entanto, sentiu um calafrio.

Charlotte engoliu em seco e se virou para a escada. Em seguida, subiu os degraus, forçando-se a não se precipitar para cima. De volta ao seu quarto, ainda sentia o coração disparado na garganta.

Também nessa manhã, Emily não falou sobre o susto da noite, mas pareceu mais pálida e quieta do que de costume. Trabalhou com afinco, mas algumas vezes Charlotte a surpreendeu segurando a caneta e olhando com expectativa para a janela.

Sir Andrew voltou de Londres naquela mesma noite. Parecia taciturno; a breve intimidade com que haviam cuidado juntos de Emily durante a noite havia desaparecido. Não mencionou o que tinha feito em Londres nem se tomara alguma decisão em relação à filha. Charlotte não sabia direito como tratá-lo, já que ele se mostrava tão fechado.

Três dias depois, como Emily continuava ainda mais quieta, Charlotte lhe perguntou em tom tênue:

— O que há com você, Emily? Ainda está pensando na noite em que teve o pesadelo?

Ela olhou para Charlotte como se estivesse voltando de uma viagem, cujas imagens ainda guardava.

— De que pesadelos está falando?

— Você sabe. — Charlotte puxou a cadeira para perto da carteira de Emily e se sentou a seu lado. — Quando sentiu medo e falou da sua mãe.

— Não foi um sonho — disse Emily em voz baixa, olhando de novo para a janela. — Ela estava aqui. Do contrário, não teria me contado do rio. Primeiro estava muito frio, mas depois a água a segurou como mãos que embalam um bebê. Foi assim que descreveu.

Charlotte sentiu a garganta se estreitar e mal conseguiu engolir. Era como se o tempo tivesse parado, como se, naquele momento, algo tivesse mudado irrevogavelmente, como se tivesse descido uma barreira, dividindo a vida entre antes e depois. Seus olhos arderam e teve dificuldade para conter as lágrimas. Estaria Emily perdendo a razão? Seriam os pesadelos e as caminhadas noturnas os sintomas de uma doença mental? Não podia ser; disso sofriam adultos ou pessoas idosas, mas não crianças de 8 anos.

— Há sonhos que são tão vívidos que mal podem ser distinguidos da realidade. — Olhou para Emily, esforçando-se para sorrir. — Certa vez, sonhei que tinha ganhado um gatinho de presente e que ele podia dormir na minha cama. No sonho, passei a mão nele, ouvi-o ronronar e senti seu pelo macio sob meus dedos. Quando acordei, apalpei a cama à sua procura. Como não estava ali, corri para minha irmã mais velha e chorei pelo gatinho perdido.

Foi tudo tão rápido que Charlotte não conseguiu reagir. Emily deu um salto, virando a cadeira para trás e derrubando-a no chão, abriu a porta com ímpeto e desapareceu no corredor. Charlotte ouviu passos na escada e se precipitou atrás dela. A porta da casa estava aberta, a menina devia ter saído correndo. Sem vestir o capote, Charlotte correu para fora e olhou ao redor na esplanada. Wilkins estava saindo da cocheira com um martelo na mão e a olhou com ar interrogativo.

— Posso ajudá-la?

— Miss Emily acabou de sair correndo de casa. Por acaso a viu?

O homem negou com a cabeça e pôs o martelo de lado.

— Vá por trás; vou olhar na rua.

Charlotte passou correndo pela casa e foi para o jardim. Precipitou-se até a estufa e empurrou a porta. Calor e ar úmido vieram a seu encontro.

A folhagem abundante das plantas oferecia alguns esconderijos. Mas ela procurou em vão por todos os cantos. Em seguida, apressou-se até o velho olmo com o balanço, no qual Emily se divertira tanto. Ali também, nenhum traço dela.

Para onde poderia ter ido em tão pouco tempo? Esperava que não tivesse ido para o local que dava para a estrada nem para os trilhos.

Viu Wilkins virar na esquina, abanando a cabeça. Pelo menos, Emily não tinha corrido para a rua. Charlotte parou, pôs o dedo nos lábios e aguçou os ouvidos, como se pudesse ouvir a respiração de Emily ali fora e segui-la como uma placa indicativa. Em pé, Wilkins olhou ao redor e deu de ombros.

Charlotte já estava pensando em voltar para casa e pedir reforços para a busca ao perceber um movimento no fundo do jardim com o canto do olho. Alguma coisa se mexeu no local onde o portão de ferro fundido se embutia no muro. Fez sinal para Wilkins ficar afastado e se dirigiu a passos lentos até o portão. Ao se aproximar, reconheceu a pequena figura de vestido escuro, agachada, comprimida entre o muro e o portão. Charlotte mal ousou respirar, pois temia assustar Emily. Quando estava a apenas poucos metros dela, disse:

— Emily, posso ficar aqui com você?

Nenhuma resposta. Tomou como um sim e se aproximou com cuidado, ainda mais devagar do que antes.

Por fim, a distância entre elas era tão pequena que se ajoelhou e pôs a mão no ombro de Emily. A menina estava agachada no chão, com a cabeça apoiada nos joelhos, e não olhou para ela.

— Sinto muito. Você fugiu porque não acreditei em você, não é?

Percebeu uma discreta concordância com a cabeça.

— Me desculpe. Não foi correto da minha parte contar meu sonho. Eu devia tê-la ouvido com mais atenção.

No início, não conseguiu entender o ruído, depois reconheceu que a menina estava batendo os dentes de frio. Com cuidado, pegou Emily no colo, atravessou o jardim e voltou com ela para casa, seguida por Wilkins.

— O que aconteceu? — perguntou Mrs. Evans, que estava junto à porta, olhando para eles com espanto.

— Precisamos de uma coberta e de uma bebida quente — disse Charlotte, decidida. — Sir Andrew está em casa? Então, por favor, vá chamá-lo.

Com essas palavras, passou pela governanta, que se mostrou surpresa, e foi para a sala, onde deitou a menina num sofá e cobriu-a com a manta que Susan havia trazido. Passou a mão pelos cabelos de Emily e se virou quando Mrs. Evans entrou com uma bandeja.

— Sir Andrew já está vindo. Tem tudo de que precisa?

Charlotte concordou com um aceno de cabeça, e a governanta se retirou.

Logo em seguida, Sir Andrew entrou e correu para o sofá em que Emily estava deitada. Passou a mão por seus cabelos e olhou para Charlotte com olhar penetrante.

— O que aconteceu?

— Prefiro lhe contar a sós.

Seu olhar ficou desconfiado, mas foi até a porta.

— Na biblioteca.

Charlotte se sentou ao lado da menina e lhe deu o chocolate que Mrs. Evans havia trazido.

— Volto logo. Quer que Nora venha ficar com você?

Emily pegou a xícara com as duas mãos, como se quisesse se esquentar com a porcelana, bebeu um gole e, esgotada, fechou os olhos.

— Quero, por favor — disse em tom quase inaudível.

Quando ela fechou a porta da biblioteca atrás de si, Sir Andrew encostou-se de braços cruzados na mesa e lhe lançou um olhar examinador.

— Diga o que aconteceu.

Charlotte relatou o ocorrido sem se poupar.

— Talvez não tenha sido inteligente da minha parte lhe falar do meu sonho. Emily se sentiu mal compreendida e pensou que eu não tivesse acreditado nela.

No início, Sir Andrew nada disse, mas respirou fundo algumas vezes.

Charlotte também suspirou, esgotada. Nunca um trabalho com criança tinha sido tão complicado; nunca uma aluna havia desencadeado nela esse tipo de sentimento. Por nada no mundo queria perder aquele emprego, mas era insuportável o modo como se sentia dividida entre suas obrigações para com Emily e aquelas para com seu pai.

— A senhorita fez o correto — disse Sir Andrew, por fim, com voz rouca, afastando-se da mesa e se aproximando de uma das prateleiras altas até o teto, como se procurasse algum conselho entre os livros. — Eu não teria feito diferente.

Aliviada, fechou os olhos por um instante.

— Mas o que fazer agora? Temo pela segurança de Emily. Se ela escapar de novo e não percebermos de imediato... — Hesitou. Era como se estivesse à beira de um abismo. Coragem, disse a si mesma. — Sir Andrew, posso fazer uma pergunta?

— Pois não.

— Por acaso, na época... sua esposa passou pelo portão do muro para ir até o rio? — Seu coração batia tão acelerado que até doía.

Ele se virou abruptamente, e ela leu a dor em seus olhos.

— Passou. — Esforçou-se para responder. — Mas não sei que interesse a senhorita tem nisso.

Charlotte olhou para o chão. Tinha contado com essa reação, mas não podia desistir naquele momento.

— Na verdade, não tenho nenhum interesse. Só perguntei porque foi o local onde encontrei Emily. Não acredito que tenha sido por acaso. E, há pouco tempo, ela mencionou que não gosta da floresta.

Ele se aproximou da mesa e apoiou as mãos no encosto da cadeira. Em seguida, olhou-a de maneira tão penetrante que ela engoliu em seco. Sua garganta estava seca.

— No final, o motivo é sempre esse, não é? — disse, e não conseguiu reprimir a amargura na voz. — Não importa o que lhe aconteça, começa e termina com sua mãe.

Charlotte o olhou, surpresa. Alguma coisa em seu tom chamou sua atenção. Pela primeira vez, algo além da tristeza e que soava quase hostil oscilou em sua declaração. Impressão apenas, advertiu sua razão. O desamparo também podia se expressar desse modo.

— Faz dias que não paro de pensar no que pode estar atormentando Emily. Já não consigo acreditar que ela apenas sonha. É mais do que isso. Ou é um sofrimento psíquico, ou algo que, como posso dizer, supera nosso entendimento.

Cerrou os punhos e abaixou a cabeça. Sua voz estava tão baixa que Charlotte precisou se esforçar para ouvi-la.

— Vou lhe contar uma coisa que, na verdade, ainda gostaria de manter em segredo. Há três dias, quando estive em Londres, procurei um médico amigo meu e lhe descrevi o caso de Emily. Ele ficou tão desnorteado quanto eu. Ao nos despedirmos, me deu isto aqui. — Tirou um bilhete do bolso do colete e o jogou na mesa. Charlotte aproximou-se e leu.

Dr. Henry Sidgwick
Society for Psychical Research
9, Buckingham Street
Adelphi, Londres W. C.

Charlotte levantou o olhar. Sir Andrew ainda mantinha a cabeça abaixada.

— Quem é? E de que tipo de sociedade se trata?

— De uma associação de cientistas que se propõe a pesquisar fenômenos sobrenaturais.

— Fenômenos sobrenaturais? — repetiu, hesitante. — Mas por quê...? Ele ergueu o olhar, e ela viu o sofrimento em seus olhos.

— Porque Emily mencionou o xale cor de marfim que pertencia à sua mãe. Nós o encontramos às margens do Mole. E falou de uma carta que sua mãe lhe deixou.

Charlotte olhou para ele, tensa.

— Nunca contei de ambos para ela. A senhorita sabe muito bem que todos nesta casa foram instruídos a manter um rigoroso silêncio sobre minha esposa e tudo o que está ligado a ela. Como Emily ficou sabendo disso?

Pela própria mãe?, completou Charlotte em pensamento. Refletiu febrilmente. Estaria ele de fato acreditando que Emily entrava em contato com espíritos? Que via a mãe morta ou, pelo menos, sentia sua presença? De repente, ocorreu-lhe sua primeira noite na Inglaterra, quando tinha surpreendido Mrs. Ingram numa sessão. Lembrou-se do que havia visto pela fenda: a sala com as velas flamejantes, as duas mulheres, o copo emborcado sobre a mesa, as estranhas evocações. Submeteriam Emily a esse tipo de procedimento duvidoso, que com certeza iria confundi-la ainda mais?

— A senhorita está quieta — notou Sir Andrew, quase em tom de desafio. — O que acha de tudo isso?

— Eu... eu não sei o que dizer — respondeu Charlotte, desamparada. — Nunca passei por uma experiência dessas. Como era antes, quando Emily adoecia? Também via coisas que não existiam?

Ele deu de ombros.

— Não cabia a mim cuidar de minha filha quando ela adoecia.

Estava de volta o tom impessoal e quase frio, que ela já tinha visto tantas vezes. O calor jorrou como uma chama dentro dela. Raiva, nada menos do que isso. Charlotte cerrou os dentes para não dizer o que mais tarde poderia lhe trazer arrependimento.

— Pensei que sua esposa talvez pudesse ter comentado a respeito com o senhor. Como fiquei sabendo, ela cuidava de Emily.

O silêncio subsequente pesou sobre ambos.

— Nunca mencionou alucinações ou algo parecido — disse ele, por fim, e as palavras pareciam custar-lhe esforço. — Volto a lembrar-lhe que não estou disposto a conversar com a senhorita sobre minha falecida esposa. — Hesitou. — Perdoe a minha rispidez, mas esse assunto me incomoda. Estou acostumado a resolver os problemas com a razão.

— Ao que parece, há coisas em que isso não é possível. Do contrário, o senhor não teria trazido isto. — Charlotte apontou para o bilhete que continuava sobre a mesa entre eles. — Como diz seu grande poeta: "Há mais coisas entre o céu e a terra..."

— Sim, e na peça aparece um espírito, não é?

Charlotte não fisgou a isca.

— Se me permite, vou cuidar de Emily agora. Não cabe a mim decidir se deve buscar conselhos com esse senhor. Só espero que Emily não se machuque ainda mais.

Como ele nada opôs, ela se virou e deixou a sala a passos comedidos. Somente depois que fechou a porta atrás de si, encostou-se à parede e fechou os olhos.

19

À tarde, deixou Emily aos cuidados de Nora e lhe passou como tarefa um desenho que não a cansaria muito, mas a ocuparia de maneira sensata. Em seguida, comunicou a Mrs. Evans que faria um longo passeio. Desde a conversa com Sir Andrew, não o vira mais. Ele havia ido a Reigate para almoçar com amigos do partido.

Charlotte tinha a sensação de não conseguir ficar nem um segundo a mais dentro da casa. Os acontecimentos dos últimos dias tinham-na perturbado, e era como se só conseguisse pensar com tranquilidade a respeito se afastando um pouco de Chalk Hill. A passos enérgicos, tomou o caminho para a London Road. Tinha um objetivo preciso, que queria alcançar a pé.

O tempo estava fresco, embora seco, e ela vestira roupas quentes, para que o frio não a perturbasse em seus pensamentos. Nesse dia, não teve olhos para a paisagem ao seu redor.

Lembrou-se do bilhete com o endereço que Sir Andrew havia lhe mostrado. Fenômenos sobrenaturais? Estaria ele querendo sugerir que Emily via fantasmas? Charlotte não podia acreditar. Por outro lado, nesse meio-tempo a experiência que tivera no dia em que chegara a Dover lhe parecia um presságio. Se uma mulher simples como Mrs. Ingram realizava uma sessão em sua casa, talvez na Inglaterra fosse socialmente aceitável ocupar-se de questões sobrenaturais. Além disso, Charlotte tinha de admitir que havia entrado num beco sem saída com suas explicações racionais.

Desde o início, pairava uma sombra sobre a casa na Crabtree Lane. Nesse meio-tempo, já tinha dado para perceber que se tratava mais do que o luto habitual por uma pessoa falecida; que haviam acontecido e ainda aconteciam coisas que sua razão não podia explicar.

Por que Lady Ellen havia tirado a própria vida? O que haveria por trás da janela aberta à noite e das visitas que Emily supostamente recebia? O que ela própria tinha ouvido naquela noite na escada, diante da porta do seu quarto? E será que Sir Andrew, o político sóbrio, acreditava mesmo em incidentes inexplicáveis, que surgiam de uma ligação com o além?

A ideia de espíritos pareceu tão absurda a Charlotte que ela teria preferido rir, mas o riso ficou preso em sua garganta. Tratava-se do bem-estar de uma criança que era importante para ela. Independentemente do que Sir Andrew fizesse e por mais estranhos que pudessem parecer seus esforços, Charlotte se manteria firme. Ficaria em Chalk Hill, ao lado de Emily, e descobriria o que havia acontecido naquela casa.

Parou para atravessar a London Road, tomou a ponte sobre o Mole e virou à esquerda na direção de Mickleham. Tinha memorizado o caminho quando Wilkins a levara à casa do reverendo. Não era difícil encontrar o vilarejo.

Aos poucos, Charlotte foi sentindo a tensão nas panturrilhas. Fazia tempo que não caminhava nesse ritmo, pois desde que era acompanhada por Emily não tinha ocasião para caminhadas. Mas, naquele momento, com um objetivo pela frente, não prestava atenção no estiramento das pernas, mas aproveitava o vento fresco que puxava seu chapéu e fazia sua saia esvoaçar. Ele também embaralhava a copa das árvores, arrancando as últimas folhas, que caíam sobre Charlotte como uma chuva marrom. Logo ela viveria seu primeiro inverno inglês. Por certo, não seria tão frio nem tão repleto de neve como o inverno em Berlim. Esta era a única estação do ano em que não gostava da cidade. Berlim só era bonita quando seu esplendor cinzento e a miséria preta eram atenuados pelas cores do verão. As árvores e os arbustos nus davam um ar desolador ao Tiergarten, e faziam as tílias parecerem vassouras gigantescas.

Pretendia escrever à mãe e às irmãs. De repente, foi tomada pela consciência pesada, pois só havia enviado uma breve carta logo após sua chegada, para tranquilizá-las. No entanto, já fazia mais de um mês que estava ali e ainda não havia relatado à família sua situação desde então.

Em todo caso, não podia confiar-lhes o que acontecia ali. A história era estranha demais; ela mesma não sabia o que pensar a respeito. Escreveria apenas que estava bem, falaria da região e dos habitantes, de sua aluna e da casa agradável, bem como das pessoas gentis que tinha conhecido.

Todavia, sentia falta de alguém com quem pudesse partilhar tudo aquilo. Como gostaria de ter uma amiga que lhe desse algum conselho ou observasse de longe os acontecimentos com bom senso! Mas a solidão era parte de sua profissão, e nunca havia sentido isso de maneira tão intensa como naquele momento. Como os problemas pareciam mais simples quando se podia revesti-los de palavras e refletir mais uma vez a seu respeito! Quando conversava com Sir Andrew, tinha sempre de pisar em ovos. Toda frase tinha de ser pesada com precisão para que ela não caísse numa armadilha. Confiança e honestidade sem reservas estavam excluídas da relação com ele.

Finalmente surgiam as primeiras casas de Mickleham, e atrás delas sobressaía a torre da igreja de St. Michael and All Angels, coroada por um telhado anguloso e pontiagudo. *Que nome bonito para uma igreja*, pensou Charlotte.

Parou à margem do vilarejo e olhou com atenção para o entorno. Naquele dia, tinha de evitar os Morton de todo jeito se quisesse que seu plano desse certo.

Ficou ali parada, sem saber muito o que fazer. Quando se está à procura de alguma coisa num lugar, de repente ela parece maior do que o esperado. Então se lembrou das palavras de Emily. Como eram mesmo?

Na periferia de Mickleham. Numa casinha velha.

— Muito gentil de sua parte me ajudar a carregar as coisas — grasnou a velha senhora com voz rouca, espiando através do lenço com o qual cobria a cabeça e os ombros. Apareceu diante de Charlotte como uma bruxa saída dos contos dos irmãos Grimm.

Ao ver a casa modesta, havia suspeitado que Tilly Burke poderia morar ali, mas passara devagar pelo local, como se não tivesse um objetivo específico, e rapidamente dera meia-volta quando vira o reverendo caminhar a passos firmes na direção da igreja.

Ao voltar para a casinha com o jardim malcuidado, a figura encurvada de Tilly Burke apareceu na esquina da propriedade. Com as duas mãos segurava um lençol puído, no qual arrastava lenha.

Charlotte passou pelo portão do jardim e foi até ela.

— Posso ajudá-la?

Já estava na sala de teto baixo, que também servia de cozinha. Num canto encontrava-se a cama, separada por uma cortina, e, ao lado, uma porta fechada. Os móveis eram simples e rústicos, mas a casinha estava bem aquecida e não parecia desagradável. Sobre a mesa havia um jarro de barro com flores secas. Num caldeirão sobre o fogo, ouvia-se um borbulhar.

— Empilhe a lenha naquela cesta — indicou Tilly Burke, e Charlotte obedeceu. Em seguida, colocou uma acha no fogo, cuja labareda cresceu.

Perguntou-se se a velha senhora a reconheceria; afinal, vira-a na casa de chá. Não precisou refletir muito.

— Conheço seu rosto de algum lugar.

— Sou a preceptora de Emily Clayworth. Nos encontramos em Dorking, na casa de chá.

Suspirando, a velha senhora se sentou num banco e a observou.

— Ela ainda está triste?

A pergunta era tão pertinente que até doeu.

— Por que está perguntando isso?

— A água está subindo. Os espíritos estão dançando sobre o Mole e trazem a tristeza consigo.

Ela é louca, pensou Charlotte, mas suas palavras tinham algo de hipnótico, ao qual não conseguia escapar.

— Ela está bem — disse apenas. Puxou uma cadeira e se sentou. Talvez conseguisse filtrar algo significativo do palavrório confuso da velha senhora e depurá-lo como ouro em pó numa peneira cheia de areia.

— Conheceu a mãe dela? Lady Ellen?

Com a cabeça para trás, Tilly Burke começou a cantarolar. Charlotte temeu que ela não tivesse ouvido suas palavras, que não quisesse nem pudesse entendê-la, mas depois percebeu que, com essa mulher, era necessário ter sobretudo paciência.

— Era uma moça tão bonita. Sempre alegre. Sabia dançar muito bem.

— Mas parece que também era triste.

A velha senhora virou a cabeça e emitiu um leve resmungo.

— Quando criança, era alegre. Sempre. Só quando se casou é que ficou triste.

Charlotte mal ousava respirar, de tanto que temia que Tilly Burke pudesse se distrair e calar-se. Nunca ninguém tinha mencionado o casamento dos Clayworth.

— Às vezes, vinha até mim e conversávamos sobre o passado. Quando tudo ainda era jovem e verde, e os espíritos do rio ainda não a deixavam triste.

— Não ficava feliz por ter uma filha? — perguntou Charlotte, com cautela.

Fez-se uma longa pausa.

— Era tudo para ela, sua respiração, sua estrela, sua margarida. Nunca a deixava sozinha. Até a trazia quando vinha visitar a velha Tilly.

Chegamos a visitá-la algumas vezes. Não gosto dela.

— É uma menina encantadora.

— É, sim. Como a mãe. E triste.

Decepcionada, Charlotte virou a cabeça. Tinha esperado tanto dessa visita, mas a sanidade da velha senhora parecia muito perturbada para que conseguisse arrancar dela alguma coisa útil.

— O rio a levou. Ela dizia que não gostava de morar próximo ao rio, que à noite podia sentir que ele a chamava e chamava. Ele a fez sentir medo e a atraiu. Foram os espíritos que fizeram isso.

Charlotte imaginou-se a Gata Borralheira. As palavras confusas de Tilly Burke eram as cinzas, e os fragmentos de verdade que nela cintilavam eram as lentilhas que precisava selecionar. E de novo os espíritos.

— Dizem que Lady Ellen não era muito feliz no casamento.

Charlotte confiou no fato de que ninguém daria crédito a Tilly Burke, mesmo que falasse a alguém dessa conversa.

— Ele queria mandá-la de volta.

Charlotte teve um sobressalto e olhou com insistência para a velha senhora, que, no entanto, não pareceu interessada em sua convidada.

— Veio até mim e chorou. Tinha de ir embora. Ele queria assim. — Tilly Burke abraçou o próprio corpo e começou a se balançar para a frente e para trás. — Estava com medo. Mas eu não podia ajudá-la. E os espíritos a chamaram.

Durante o jantar na companhia de Emily e seu pai, Charlotte mal conseguiu esconder sua agitação. A visita a Tilly Burke a tinha abalado, e esperava que não percebessem. Emily parecia recuperada e falou dos desenhos que havia pintado durante a tarde.

— Saiu para passear, *Fräulein* Pauly?

— Sim, andei bastante; fui até Mickleham e voltei.

— Foi visitar os Morton? — a menina quis saber.

Negou com a cabeça.

— Hoje não. Só queria dar uma olhada na região.

Sir Andrew olhou para ela, desconfiado.

— Voltou tarde. Não é conveniente nem aconselhável para uma mulher perambular sozinha no escuro.

Charlotte se sentiu enrubescer.

— Ah, perdi a noção da hora. Quando percebi que era tarde, voltei logo. Espero que o senhor tenha tido uma tarde agradável.

Ele sorriu, contido.

— Se é que se pode chamar de agradável um almoço em que se discute política. Falamos sobre a ampliação do sistema de escoamento e da futura modernização dos trilhos. O possível asfaltamento da rua principal também foi considerado.

Charlotte se perguntou se aquilo de fato o divertia; como sempre, não conseguiu avaliar direito seu estado de espírito.

— Há quanto tempo é deputado? — perguntou educadamente.

— Há sete anos — respondeu e tomou um gole de vinho tinto.

Ela supôs que tinha cerca de 35 anos; portanto, tinha começado cedo sua carreira política.

— Quando o papai vai a Londres para uma reunião, sempre consegue ouvir as batidas do Big Ben — observou Emily, orgulhosa. Ao perceber o olhar interrogativo de Charlotte, acrescentou: — É o sino grande da torre do relógio, no Parlamento. O papai prometeu que um dia vai me levar até lá para que eu também possa ouvi-lo. — Olhou para ele na diagonal, como se quisesse se assegurar de sua promessa.

— Sim, sim — disse Sir Andrew, ausente. Teria ouvido as palavras de Emily? Se não cumprisse sua promessa, a menina ficaria decepcionada.

Charlotte ficou grata pela conversa, que a desviou de seus pensamentos. Mas quando a sala voltou a ficar em silêncio, ouviu novamente a voz rouca de Tilly Burke, divagando sobre a água e os espíritos, entregando-se às suas fantasias ensandecidas, mas, por certo, nelas inserindo uma ou outra verdade que não davam paz a Charlotte.

Olhou para Sir Andrew, que nesse exato momento levantou a cabeça do prato. Seus olhares se encontraram. E ela percebeu que, em pensamento, ele também tinha estado bem distante daquela mesa.

Charlotte entrou no quarto de Emily e deparou com uma cena familiar: Nora escovando os cabelos da menina. A babá se virou e sorriu.

— Já estou terminando.

— Não tenha pressa. Só vim dar boa-noite a Emily e pedir a você que venha ao quarto de estudos.

— Sim, Miss.

Charlotte passou a mão na face de Emily.

— Durma bem. Saiba que não está sozinha.

Emily mordeu os lábios.

— Algum problema?

Nora parou de escová-la e olhou para a menina com ar interrogativo.

— É que... o papai disse que devo pedir desculpas. Por ter saído correndo. Sinto muito ter-lhe dado trabalho, *Fräulein* Pauly. Não vai acontecer de novo.

Charlotte engoliu em seco, pois o rigor do pai oscilava nas palavras da filha. Não esperava por um pedido de desculpas e ficou irritada com a falta de discernimento de Sir Andrew.

Ajoelhou-se na frente da cadeira de Emily e pegou suas mãos.

— Não precisa pedir desculpas, embora eu lhe agradeça o pedido. Não há nada de errado em não se sentir bem e ter medo. — Olhou com insistência para Emily. — Prometa que irá procurar minha ajuda, de Nora ou de seu pai quando o medo voltar.

Como Emily continuava calada, Charlotte colocou com cuidado o dedo sob seu queixo e o ergueu.

— Promete?

— Prometo — veio a resposta em voz baixa.

— Ótimo. — Levantou-se e alisou a saia. Em seguida, fez um sinal com a cabeça a Nora e saiu do quarto.

Após cerca de dez minutos, bateram à porta do quarto de estudos, onde Charlotte estava debruçada sobre um ditado de alemão que Emily havia escrito pela manhã. Eram as primeiras frases simples, mas quase não continham erros e indicavam um dom para línguas estrangeiras. Quando se pensava na agitação interna que a menina sofria, era um desempenho excelente.

— Entre.

Nora entrou e a olhou com ar interrogativo. Charlotte apontou-lhe uma cadeira. Tinha refletido muito sobre como lidaria com o tema, mas não lhe ocorreu nenhum caminho diplomático.

— Como você pode imaginar, Sir Andrew e eu estamos quebrando a cabeça para entender o que há de errado com Emily. Estamos muito preocupados.

— Eu também — observou a babá, concordando com a cabeça. — Nunca a vi desse jeito, nem antigamente, quando ela vivia doente.

— Por isso, estou tentando descobrir de onde vêm esses... ataques ou sonhos, não importa como possamos chamá-los.

— Sim, Miss.

— Conhece Tilly Burke?

Era como se algo na atmosfera tivesse mudado; como ocorre no verão, antes de uma forte tempestade. Charlotte não sabia explicar, mas era quase palpável.

— A velha louca de Mickleham?

— Ela mesma.

— Todo mundo a conhece na região. Não bate bem da cabeça. Só fala bobagem. Não deve acreditar nela, Miss.

— Pelo que andei ouvindo, ela conhecia Lady Ellen muito bem.

— Sim, foi sua babá. Mas foi muito antes de eu vir para esta casa.

Charlotte sentiu muito bem a resistência interna com que Nora confrontava suas perguntas. Teria medo da mulher? Ou saberia alguma coisa sobre Tilly?

— Em Dorking, ouvi dizer que Lady Ellen a visitava de vez em quando depois de casada e de viver com a família em Chalk Hill.

— Pode ser.

Tentou facilitar as coisas para Nora.

— É claro que não há problema nenhum em visitar antigos serviçais e talvez até ajudá-los caso estejam passando necessidade...

— Não sei se lhe deu dinheiro.

Não é aí que quero chegar, pensou Charlotte consigo mesma. Não estava interessada em descobrir se Lady Ellen ou qualquer outra pessoa tinha dado dinheiro a Tilly Burke; só queria saber se seu discurso sobre o rio e os espíritos tinha algum grão de verdade. Mas era difícil conduzir Nora para onde estavam as respostas.

— Encontrei Tilly Burke. Ela disse muita bobagem, é verdade. Mas fiquei com a impressão de que em suas palavras também poderia haver um grãozinho de verdade.

Nora a olhou com desconfiança.

— Ninguém acredita na velha Tilly.

— Ela disse que Sir Andrew teria mandado a esposa embora. É verdade?

O olhar de Nora revelou mais do que suas palavras.

— Eu gostaria de me retirar agora. — Levantou-se e tropeçou até a porta. Charlotte não fez menção de detê-la.

Sozinha em seu quarto vieram-lhe as lágrimas. Não gostava de mostrar seus sentimentos; mesmo quando Friedrich a havia abandonado e entregado ao escárnio da sociedade berlinense, manteve as aparências. Porém, naquele momento, a solidão a envolvia como um manto frio, e deitou a cabeça nos braços.

O que teria acontecido naquela família? Pela primeira vez, Charlotte não sabia como continuar seu trabalho. Exa óbvio que algumas vezes já tivera de lidar com crianças difíceis ou mal-educadas, mas estes eram problemas que podiam ser resolvidos com a razão. Já no caso de Emily, isso não a ajudava muito, pois tinha se apegado de verdade à menina. E se sentia impotente perante a grande dor que pesava sobre aquela família.

Então lhe ocorreu de novo o bilhete com o endereço. Estaria Sir Andrew pensando de fato em levar a filha para ser examinada por um especialista em fenômenos sobrenaturais? Como poderia ele ser cientista e, ao mesmo tempo, acreditar nesse tipo de coisa? Ou seria apenas o passo desnorteado de um pai em desespero?

Bem que gostaria de fazer outro longo passeio, sair andando, cada vez mais, até chegar ao fim de suas forças e cair exausta na cama. Mas era tarde demais para isso.

Charlotte se despiu, lavou-se e vestiu a camisola. Em seguida, andou de um lado para o outro do quarto para se cansar, mas o movimento só a deixava mais inquieta. Então ficou em pé, imóvel, e girou devagar em torno de si mesma. Naquele quarto, Lady Ellen tinha passado muitas horas de sua vida. Seria possível imaginar que uma pessoa deixasse sua marca num cômodo, que algo de sua personalidade tivesse permanecido nele, mesmo já não o habitando por tanto tempo? Mesmo que já não vivesse?

Charlotte respirou fundo. Em seguida, colocou uma almofada no chão e nela se sentou em posição de lótus. Cruzou as mãos no colo e fechou os olhos. Tentou evocar a presença da mulher que ali havia crescido — com o que teria brincado, do que teria medo quando criança, com o que teria sonhado quando menina? Com um casamento com Sir Andrew Clayworth? Com filhos? Ou teriam sido imagens completamente diferentes que passaram por sua imaginação?

Charlotte estava sentada em silêncio, ouvindo apenas a própria respiração e o farfalhar das árvores ao vento. Sentiu que estava ficando mais tranquila do que nos últimos dias. Obrigou-se a pensar outra vez na mulher à qual havia pertencido aquele quarto. O que a teria movido naquela noite a passar pelo portão que dava para a floresta, tomar o caminho rumo ao rio e nele pôr um fim a sua vida? Talvez estivesse fugindo de alguma coisa — ou então teria se sentido atraída por alguma coisa.

Para o rio e os espíritos.

De repente, abriu os olhos e olhou ao redor. A luz estava diferente de antes — não, era só porque tinha ficado um tempo com os olhos fechados. Por acaso, seu olhar pousou num canto inferior, ao lado do armário, e ela se surpreendeu. Uma tábua parecia estranhamente desnivelada. Charlotte se arrastou até o local e, com cuidado, passou a mão nela. De fato, estava um pouco acima das outras tábuas adjacentes. Tateou seu comprimento e descobriu uma chanfradura causada pelo buraco do nó da madeira. Charlotte enfiou o dedo nela e puxou — primeiro com cuidado, depois com mais firmeza, até a tábua levantar um pouco. Inseriu a mão na abertura.

O vidro transparente de remédio não tinha nenhuma inscrição. Charlotte colocou-o contra a luz do lampião e observou os cristais brancos e cintilantes dentro dele. O que poderia ser? Sal de cozinha não era; seus grãos eram grossos demais para isso. Abriu a tampa e cheirou. Nada. Então, verteu um grãozinho na mão, umedeceu a ponta do dedo com a língua, tocou-o e provou-o. Ligeiramente adocicado, mas não era açúcar. Fechou o vidro e, pensativa, colocou-o no chão.

Enfiou de novo o dedo na abertura e tateou-a, mas nada encontrou. Um pouco decepcionada, pegou o vidro, sopesou-o e guardou-o de volta no esconderijo.

Seria tão mais prático se tivesse encontrado anotações secretas debaixo da tábua! Um diário ou cartas que lhe revelassem algo sobre a mulher que tinha passado a juventude naquela casa e, como esposa de Sir Andrew Clayworth, tornara-se infeliz...

20

Outubro de 1890, Londres

— Que beleza de restaurante! — disse John Hoskins, olhando espantado ao seu redor no Savoy Grill. O teto caixotão, revestido de madeira e sustentado por colunas facetadas, as paredes espelhadas, as mesas redondas com cadeiras estofadas e toalhas brancas impecáveis conferiam ao ambiente uma atmosfera elegante, mas aconchegante. Desde sua abertura, dois anos antes, o hotel e seu restaurante logo provocaram furor. — Embora não seja para todos os dias. — Lançou um olhar ao cardápio com os pratos caros que haviam acabado de pedir.

Tom Ashdown concordou.

— Mas é perfeito para comemorar com bons amigos uma agradável noite após o teatro.

Sarah sorriu.

— Para falar a verdade, não sou fã de ópera, mas gostei de *La Basoche*. Foi divertida, e isso é o que importa para mim. Não gosto quando todos morrem ao final.

— Esse Bispham como duque não estava mal, embora eu não me permita fazer uma crítica musical — respondeu Tom. — Ópera simplesmente não é minha especialidade. Assim que as pessoas no palco abrem a boca e começam a cantar, sinto-me como um peixe fora d'água. — Lançou um olhar a Emma Sinclair, irmã de Sarah, que lhe sorriu com timidez.

— Isso significa que, no ano que vem, ele deverá aparecer na Royal Opera para assistir a *Die Meistersinger* — observou John, que era exímio conhecedor dos palcos operísticos da capital e grande admirador de Wagner. — Mas nos conte o que está sendo apresentado no teatro e que acabamos perdendo nesta noite.

Tom riu.

— Eu teria levado vocês com prazer ao Royalty.

Emma Sinclair olhou-o, surpresa.

— Nunca ouvi falar desse teatro.

— É bastante pequeno e tem uma história bem movimentada. Há pouco tempo, um grupo teatral apresenta ali peças um tanto escandalosas, mas age como clube privado e, por isso, consegue escapar da censura. Em março, assisti a *Fantasmas*, uma peça escandinava...

— Não me diga que isso é verdade! — exclamou Sarah, horrorizada.

— Qual o problema? — sua irmã quis saber. — Parece interessante.

Tom tossiu.

— Bem, fizeram uma única apresentação, que recebeu muitos protestos. Loucura, adultério, filhos ilegítimos, hipocrisia, suicídio... não deixaram escapar nada. Não vou me esquecer desse Ibsen. Achei bem empolgante e... Desculpem.

Um senhor de barba e proporções colossais, vestindo uma capa com gola de pele e acompanhado por um grupo de rapazes, acenou para ele, ao que Tom se levantou para cumprimentá-lo. O homem, cujos cabelos cacheados e grisalhos caíam sobre os ombros, apertou efusivamente sua mão e bateu em seu ombro.

— De volta à ativa, Ashdown? Fico feliz. Vão na frente, meus caros.

As mulheres acompanharam a passagem do séquito com olhos arregalados, enquanto John reprimiu um sorriso.

— Permitam-me apresentar Allaric Greene, o famoso crítico de ópera.

O recém-chegado inclinou-se num gesto teatral.

— É um prazer. Ashdown, também esteve em *La Basoche*? Bispham está magnífico, que timbre! Profetizo uma grande carreira para ele, embora tenha começado tarde na profissão. — Olhou para o grupo. — Por favor, marquem minhas palavras: nesta noite, eu, Allaric Greene, predisse que David Bispham se tornará um grande cantor. Conquistará nada menos do que Wagner.

— Mas ainda terá de trabalhar bastante para isso — observou John, e Greene o fulminou com um olhar tão ameaçador quanto o de um jardineiro a um pulgão.

— Sir, não o conheço e não sou dado a contendas, mas este homem está fadado a uma grande carreira. Isso significa que irá apresentar *Die Meistersinger* no ano que vem.

Tom e John entreolharam-se com um sorriso, e Greene ergueu a mão.

— Por acaso já ficaram sabendo de alguma coisa? Ótimo. Mas isso é só o começo. Pelo que andei ouvindo — olhou ao redor, com expressão conspiratória —, ele consulta um médium que previu seu futuro e o aconselhou a estudar os papéis de Wagner. Eu, pessoalmente, não acredito muito nessas bobagens, mas, a esse caso especial, o homem devia mesmo dar ouvidos. Está fadado a Wagner, não há nenhuma dúvida. — Inclinou-se para as duas damas e fez um aceno de cabeça a Tom e John. — Meus senhores, com sua licença. — Com um gesto dramático, lançou a capa sobre o ombro e partiu, empertigado.

Tom e seus convidados se olharam achando graça, mas apenas Emma Sinclair empalidecera. Sua irmã pousou a mão em seu braço.

— Querida, não pense mais nisso. O homem era divertido, mas também grosseiro.

— Talvez de fato haja pessoas que consigam ver o futuro — notou Miss Sinclair, uma mulher bonita, de pele delicada e grandes olhos castanhos. — Nem todos são como... aquele Belvoir. — Sua voz soou tímida, mas ela desafiou Tom com o olhar. — Foi o que o senhor mesmo disse há pouco.

Pensativo, Tom alisou seu guardanapo.

— De fato. Meu encontro com Mrs. Piper me impressionou muito. Ela não se presta a essas perguntas banais e nunca aceita dinheiro por seus esforços. Não se pode compará-la a pessoas como Charles Belvoir.

Percebeu que Miss Sinclair não estava se sentindo à vontade e mudou rápido de assunto.

— Onde tínhamos parado antes que essa ave-do-paraíso voasse até nossa mesa? Ah, sim, o Royalty Theatre.

— Os *Fantasmas* de novo, não — disse Sarah.

— Desde quando você é tão sensível? — reagiu sua irmã, que parecia ter despertado para uma nova vida e se curvou para Tom. — O que mais viu lá?

— Da última vez, *Thérèse Raquin*, de Zola. Também não muito aceitável socialmente. Eu diria que rude e não lapidado, mas novo e emocionante. É possível sentir certo levante por parte desse teatro, que não tenta agradar nem ser amado. — Calou-se de modo abrupto. — Desculpem, me deixei empolgar por minhas próprias palavras.

Miss Sinclair sorriu.

— Nunca o vi desse jeito, Mr. Ashdown.

Sua irmã ergueu as sobrancelhas e olhou sorrindo para o marido, que anuiu satisfeito.

— Este é seu verdadeiro Eu, cara Emma — notou ela. — Impetuoso, sincero e, com as palavras, sempre um passo à frente dos sentimentos...

Rindo, Tom ergueu sua taça.

— Bebo a isso.

De fato, fazia tempo que ele mesmo não se via daquele jeito.

A animação de Tom terminou depois que ele se despediu dos amigos e caminhou à noite ao longo da margem. Não estava com vontade de voltar de coche para casa; gostava demais de Londres, sobretudo nesse horário. O frio de outono não o incomodava. Tom não conseguia imaginar-se vivendo numa cidade pequena ou no campo; precisava da eletricidade da cidade grande, do zumbido ininterrupto, que abafava todos os outros ruídos e prevalecia sobre eles. Mas também gostava dos momentos de silêncio, das ruas que, desde os tempos de Shakespeare, pareciam nada ter mudado, dos subúrbios, que ainda se assemelhavam a vilarejos, embora a metrópole implacável estendesse suas garras ávidas até eles.

Acendeu um cigarro e continuou a caminhar vagarosamente, até a rua se alargar e circundar a bela igreja de St. Clement Danes como um rio caudaloso. Ao passar por ela, Tom olhou para a torre alta e esguia de Christopher Wren, que avançava rumo ao céu como um arauto de seu majestoso irmão no Oriente. Em seguida, virou à direita na estreita Milford Lane, que, na descida, conduzia ao Tâmisa. Poucos lampiões iluminavam o beco, que beirava o templo com seus edifícios respeitáveis. Um silêncio pairava sobre tudo, tal como devia ter predominado nos tempos dos Templários, que deixaram seus nomes e a igreja circular à região.

De repente, ouviu passos atrás de si. Lançou um olhar sobre o ombro, mas não conseguiu ver ninguém. Balançando a cabeça, prosseguiu. Talvez nos últimos tempos estivesse se ocupando demais de coisas sobrenaturais e ouvisse ruídos inexistentes. À sua esquerda, atrás dos muros, ficavam os jardins de Middle Temple, que tarde da noite eram tão abandonados quanto os edifícios ao seu redor. Àquele horário, não havia nenhum advogado trabalhando.

Então os passos voltaram. Caminhou mais lentamente, sem parar, virou-se de repente e agarrou um adolescente pela gola.

— O que está querendo aqui?

— Fogo. Tem fogo, Sir? — O rapaz ergueu um cigarro no alto.

— Hoje estou de bom humor e vou lhe dar fogo em vez de um chute no traseiro. — Acendeu um fósforo, sem tirar os olhos do rapaz. Estava claro que o garoto queria roubá-lo, não duvidou disso nem por um segundo. Mas a noite estava bonita, e ele não queria estragá-la.

O jovem anuiu, tocou o boné e desapareceu como se tivesse se desfeito no ar. Pelo visto já o vinha seguindo desde a margem, achou que estivesse embriagado e farejou-o como uma presa fácil.

Tom passou por um arco alto e olhou para o rio, no qual, mesmo naquele instante, predominava um movimento intenso. Londres não dormia, e o Tâmisa também não.

O amplo Victoria Embankment, construído vinte anos antes, oferecia uma maravilhosa vista sobre a água. Tom apoiou os braços no parapeito e olhou para a direita, onde as torres pontiagudas do Parlamento esticavam-se no céu noturno. Dizia-se que o obelisco, erguido um pouco mais adiante, do lado ocidental, era mal-assombrado; que, longe de sua pátria egípcia, atraía suicidas. Tom não acreditou na história; esses boatos sensacionalistas eram pura bobagem.

Já Mrs. Leonora Piper, não. Pensava frequentemente na sessão com ela, que havia lhe causado uma profunda impressão. Estranho como esses temas tinham se infiltrado em sua vida; mesmo naquela noite a conversa tinha girado em torno dos médiuns, ainda que apenas porque o extravagante Mr. Greene tivesse abordado o assunto.

Tom jogou o resto do cigarro na água escura. Sentiu um odor adocicado quando um casal passou atrás dele. Ainda podia ouvir a risada da mulher quando os passos já haviam silenciado. O odor o fez se lembrar de Miss Sinclair — seria o mesmo perfume?

Virou as costas para o rio, encostou-se ao parapeito e olhou para o céu, no qual o vento afugentava farrapos de nuvens. Fazia tempo que não se sentia tão alegre e sereno, e se perguntou se de fato tratava-se apenas do efeito de uma noite entre amigos.

No dia seguinte, Tom encontrou uma carta ao lado de seu prato de café da manhã. Depois de voltar para casa, ainda ficara escrevendo e fora se deitar muito tarde, de modo que não tinha reparado que um mensageiro havia passado de manhã cedo e entregado um recado a Daisy.

Deu uma olhada no remetente. Doutor Henry Sidgwick, com o endereço da Society for Psychical Research, na Buckingham Street. O recado era curto, mas cortês.

Meu caro Ashdown,
Seria um prazer se viesse jantar conosco na próxima quinta-feira. Tenho uma incumbência que gostaria de confiar a você.
Atenciosamente,
H. Sidgwick

A casa na Chesterton Road, onde Henry e Eleanor Sidgwick moravam, irradiava enorme calor. Tom Ashdown se sentiu atraído pela claridade amarela que atravessava as janelas salientes e a claraboia em forma de leque sobre a porta de entrada. Tinha estado apenas uma vez ali e guardava uma agradável lembrança daquela noite. Já na entrada percebeu a atmosfera animada que predominava nos ambientes e a harmonia em que vivia o casal.

Em sua primeira visita, Tom tinha sentido uma leve pontada no peito, pois não pôde deixar de pensar em sua própria casa e na felicidade que ele e Lucy haviam compartilhado. Desta vez, porém, reprimiu os pensamentos sombrios e se concentrou em descobrir que incumbência Sidgwick teria em mente.

Eleanor abriu a porta e, sorrindo, estendeu-lhe a mão.

— Entre, Tom. Que noite mais inóspita! Espero que tenha feito uma viagem agradável. — Pegou primeiro seu guarda-chuva e o colocou no bengaleiro ao lado do cabide, depois o chapéu e o capote. — Seu capote está todo molhado. Por acaso veio a pé?

Tom deu de ombros.

— Subestimei um pouco o caminho da estação — respondeu, sorrindo.

— A maioria faz isso — respondeu o anfitrião, que acabava de entrar no corredor. — A universidade sempre foi contra o deslocamento da estação para o centro da cidade; uma opinião, que, de resto, não compartilho.

— Queriam até impedir que os estudantes usassem os trens — acrescentou a esposa.

— Talvez temessem que pudessem ir até Londres e não resistissem às diversões da cidade grande — ponderou Tom.

— Como alguém formado em Oxford, suponho que entenda muito bem de diversões — disse Sidgwick com ironia benevolente.

— É melhor eu não lembrar quem venceu a regata este ano — contra-atacou Tom.

— *Touché*.

Eleanor olhou para os dois com um sorriso indulgente.

— Vamos entrar. A cozinheira está esperando com a comida.

A sala de jantar era pequena, mas decorada de modo aconchegante, e na lareira ardia um fogo que irradiava um calor agradável. A mesa quadrada e extensível não havia sido aberta, mas oferecia espaço suficiente para três pessoas.

Eleanor trouxe a comida e, com o olhar, pediu desculpas ao convidado.

— É noite de folga da criada. Espero que perdoe por eu assumir as tarefas.

Uma docente de matemática que servia pessoalmente seus convidados, pensou Tom. Só isso já valia a viagem a Cambridge.

— Por que está com essa cara, Tom? — perguntou, rindo, mas enrubescendo um pouco. — Por acaso estamos fazendo feio perante um londrino sofisticado?

Ele balançou a cabeça em negativa.

— Não, é que me agrada ver que mesmo uma mulher intelectual como a senhora saiba como pegar uma terrina de sopa.

Seu marido passou a mão na longa barba e olhou para ela sem dissimular seu carinho.

— Minha Eleanor é uma mulher de fato extraordinária, Tom.

De repente, fez-se silêncio na sala, e Tom sentiu a profunda cumplicidade que reinava entre ambos. Era um casamento incomum. Isso porque Sidgwick tinha convertido a esposa ao feminismo; ele próprio tinha fundado o *College* feminino onde ela lecionava. O que quer que os unisse, eram sentimentos bons e fortes.

— Percebi isso logo em nosso primeiro encontro — disse ele, galante.

Começaram a tomar a sopa e a conversar espontaneamente sobre as novidades de Londres.

— Como anda a vida teatral? — perguntou Eleanor, curiosa. — Sinto falta quando estamos aqui. Nada pode ser comparado à oferta cultural da capital.

— Nisso você tem razão, mas há muita coisa por lá que não vale a pena.

Sidgwick olhou sorrindo para ele.

— Isso não nos escapou, meu caro Tom. Suas críticas enfeitam nossas noites solitárias aqui na província.

Tom bebeu um gole de vinho.

— Província? Nada é mais inspirador para o espírito do que uma visita a Cambridge ou a Oxford. Infelizmente tendo a selecionar sempre as estações mais inóspitas do ano para meus passeios. A última vez que aproveitei a vista de Boar's Hill foi sob a neve, em tese o dia mais frio de 1889.

Eleanor riu.

— Bem, isso me surpreende. Achei que as pessoas fugissem de Londres no verão, pois nessa época não há nada de bom nos teatros, e os odores... bem... — Fez uma careta de repugnância.

— Por sorte, já faz algumas décadas que não se sente boa parte do mau cheiro, mas, como antes, a canalização ainda deixa a desejar — admitiu Tom. — Não faço a menor ideia de como superei os últimos verões na cidade. No ano que vem, já decidi que vou viajar.

— É sempre bem-vindo em nossa casa — disse Sidgwick, abrindo os braços. — Nosso quarto de hóspedes está à sua disposição.

Tom limpou a boca e pôs o guardanapo ao lado do prato de sopa.

— É um convite muito atraente. Regatas no rio Cam, piquenique nos prados com vista para o King's College...

Assim a conversa continuou por um momento. Mas ainda não tinham tocado num assunto: a incumbência para a qual Henry Sidgwick o tinha chamado. Talvez reservasse esse tipo de assunto para o conhaque depois do jantar.

— Imagino que esteja se perguntando qual seria a incumbência que me fez lhe escrever.

— Leitura de pensamento também está entre suas áreas de pesquisa? — argumentou Tom.

Sidgwick balançou a cabeça.

— Bastou olhar para você.

— Sou tão transparente assim?

— Pelo menos no que se refere a pensamentos inofensivos como esse — notou Eleanor, que já chegava com a entrada. — Às vezes, Henry se diverte surpreendendo as pessoas com suas conclusões. Mas isso nada tem a ver com capacidades sobrenaturais. Ele coleta impressões e fatos, depois os reúne num todo.

Tom ergueu as sobrancelhas.

— Sabe o que isso me lembra? Há pouco tempo li dois romances publicados por um oftalmologista escocês. Um deles se chama *Um Estudo em Vermelho*, e o outro, *O Signo dos Quatro*. O protagonista é um detetive que resolve seus casos através de seu brilhante dom para a dedução. Infelizmente foram livros que não tiveram sucesso. Fico pensando se não deveria escrever sobre eles para que, por fim, recebessem a atenção que merecem.

Eleanor anotou depressa os títulos.

— Parece interessante. Vou procurá-los amanhã mesmo.

— Escreva sobre eles, sim. Já estou ansioso por seu texto — disse o marido. — Nem sempre precisam ser sobre teatro. Uma boa história policial também não deve ser desprezada.

Depois da sobremesa, foram para a biblioteca — Henry Sidgwick não bania a esposa desse refúgio — e sentaram-se junto à lareira. Beberam conhaque, e o casal encorajou Tom a fumar um cigarro, enquanto eles próprios recusaram, agradecendo.

— Bem... — Sidgwick recostou-se e uniu a ponta dos dedos, olhando para Tom como se o examinasse.

— Pelo que deve ter lido em meu bilhete, gostaria de lhe passar uma incumbência. Uma pessoa se dirigiu a nós com uma questão que não cabe exatamente em nossa área. Ou seja, ainda não sabemos se se trata da nossa área ou não.

— Está formulando o assunto com muita cautela — notou Tom.

— Exato. Entre outras coisas, porque a pessoa a ser examinada é uma criança.

Tom o olhou com surpresa.

— Uma criança? Não tenho nenhuma experiência com esse tipo de exame, e menos ainda quando se trata de crianças.

Eleanor ergueu a mão para tranquilizá-lo.

— Não se preocupe, Tom, ainda não sabemos se nesse caso se trata de um fenômeno parapsicológico.

— O pai da menina se dirigiu a nós depois que seu médico lhe indicou a SPR — explicou Sidgwick, alisando, pensativo, a barba, que chegava até seu peito. — A menina tem 8 anos e perdeu a mãe em março. O pai suspeita que de alguma forma possa existir uma ligação entre ambas.

Tom respirou fundo. Na verdade, não contava com isso. Tinha sido inspirador acompanhar os exames como convidado e escrever relatos a respeito; contudo, sempre havia mantido certa distância, a fim de se proteger. Desde a morte de Lucy, sentia-se vulnerável e não queria, de modo algum, se aproximar desses assuntos. Contanto que participasse desses exames num nível apenas intelectual, não poderiam afetá-lo.

Porém, uma criança que havia perdido a mãe era um caso totalmente diferente. A questão não lhe agradou.

— Tom? — perguntou Eleanor. — O que foi?

Pigarreou e olhou para as próprias mãos.

— Não sei se posso fazer isso. Até agora, foram sempre vocês dois, Fred Myers ou Lodge a trabalhar com médiuns e aplicar seus próprios métodos. Não sou médico nem cientista e não me sinto pronto para essa incumbência.

Achou ter percebido uma breve decepção no rosto de Eleanor, que, em seguida, olhou para o marido.

— Caro Tom, foi justamente por isso que o escolhemos — disse Sidgwick. — Estamos todos tão mergulhados em nossas pesquisas que mal conseguimos enxergar novos horizontes. Além disso, nosso forte é trabalhar com adultos. Para nós, seria difícil lidar com uma criança e tratá-la com a devida consideração.

— Ademais — complementou a esposa —, como bem sei, você dispõe de um ceticismo saudável. Pense em Belvoir É o que será necessário ao encontrar o pai e a menina. Quem sabe o que se esconde por trás de suas suposições? Deve ter lhe custado um grande esforço nos procurar; além disso, a ocasião exige grande discrição. O homem é deputado no Parlamento.

Surpreso, Tom ergueu as sobrancelhas.

— Está ficando cada vez melhor.

— Pois é. Confiamos em sua curiosidade saudável.

— E acham que um exame feito por um crítico de teatro londrino será mais discreto do que se cientistas renomados fossem à sua casa? — Na pergunta de Tom oscilou uma leve ironia, que, contudo, não pareceu preocupar Sidgwick.

— Exato — respondeu, satisfeito. — Agora pense pelo lado bom.

— Onde mora o senhor em questão?

— Em Surrey. Portanto, a despesa com a viagem não seria grande.

Tom refletiu, depois olhou surpreso para seu anfitrião.

— Tiro meu chapéu para você! Soube exatamente como me conquistar. E sem nenhum escrúpulo!

Eleanor sorriu.

— A curiosidade é uma qualidade perigosa, não é?

Tom voltou a ficar sério.

— Mas o que devo fazer? Não posso amarrar a criança, trancá-la num armário nem espetar alfinetes nela, ou seja lá o que mais vocês costumam fazer com seus examinandos.

— Nem vai precisar. — Sidgwick se levantou e foi até a lareira. Depois se virou com vivacidade e apontou para Tom. — Basta olhar para a menina. Converse com a preceptora.

— Preceptora? Qual seu papel nessa história?

— Não sei — respondeu Sidgwick. — O pai deseja que o assunto seja tratado com discrição e que, se possível, poucas pessoas saibam da sua incumbência. Por isso, de início falará apenas com ele, sua filha e a preceptora. Usarão um pretexto para que o senhor entre na casa sem que os empregados saibam de nada. Podemos combinar tudo com tranquilidade.

Tom suspirou. Onde tinha se metido?

21

Novembro de 1890, Chalk Hill

Nos primeiros dias após a visita a Tilly Burke, Charlotte ficou com a impressão de que o mundo ao seu redor havia parado de respirar. Nora passou as noites perto de Emily, e tudo ficou tranquilo. Toda noite, antes de ir dormir, Charlotte dava uma volta no corredor e nada notava de extraordinário. Era como se um manto de normalidade tivesse caído sobre a casa, como uma poderosa droga querendo apagar a lembrança dos incidentes. Emily parecia bem-disposta e fazia progresso nos estudos; Wilkins assobiava no jardim e na cocheira; e Nora simplesmente estava feliz porque podia dormir de novo perto de sua protegida. Charlotte quase chegou a acreditar que tudo havia sido apenas fruto de sua imaginação, não fosse a conversa com Tilly Burke e o frasco com conteúdo misterioso que conservava em seu quarto.

Nesses dias, Sir Andrew estava em Londres, e Charlotte aproveitou a ocasião para ir sozinha a Dorking. Pediu a Nora que cuidasse de Emily à tarde e perguntou a Mrs. Evans se queria algo da cidade. A governanta agradeceu e olhou-a com desconfiança, como se quisesse perguntar pelo motivo do passeio, mas absteve-se por educação.

— Se passar pela farmácia, pode me trazer tintura de valeriana?

De fato, vinha bem a calhar.

Quando Charlotte já estava de chapéu e capote no *hall* de entrada, Emily desceu a escada correndo.

— Posso ir junto, *Fräulein* Pauly? Por favor!

Não foi fácil resistir ao olhar suplicante da menina, mas negou com a cabeça.

— Em breve, vamos fazer outro passeio. Desta vez, tenho alguns assuntos para resolver. Nora vai trabalhar com você no bordado que quer dar de presente de Natal ao seu pai.

Emily torceu o nariz, como qualquer criança normal da sua idade. Nesse momento, as suposições e os planos de Sir Andrew pareciam mais absurdos do que nunca. Mesmo assim, Charlotte já tinha experiência suficiente para saber que o estado de espírito de Emily podia mudar num piscar de olhos. Aquela era apenas uma fase passageira de calmaria, um trecho tranquilo do rio, que a qualquer momento poderia insurgir-se através de corredeiras e redemoinhos. *Uma comparação estranha*, pensou Charlotte rapidamente. *O rio não me deixa em paz.*

— Sabe de uma coisa? Vou lhe trazer uma pequena surpresa.

Emily sorriu.

— O quê?

— Se eu lhe disser, já não será uma surpresa — respondeu Charlotte diplomática, uma vez que não sabia o que iria trazer. — Agora vá até Nora. Mais tarde quero ver o resultado do bordado.

Emily deu meia-volta e subiu a escada correndo.

Charlotte foi para a esplanada, onde Wilkins já a aguardava com a caleche. Embarcou, e logo percorreram a Crabtree Lane.

Respirou fundo. Pela primeira vez, depois de dias, tinha a sensação de conseguir pensar com clareza e sem obstáculos. A atmosfera na casa a ocupava cada vez mais, pois queria saber quais segredos se ocultavam sob sua aparente normalidade. Teria Sir Andrew ido a Londres apenas para as reuniões no Parlamento ou estaria buscando mais informações? Que fim teria levado seu projeto de recorrer à tal Society for Psychical Research? Muitas perguntas e ninguém para poder respondê-las.

Bateu no teto da caleche para chamar Wilkins.

— Ainda não sei quanto tempo vou demorar.

Na verdade, só queria ouvir uma voz humana.

— Não se preocupe, Miss, também tenho algumas coisas para resolver. Pode ficar tranquila — respondeu o cocheiro.

Depois, prosseguiram em silêncio. Charlotte desceu na frente da farmácia.

— Vou esperá-la mais tarde na frente da estação. A senhorita já sabe onde fica.

Ela concordou com um aceno de cabeça e olhou a caleche se afastar até virar numa esquina.

O sino da porta soou com uma melodia quando ela entrou no estabelecimento à meia-luz, com maravilhosos armários que chegavam até o teto. Pequenas gavetas com plaquinhas identificadas com cuidado e estantes contendo uma multiplicidade de vidros e frascos de porcelana com inscrições em latim. No balcão, viu almofarizes e balanças, um suporte de madeira contendo pastilhas para tosse e balas de frutas em pequenos pacotes, que provavelmente deviam atrair as crianças de Dorking. Havia um odor de sabonete, medicamentos e ervas no ar, uma mistura opulenta dos mais diferentes aromas, que pairava como uma nuvem invisível no ambiente.

Ela havia acabado de se aproximar do balcão quando um senhor baixinho de cabelos brancos e cavanhaque saiu de uma sala nos fundos, secando as mãos numa toalha. Colocou o pincenê dourado, que trazia preso a uma corrente ao redor do pescoço, e olhou para ela.

— Bom dia, *madam*. Em que posso servi-la? — Olhou-a com curiosidade. Como farmacêutico, era provável que conhecesse toda a Dorking e logo viu que ela não era da cidade.

— Gostaria de um frasco de tintura de valeriana.

— Pois não.

Inclinou-se, pegou embaixo do balcão um frasco de vidro e colocou-o na frente de Charlotte.

— Este tamanho está bom?

— Sim.

— Sabe como usá-lo?

— Sei, obrigada.

O farmacêutico continuou a olhá-la com expectativa.

— Posso fazer mais alguma coisa pela senhorita?

— Pode, sim. Preciso de uma lembrança para uma menina. Poderia me sugerir alguma coisa?

O farmacêutico refletiu e concordou com um aceno de cabeça.

— Estes sachês perfumados agradam bastante.

Mostrou-lhe um pequeno sachê com perfume de lavanda e tecido florido.

— Ótimo, então vou levá-lo, além de um pacote de balas de fruta. Ah, sim, mais uma coisa...

Charlotte enfiou a mão no bolso do capote e depositou sobre o balcão um objeto envolvido num lenço. Desdobrou o pano e apresentou ao farmacêutico um vidrinho transparente.

— Pode me dizer o que há neste vidro?

Ele o pegou.

— À primeira vista, já posso lhe dizer que não é daqui. Meus frascos transparentes são facetados, e não redondos como este. Não há rótulo. Bem, poderia ter se soltado. Posso?

Charlotte fez que sim, e ele tirou a rolha, verteu alguns pequenos grãos brancos na mão e lambeu-os. Um olhar satisfeito surgiu em seu rosto.

— Como eu tinha imaginado. Tartarato de antimônio e potássio.

Charlotte o olhou com ar interrogativo.

— E o que é exatamente isso?

— Em linguagem popular, é chamado de tártaro emético, um emético bastante comum, ou seja, um vomitório. É ministrado, por exemplo, em caso de intoxicação, mas também de catarro ou estados de excitação. No caso de uso externo, dizem que estimula o crescimento dos cabelos, mas entre os especialistas essa opinião é controversa.

— Poderia me dizer se é comum algo do gênero em casa, como medicamento? — Pelo menos na Alemanha não era.

O farmacêutico balançou a cabeça.

— Não, sem dúvida não é encontrado em qualquer casa e só deve ser utilizado sob prescrição médica. Uma pequena quantidade já provoca fortes vômitos e pode desencadear enjoo e tontura. Em lugares isolados, é aconselhável tê-lo para uma emergência em casa. Caso se engula algum objeto, pode salvar a vida.

— Tem alguma ideia de onde este frasco pode ter vindo?

Virou-o na mão e aproximou-o do rosto, para observar a parte inferior.

— Não tenho certeza. Há uma farmácia em Reigate que utiliza esse tipo de frasco. Pode perguntar lá.

— Obrigada, o senhor me ajudou muito.

— Posso lhe perguntar onde a senhorita o encontrou?

Naquele vilarejo, não fazia sentido mentir; por isso, pensou rápido.

— Achei o frasco durante um passeio e quis saber o que continha.

O farmacêutico fez uma expressão preocupada.

— É perigoso, deveriam proibir uma coisa dessas. Crianças poderiam pegá-lo. Onde exatamente o encontrou?

Reconheceu seu erro e reagiu com presença de espírito.

— Ah, foi logo depois que cheguei a Dover. Coloquei-o no bolso e agora voltei a encontrá-lo.

O farmacêutico esticou a mão.

— Quer que eu destrua o conteúdo para a senhorita?

Balançou a cabeça.

— Não, obrigada. Eu mesma faço isso.

Charlotte pegou a carteira. Ele calculou as compras e recebeu o dinheiro, olhando-a com desconfiança. Quando ela deixou a farmácia, sentiu o olhar dele preso às suas costas.

Charlotte tomou o caminho do cemitério; por sorte, tinha bom senso de orientação. Ainda estava claro, poderia tomar o chá mais tarde. Esperava encontrar de novo a velha senhora, mas, para sua decepção, encontrou o cemitério abandonado. Então, deu apenas uma volta rápida e parou diante do túmulo de Lady Ellen.

Se pelo menos eu pudesse falar com você... Tenho tantas perguntas! Por que abandonou sua filha, depois de ter cuidado dela com tanto carinho? O que leva uma mãe a fazer isso?

Lembrou-se das palavras de Sir Andrew. *E falou de uma carta que sua mãe lhe deixou.* Só poderia ter sido uma carta de despedida. Porém, se não a tinha mostrado à filha, o que era perfeitamente compreensível, pois não queria aumentar ainda mais seu sofrimento, como ela teria ficado sabendo? Seria possível imaginar que soubesse do suicídio de sua mãe? Teria Lady Ellen avisado a alguém que partiria e deixaria uma carta à filha?

Charlotte ficou ali parada, fitando o túmulo, e sentiu-se paralisada como na noite em que ouviu ruídos na escada de caracol e não ousou abrir a porta. De repente, um vento frio soprou e passou sobre a relva entre as pedras, como se elas fossem o mar, inclinando-as, até o sopro se atenuar e os talos se endireitarem.

Despertou como de um sonho e sentiu o frio penetrar seu capote. Estava diante de um túmulo vazio, conversando com uma mulher cujo corpo havia se perdido em algum lugar nas águas entre Nicols Field e o Tâmisa.

Por fim, Charlotte encontrou forças para se virar e sair rapidamente do cemitério.

O calor da casa de chá envolveu-a como um casulo protetor, e as irmãs Finch cumprimentaram-na como uma velha amiga. Ofereceram-lhe um lugar, sugeriram chá e bolo fresco de frutas e cercaram-na de cuidados, quase a deixando constrangida. Os outros clientes lançaram-lhe olhares curiosos, que ela respondeu de maneira impassível. Nesse meio-tempo, havia deixado de se preocupar com a opinião alheia. Pouco lhe importava que Sir Andrew ficasse sabendo de suas investigações. Havia muitas coisas que não sabia e perguntas que nunca seriam respondidas de maneira espontânea... Por isso, tinha de buscar as respostas em outro lugar.

— Onde deixou a encantadora Emily? — perguntou Ada Finch ao trazer a bandeja com chá e bolo e colocá-la sobre a mesa.

— Hoje eu tinha algumas coisas para resolver; ela se aborreceria. Em breve, voltaremos juntas.

— Ficaríamos felizes. — Miss Ada hesitou por um breve momento. — Pena que da última vez houve aquele incidente funesto, mas não deixaremos mais a velha Tilly entrar. Até me surpreende o fato de ela ainda conseguir vir de Mickleham até aqui.

— Recentemente a encontrei lá — respondeu Charlotte. — Ela é de fato bastante perturbada, mas algumas coisas que me disse pareceram verdadeiras. Falou com muito carinho da mãe de Emily.

Miss Ada olhou para a irmã que estava do outro lado, secando xícaras atrás do balcão.

— Sim, foi sua babá e depois permaneceu com a família. Quando Lady Ellen se casou, os serviços de Tilly deixaram de ser necessários. Isso a abalou demais. Não conseguia permanecer por muito tempo em nenhum emprego e foi ficando cada vez mais esquisita.

Charlotte comeu o bolo, hesitando. Na verdade, estava delicioso, mas a agitação interna que a atormentava havia dias acabou com seu apetite.

— Tilly contou que Lady Ellen ficou cada vez mais triste depois do casamento.

Viu uma sombra passar de súbito pelo rosto de Miss Ada e logo desaparecer.

— É bobagem, Miss, com certeza. Não dê crédito ao que ela fala.

Como sua irmã a chamava de maneira impaciente, deu de ombros, desculpando-se.

— Queira me desculpar, preciso voltar ao trabalho.

Sentindo-se pouco à vontade sozinha à mesa, Charlotte olhou ao redor e reparou num pequeno revisteiro com jornais. Pegou o *Times* e folheou-o até chegar ao folhetim, no qual uma crítica literária, assinada com *ThAsh*, saltou-lhe aos olhos. A abreviatura lhe pareceu familiar, e começou a ler o texto com interesse.

Às vezes — reconheço que é raro —, os inúmeros palcos londrinos nada oferecem que valha a tinta gasta com um artigo. No entanto, esperam de mim que eu entregue uma recensão com impecável regularidade, tal como entregadores de jornais e de pães. O que fazer, então? Lembrar-me de alguma coisa que excepcionalmente não vi no teatro, mas li à noite, apenas por prazer, junto à lareira.

Dois romances.

Pode haver escritores que não mereçam sua fama e cujas obras devessem, de preferência, ser relegadas ao esquecimento; porém, o que vemos são sempre novas gerações de leitores sendo torturadas com seus escritos. Mas algumas vezes também acontece de depararmos com uma joia não descoberta e nos perguntarmos como esse diamante quase foi parar numa gaveta porta-cinzas.

O nome Arthur Conan Doyle não deve ser familiar à maioria dos estimados leitores deste jornal, mas eu gostaria de profetizar que em breve estará em todas as bocas. Não, deixem-me formular de outro modo: em breve, o nome Sherlock Holmes estará em todas as bocas — assim como seu endereço em Londres, na Baker Street 221B (que, aliás, um leitor entusiasmado procuraria em vão, pois, na verdade, os números das casas vão apenas até 100).

O escritor Conan Doyle criou um detetive como o mundo nunca viu – um homem com capacidades criminológicas sobrenaturais, que combina as aquisições da ciência moderna com sua extraordinária razão, a fim de esclarecer casos enigmáticos; que toca violino para relaxar e, em épocas de inatividade, consola sua razão faminta com injeções com sete por cento de cocaína. Tudo isso é contado por seu amigo, o médico e veterano doutor Watson, que, junto com ele, habita a mencionada casa na Baker Street.

Entretanto, enigmáticos são não apenas os casos que Holmes e Watson enfrentam, mas também o fato de que esses dois romances passaram quase despercebidos do público. Meu entusiasmo foi tão grande que, durante semanas, quis contar a respeito a todos que quisessem ouvi-lo — e também a todos os outros – e aconselhá-los com veemência a ler os livros. Porém, até agora, o sucesso mantém-se em fronteiras modestas, e temo que Mr. Conan Doyle já não nos alegrará com as vivências de seus heróis se nada mudar.

Por isso, hoje, nesta coluna, elevo a voz e grito a meus estimados leitores: acendam a lareira, preparem chá ou bebidas mais fortes e desfrutem de um bom livro. Recomendo Um Estudo em Vermelho *ou* O Signo dos Quatro. *Não vão se arrepender!*

Charlotte sorriu enquanto lia. Com certeza, o estilo era inconfundível. Fazia pouco tempo havia dado risada com a divertida crítica da peça de teatro ruim. E agora aquele verdadeiro entusiasmo com um escritor de romances policiais: o homem sabia prender seus leitores. De repente, deu-se conta de que, nos últimos minutos, tinha se esquecido por completo e nem sequer havia pensado em Emily, seu pai ou na falecida Lady Ellen. Tampouco ficou com a consciência pesada por causa disso.

22

Se Charlotte fosse supersticiosa, poderia ter considerado uma punição os acontecimentos que se seguiram. Inspirada pela leitura do jornal e com o coração leve, correu para a estação, onde encontrou Wilkins. Porém, quando a caleche entrou em Chalk Hill, Mrs. Evans escancarou precipitadamente a porta. Seu rosto estava avermelhado, e toda a sua postura exprimia grande nervosismo.

— Que bom que chegou, Miss Pauly! — exclamou.

Charlotte saltou apressada da caleche e correu para a porta.

— O que aconteceu?

Atrás dela, Nora saiu correndo da sala e, mal a porta tinha se fechado atrás de Charlotte, estendeu-lhe uma folha de papel. Tremia tanto que a folha quase caiu de sua mão.

— O que é isto?

— Miss Emily... Não ficou muito tempo sozinha... Eu tinha de ir buscar meu bastidor para o bordado. — Nora se esforçou para controlar-se e secou os olhos com o dorso da mão.

— Fale de uma vez — disse Charlotte, enérgica, e pegou a folha de sua mão.

Em seguida, empurrou a babá descontrolada até a copa, na ala dos serviçais, e pediu a Mrs. Evans que ficasse com Emily.

— O que aconteceu? — perguntou novamente, depois que Nora havia desabado numa cadeira.

— Eu... eu não queria deixá-la sozinha por tanto tempo, mas... eu fui buscar o bastidor, e então um saco com linhas caiu na minha mão... fiquei vasculhando para ver se nele encontrava cores bonitas...

Charlotte respirou fundo.

— Quanto tempo ela ficou sozinha? — Pôs a mão no ombro de Nora. — Não se trata de culpa. Ninguém disse que ela precisava ter alguém ao seu lado o dia todo. Mas tenho de saber.

Nora engoliu em seco e fungou.

— Talvez quinze minutos.

— E depois?

— Quando voltei para o quarto de estudos, estava sentada à sua mesa. Perguntei o que estava fazendo, e ela respondeu que estava escrevendo uma carta. Perguntei se podia vê-la, então ela a escondeu na saia. Então eu disse que era para entregá-la a mim. — Envergonhada, Nora abaixou a cabeça. — Ela... ela deu um salto e correu para a porta. Segurei-a e agarrei sua saia, e então ela começou a gritar. Desceu a escada correndo e, no penúltimo degrau, tropeçou.

Charlotte ficou sem ar.

— Não, não, ao que parece, ela só luxou o tornozelo. Mas está com muita dor.

Charlotte fechou os olhos por um instante. Seria esse o preço que teria de pagar pela breve sensação de leveza?

— Miss?

Nora apontou para a folha, que Charlotte ainda segurava, mas quase tinha esquecido.

— Ainda não leu.

Charlotte levou-a para perto da luz. Era uma folha arrancada do caderno, com a caligrafia infantil de Emily.

Querida mamãe,
    Faz dias que não vem me visitar. Esperei por você todas as noites, mas não consegui vê-la. Mesmo assim, sinto que você está por perto. E quando olhei pela janela, você estava lá. Fico tão feliz. Sei que é um segredo, não vou contar a ninguém. Prometo. Hoje à noite, vou colocar esta carta embaixo do meu travesseiro; assim você poderá vir buscá-la.
    Beijos,
    Emily

Ajoelhou-se ao lado do sofá onde Emily estava deitada e pegou sua mão. Seu pé estava para cima, envolvido em toalhas frias e úmidas. Com um gesto de cabeça, Charlotte pediu que Nora e Mrs. Evans saíssem da sala; com a outra mão, que estava atrás das costas, colocou as balas e o sachê de lavanda no colo de Emily.

— Prometi que ia lhe trazer alguma coisa.

Emily, que ainda não tinha dito nada, levou o sachê ao nariz e sentiu seu perfume.

— É lavanda?

— É. Conhece o cheiro por causa do jardim?

— Não. É que lembra um perfume.

— Quer experimentar as balas?

Emily concordou com um aceno de cabeça, pegou uma do pacote e pôs na boca.

— É gostosa. — Ofereceu uma a Charlotte.

— Obrigada. — Charlotte ficou em silêncio por um instante. — Não quer me contar o que aconteceu? Não estou falando do pé, mas do que aconteceu antes. No quarto de estudos.

Emily virou a cabeça.

— Ninguém podia ter lido. Eu tinha prometido.

Charlotte suspirou, tirou a carta do bolso da saia e colocou-a no colo de Emily, junto do sachê e das balas.

— Pegue. É sua.

— Mas a senhorita a leu.

— Sinto muito, ficamos preocupadas. Você precisa entender isso, Emily. Nesta casa acontecem coisas que não são boas.

— Como assim? Não é bom que minha mãe volte?

Charlotte sentiu um calafrio. Reconheceu a mudança que se realizava na menina, um deslizamento gradual para um mundo no qual não podia acompanhá-la. Mencionava a mãe de maneira cada vez mais aberta, e cada vez mais permeável parecia a fronteira entre a realidade e algo inominável.

Emily, sua mãe está morta. Não conseguiu levar essas palavras aos lábios.

— Por que escreveu esta carta?

A menina continuou a evitar seu olhar e mordeu a bala fazendo barulho.

— Emily, por favor, me responda.

Deslizou pelo sofá, deixando cair o pacote de balas. Charlotte o colocou sobre a mesinha lateral.

— Achei que ela fosse voltar se eu lhe escrevesse. E estava certa.

Charlotte sentiu um calor subir por seu corpo. Era um erro achar que o medo fosse frio.

— Como assim?

— Bem, comecei a escrever, e depois tive a sensação de que ela estava presente. Estava no jardim. Eu a vi.

— Onde?

Emily se calou, como se não quisesse revelar demais e pretendesse preservar o estado de incerteza entre desejo e realidade.

Com cuidado, Charlotte segurou seus ombros, mas a menina ainda não queria olhar para ela.

— Na maior parte das vezes, só aparecia à noite. Mas percebeu que fico feliz quando está aqui. Então agora também me visita durante o dia.

Charlotte fechou os olhos. Prefeririria ter saído correndo da sala, pois se sentia impotente. Temia assustar Emily outra vez se tratasse suas vivências como sonhos ou desejos.

Sentiu uma vontade urgente de falar com Sir Andrew e lhe dizer que tinha de ir buscar a todo custo o tal caçador de espíritos ou o que mais pudesse ser. Não conseguia entender como uma criança que fisicamente parecia saudável podia ter perdido a razão porque estava triste com a perda da mãe, da qual ninguém falava, ou por qualquer outro motivo que escapava à sua compreensão. Lembrou-se da citação de Shakespeare sobre as coisas entre o céu e a terra, e desejou com ardor o retorno de Sir Andrew.

No entanto, tinha de agir de imediato, naquele momento, em vez de evitar por mais tempo a conversa com Emily. Respirou fundo e sentiu que foi ficando mais calma. Não fazia sentido apresentar objeções racionais às histórias de Emily; desse modo, a menina só ficaria ainda mais assustada.

— Entendo. Então a viu no jardim.

Por fim, Emily se virou para ela.

— Não. Ela *estava* no jardim. Também podemos ver coisas que não estão em determinado lugar porque as vemos em pensamento. Igual a quando a senhorita lê um conto de fadas para mim e eu o vejo com a imaginação.

Charlotte suspirou. Aquela criança era tão inteligente quanto obstinada.

— Muito bem. Então você saiu correndo de Nora porque ela queria ler a carta.

— Isso mesmo.

— E como está o pé?

— Doendo. Mas vai melhorar. Acho que não o quebrei. Não fez barulho.

Emily passou a falar com um tom mais leve, como se ficasse mais tranquila ao ver que a preceptora lhe dava crédito.

— Qual foi o médico que cuidou de você antes, quando ficou doente?

— O doutor Pearson, de Reigate. Mas, em certo momento, ele deixou de vir.

— Tem outro médico?

Emily deu de ombros.

— Faz tempo que não fico doente. O pé vai melhorar. Não precisa chamar nenhum médico.

Talvez ela não se lembrasse bem dos muitos exames que tivera de fazer anteriormente, pensou Charlotte. Quem podia imaginar tudo o que teve de suportar quando pequena! Tirou as bandagens com cuidado. O tornozelo estava bastante inchado.

— Tente mexer o pé.

Emily girou-o de modo quase imperceptível de um lado para o outro.

— Está doendo, mas não tanto quanto há pouco.

Charlotte decidiu, a princípio, continuar tratando a menina com as compressas, pois também não achava que tinha quebrado o pé.

— Sabe quando seu pai volta?

— Amanhã. Foi o que Mrs. Evans disse. Hoje à tarde mandou um telegrama.

Charlotte suspirou. Mais uma noite, e então finalmente ela poderia conversar com Sir Andrew. Qualquer coisa era melhor do que ficar parada, assistindo Emily se perder em outro mundo.

Depois do jantar, Charlotte vestiu o capote, pegou um lampião com Wilkins e foi para o jardim. Nora ficou com Emily, que já estava na cama, mas ainda podia ler.

Nessa noite de novembro, o jardim parecia estranho e sinistro, pois a luz do lampião só iluminava o ambiente mais próximo, enquanto ao fundo reinava uma profunda escuridão. As folhas úmidas formavam um tapete que abafava seus passos. Wilkins havia pedido para acompanhá-la, mas Charlotte não sabia ao certo o que iria procurar ali fora e preferia não ser observada.

As palavras de Emily não a deixaram em paz. O que a menina tinha visto da janela?

Sentiu a umidade da relva penetrar em seus sapatos, mas continuou em frente, na direção em que supunha ficasse o portão no muro. Um ruído de alguma coisa rastejando logo a fez sobressaltar. Por certo, era apenas um rato.

De repente, a luz deparou com um muro de tijolos, e ela balançou o lampião para a esquerda e para a direita, até encontrar o portão. Parou à sua frente e iluminou o chão, mas não descobriu nada. De todo modo, nenhuma pegada teria ficado impressa naquelas folhas úmidas.

Mas o que esperava encontrar? Espíritos não deixam pegadas. Charlotte precisou se controlar; ali fora, na escuridão, a imaginação pregava peças estranhas. Apertou o capote nos ombros, olhou para a casa, onde poucas janelas estavam iluminadas, e, pela primeira vez, atravessou o portão, rumo à floresta.

O silêncio era ainda mais impenetrável do que no jardim, e de repente a casa pareceu estar a quilômetros de distância. Ergueu o lampião e descobriu uma trilha que conduzia ao interior da floresta. Engoliu em seco e olhou ao redor, indecisa. Deveria mesmo continuar? Ali, ninguém a ouviria se acontecesse alguma coisa... Porém, logo em seguida, criticou-se por seu medo. Só um trecho. Depois retornaria.

Passo a passo, prosseguiu, segurando firme o lampião. Apenas ao caminhar se deu conta de que deveria estar percorrendo o mesmo caminho que Lady Ellen, antes de ela cair no Mole.

De repente, deparou com algo fixo e teve um sobressalto. Ergueu o lampião e viu à sua frente uma figura entrelaçada com raízes, que parecia um polvo com tentáculos imensos. Avançava contra ela, parecendo se colocar em seu caminho. Nunca tinha visto uma árvore como essa antes! Não muito alta, mas com infinitas ramificações. A trilha contornava-a pela direita, sinuosa.

Charlotte deu mais alguns passos e parou. De repente, sentiu que não estava sozinha. Mas não havia nada para ouvir, além de sua própria respiração, nem para ver, além do pouco que o lampião iluminava; tampouco podia dizer em que direção se encontrava essa "coisa". Tentou gritar, mas só conseguiu emitir um sussurro reprimido:

— Quem está aí?

Nada se moveu. Tensionou todos os músculos. Corra, disse a si mesma, volte correndo! Então, a rigidez se desfez, ela se virou, esticou o lampião no alto e iluminou o caminho até o portão. Com rapidez, abriu-o e correu pela relva até alcançar o canto da casa, onde se virou mais uma vez e olhou para trás, mas a escuridão havia engolido a floresta e o muro.

Que bobagem, repreendeu-se ao voltar a respirar normalmente. Tinha de usar a razão mesmo quando estava sozinha na escuridão. Quem poderia estar circulando pela floresta àquela hora?

Foi para a cocheira, apagou o lampião e colocou-o na prateleira de onde Wilkins o tinha tirado. Por sorte, estava sozinha. Difícil imaginar que os últimos minutos não tivessem deixado nenhum vestígio em seu rosto.

Saiu e olhou o jardim pela última vez. Que estranho. Na maior parte das vezes, ria de si mesma quando sentia medo de coisas banais como a escuridão ou quando um barulho inesperado a assustava, mas desta vez o medo calou fundo nela.

Cabisbaixa, voltou para casa.

23

Na manhã seguinte, Charlotte dormiu mais do que de costume. A noite havia sido agitada, pois várias vezes acordara assustada com sonhos absurdos em que árvores vivas esticavam braços nodosos em sua direção ou raízes saíam da terra para fazê-la tropeçar. Ajeitou um segundo travesseiro embaixo da cabeça e olhou para a janela, na qual a chuva corria em longas linhas sinuosas.

A princípio, o passeio na floresta não dera em nada. Para afugentar seu medo irracional da véspera, havia decidido ir até o Mole à luz do dia, mas o tempo acabou com sua programação. Sentou-se e abraçou os joelhos. Com frequência, durante o dia, as coisas eram mais claras e simples, mas dessa vez a luz não podia operar nenhum milagre. Havia acontecido muita coisa. Começou a duvidar de seu bom senso, o que não a agradou nem um pouco.

Afinal, o que tinha acontecido? Emily achara ter visto a mãe no jardim e, em seguida, havia escrito uma carta que não era para ser lida por mais ninguém. Quando Nora quis pegá-la, a menina entrou em pânico. Tudo isso podia ser explicado de maneira racional — e, por fim, o medo que Charlotte havia sentido quando estivera sozinha na floresta. A atmosfera opressora na casa também contribuía para isso; talvez fossem os efeitos dos contos de fadas que havia lido para Emily, nos quais florestas ofereciam refúgio e, ao mesmo tempo, significavam perigo, salvação, mas também prometiam ruína.

Naquele dia, esperava o retorno de Sir Andrew. *Bom*, pensou Charlotte. *Já não era sem tempo*. Levantou-se, lavou-se e procurou uma roupa para a ocasião. Escolheu uma saia azul, evasê e com cintura estreita, uma blusa branca e um casaco azul para combinar. Não tão simples como de costume. Queria estar segura de si ao encontrar o patrão, caso ele quisesse tomar satisfação com ela por causa do acontecimento recente.

Vestiu-se, penteou os cabelos com cuidado e foi ao quarto de Emily, que tinha acabado de acordar.

— Como vai seu pé?

— Já está melhor. Com algum apoio, consigo pisar de leve.

Charlotte balançou a cabeça.

— É melhor não pôr o pé no chão; do contrário, ele pode voltar a inchar. Você precisa se poupar. Está feliz por ver seu pai?

— Estou. Gostaria de continuar a bordar seu presente hoje.

— Fico contente.

Nesse momento, ouviu uma voz masculina vinda de baixo e olhou involuntariamente para a porta.

— Vou pedir a seu pai que venha logo aqui, assim poderá cumprimentá-lo.

Charlotte desceu com o coração disparado, pois não sabia como ele iria reagir à notícia do ferimento de Emily.

Sir Andrew estava com Mrs. Evans no *hall* e olhou para ela com serenidade.

— Bom dia, *Fräulein* Pauly. Pelo que acabei de ouvir, ontem houve um acidente por aqui.

Charlotte respirou fundo.

— Sim, Sir Andrew. Felizmente, Emily já está melhor, seu pé desinchou um pouco. Se quiser ir até ela, acabou de acordar.

Ele lançou um olhar a Mrs. Evans.

— Como eu dizia, teremos um convidado para o chá e o jantar.

A mulher fez uma reverência e saiu em direção à cozinha.

— Por favor, venha comigo até a biblioteca.

Charlotte seguiu-o em silêncio e se sentou na poltrona indicada, antes de olhar para Sir Andrew.

— Eu gostaria de esclarecer o que aconteceu ontem.

— Claro. Mas primeiro tenho um anúncio a lhe fazer. Em Londres, entrei em contato por carta com um senhor que me foi recomendado pelo doutor Sidgwick, da Society for Psychical Research. Ele irá pegar o trem das onze horas e desembarcar no Star and Garter Hotel, em Dorking. Virá hoje à tarde para o chá. Nos próximos dias, irá se ocupar de Emily. Gostaria que a senhorita ficasse à sua disposição a todo instante, caso ele precise de ajuda ou queira lhe fazer alguma pergunta.

Charlotte anuiu.

— Naturalmente. Posso perguntar se esse senhor é médico?

— Não é médico, mas foi muito recomendado pelo doutor Sidgwick.

Lá estava ele de novo, o tom frio que ela já conhecia bem. Porém, não se deixou perturbar e lhe descreveu de forma sucinta e objetiva o que havia acontecido na véspera.

Sir Andrew olhou para ela com as sobrancelhas erguidas.

— Como explica esse incidente?

— Para ser sincera, não tenho nenhuma explicação. — Hesitou. — À noite, ainda fui ao jardim para verificar se havia algum vestígio. Não consegui descobrir nada. Contudo, há uma espessa camada de folhagem que cobriria qualquer pegada.

Tão logo pronunciou essas palavras, reconheceu seu erro. A mão de Sir Andrew, que repousava no tampo da mesa, cerrou-se em punho.

— O que está querendo insinuar? Que alguém anda se esgueirando ao redor da casa e assustando minha filha? Considero isso um absurdo. Além do mais, não esclarece por que Emily acredita ver ou ouvir a mãe à noite.

Charlotte baixou o olhar e observou os próprios pés, que despontavam sob a saia. Quase chegou a pensar que Sir Andrew não desejava uma explicação racional.

Ele se levantou.

— Passarei a manhã com minha filha. Por favor, esteja disponível para esta tarde.

Sem mais explicações, abriu a porta para ela, e ambos foram em silêncio para a sala de jantar, onde Emily estava construindo um barquinho com seu guardanapo. Ao ver o pai, quis se levantar de um salto, mas fez uma careta ao pisar com o pé machucado. Sir Andrew precipitou-se em direção a ela e a pegou nos braços. *Finalmente!*, pensou Charlotte.

Retirou-se assim que a boa educação lhe permitiu e foi para o seu quarto. Leu por um tempo, corrigiu uma redação em inglês, muito bem escrita por Emily, e preparou as aulas para os próximos dias.

Ao olhar pela janela, constatou que havia parado de chover. Então, vestiu o capote, mais um gorro de lã e um xale, e desceu. Pegou, com a cozinheira, alguns sanduíches para lanchar na hora do almoço e disse que faria um passeio mais longo.

Do lado de fora, olhou ao redor para ter certeza de que nenhum serviçal a observava e atravessou rapidamente o jardim até o muro. Durante o dia, tudo parecia pacífico, e o medo que havia sentido lhe pareceu muito estranho, como se tivesse sido outra mulher a experimentá-lo. Abriu o portão e entrou na floresta. Embora a atmosfera entre as árvores fosse cinzenta e sombria, conseguiu perceber seu encanto especial.

Ainda que, naquele momento, o pânico da noite anterior lhe parecesse incompreensível, aquele era um passeio solitário, e Charlotte se perguntou se a floresta era sempre tão silenciosa. Talvez a razão também residisse na estação do ano — com o tempo úmido e frio, qualquer lareira era mais atraente. Ao ouvir um leve farfalhar, virou à direita e seguiu o ruído. Pouco depois, estava às margens do Mole, que por causa das chuvas dos últimos tempos carregava muita água. Os galhos nus das árvores que o margeavam arqueavam-se como um telhado protetor sobre a água.

Seria aquele o local onde Lady Ellen havia caído — ou melhor, se jogado? A água era escura, quase preta, pois nenhuma nuvem branca nem a luz do sol se refletiam nela.

De repente, Charlotte sentiu frio e se afastou do rio. Notou algumas árvores características — deveria ter feito como João e Maria e trazido migalhas, pensou casualmente — e foi para a direita, onde a floresta apresentava uma pequena clareira. Essa parte parecia mais acolhedora e com certeza ficaria muito bonita vestida com o verde delicado da primavera. Tentou imaginar a folhagem jovem, flores entre as raízes, pássaros piando. Porém, nem mesmo sua imaginação conseguia afugentar o profundo silêncio.

Charlotte tomou uma trilha estreita, transpassada de raízes, com uma subida íngreme. De repente, sentiu que a atmosfera havia mudado. À sua direita, ficava um vale profundo, que a trilha cingia como um braço protetor. O teixo que havia descoberto nas proximidades do portão do jardim era apenas um aperitivo em relação às árvores que margeavam o caminho. Pareciam exóticas, como se alguém as tivesse transplantado de um distante país de conto de fadas para aquela floresta inglesa; suas raízes altas se curvavam sobre a terra como veias que sobressaíam na pele de uma pessoa muito idosa.

Parou e olhou o vale abaixo. O que sentia não era medo, mas respeito, a sensação de estar num lugar especial. O silêncio chegava a ser solene.

— Já foram mencionadas no *Domesday Book*. Isso significa que, em tempos remotos, os druidas teriam se reunido aqui.

Nunca na vida tinha levado um susto tão grande. Virou-se de repente e ouviu as batidas do seu coração.

À sua frente estava um homem de cerca de 50 anos, semblante bronzeado e barba grisalha. Sobre o ombro carregava uma espingarda de caça, e a observava com interesse amigável. Tinha olhos claros que pareciam muito mais jovens do que o restante do rosto.

— Me desculpe se a assustei, Miss. Sou Jones, o guarda de caça de Norbury Park.

Apontou vagamente para a direção de onde tinha vindo, e Charlotte se lembrou da casa senhorial que tinha visto ao longe, no topo da colina, no dia de sua chegada.

— Está tudo bem. Seria pretensão minha achar que estou sozinha na floresta.

Ele a examinou com expressão séria.

— Não é sempre que se veem damas passearem desacompanhadas por aqui.

Desculpando-se, ela apontou para trás.

— Venho de Chalk Hill.

Um sorriso furtivo passou pelo rosto do homem.

— Ah, a preceptora da pequena Miss Emily?

Anuiu, surpresa.

— Não sabia que minha chegada havia sido comentada.

— As pessoas se conhecem por aqui — respondeu com gentileza. — Nada passa despercebido por muito tempo.

E como, pensou consigo mesma.

— Conhece Emily Clayworth?

— Mas é claro. Antigamente vinha passear com a mãe aqui, quando estava bem de saúde. A menina vivia doente, todo mundo na região sabia disso. Gostava muito da floresta.

Mas não gosto dela, havia lhe dito Emily recentemente. Teria a morte da mãe acabado com a alegria que sentia ao frequentar o lugar?

— Disse há pouco que os druidas teriam se reunido aqui — observou Charlotte em tom interrogativo.

O guarda de caça sorriu, como se fosse um professor, e a floresta, seu tema preferido.

— Exato. Essas árvores estão entre as mais antigas em toda a Grã-Bretanha. O *Domesday Book* tem quase mil anos, e nele são mencionadas.

O que não significa que fossem jovens na época... Ninguém sabe dizer o que estas árvores já vivenciaram. Em todo caso, até hoje esta parte da floresta se chama Druid's Grove.

— Já contou a respeito a Emily?

Balançou negativamente a cabeça.

— Não conversamos muito. Sua mãe a protegia demais, sobretudo de estranhos. Mas me lembro de que, certa vez, mostrei um esquilo a ela.

— Então também conheceu Lady Ellen Clayworth?

— Conheci. — O guarda de caça hesitou. — Nunca vou esquecer o dia em que fui até Sir Andrew e lhe entreguei o xale.

— Foi o *senhor* que o encontrou?

— Eu estava no grupo que fez as buscas pelo rio e pela margem. Encontrei-o um pouco mais adiante, rio abaixo. Tinha se prendido num galho.

Charlotte olhou para o chão e raspou a ponta do sapato na folhagem úmida.

— Deve ter sido um golpe duro para Sir Andrew.

O homem passou a mão pela barba e a olhou com ar reflexivo.

— Sim, deve mesmo. Tanto que nunca mais disse o nome da esposa e não tolera que alguém o faça em sua presença. Espero que a família esteja bem. Talvez a senhorita ainda venha aqui com a menina... — Calou-se.

Charlotte anuiu. Então, teve uma ideia.

— Conhece Tilly Burke?

— E quem não conhece a velha Tilly? Pena que a certa altura tenha perdido a razão. Antigamente trabalhava na casa dos Hamilton, da família de Lady Ellen.

— Sabe por que ela... ficou doente?

O homem deu de ombros e olhou ao redor, como se alguém pudesse estar à espreita.

— Dizem que não superou o fato de ter de deixar a casa de Lady Ellen depois que ela se casou. Eram muito próximas. Parece que Sir Andrew não a queria em sua casa. Mas tudo isso são boatos, Miss — acrescentou, um pouco sem graça. — É o que se diz por aí. — Fez uma pausa. — Não dê ouvidos a Tilly, caso ela cruze seu caminho. Mistura as coisas e já não sabe o que é real e o que se passa apenas em sua cabeça. — Em seguida, levou a mão ao boné de *tweed*. — Tenha um bom dia.

— Obrigada. Só mais uma coisa: poderia me sugerir um caminho de volta? Não gosto de fazer duas vezes o mesmo percurso.

Disse-lhe que, se se mantivesse à esquerda, poderia chegar a Chapel Lane depois de contornar prados e campos.

— De lá encontrará o caminho de volta.

Ela agradeceu e observou-o afastar-se, até desaparecer na floresta.

Ao voltar, Charlotte notou que a caleche estava na cocheira. Wilkins estava polindo o carro com um pano, e cumprimentou-a quando ela passou.

Susan abriu-lhe a porta, e seu olhar desviou-se involuntariamente na direção da biblioteca.

— Estou atrasada para o chá? — perguntou Charlotte, que não trazia relógio.

— Não, Miss, ainda há tempo. Sir Andrew tem visita. Me pediu que a mandasse até ele assim que chegasse.

Charlotte correu para o quarto para arrumar o penteado. Em seguida, colocou as botas sujas na frente da porta do quarto, alisou a saia e a blusa e desceu a passos comedidos.

Diante da biblioteca, parou. De dentro vinham vozes, a de Sir Andrew e outra voz masculina grave. Bateu à porta.

— Entre.

Sir Andrew estava em pé, junto a uma estante, e a cumprimentou com um aceno de cabeça. O outro homem se levantou da poltrona.

— Esta é *Fräulein* Pauly, a preceptora de minha filha. *Fräulein* Pauly, permita-me apresentar-lhe Mr. Thomas Ashdown, de Londres.

Não era tão alto e vestia uma sobrecasaca violeta-escura, o que num homem indicava uma escolha bastante excêntrica de cores. Seu colete escuro era entremeado de listras prateadas e complementado por uma camisa muito branca e uma gravata preta. Os cabelos escuros, nos quais cintilavam alguns fios brancos, eram compridos e repartidos na lateral. O mais extraordinário eram seus olhos — escuros, com sobrancelhas negras e longos cílios, e olhavam com muita insistência, como se nada lhes escapasse. Não era um olhar desagradável, pensou Charlotte, mas um desafio.

— Muito prazer. — Sua voz era grave e melódica.

Ela lhe deu a mão.

— O prazer é meu, Mr. Ashdown.

Sir Andrew lhe indicou uma poltrona, e os três se sentaram.

— Mr. Ashdown veio por incumbência do doutor Sidgwick, e espero que descubra do que Emily sofre.

O convidado cruzou as pernas e olhou de um para o outro.

— Fico honrado com sua confiança, mas gostaria de lhe pedir para não depositar em mim esperanças excessivas. O doutor Sidgwick dispõe de bem mais experiência e conhecimento especializado do que eu. Confio sobretudo em meu bom senso.

Charlotte notou em Sir Andrew um vestígio de contrariedade, mas depois ele anuiu.

— Se o doutor Sidgwick o enviou até nós, é porque deve estar convencido de sua capacidade.

— O doutor Sidgwick e seus colegas costumam trabalhar apenas com adultos — esclareceu Mr. Ashdown. — É a primeira vez que uma criança é objeto de exame, e ele temeu que os procedimentos habituais pudessem parecer muito rigorosos ou estranhos. Por isso me pediu que avaliasse a situação no local e formasse uma opinião.

— Entendo. Mesmo assim, sem querer ofendê-lo, espero que tenha experiência suficiente para lidar de forma adequada com minha filha.

Mr. Ashdown sorriu, mudando totalmente de expressão.

— Vou explicar como pretendo proceder. Em primeiro lugar, gostaria que o senhor me contasse, do seu ponto de vista, o que aconteceu aqui. Em seguida, farei perguntas ao senhor e a *Fräulein* Pauly. Somente então conversarei com sua filha. Não a submeterei a nenhum experimento nem a assustarei. Isso eu lhes prometo.

Suas palavras pareciam tão calorosas quanto sua voz, e o incômodo de Sir Andrew pareceu ceder.

Então, Mr. Ashdown se dirigiu a Charlotte.

— Naturalmente estou muito interessado em seu ponto de vista, pois, como alguém de fora, talvez possa julgar muitas coisas de maneira mais objetiva. O amor paterno é maravilhoso, mas às vezes pode obnubilar o olhar.

O homem parecia seguro de si, pois não tinha papas na língua, embora pouco antes tenha depreciado suas próprias capacidades.

— Ótimo — disse Sir Andrew, pigarreando. — Entendido. Como se trata de uma situação delicada, peço-lhe que mantenha o mais rigoroso sigilo sobre tudo o que vier a ter conhecimento nesta casa. Seria intolerável se parte dessa história viesse a público. Meu prestígio está em jogo.

— Estou ciente disso, Sir — respondeu Mr. Ashdown, e Charlotte achou ter percebido um tom de ironia em sua voz. Lançou-lhe um olhar curioso, mas sua expressão era insondável.

Sir Andrew encerrou a conversa, dizendo:

— *Fräulein* Pauly, pode ir até Emily agora.

Ela se levantou de imediato.

— Claro. Estou à sua disposição a qualquer momento, Mr. Ashdown.

Antes que ela alcançasse a porta, Mr. Ashdown levantou-se de um salto e a abriu, inclinando-se um pouco. Charlotte achou ter sentido nas costas o olhar de desaprovação de Sir Andrew, mas ao se ver sozinha no corredor, um sorriso aflorou em seus lábios.

Um pensamento inquietou Charlotte e, excepcionalmente, nada tinha a ver com Emily, sua mãe, nem com as florestas povoadas por druidas. Thomas Ashdown. Alguma coisa nele lhe era familiar, embora soubesse que nunca o tinha visto. Ainda sentia seu olhar, os olhos escuros e insistentes, e ouvia sua voz grave. Enquanto jogou damas com Emily e depois escolheu roupinhas para as bonecas, o nome não saiu da sua cabeça. Tampouco quando foram chamadas para o chá e entraram no salão, onde sua protegida foi apresentada ao convidado.

Foi Emily quem resolveu o mistério para ela.

Depois de se sentarem à mesa decorada com suntuosidade, de estarem com chá nas xícaras e *scones* nos pratos, a menina olhou para o visitante com curiosidade.

— Com o que o senhor trabalha? Também no Parlamento, como o papai?

Mr. Ashdown não pôde deixar de sorrir e pousou o garfo.

— Não, não sou tão importante. Escrevo para jornais.

— O que o senhor escreve? Histórias?

Ele balançou a cabeça.

— Não. Vou ao teatro, assisto a uma peça e, em seguida, escrevo se gostei. Ou não. Às vezes é até divertido.

ThAsh.

Mas é claro!

24

Quando estava novamente a sós com Sir Andrew, Tom Ashdown pensou em se dirigir à preceptora. Durante a conversa e, mais tarde, durante o chá, havia percebido a forte tensão que ela tentava esconder com tanto cuidado. Não tinha dito muita coisa, mas seu olhar levava a crer que, a sós, teria coisas interessantes a lhe contar.

Sir Andrew havia enfatizado várias vezes que dava muita importância à discrição, pois temia por seu prestígio político. Mostrou-se amigável, mas pareceu escorregadio demais, e Tom se perguntou quanto responderia às suas perguntas com sinceridade. E que decisão tomaria se tivesse de escolher entre a preservação do seu prestígio e o bem-estar da filha.

— Bem, como pode imaginar, nossas conversas tomarão certo tempo.

— É claro, Mr. Ashdown, mas espero que entenda que não poderei estar sempre à sua disposição. Tenho muitos compromissos aos quais devo comparecer e que me obrigam a permanências regulares em Londres.

Tom ergueu as sobrancelhas, quase de modo imperceptível. A defesa veio cedo; não havia contado com isso. No entanto, aquele homem tinha feito de tudo para submeter a própria filha a um exame! Mas então recuava, antes mesmo de Tom ter feito a primeira pergunta.

— Naturalmente. Por isso, gostaria de iniciar de imediato, se o senhor não se importar.

Com um gesto, Sir Andrew pediu-lhe para continuar.

Tom tirou do bolso da sobrecasaca um bloco de notas e um lápis.

— Se me permitir, vou anotar os pontos principais.

Parou e refletiu. Na verdade, deveria começar indagando sobre o nascimento e a primeira infância de Emily, mas acabou mudando de ideia.

— Por favor, me explique o que aconteceu com sua filha nas últimas semanas.

— Aquele senhor é amigo do papai? — perguntou Emily quando estava sentada com Charlotte no quarto de estudos, ocupando-se de seu bordado.

Charlotte ficou um pouco assustada, pois não havia combinado nada com Sir Andrew sobre o que dizer a Emily a respeito da visita. Desse modo, recorreu a uma mentira de emergência.

— Mr. Ashdown é um conhecido de seu pai. Está escrevendo um livro sobre a região e gostaria de conversar com pessoas que vivem aqui.

Emily a examinou.

— Está escrevendo sobre as ruínas, Box Hill e as florestas?

Charlotte concordou com um aceno de cabeça.

— É possível. Talvez também lhe faça algumas perguntas. Pode responder com sinceridade e contar tudo o que ele quiser saber.

— Claro — disse Emily, que se entusiasmou com a ideia. — Podemos dar uma volta de coche com ele e lhe mostrar a região, como fizemos com a senhorita.

— É uma boa ideia — concordou Charlotte.

— Onde esteve hoje de manhã? — perguntou Emily.

— Andei um pouco pela floresta — respondeu Charlotte de maneira casual. — Conheci um guarda de caça chamado Jones, que também a conhece.

Emily abriu um sorriso.

— Sim, ele é simpático. Certa vez me mostrou um esquilo.

— Quis saber como você estava e disse que ficaria feliz de vê-la de novo na floresta. Estive no local das árvores muito antigas, sob as quais os druidas se reuniam em tempos remotos. Talvez possamos encomendar um livro a respeito e ler a história.

Observou como Emily apertava a ponta da língua entre os lábios e se esforçava para passar a agulha pelo tecido. De fato, a menina não tinha nascido para bordar; isso já estava mais do que claro. Mas ela se esforçava de verdade.

— Fica perto do rio — disse, por fim, como se esta fosse uma resposta adequada às palavras de Charlotte.

— Eu sei. Estive perto da margem.

Emily deu um grito e deixou a agulha cair.

— Me piquei! — Levantou-se e, irritada, jogou o bastidor em cima da mesa. — Simplesmente não consigo fazer isso.

Charlotte suspirou. Ficou com a consciência pesada, pois imaginou o que havia distraído a menina.

— Vou lhe fazer uma proposta: depois que você terminar o quadro para seu pai, damos um tempo no bordado. Sempre há coisas que conseguimos fazer melhor do que outras. E você tem jeito para desenho.

Mas Emily não prestou atenção.

— Por que foi à floresta e ao rio? O que estava procurando lá?

Não foram as palavras, mas o tom violento da voz de Emily que fez Charlotte sentir um calafrio na espinha.

— Queria conhecer a floresta; afinal, ela fica atrás da casa. E como você não gosta de ir lá, fui em minha manhã livre.

De repente, pareceu-lhe que devesse justificar-se perante a menina. Emily se mostrou agressiva. Charlotte sentiu uma enorme gratidão pela visita de Mr. Ashdown, pois percebeu que Emily estava prestes a sofrer um colapso sob tanta pressão.

A menina respirou fundo, sentou-se e voltou a pegar o bastidor.

Charlotte lhe deu um lenço.

— Está sangrando?

— Um pouco.

— Tudo bem, então continue amanhã. — Hesitou. — Sinto muito. Eu não devia ter tocado no assunto.

— Pode me contar uma história, *Fräulein* Pauly? — pediu Emily, sem rodeios. Talvez fosse um gesto de reconciliação.

— Sobre o quê? Quer ouvir alguma coisa engraçada?

A menina balançou negativamente a cabeça.

— Prefiro algo sinistro.

Charlotte a olhou surpresa.

— Não sei se é uma boa ideia.

O olhar da menina era de desafio.

— Prefiro ouvir uma história sinistra quando estou acordada a sonhar com ela. Quero ouvir algo sinistro sobre uma floresta.

Charlotte ficou espantada. Pouco antes tinha pensado na história *O Coração Frio*, que se passa na Floresta Negra. Obviamente o conto tinha algumas passagens bastante cruéis. Peter Munk sempre voltava a matar sua mulher Lisbeth com pancadas, mesmo depois que ela ressuscitava. Por outro lado, o estado de espírito de Emily era bem estranho. Charlotte decidiu correr o risco.

— Muito bem, conheço uma história que você vai gostar de ouvir. Guarde seu material de trabalho, depois vamos para o meu quarto. Combinado?

Emily concordou com um aceno vigoroso de cabeça.

— Seria ótimo. É o quarto antigo de mamãe.

— Eu sei.

Pouco depois, subiram a escada. Dentro do quarto, Charlotte aproximou duas poltronas, fechou as cortinas, acendeu a lareira e pegou uma coberta, que estendeu sobre Emily.

Em seguida, começou a contar o conto de fadas, de memória, não nas palavras de Wilhelm Hauff, mas tal como o ouvira de sua própria mãe.

Não tirou os olhos de Emily, que às vezes se sobressaltava ao ouvir um trecho especialmente triste ou a interrompia com perguntas sobre o Homenzinho de vidro e o Holandês Michel.

— Essa floresta existe mesmo?

Charlotte fez que sim.

— Existe, mas nunca estive nela. Fica bem distante de Berlim.

Emily lhe fez um sinal para continuar a narrativa.

Ao terminar, Charlotte olhou para sua aluna com expectativa.

— E então? Gostou?

— Gostei. — O rosto da menina estava vermelho de agitação. — Fico feliz que o Kohlenmunkpeter* — tropeçou na difícil palavra alemã — tenha sido salvo. Do contrário, seria uma história muito triste.

— Tem razão. Eu também sempre ficava feliz quando ouvia o final, embora soubesse como terminava.

Ficaram sentadas em silêncio, lado a lado, e Charlotte notou que a menina estava mais tranquila. Talvez tivesse feito bem a ela sentir medo de uma coisa que fosse fruto da imaginação humana e não tivesse nenhuma ligação com sua realidade.

Por fim, Emily se levantou e foi até a janela. Abriu a cortina e olhou para fora, como se esperasse ver alguma coisa na escuridão. Ao se virar, parecia quase decepcionada. Charlotte ficou em silêncio.

Tom Ashdown saboreava um uísque no bar do Star and Garter Hotel, em Dorking. Depois de um dia longo como aquele, simplesmente não conseguia se deitar na cama. De manhã, havia tomado café na casa, mas isso já parecia distante no tempo. A incumbência que o tinha trazido até ali e o encontro com a família eram uma situação incomum, e torcia para que não

---

* Peter Munk, o carvoeiro. [N.T.]

tivessem percebido sua inexperiência. Ao se ver diante da porta de Chalk Hill, seu primeiro reflexo tinha sido voltar para o coche e fugir. Quanta presunção da sua parte querer examinar o caso de uma criança que, ao que tudo indicava, precisava de um médico ou do amor do pai, mas com certeza não de um caçador de espíritos!

Porém, àquela altura, já não era possível arrepender-se de ter vindo, pois a história o havia fascinado de imediato. A casa era elegante e bem cuidada; seu dono, atencioso; a filha, inteligente; os serviçais, hábeis e discretos — visto de fora, tudo parecia perfeito. No entanto, à primeira vista tivera a impressão de que ali havia algum segredo, coisas que não eram ditas, algo obscuro que espreitava por trás de todo aquele decoro.

O uísque o aqueceu por dentro, e ele pediu outro. Na verdade, não era do seu feitio beber sem companhia — tinha perdido o hábito depois que, nas semanas após a morte de Lucy, certa manhã acordara no chão da sala quando Daisy começava a arrumar o cômodo. Na época, tinha tomado a decisão de nunca mais tomar um copo de uísque sozinho, mas como não estava bebendo em seu quarto, tampouco estava violando seus princípios.

Tragou do cachimbo e deu uma olhada no salão do hotel, também frequentado por habitantes da região. Seu olhar pousou numa poltrona ao lado da lareira. Tom pegou seu copo e foi se sentar ali, antes de dar uma esticada confortável nas pernas.

— Agora sim está esquentando. Está visitando a região? — perguntou um homem mais velho com gorro de *tweed*, que tinha acabado de pôr lenha na lareira.

— Sim. Venho de Londres — respondeu Tom. — Posso lhe oferecer uma dose?

O homem levou a mão ao gorro.

— Derek Smith. Não vou recusar, Sir.

Pegou meio quartilho no balcão e se encostou à lareira, como se estivesse interessado em conversar.

— Região agradável — disse Tom.

— Mas a estação do ano não é a melhor. Deveria vir na primavera, é bem mais bonita. Mesmo assim, nos finais de semana fica cheia de londrinos. Chega a ser demais para os habitantes da região, mas os donos de bares bem que gostam.

— Ah, gosto muito de lugares isolados — respondeu Tom, sorrindo e tragando de seu cachimbo. — Vim a trabalho para Westhumble.

— É mesmo, Sir?

— Sim, na casa de Sir Andrew Clayworth.

— Ah, o deputado — respondeu Mr. Smith. — Um homem de bastante prestígio aqui na região.

— Tive o prazer de conhecer sua filha. Uma menina encantadora.

— Minha mulher diz que é adorável. Antigamente, vinha muito com a mãe a Dorking. Iam à casa de chá.

Tom ergueu as sobrancelhas.

— Pelo que ouvi dizer, Lady Clayworth faleceu.

— Uma história terrível. Morreu afogada no rio Mole. Nenhum de nós podia acreditar quando ficamos sabendo. — Olhou para Tom com insegurança. — Perdão, Sir, eu não deveria falar tanto. Só estou aqui para verificar se está tudo em ordem. Sou meio pau para toda obra.

— Não se preocupe, Mr. Smith. Fico feliz por não ter de ficar sentado aqui, sozinho. Em viagens, não é nada confortável não conhecer ninguém.

Mr. Smith deu um bom gole em seu copo e continuou com novo entusiasmo:

— E ninguém conseguiu entender como o acidente aconteceu. Naturalmente o rio Mole carrega muita água, mas quem é daqui sabe muito bem disso e evita suas margens. — Desconcertado, deu de ombros.

— O senhor mencionou uma casa de chá. Poderia me explicar onde fica? Tenho mania de provar *scones* em todo lugar que visito.

O velho Smith soltou uma risada com gosto.

— Então veio ao lugar certo. As irmãs Finch fazem os melhores *scones* em toda a Surrey.

Em seguida, conversaram sobre coisas banais, até que Smith se despediu, depois que o dono do bar lhe lançou um olhar de reprovação.

Tom levou seu copo vazio ao balcão e despejou o conteúdo do cachimbo num cinzeiro, antes de colocá-lo no bolso de sua sobrecasaca.

— Boa noite, Sir — disse o dono do bar, segurando contra a luz um copo reluzente.

— Obrigado.

Em seu quarto, Tom tirou a sobrecasaca e a pendurou no gancho atrás da porta, abriu o colarinho, os primeiros botões da camisa e passou as mãos pelos cabelos. Olhou-se no espelho. Tinha sempre a impressão de que sua aparência mudava num quarto diferente, como se o ambiente transferisse suas cores para ele.

Era como se as linhas ao redor de sua boca ficassem um pouco mais profundas, como se a sombra de sua barba se tornasse mais escura em seu queixo. Seu próprio rosto parecia adverti-lo.

Bobagem, pensou, afastando-se do espelho, mas não conseguiu evitar uma sensação estranha. Havia alguma coisa ali que ele não conseguia nomear e que ameaçava turvar a curiosidade e a expectativa com as quais havia chegado. Andou de um lado para o outro, pois queria refletir melhor. Em seguida, percebeu o que era. A sensação que o corroía era raiva reprimida.

Raiva de Sir Andrew. Um homem que consultava médicos e se aconselhava com Henry Sidgwick porque estava preocupado com a própria filha. Um homem de quem Tom havia esperado que fizesse de tudo para ajudar a menina. Um homem por quem tinha ido a uma região onde não se sentia exatamente em casa. Um homem que logo no primeiro dia lhe esconderá coisas importantes, por exemplo, como sua mulher tinha morrido.

Se Tom não tivesse deparado por acaso com o loquaz Mr. Smith, quando ficaria sabendo do fato? Teria desconfiado quando Sir Andrew, durante a conversa, falou apenas de um acidente? Tinha visto o rio Mole do trem. Mesmo que na primavera carregasse um volume muito grande de água, parecia impensável que um adulto pudesse cair nele sem querer e morrer afogado...

Tom se sentou na cama e apoiou a testa nas mãos. Estava outra vez arrependido de ter ido até Westhumble. A sensação era tão avassaladora que se perguntou se era racional ou se era efeito da segunda dose de uísque. Seu bom humor de antes tinha desaparecido, e, pela primeira vez desde muito tempo, era como se Lucy estivesse sentada com ele no quarto. Involuntariamente, olhou ao redor, mesmo sabendo que nunca mais a veria. Uma voz baixa e persistente em seu íntimo perguntou se de fato era inteligente se intrometer na vida de um homem que também tinha acabado de perder a esposa.

Então se levantou de um salto e começou a se despir, pendurou o colete e a camisa no cabideiro, tirou os suspensórios e a calça. Lavou-se na bacia de porcelana, enfiou o camisolão e penteou os cabelos.

Tinha ido até ali para ajudar uma menina, na medida em que isso estivesse em seu poder e esses medos irracionais não o impedissem.

Depois que Charlotte havia levado Emily para o seu quarto, ficou alguns minutos sentada junto da menina.

— É simpático o senhor que veio visitar o papai — disse Emily, sem rodeios.

— Sim, é verdade — disse Charlotte. — Acho que já li alguma coisa dele no jornal. Era engraçado.

— Ele escreve coisas engraçadas? — perguntou Emily, animada e, pensativa, acrescentou: — Na verdade, prefiro as histórias de terror e suspense, como a do Kohlenmunkpeter.

— Escreveu um artigo sobre um detetive — disse Charlotte. — Parecia ter bastante suspense.

— O que é um detetive?

— É alguém que investiga pessoas ou objetos desaparecidos e acaba vivendo aventuras. Observa pessoas com perspicácia e descobre se um crime foi cometido.

— Não é a polícia que faz isso? — perguntou Emily, desconfiada.

Charlotte riu.

— É. Mas há pessoas que não querem levar suas preocupações à polícia. Então, contratam um detetive.

Concentrada, Emily franziu as sobrancelhas.

— Se esse senhor voltar, vou lhe perguntar a respeito. Ele vai ter de me contar direitinho o que faz um detetive.

Com essas palavras, virou-se para o lado, o que Charlotte interpretou como um pedido para deixar o quarto.

Carregava um lampião, já que a mal iluminada escada de caracol na torre não deixava de ser perigosa. Diante da porta de seu quarto, sentiu algo liso sob o pé e se agachou, segurando o lampião bem próximo ao chão.

Era uma folha, úmida e discreta, que mal teria notado se estivesse em outro lugar. Porém, ali tinha algo de ameaçador, que a fez fechar e trancar a porta rapidamente depois de entrar em seu quarto.

25

No café da manhã, Mrs. Evans transmitiu a Charlotte o recado de que Mr. Ashdown tinha pedido para conversar com ela.

Charlotte ficou surpresa; não havia contado com isso tão cedo.

— Quando e onde será a conversa?

Mrs. Evans olhou para ela, mal disfarçando a curiosidade. Provavelmente se perguntava o que haveria por trás daquele visitante de Londres para querer conversar a sós com a preceptora.

— Wilkins foi para o hotel em Dorking, para receber as instruções de Mr. Ashdown.

Charlotte olhou para Emily, que ouvia tudo com os olhos arregalados.

— Não podemos perder mais um dia de aula. Vou deixar as atividades prontas para você. Depois que terminar, poderá brincar com Nora ou fazer algum trabalho manual até eu voltar.

A menina aguardou a governanta sair do quarto.

— Também vai perguntar a ele sobre o detetive?

Charlotte estava um pouco confusa.

— Ah, sim, o do artigo de jornal. Se tiver oportunidade, pergunto com prazer.

Emily a olhou com curiosidade enquanto girava a torrada na mão. Ao perceber o olhar de repreensão de Charlotte, colocou rápido a fatia de pão no prato.

— O que será que ele tem para conversar com a senhorita? Se está escrevendo sobre a região, deveria fazer perguntas a alguém que já mora aqui há muito tempo, não é? Poderia conversar comigo.

Charlotte lançou-lhe um sorriso.

— Certamente ainda fará isso. Vou dizer a ele que você é uma enciclopédia ambulante dos atrativos de Surrey.

Emily sorriu.

— Muito obrigada, *Fräulein* Pauly. Já ensinei alguma coisa à senhorita. — A frase não soou arrogante, pois ela a pronunciou em tom amável.

Um pequeno cômodo no hotel, cuja porta ficou um tanto aberta por questões de decoro. Uma lareira, na qual ardia um fogo que aquecia o ambiente, algumas poltronas, uma mesinha de canto com um bule de café e duas xícaras. Mr. Ashdown se levantou quando Charlotte entrou, deu-lhe a mão e pegou seu capote, que colocou numa poltrona.

— Posso lhe oferecer uma xícara de café? — Olhou-a com ar interrogativo, com a mão estendida para o bule.

— Sim, muito obrigada.

Mr. Ashdown tinha mandado por Wilkins o recado de que preferia encontrá-la às duas horas no Star and Garter Hotel. Charlotte tinha aproveitado a manhã para resumir suas anotações e traduzir os pontos mais importantes para o inglês, enquanto Emily resolvia atividades por escrito. Charlotte descreveu de maneira sucinta tudo o que tinha presenciado em Emily nos últimos dias e nas últimas semanas e o que tinha ficado sabendo sobre a família. Não deixou de incluir o encontro com Tilly Burke nem o fato de ter conhecido por acaso o guarda de caça. Em seguida, almoçou com Emily e, por fim, foi conduzida por Wilkins ao hotel.

Ao sentar-se na poltrona e pegar a xícara de café que Mr. Ashdown lhe estendia sentiu uma leve agitação. A peça estava começando, pensou e sorriu, a fim de afugentar os pensamentos tolos.

— Pelo que vejo, meu pedido para que sacrificasse sua tarde por mim não afugentou seu bom humor — disse, sentando-se à sua frente. — Achei melhor conduzirmos essa conversa, por assim dizer, em solo neutro.

— Não é nenhum sacrifício quando se trata de Emily — disse Charlotte.

Ele bebeu do café e olhou para ela com seu olhar insistente por cima da borda da xícara.

— A senhorita gosta da menina.

— Não nos conhecemos há muito tempo, mas criei afeto por ela.

— Não é algo natural numa preceptora. Muitas veem as crianças como um mal necessário — disse com franqueza desarmada.

— Pode ser, mas Emily é uma criança adorável, é esforçada e se interessa por muitas coisas. Por isso, para mim é muito importante ajudá-la.

Mr. Ashdown pousou a xícara, recostou-se e olhou para as próprias mãos.

— Como eu já disse ontem, é uma missão delicada por se tratar de uma criança, que, ainda por cima, não sabe das suspeitas que pairam em seu ambiente e que precisa ser protegida a todo custo. Sinceramente não sei se estou à altura dessa incumbência.

— Só o fato de o senhor manifestar esta dúvida já mostra que leva a questão muito a sério — respondeu Charlotte de modo espontâneo, enrubescendo um pouco.

Ele sorriu.

— Bem, é claro que também se pode observar a dúvida dessa forma. A senhorita sempre vê o lado bom em tudo?

A pergunta pessoal desconcertou-a um pouco.

— Não, nem sempre, mas me esforço.

Em pouco tempo, o homem tinha mudado tanto o rumo da conversa que ela decidiu lhe pagar na mesma moeda.

— Uma pergunta: o senhor acredita em espíritos, Mr. Ashdown?

Ele ergueu rapidamente as sobrancelhas antes de esboçar um sorriso.

— Pensei que *eu* fizesse as perguntas.

— Claro. Mas se lhe devo confiar coisas pessoais, achei que tivesse direito de saber também algo sobre o senhor. A questão é muito delicada, Emily ou seu pai poderiam ser prejudicados se algo vazasse. Se acha que não está à altura do caso, talvez outra pessoa devesse...

De repente, ele ficou sério.

— Tenho plena consciência da responsabilidade, embora minha observação possa ter soado leviana. E no que diz respeito à sua pergunta, respondo como agnóstico: não sei. Nos últimos dois anos, ocupei-me a fundo do assunto e não posso afirmar que estou convencido da existência de espíritos nem que a contesto de maneira categórica.

— E com base nisso é capaz de formar um julgamento?

— Creio que apenas com base nisso sou capaz de formar um julgamento. Uma convicção firme demais perturba a capacidade de julgar.

Levantou-se e caminhou devagar pela sala, depois parou e olhou para Charlotte com atenção.

— Conheci um charlatão, que não poderia ter agido de forma pior. Tirava dinheiro de pessoas de boa-fé, afirmando que podia evocar seus parentes falecidos. Por outro lado, tive a honra de conhecer uma mulher americana que nenhum de meus colegas conseguiu provar ser uma impostora, que nunca pediu dinheiro por seus serviços e que realiza coisas espantosas e inexplicáveis. Confesso que conhecê-la me fez refletir muito. Contudo, nunca tive experiências pessoais com percepções sobrenaturais, espíritos ou não importa como queira nomear isso. Também não sei se gostaria de ter.

Com essas palavras, virou-se depressa, mas Charlotte notou uma estranha expressão em seu rosto.

— A explicação foi suficiente para a senhorita? — perguntou, olhando de novo para ela.

— Sim. Desculpe se duvidei do senhor. O que diz faz todo o sentido. Por favor, pode me fazer suas perguntas. — Sorriu e tirou as anotações da bolsa. — Se preferir, pode ler isto com calma. É... é uma espécie de diário de minha estadia em Chalk Hill. Nele irá encontrar alguma coisa sobre Emily e a família.

Ele a olhou com surpresa.

— Quer mesmo me confiar seu diário?

— Sim — respondeu simplesmente. — Traduzi os trechos mais importantes para o inglês.

— Então lhe agradeço muito. Espero que não se incomode se, mesmo assim, eu começar com algumas perguntas.

Colocou as folhas sobre a mesa e serviu-lhe mais café. O olhar de Charlotte demorou-se em seus dedos longos e fortes. *Parece que vai fazer isto mais vezes.* Logo reprimiu o pensamento.

— Me conte como chegou a Chalk Hill, que impressão teve da família e da casa. Quando começaram os acontecimentos estranhos que inquietam tanto a senhorita e Sir Andrew? Quem sabe a respeito? Sabe o que dizem os serviçais? Fez investigações por conta própria e, em caso afirmativo, o que descobriu?

Ao ouvir a última pergunta, Charlotte sentiu que enrubesceu.

— Bem, tentei me informar. O que não foi fácil, pois não posso levantar nenhuma suspeita. Meu patrão não tolera nenhum tipo de falatório. E muita coisa é... silenciada. — Parou e respirou fundo. — Mas deixe-me começar do princípio. No dia da minha chegada, Wilkins foi me buscar na estação de Dorking...

Pela primeira vez, Charlotte podia confiar a alguém tudo o que havia presenciado nas últimas semanas, e reconheceu como tinha ansiado por compartilhar suas preocupações com alguém. Mr. Ashdown ouviu com atenção e só fez algumas perguntas; de resto, nada perturbou seu discurso. A língua inglesa não lhe causava nenhuma dificuldade. Enquanto falava, ia se lembrando de novos fatos, e esperou que as coisas que viesse a esquecer pudessem ser encontradas em suas anotações.

Somente ao terminar se deu conta de que mal conseguia enxergá-lo à sua frente, de tão escura que havia ficado a sala.

— Oh, seria melhor aumentarmos o gás — disse, sem jeito.

Mr. Ashdown o fez e se virou de novo para ela.

— Muito obrigado, foi muito instrutivo. Na verdade, eu deveria ter feito anotações, mas seu relato prendeu tanto minha atenção que me esqueci por completo de fazê-lo. Por sorte, trouxe suas próprias anotações.

Fez menção de se levantar da poltrona.

— Se o senhor não tem mais perguntas...

Ele levantou a mão.

— Só mais uma: me daria a honra de tomar chá comigo? Pelo que ouvi, há no vilarejo *scones* excelentes.

Charlotte enrubesceu e buscou uma resposta adequada. Naturalmente, agia com o consentimento de Sir Andrew ao se submeter ao interrogatório de Mr. Ashdown, mas será que isso também incluía uma visita à casa de chá? Não daria o que falar? Porém, foi tomada por uma agradável tontura, uma leveza que subiu em seu peito como bolhas de sabão, e respondeu:

— Seria um prazer, Mr. Ashdown.

Charlotte ficou um pouco apreensiva ao notar os olhares das Misses Finch, mas acenou-lhes gentilmente com a cabeça e esperou que Mr. Ashdown puxasse uma cadeira para ela. Tentou manter a audácia ignorando os outros clientes e concentrando-se apenas em seu acompanhante, mas não pôde deixar de notar que o olhar dele não estava menos inquieto. No fundo de seus olhos castanhos cintilava um ar travesso.

— Para ser honesto, não tinha imaginado que essa incumbência pudesse ser tão agradável.

— Não vai continuar assim.

— Tem razão. — O brilho em seus olhos desapareceu. — Eu a subestimei. Me desculpe se a ofendi com um elogio barato.

— Não me ofendi — disse Charlotte em tom conciliador, condenando-se por ter provocado o estouro das bolhas de sabão. — Só não devemos esquecer que se trata do bem-estar de uma menina.

Miss Ada se aproximou da mesa e a cumprimentou efusivamente, lançando de lado um olhar curioso a seu acompanhante.

— O que vão querer?

— Chá e *scones* — disse Mr. Ashdown. — Pelo que ouvi, os daqui são excelentes.

— Muito gentil de sua parte nos promover — disse Miss Ada, dirigindo-se a Charlotte.

— É o que se diz em todo o vilarejo — esclareceu Mr. Ashdown. — Seu renome é bem conhecido, se me permite dizer. E se não me decepcionar, logo falarão de seus *scones* também na capital.

Charlotte viu Miss Ada enrubescer e correr para sua irmã. Não conseguiu reprimir um sorriso.

— O senhor sabe como elogiar uma dama. — Após uma pausa, acrescentou: — Há pouco *o senhor* fez questão de fazer as perguntas, o que naturalmente aceito sem restrição. Mas será que posso perguntar algo que não está relacionado à sua incumbência?

Ele apoiou a cabeça na mão e olhou para ela com expectativa.

— Vá em frente.

— Por acaso é *ThAsh*?

Ele soltou uma risada.

— Já leu algum artigo meu? Espero que só coisa boa.

— Um de seus artigos me divertiu muito numa noite intranquila.

— Como assim?

— Bem, eu não estava conseguindo dormir e tentei matar o tempo. Então, descobri por acaso sua resenha sobre uma peça de teatro, supostamente tão grotesca e ruim que acabou despertando minha curiosidade...

Ele não escondeu o riso, e o brilho em seus olhos tornou a aparecer.

— Não me diga que era *A Flor Branca do Soho*...

Charlotte riu também.

— Era tão ruim assim?

— Até pior — respondeu. — Horrível. Fui assistir com um amigo que é médico e acha que ir ao teatro e se distrair com esse tipo de melodrama pode ajudar as pessoas.

— Se rir for saudável, também deveriam ler suas críticas.

— Obrigado, tomo isso como um elogio.

— E é.

Miss Ada trouxe chá e *scones* com creme e geleia de morango, e dispôs tudo gentilmente sobre a mesa. Em seguida, lançou um olhar de esguelha a Charlotte.

— Como vai a pequena Emily? Espero que bem.

— Sim, está bem, muito obrigada. — Charlotte hesitou. — Tilly Burke voltou a passar por aqui?

Ada Finch olhou-a com surpresa.

— Espanta-me que pergunte. De fato, há alguns dias esteve aqui. Pergunto-me como ainda consegue, em sua idade, caminhar até Dorking, mas, de repente, lá estava ela diante da porta e...

Sua irmã fez-lhe um sinal de trás do balcão e apontou os vários bules de chá que aguardavam ser servidos.

— Desculpem, volto logo. Do contrário, Edith reclama comigo porque sou muito faladeira. — Saiu apressada, e Mr. Ashdown olhou para Charlotte com ar interrogativo.

— É a velha senhora de quem me falou?

— Sim, a ex-babá de Lady Ellen. Confesso que sua conversa é confusa, mas tive a impressão de que nela havia certo fundo de verdade. Ela é daquelas doentes mentais em cujas palavras se misturam imaginação e lembranças.

— Resta apenas saber até que ponto se pode acreditar nela — respondeu com ceticismo, partindo um *scone* ao meio e preenchendo-o com uma colherada de creme e geleia. Em seguida, deu uma mordida e fechou os olhos ao saboreá-lo. — Maravilhoso! Vou recomendar as Misses Finch em Londres.

Pouco depois, Miss Ada voltou à mesa.

— Expliquei à minha irmã que a senhorita havia me perguntado sobre Tilly e que eu não estava de modo algum parada, sem fazer nada, só importunando os clientes... — baixou a voz, para que as pessoas nas mesas vizinhas não pudessem ouvir. — Tilly entrou e perguntou sobre Emily. Assim mesmo. Disse-lhe que não estava aqui. E então... — respirou fundo e engoliu em seco, como se fosse difícil para ela pronunciar as próximas palavras — Tilly disse que Emily estaria triste porque o rio levou sua mãe.

Charlotte olhou para Mr. Ashdown, que deu de ombros, com ar interrogativo.

— É uma irresponsabilidade essa pobre mulher viver sozinha — acrescentou Miss Ada. — Só espero que não volte a cruzar o caminho da menina, que já ficou tão fora de si.

Charlotte concordou com a cabeça.

— Acho que vou conversar com o reverendo Morton e sua esposa a respeito. Talvez eles possam ajudar Tilly Burke a encontrar um abrigo seguro.

— Seria uma obra de amor ao próximo — aprovou Miss Ada, e partiu em direção ao balcão.

Mr. Ashdown ergueu as sobrancelhas.

— O que acha disso?

Charlotte olhou pensativa para o prato.

— É... estranho.

— O que exatamente?

— A frase. Estive com Tilly Burke em duas ocasiões, e ela repetiu várias vezes que Lady Ellen estava triste, que seu marido queria mandá-la embora, que o rio a tinha levado, que os espíritos a tinham chamado. E agora ela diz que *Emily* está triste. Seus pensamentos parecem apenas girar em torno do rio e dos espíritos. Escrevi tudo isso em detalhes. Depois de lê-lo, o senhor poderá decidir se vale a pena darmos a isso alguma importância.

Somente após pronunciar essas palavras é que Charlotte se deu conta de que havia empregado a primeira pessoa do plural.

— Bem... — Mr. Ashdown mexeu pensativo seu chá. — Foi uma tarde interessante, e fico feliz com seu relato. Amanhã vou me informar um pouco na região.

— Não quer falar com Emily primeiro?

Balançou a cabeça.

— Prefiro saber o máximo possível sobre a família antes de conversar com a menina. Suponho que também será necessário passar ao menos uma noite na casa.

— Entendo. Quer estar presente caso algo aconteça.

— Isso mesmo.

Quando ele se virou para o balcão, fazendo sinal de que queria pagar a conta, Charlotte se lembrou de algo que não havia escrito em suas anotações. Sentia um pouco de vergonha de confessar que tinha vasculhado o quarto, mas depois venceu a timidez e contou-lhe do frasco de tartarato de antimônio e potássio que havia encontrado sob a tábua do assoalho.

Mr. Ashdown soltou um leve assobio.

— Sherlock Holmes.

Ela enrubesceu e riu, aliviada.

— Também li essa crítica.

— É mesmo? Só posso lhe recomendar os livros. Mas, quanto a seu achado... — Apoiou o queixo nas mãos e olhou-a com seus olhos escuros. — O que acha disso?

Charlotte deu de ombros.

— Não sei o que dizer. O medicamento poderia ser do tempo em que Lady Ellen ainda era menina; afinal, estava em seu quarto. Ela também poderia tê-lo escondido ali quando já era casada. Ou outra pessoa.

— Contou aos serviçais a respeito?

— Não — respondeu, decidida. — Uma preceptora nova na casa não pode se permitir uma coisa dessas. Eu... eu ficaria desacreditada. Isso levantaria rumores.

— Mas e se for útil à causa? — perguntou, impassível, e Charlotte, para sua própria irritação, sentiu novamente o rosto em brasa.

— Mas pareceria que estou espionando. Isso daria uma péssima impressão.

Ele se recostou e cruzou os braços.

— Desculpe, é claro que a senhorita não pode arriscar seu emprego. — Ao ouvir essas palavras, Charlotte achou ter lido uma leve decepção em seus olhos, e ficou magoada. — Esse achado me parece importante, embora eu não saiba o que dizer a respeito. Devemos investigar o que há por trás.

Dessa vez tinha sido ele a usar a primeira pessoa do plural.

Somente por volta das seis e meia é que Charlotte chegou com um fiacre de aluguel a Chalk Hill, onde Mrs. Evans a recebeu com um olhar estranho.

— Espero que tenha tido uma tarde agradável — disse com frieza.

— Tive, sim — respondeu Charlotte, e de fato era o que achava. A reação de Mr. Ashdown à questão do vomitório não a deixou tranquila, e decidiu "ser útil à causa", como ele havia dito.

— Gostaria de lhe fazer uma pergunta, pois a senhora é quem melhor conhece a casa.

Mrs. Evans a olhou com surpresa, mas não de modo hostil.

— Pois não.

Foram até o pequeno cômodo, onde Mrs. Evans realizava suas tarefas administrativas. Charlotte permaneceu em pé, de costas para a porta.

— Por acaso, descobri uma tábua solta em meu quarto.

— Vou pedir agora mesmo para que seja consertada — respondeu Mrs. Evans com prontidão. — Não deixa de ser perigoso quando uma tábua está desnivelada; pode-se tropeçar ou machucar-se com uma farpa.

Charlotte ergueu a mão, como para tranquilizá-la.

— Obrigada, mas não é disso que se trata. Embaixo da tábua encontrei uma coisa.

Externamente, a governanta permaneceu impassível, mas seu olhar revelou curiosidade.

— Trata-se de um frasco de farmácia com um pó branco. Contém tartarato de antimônio e potássio, mais conhecido como tártaro emético. Tem ideia de como foi parar ali?

Mrs. Evans se virou para o lado de maneira quase imperceptível, como se quisesse se proteger do olhar de Charlotte.

— Não faço ideia. Nunca se utilizou algo do gênero nesta casa. E eu não saberia dizer por que alguém o escondeu debaixo de uma tábua.

— É claro que não sei quanto tempo o frasco permaneceu ali.

— O quarto ficou muito tempo desocupado depois que Lady Ellen e Sir Andrew se casaram. Só voltou a ser utilizado quando as preceptoras vieram para cá — esclareceu Mrs. Evans. — Talvez uma delas tenha deixado o frasco no local. Vou perguntar a Millie e a Susan, mas tenho certeza de que elas nada têm a ver com isso.

Charlotte concordou com a cabeça.

— Seria de grande ajuda. Tenho mais uma pergunta. Tempos atrás conversamos sobre Tilly Burke. — Viu uma sombra passar pelo rosto de Mrs. Evans. — Recentemente a encontrei enquanto passeava e conversamos. Ela me reconheceu, me relacionou a esta casa e começou a falar de Lady Ellen. Disse que o marido queria expulsá-la daqui.

O aperto cingiu seu pulso como ferro, e Charlotte ergueu o olhar, assustada. Os olhos cinzentos da governanta pareciam mais escuros e insondáveis, e seus lábios estavam tão comprimidos que perderam toda a cor.

— Nunca mais diga isso — sibilou. — Se Sir Andrew ouvir essa história, manda todos nós embora.

— Por quê? — Charlotte se esforçou para manter um tom frio, mas a pressão em seu pulso foi ficando dolorosa.

— Pois não passa de falatório, e ele não tolera falatórios. Porque a velha Tilly é doente mental e instila medo nas pessoas. Se Miss Emily ouvir isso... — Soltou abruptamente o pulso de Charlotte e recuou um passo. — Desde que a senhorita chegou a esta casa...

Charlotte sentiu a raiva subir em seu íntimo, e interrompeu Mrs. Evans com rispidez.

— A senhora sabe muito bem que esses incidentes nada têm a ver comigo. Antes era o corpo de Emily que sofria, agora é sua alma. Quando cheguei aqui, nada sabia sobre a menina. Ninguém me contou nada de livre e espontânea vontade. Precisei ouvir o relato de estranhos para saber das coisas. Admito que fiquei atenta, pois como posso educar uma criança sobre a qual nada sei?

— Mas não pode acreditar na velha Tilly. O que ela sabe do casamento dos patrões?

— Pelo que andei ouvindo, era muito próxima de Lady Ellen.

— Isso faz muito tempo — respondeu Mrs. Evans, com desdém. — Desde que perdeu a razão, vive da compaixão das pessoas. Mas ninguém a leva a sério. — Parou. — É aconselhável que esta conversa fique entre nós. Posso confiar em sua discrição, Miss Pauly?

— Desde que minha discrição seja conveniente ao bem de Emily — respondeu Charlotte com diplomacia, e respirou fundo.

— Servirá ao bem de Emily se a reputação de sua família permanecer intacta — respondeu Mrs. Evans com formalidade, inclinando um pouco a cabeça, como se dependesse dela demitir a preceptora.

Ao entrar em seu quarto, Charlotte deu um chute forte no pé da cama. Os dedos do pé doeram, mas a raiva foi deixando seu corpo aos poucos. Infelizmente, o bom humor com que havia voltado de Dorking tinha desaparecido.

Sentou-se no parapeito da janela, dobrou os joelhos e se encostou de lado no vidro. Em seguida, relembrou as horas que havia passado com Mr.

Ashdown e tentou criar coragem. Tal como ela, era uma pessoa ávida por conhecimento. Não se calava, mas perguntava; nada escondia, mas queria revelar algo.

Desde que havia chegado a Chalk Hill, ela sempre deparava com portas fechadas, encontrava resistência, e o pouco que tinha ficado sabendo nesse meio-tempo coletara de diversas fontes e com muito esforço. Por fim, pôde entregá-lo nas mãos de uma pessoa que saberia avaliá-lo e que, como ela, queria fazer de tudo para ajudar Emily. Confiava nesse homem, mesmo tendo-o conhecido no dia anterior.

Entretanto, perguntou-se se Sir Andrew não se arrependeria do passo que tinha dado. Mr. Ashdown por certo lhe faria perguntas desagradáveis, e talvez o pai de Emily tivesse de revelar mais do que gostaria.

26

Quando Tom acordou, seu olhar pousou nas anotações de Miss Pauly, que havia lido na noite anterior, na cama. Cruzou as mãos atrás da cabeça e, pensativo, mordeu o lábio inferior. Tinha ficado impressionado com a clareza dos pensamentos e das conclusões da preceptora, cujos relatos demonstravam sincera compaixão. Para cumprir sua missão, ele teria de confiar sem reservas em alguém da casa, e essa pessoa seria *Fräulein* Charlotte Pauly.

Tinha decidido proceder de modo diferente de Sidgwick, Lodge e seus colegas, que se concentravam, sobretudo, no médium em si. Tanto a lógica — afinal, tratava-se de uma criança — quanto seu sentimento lhe diziam que precisava saber o máximo possível sobre as circunstâncias de vida da menina antes de se ocupar dela mais de perto. Emily só deveria saber bem mais tarde que era a verdadeira razão de sua vinda.

Por mais estranho que pudesse ser o comportamento da menina, ele não podia excluir uma explicação racional para tudo aquilo. Emily Clayworth não tivera ninguém com quem conversar sobre a morte da mãe; era perfeitamente concebível que tivesse encerrado o luto no fundo de sua alma e se entregado a fantasias.

Tom se levantou e, de camisolão, caminhou de um lado a outro do quarto. Podia entender como Emily se sentia; o risco de perder o contato com a realidade após uma perda como essa era grande. Lembrava-se muito bem de que, sozinho em casa, mais de uma vez acreditara ser capaz de tocar Lucy com as próprias mãos, de que tinha esperado encontrá-la em sua poltrona ou em outro local familiar. Contudo, tinha amadurecido; além disso, contava com amigos que estavam ao seu lado e a quem podia falar de Lucy.

Sentou-se e pegou outra vez as anotações. Muitas coisas não estavam se encaixando nessa história. Miss Pauly tinha feito um trabalho excelente e apresentado com clareza as questões em aberto e as divergências. Diante da situação confusa, pareceu-lhe aconselhável observar os acontecimentos inicialmente como um detetive, e não como alguém em busca do sobrenatural. Para tanto, seguiu o princípio de seus colegas, que primeiro excluíam todas as causas explicáveis antes de se dedicarem àquelas sem explicação.

No escritório do *Surrey Advertiser*, em Guildford, receberam sua visita com educada surpresa.

— Essa história já tem certo tempo — observou o redator, que havia se apresentado como Joshua Phillips.

— Mas despertou minha atenção. Planejo escrever uma série de artigos sobre pessoas que desapareceram e que se supõem que tenham cometido suicídio, mas cujo corpo nunca foi encontrado. É claro que eu mencionaria que o senhor gentilmente me ajudou em minhas pesquisas...

Tom sentiu a consciência ligeiramente pesada ao atrair o redator com o grande nome de seu jornal e uma série de artigos que só existia em sua imaginação.

Phillips havia lhe oferecido chá, e ambos estavam sentados na sala enfumaçada da redação, na qual, além do redator, ninguém parecia trabalhar. Tom tinha ido cedo a Guildford, de trem, pois o aguardavam à tarde na casa da família Clayworth.

— Bem, foi uma história muito trágica, Mr. Ashdown. É raro acontecer algo do gênero em nossa pacata região; por isso, o escândalo foi ainda maior. Lady Ellen Clayworth era uma dama distinta e esposa de nosso estimado deputado. — Calou-se quando Tom ergueu a mão.

— Mr. Phillips, somos do mesmo ramo — disse em tom confidencial. — Já sei de tudo isso há muito tempo. Para meu artigo, preciso de aspectos novos, que ainda não foram relatados em todos os detalhes. O senhor sabe, nada é mais velho do que o jornal de ontem.

Phillips olhou para suas mãos robustas e deu de ombros.

— O senhor há de compreender, Mr. Ashdown, que tenho certa reserva em relação a seu pedido. Sir Andrew não irá gostar nem um pouco se esses dolorosos acontecimentos forem divulgados mais uma vez na imprensa.

— Serei discreto e manterei o anonimato de quem colaborar, usando apenas suas iniciais — prontificou-se Tom, atencioso.

O jornalista pareceu aliviado.

— Entenda, é uma situação um tanto difícil para mim... Mas se me garantir, eu poderia...

Levantou-se e pegou uma pasta espessa em um armário, tirou-lhe o pó com a mão e colocou-a sobre a mesa, ao lado das xícaras de chá.

— Está tudo aí, quase tudo. — Inclinou-se, embora além deles não houvesse mais ninguém na sala. — Exceto uma coisa, mas é um assunto muito delicado; por isso, nunca o mencionei em meus artigos. — Pigarreou. — Algumas pessoas contaram que Sir Andrew e sua esposa... queriam se separar antes de ela morrer.

Tom logo se lembrou do que Tilly Burke havia contado a *Fräulein* Pauly. *Ele queria mandá-la embora.* Teria sido mais do que o falatório de uma mulher velha e confusa?

— O que sabe a respeito?

Sem graça, Phillips deu de ombros.

— Não muito. Também não sei quem espalhou o boato, mas já fazia algum tempo que Lady Ellen não era vista em público antes de morrer. Em todo caso, raras vezes aparecia em ocasiões representativas ao lado do marido, o que era em geral justificado com o fato de que estava cuidando da filha adoentada. Incomum para uma mulher em sua posição.

— É uma atitude de grande abnegação dedicar-se a cuidar da criança em vez de acompanhar o marido em ocasiões sociais — notou Tom.

— De fato. Por isso era respeitada por todos. É triste ter apenas uma filha que causa esse tipo de preocupação.

Tom concordou com a cabeça.

— Ainda mais trágico que a filha tenha perdido essa mãe amorosa. Sabe algo sobre a menina?

— A esse respeito, infelizmente nada tenho a dizer, Mr. Ashdown. Desde que o caso foi encerrado, só tenho assuntos políticos a tratar com Sir Andrew — esclareceu o jornalista. — Os moradores de Dorking devem saber mais sobre ela, talvez também o reverendo de Mickleham, Mr. Morton, que prestou apoio espiritual à família.

Tom escreveu o nome que já conhecia das anotações de *Fräulein* Pauly.

— Nesse caso, eu gostaria de dar uma olhada em seus registros — disse, olhando para a pasta.

— Claro, Mr. Ashdown. Tenho um compromisso agora. O senhor pode usar meu escritório e depois deixar a pasta sobre a mesa. Desejo-lhe um bom dia.

Pegou o chapéu e o capote, acenou a Tom com a cabeça e deixou a redação.

Admirado com tanta confiança, Tom acendeu o cachimbo, abriu a pasta e começou a ler.

Uma hora mais tarde, fechou a pasta, colocou-a sobre a mesa e, pensativo, tragou o cachimbo frio. Nada nos relatos indicava um casamento infeliz ou outras circunstâncias que pudessem ter servido de motivação para um suicídio. Quanto ao trágico incidente e ao fato de que se tratava da esposa de um deputado de prestígio, a abordagem utilizada no relatório era bastante discreta.

Se tinha havido boatos, eles não se refletiam nos artigos de Mr. Phillips. Pensativo, Tom bateu a unha do polegar nos dentes incisivos.

Em seguida, balançou a cabeça e se levantou. Não, assim não dava para continuar. Tinha de observar bem o ambiente, conhecer a babá e conversar com Emily. Antes, achava que poderia poupar a menina o máximo possível, mas supôs que ela fosse a única chave para todos os mistérios. Cada palavra que *Fräulein* Pauly havia dito e escrito apontavam para isso. Contudo, duvidava que suas investigações fossem agradar ao deputado.

— É claro que o senhor tem liberdade para conversar com todas as pessoas da casa — esclareceu Sir Andrew formalmente. — Quanto à minha filha, já mencionei que gostaria que tivesse consideração por ela. Ainda é muito jovem, passou por momentos difíceis e, se possível, não deve ser incomodada além da conta. Portanto, tato e cautela são imprescindíveis.

— Sem dúvida — respondeu Tom. — Não farei nada sem que *Fräulein* Pauly ou a babá estejam presentes.

Sir Andrew se levantou e tocou um sininho.

— Susan, por favor, leve Mr. Ashdown até o quarto de estudos.

A criada fez uma reverência, e Tom a seguiu pelo *hall* de entrada e pelas escadas até o primeiro andar, onde Susan parou diante de uma porta e bateu.

— Pode entrar.

Abriu e deixou Tom entrar. Surpresos, dois pares de olhos se voltaram para ele. Charlotte Pauly se levantou de sua mesa.

— Obrigada, Susan, pode ir.

Então, aproximou-se dele.

— Mr. Ashdown, que bom que veio nos visitar. É uma surpresa.

Ele notou o olhar curioso de Emily e acenou com a cabeça para ela.

— Bom dia, Miss Clayworth.

— Bom dia. Não vai escrever sobre o teatro hoje?

Ele sorriu.

— Não, hoje não. Gostaria de acompanhar a aula de vocês. Posso?

A menina concordou com um aceno de cabeça.

— Estamos estudando alemão. Talvez o senhor aprenda alguma coisa.

Ele viu *Fräulein* Pauly corar e se sentou numa cadeira no canto, onde não perturbaria tanto.

A preceptora voltou a se sentar e continuou a aula, sem prestar atenção nele. O tom de sua voz era diferente quando falava alemão, e a língua lhe pareceu mais suave e harmoniosa do que esperava. Não estava entendendo quase nada, e deixou que as palavras passassem por ele como o rumor agradável do mar ou de um regato.

Ao terminar a aula, *Fräulein* Pauly olhou para ele como se lhe fizesse um convite.

— Mr. Ashdown, o senhor também gosta de contos de fadas? Emily adora ouvi-los, e já lhe contei alguns de minha terra natal.

Ele não sabia se havia alguma intenção por trás daquela pergunta ou se ela tinha arranjado apenas uma forma de introduzi-lo na conversa meramente por acaso.

— Quando era garoto, gostava de ouvir contos de fadas. Mais tarde, passei a preferir as histórias de espíritos.

Não perdeu Emily de vista, que o olhava, imperturbável.

— Aquelas bem sinistras?

— Às vezes, sim.

— Não posso ouvir essas — disse, olhando para a preceptora. — Certamente *Fräulein* Pauly vai achar que ainda sou muito nova para elas.

— Mas você acredita em espíritos? — perguntou de modo casual, girando um pedaço de giz nas mãos.

Emily deu de ombros.

— O senhor está se referindo a mulheres de longos vestidos brancos, que pairam sobre o chão? Ou a cavaleiros mortos, que fazem barulho ao se movimentarem com suas armaduras enferrujadas?

— Mais ou menos isso — respondeu Tom, achando graça.

— Não, nesses eu não acredito. E o senhor, Mr. Ashdown?

Notou que *Fräulein* Pauly o olhava com interesse, e também deu de ombros.

— Não sei.

— Já esteve envolvido com espíritos? — perguntou a preceptora. — Se já esteve, pode nos falar a respeito?

Ele lhe lançou um rápido olhar, e ela anuiu com a cabeça. Em seguida, falou do charlatão Belvoir, que tirava dinheiro das pessoas, e transformou o caso numa história palatável para uma menina de 8 anos.

— Mas esse homem não é nem um pouco gentil — acrescentou Emily, decidida. — Chegou a receber algum castigo?

— Escrevi algo a respeito. Muitas pessoas leram e deixaram de procurá-lo. Isso é bom, pois ele ganha seu dinheiro com a credulidade ou a tristeza das pessoas.

— Como assim, com a tristeza? — perguntou Emily.

Charlotte notou que Mr. Ashdown levou algum tempo para responder.

— É que alguém havia perdido uma pessoa querida e estava tão triste que não conseguia superar essa perda. Já não conseguia pensar em outra coisa. Sentia como se tudo ao seu redor tivesse escurecido e nunca mais conseguisse voltar a rir.

A mudança em seu tom foi sutil. Uma faísca pareceu saltar entre ele e a menina, travando uma ligação invisível.

— Quando essa pessoa triste ouviu que havia um médium que falava com os mortos e era capaz de transmitir suas mensagens, achou que pudesse entrar em contato com seu ente querido. Pode imaginar isso?

Emily havia empalidecido.

— Alguém ficar muito triste?

— Sim.

A menina anuiu.

Charlotte olhou preocupada para ela. Não teria Mr. Ashdown ido longe demais?

— Alguém que explore esse tipo de situação não é boa pessoa.

— Há quem seja diferente? — perguntou Emily, em voz baixa.

— Como assim?

— Bem, pessoas que consigam de fato conversar com espíritos e que não sejam más.

— Talvez. Conheci uma mulher que me deixou realmente em dúvida.

A menina ergueu o olhar e pareceu aliviada porque a conversa tinha mudado de rumo.

— Fale sobre essa mulher. Eu gostaria de saber se existem espíritos.

Charlotte se aproximou da janela enquanto Mr. Ashdown relatava sobre seu encontro com uma tal Leonora Piper, olhou para a chuva do lado de fora e prestou atenção em sua voz grave. A mulher, uma americana, parecia tê-lo de fato impressionado, e seu interesse foi transferido à sua aluna, que, ansiosa, o interrompeu com perguntas.

— E ela foi capaz de contar coisas que só Robert e Jerry sabiam?

— Parece que sim.

— E veio dos Estados Unidos e não conhecia nenhum dos dois?

— Não.

— O senhor também teve alguma experiência que não conseguiu explicar?

Mr. Ashdown sorriu.

— Tive, mas já faz muito tempo. Ainda era garoto. E não aconteceu comigo. — Contou sobre a amiga de sua avó, que tinha sentido que o filho havia morrido num acidente em um lugar distante.

Charlotte viu uma veia pulsar no pescoço de Emily.

— Ela sentiu que ele havia morrido?

— Pelo menos é o que parece.

— O espírito dele foi até ela e lhe contou?

— Não sei. Mas até hoje penso nisso. Sobretudo quando como cerejas.

O tom ficou mais leve quando Emily e Mr. Ashdown passaram a conversar sobre suas frutas favoritas e a avaliar as qualidades de cerejas e abricós. Charlotte estava aliviada porque o encontro tinha corrido bem.

Depois da aula, mandou Emily para Nora. Quando ficaram sozinhos, fitou-o com ar de desafio.

— O senhor poderia ter avisado de sua visita.

Ele se inclinou.

— Me desculpe. A senhorita remediou a situação de maneira muito elegante. — Hesitou. — Sinto muito se lhe causei algum inconveniente; não foi minha intenção. — Já estava com a mão na maçaneta da porta quando ela o olhou com um movimento repentino.

— Não vá. Não... teve culpa. Foi muito gentil com Emily... e habilidoso. Gostei disso.

Ele se virou para ela e teve a impressão de ler certo alívio em seu semblante.

— Dei um salto no escuro. Graças às suas anotações, acho que soube como podia avançar, e deu certo, embora em dado momento eu temesse que ela pudesse desatar a chorar.

— Pois é, com o assunto sobre a tristeza. — Charlotte se lembrou do momento enfático e se perguntou se ele tinha falado por experiência própria.

— É claro que a fez pensar na mãe. Mas achei interessante o fato de que não pareceu ver nenhuma ligação direta quando comecei a falar de espíritos.

— Em meu relatório, mencionei que seu humor muda com frequência e de modo imprevisível. Nunca se sabe com antecedência como vai reagir a opiniões ou acontecimentos.

— Esta manhã estive no jornal, em Guildford — disse ele, sem rodeios. — O redator me contou que de fato houve boatos sobre a separação iminente do casal, embora não tenha me dado nenhum detalhe. Por consideração à posição social de Sir Andrew, ele não divulgou o assunto.

— Quer dizer então que Tilly Burke estava certa? — perguntou Charlotte, surpresa.

— Parece que, de fato, como a senhorita havia suspeitado, ela não disse apenas bobagem.

— Acha importante conversar com ela de novo?

— Pelo menos deveríamos observá-la. Lady Ellen Clayworth deve ter desabafado com ela. Afinal, de onde mais ela saberia de seus problemas conjugais, que não eram conhecidos por mais ninguém? A senhorita mencionou que ambas eram próximas.

Charlotte o olhou com ar pensativo.

— É verdade. E também temos que interrogar mais uma vez Nora, a babá, sobre o assunto. Não tenho certeza sobre quanto ela de fato sabe a respeito dos acontecimentos nesta casa. É apegada a Emily, isso é evidente, e faria de tudo para ajudá-la.

— Já conversou com ela sobre isso?

Charlotte concordou com um aceno de cabeça.

— Já, mas ela me evitou. Quando lhe perguntei se Sir Andrew queria "mandar sua mulher embora", como Tilly Burke havia dito, ela saiu do quarto.

— Assim, sem dizer nada?

— Me pediu permissão e não pude recusar. Demonstrou claramente que não queria falar sobre o assunto. Não posso forçá-la. Além do mais, tenho de cuidar de minha posição na casa, pois ainda não tenho muito tempo de serviço em Chalk Hill.

Mr. Ashdown se encostou à porta com os braços cruzados.

— Se o casamento dos Clayworth não era feliz, Emily poderia tê-lo percebido, sobretudo porque tinha uma relação muito estreita com a mãe e nem um pouco habitual. Eu gostaria de conversar com Nora. O que acha?

Charlotte concordou.

— Talvez não seja ruim se alguém de fora a interrogar.

— Bem, então me leve até ela.

Afastou-se para lhe dar passagem, e Charlotte se virou na soleira do quarto de estudos.

— Vai ficar para o chá?

— Com prazer.

— Ótimo, então vou avisar na cozinha.

Nora deu um salto quando entraram no quarto de Emily e, sem graça, alisou o vestido impecável.

— Desculpem, me ajoelhei apenas para mostrar uma coisa a Emily...

— Está tudo bem, Nora. Este é Mr. Ashdown, convidado de Sir Andrew. Ele gostaria de lhe fazer algumas perguntas.

Nora arregalou os olhos e, insegura, olhou para Mr. Ashdown.

— Claro, mas...

— Não há nada de errado, Nora — disse Mr. Ashdown, dando um passo à frente. — Podemos ir ao quarto de estudos?

A babá concordou com um aceno de cabeça e, com o olhar, lançou a Charlotte um pedido de ajuda, antes de deixar o quarto com o visitante.

— O que ele quer perguntar a ela? — quis saber Emily, que estava ajoelhada no chão, diante de sua luxuosa casinha de bonecas. Era a primeira vez que Charlotte a via brincar com ela. — É para saber alguma coisa da região?

Charlotte se sentou numa cadeira.

— É bem possível.

Emily girou uma pequena boneca de porcelana na mão, com cabelo castanho-escuro e vestido verde-claro.

— É uma linda casa de bonecas.

— Também já teve uma?

— Tive, mas era bem pequena, com dois quartos e uma cozinha. Tinha de dividi-la com minhas irmãs.

Emily fez a boneca caminhar de um quarto para o outro.

— Ela tem nome? — perguntou Charlotte.

— Esta é a mamãe Ellen.

A menina sentou a boneca ao lado de uma pequena cama, na qual estava deitada uma figura minúscula.

— Na cama está Emily. A mamãe Ellen conta uma história para ela, para que consiga dormir. E ainda lhe dá algo para beber.

A boneca se levantou e se curvou sobre a criança.

O movimento desencadeou algo em Charlotte que ela não conseguiu identificar com exatidão.

— Acha-o simpático? — perguntou Emily, sem rodeios.

— De quem você está falando? — A surpresa de Charlotte era sincera.

— Mr. Ashdown.

— Mal o conheço — respondeu, esquivando-se.

— Não tem problema. É muito gentil e sabe contar histórias interessantes.

— Isso é verdade.

Emily se virou novamente para sua casa de bonecas.

— Agora a mamãe Ellen vai dormir. Mas está sempre por perto e vem quando Emily não consegue pegar no sono ou sente dor.

— E ela sempre sente dor?

— Às vezes. Ou tem febre. Ou enjoo. Em geral está muito cansada e passa o dia sem conseguir se levantar. Então a mamãe Ellen lê para ela ou fica sentada ao seu lado, tricotando ou cantando alguma coisa. Isso é bom.

Charlotte mal ousava respirar.

— Quando não pode ficar com Emily, Nora fica. Emily nunca fica sozinha.

— E o pai dela?

— Precisa ir sempre a Londres, para fazer política. Como hoje. Mas não tem problema, pois a mamãe Ellen fica com ela.

Charlotte observou a menina com atenção, mas não conseguiu constatar lágrimas nem agitação. Emily parecia bem tranquila, como se lhe fizesse bem lembrar-se do tempo precioso que havia passado com a mãe dessa maneira.

— Você também tem um boneco para o pai?

— Tenho. Está aqui atrás.

Emily pegou num dos quartos um boneco com roupas masculinas, que estava escondido atrás de um jornal.

— Este é o papai. Lê jornal e tem muitas coisas para fazer.

— Ele também faz coisas com a mamãe Ellen?

Deu de ombros.

— Às vezes. Nem sempre. Só quando Emily está saudável.

— E quando ela está doente, a mamãe Ellen fica com ela enquanto o papai viaja sozinho?

— Sim, sempre.

Emily pôs as bonecas de lado e cruzou as mãos no colo.

— Fico feliz que tenha me mostrado sua casa de bonecas — disse Charlotte, com cautela.

Emily anuiu, ausente, como se ainda estivesse presa às suas lembranças.

Durante o chá, conversaram sobre o tempo, Londres e o teatro, e Charlotte pediu a Mr. Ashdown que lhes contasse a respeito do genial detetive sobre o qual havia escrito em seu artigo. Esperava distrair Emily, que de repente tinha ficado quieta.

— Achei as histórias muito interessantes — observou Mr. Ashdown. — Quando voltar a Londres, posso lhe enviar um exemplar.

— É muita gentileza.

— É realmente fascinante como esse Holmes reconstrói as coisas mais inacreditáveis a partir das menores pistas. — Pensativo, olhou para Emily. — Vou tentar fazer o mesmo. Vejo ali uma menina diante de um prato com um pedaço de bolo. A menina esmigalha o bolo, sem comê-lo. Isso me leva a duas conclusões: ou não está com fome, ou não gosta do bolo. Caso a última conclusão esteja correta, poderia significar que, em princípio, a menina não gosta de nenhum bolo ou não gosta de bolo de frutas, à exceção do de chocolate ou de pão de ló. Quer me revelar qual está certa?

Emily tinha a cabeça inclinada para o lado, os olhos semicerrados, e parecia estar ouvindo alguma coisa que só ela era capaz de perceber.

— Emily, o que foi? Mr. Ashdown lhe fez uma pergunta.

Charlotte olhou para Mr. Ashdown, que franziu um pouco a testa e levou um dedo aos lábios.

— O que você está ouvindo? — perguntou ele, em voz bem baixa.

Emily não se mexeu, e Charlotte achou que não o tivesse compreendido.

— Ela está falando comigo.

Mr. Ashdown ergueu uma sobrancelha.

— O que está dizendo?

O silêncio era tão grande na sala que Charlotte podia ouvir o próprio coração bater acelerado.

— Logo. Ela vem logo. Para me buscar.

Charlotte olhou horrorizada para Mr. Ashdown, que balançou discretamente a cabeça.

— Está feliz?

— Não sei.

Emily estremeceu. Então pareceu ter acordado de um sono profundo e olhou ao redor da sala.

— Cadê meu bolo?

27

— Não admito uma coisa dessas! — Sir Andrew apoiou-se na mesa e olhou para Charlotte, esforçando-se para reprimir a raiva. — Eu tinha alguma esperança nessa consulta, mas, ao que parece, o estado de Emily está piorando! A senhorita é preceptora dela, e quero poder acreditar que, em minha ausência, nada que prejudique seu bem-estar venha a acontecer.

Sua ira era assustadora, mas Charlotte se esforçou para não demonstrar receio.

— Sir, não aconteceu nada que...

— Não aconteceu nada? Mal saio de casa, e ela começa a delirar em plena luz do dia!

Queria ter lhe respondido que a decisão de consultar Mr. Ashdown havia sido dele. Engoliu a reprimenda injustificada e disse em tom tranquilizador:

— Sir, acho que ainda estamos apenas começando. Mr. Ashdown se comportou de maneira bastante cuidadosa com Emily, isso eu posso lhe garantir.

Contou-lhe sobre a ocorrência com a casa de bonecas e viu que a expressão de Sir Andrew continuou a se anuviar. Deixou-se cair em sua cadeira e pegou um abridor de cartas. Segurou-o com tanta firmeza que os nós de seus dedos ficaram brancos.

— Fala da mãe como se pudesse vê-la? Aqui, nesta casa?

— Exato. E sempre enfatiza que a mãe nunca a deixou sozinha. Em minha opinião, ainda não superou a perda, o que é muito natural. Sonha com a mãe porque não quer aceitar sua morte. — Charlotte hesitou por um breve momento. — Talvez as circunstâncias de sua morte contribuam para sua dificuldade em resignar-se com a perda.

Ele levantou rapidamente o olhar.

— O que está querendo dizer?

— Bem, se a mãe de Emily... se sua esposa tivesse morrido de alguma doença, se Emily ainda a tivesse visto em seu leito de morte e se despedido dela, com certeza seria mais fácil para ela aceitar seu falecimento.

— Não posso mudar a forma como minha mulher morreu — disse ele entredentes.

— Claro que não, Sir. — Charlotte respirou fundo. Não cedeu, e isso a deixou orgulhosa. — Entendo sua reserva e só estou tentando esclarecer o comportamento de Emily. Não acredito que haja razão imediata para preocupação.

Era mentira, pois estava totalmente consciente de que o comportamento de Emily durante o chá significava mais um passo a caminho da escuridão, da qual queria salvar a menina a qualquer preço. No entanto, depositava toda a sua esperança em Mr. Ashdown e tinha de impedir que Sir Andrew se arrependesse de sua decisão e o mandasse de volta a Londres.

Devagar, ele girou o abridor de cartas entre o polegar, o indicador e o dedo médio. Charlotte se esforçou para respirar com tranquilidade e, ansiosa, esperou suas próximas palavras.

— Acha, então, que devemos deixar Mr. Ashdown continuar seu trabalho?

— Sim. Acho bastante pertinente sua ideia de conversar com as pessoas mais próximas a Emily. — Então lhe ocorreu algo que havia tempos passara por sua cabeça. — Posso perguntar quem cuidou de Emily quando ficou doente? Decerto conversar com o médico também seria aconselhável.

Logo sentiu a resistência de Sir Andrew. Algo nele parecia opor-se a dar o nome.

— Não concordo em absoluto com essa opinião. Vamos partir do princípio de que não se trata de uma doença física. Do contrário, teríamos chamado um médico.

— É claro, mas corpo e alma caminham juntos. E poderia ser interessante para Mr. Ashdown saber alguma coisa sobre o histórico de doenças de Emily.

Charlotte aguardou, mas a expressão de Sir Andrew se enrijeceu. Em seguida, ele negou com a cabeça.

— Não considero isso importante, *Fräulein* Pauly, e vou dizê-lo a Mr. Ashdown. O que me interessa é o equilíbrio psíquico de minha filha, e a senhorita pode acreditar que me custou muito me dirigir à SPR e pedir a ajuda de um caçador de espíritos. — Literalmente cuspiu a expressão, e ela o olhou com surpresa. Sua inesperada hostilidade era preocupante.

Nesse momento, qualquer argumento pareceu sem sentido; por isso, ela se levantou da cadeira.

— Então, vou me retirar agora. Devo pedir para que Mr. Ashdown venha até o senhor?

Ele fez que sim, relutante.

Charlotte ficou aliviada quando a porta se fechou atrás dela.

— Mostrei-lhe a casa de bonecas, e ele também viu meu quarto. E fez perguntas.

— Verdade? — Charlotte olhou pela janela, e, sem querer, seus olhos ficaram presos ao portão anexado ao muro.

— É, sim. Para um cavalheiro, ele é bastante curioso.

— Diga uma coisa, Emily: que tal visitarmos os Morton de novo? Mrs. Morton nos convidou.

A menina abriu um sorriso.

— Os coelhos já devem estar me esperando. Posso levar cenouras para eles?

— Claro, peça à cozinheira.

— Mr. Ashdown também vem?

Charlotte olhou para ela, surpresa.

— Por que pergunta?

Emily encolheu os ombros.

— Ultimamente ele está sempre conosco. E a senhorita disse que ele gostaria de conhecer a região.

— Acha que devemos levá-lo? Você poderia mostrar os coelhos a ele.

— Sim, ele pode vir conosco. — Olhou para o colo, no qual estava sentada uma boneca com cabeça de porcelana e longos cabelos castanhos. — *Fräulein* Pauly... Por que há pouco, durante o chá, a senhora me olhou daquele jeito quando perguntei sobre o bolo?

Charlotte decidiu-se espontaneamente pela verdade.

— Bem, é que pouco antes você havia dito que sua mãe estava falando com você.

Emily ergueu devagar os olhos e olhou para ela com insegurança.

— É mesmo?

— É. Foi como se você estivesse dormindo de olhos abertos. Em dado momento, você despertou com um sobressalto e perguntou sobre seu bolo. Por isso Mr. Ashdown e eu olhamos espantados para você.

Esperou que Emily continuasse a falar, mas a menina se calou e continuou a pentear os cabelos da boneca com os dedos. Não parava de passá-los pelas madeixas, enquanto o restante do corpo permanecia imóvel.

Charlotte não quis pressioná-la mais. Levantou-se, pegou os contos dos Irmãos Grimm e abriu a página em *Os Músicos de Bremen*. Naquela noite, não haveria nenhuma história de cabeças de cavalo nem de coração frio.

— Mr. Ashdown vai passar a noite conosco — anunciou Sir Andrew durante o jantar.

Charlotte olhou surpresa para ele.

— Sir Andrew foi muito gentil em colocar o quarto de hóspedes à minha disposição, pois, após o incidente de hoje à tarde com Emily, expressei o receio de que ela possa ter uma noite agitada — disse Mr. Ashdown, mergulhando a colher no prato de sopa. Seu comportamento não transpareceu como tinha sido a conversa com Sir Andrew.

Em seguida, Emily não foi mais mencionada. Logo a conversa passou a girar em torno de política, o que não era muito adequado na presença das damas, mas uma preceptora estava excluída dessa regra. De todo modo, Charlotte não prestou atenção, pois outras questões rodeavam seus pensamentos. Por que Sir Andrew teria reagido de maneira tão estranha quando ela perguntou pelo médico de Emily? Não seria óbvio consultar primeiro um médico antes de procurar um caçador de espíritos? Lançou um olhar a Mr. Ashdown, que parecia ouvir seu anfitrião com atenção, mas tamborilava os dedos de maneira quase imperceptível sobre a mesa. Também estaria ele com os pensamentos em outro lugar?

Pensou na visita à casa de chá e em como haviam conversado com entusiasmo. Na atmosfera opressora de Chalk Hill, tinha a impressão de que aquela tarde fizesse parte de um passado distante. Sentada à mesa, com o semblante gentil, embora inexpressivo, sentiu crescer dentro de si o medo que até então havia reprimido. Era como se algo tivesse se apoderado de Emily, impondo-se com mais força à superfície desde que Mr. Ashdown havia chegado. Primeiro, a brincadeira estranha com a casa de bonecas; depois, o incidente durante o chá. Teria o convidado desencadeado nela essas evoluções? Ou esse algo, fosse lá o que fosse, estaria se defendendo de sua invasão no mundo estabelecido de Chalk Hill?

Charlotte engoliu em seco. Que pensamentos confusos eram aqueles? Algo que se opusesse à investigação de Mr. Ashdown? Se continuasse assim, perderia a razão. Pelo menos o bom senso.

— ... certamente *Fräulein* Pauly não terá nada contra.

Charlotte teve um sobressalto e ergueu o olhar.

— Perdão?

Mr. Ashdown olhou para ela, que teve a impressão de ler uma faísca de divertimento em seus olhos.

— Sir Andrew está de acordo que eu acompanhe a senhorita e Emily na próxima visita a Mickleham.

— Claro, com prazer. Os Morton são pessoas agradáveis e gostam muito de Emily. Por certo ela irá querer lhe mostrar os coelhos com os quais costuma brincar lá.

— Como vê, Mr. Ashdown, as distrações da vida no campo são inesgotáveis — observou Sir Andrew com ironia, mas Charlotte notou em suas palavras certo tom de sarcasmo, como se ele quisesse travar uma cumplicidade com o visitante da capital.

— Bem, quando se passa a vida numa cidade grande, malcheirosa e enevoada como Londres, na qual se teme caminhar à noite e cair num rio que contém mais lixo do que água, um lugar como Dorking e águas belas como o Mole tornam-se muito encantadores — respondeu Mr. Ashdown, e Charlotte sentiu o peito se aquecer.

Sir Andrew pareceu não o compreender.

— Como deputado, naturalmente sirvo ao meu distrito eleitoral, mas devo confessar que sempre vejo com aversão o recesso de verão. A vida em Londres é bem mais animada do que no campo.

— Sem dúvida Londres tem muito a oferecer, quando podemos nos permitir essas distrações — respondeu Mr. Ashdown. Parecia achar divertido contradizer Sir Andrew. — Pessoas como o senhor e eu têm muita sorte de geralmente ver o lado agradável da metrópole. Restaurantes elegantes, teatros, exposições... mas também há áreas em que o senhor se acharia num planeta estranho.

— É mesmo? — perguntou Sir Andrew com ironia. — E o senhor conhece bem essas áreas?

— Um pouco — respondeu Mr. Ashdown, sereno. — Não sou seletivo no que se refere a meu passatempo noturno. Os *music halls* em East End podem ser muito divertidos, e a qualidade dos cantores e comediantes não é de subestimar. Há alguns anos, vi em Shoreditch excelentes artistas travestidos. Um senhor na plateia só foi perceber onde havia se metido ao entregar flores a uma dama e sentir a barba por fazer após um beijo.

Charlotte deu uma breve risada e, enrubescendo, olhou para o prato. Susan entrou, tirou os pratos e a sopeira e serviu rosbife frio com batatas assadas.

— Perdão. — Mr. Ashdown olhou para Charlotte, ligeiramente sem graça. — Não quis ferir os sentimentos de uma dama. A senhorita estava tão quieta que, por um momento, me esqueci de que estava presente.

— Não feriu — disse rápido. — Não conheço Londres e gostaria de ouvir mais a respeito.

— Com certeza Mr. Ashdown também terá anedotas para nos contar que sejam mais apropriadas ao espírito sensível de uma dama.

Ele também sabe ser sarcástico, pensou ela, surpresa, perguntando-se quanto esforço não teria custado a Sir Andrew chamar de dama a preceptora de sua filha.

Em seguida, Mr. Ashdown contou algumas histórias divertidas, e a tensão que havia se instalado no ar acabou por se dissolver.

Após a refeição, os senhores retiraram-se para fumar, mas antes Mr. Ashdown se dirigiu mais uma vez a Charlotte.

— Caso esta noite ocorra algum incidente, gostaria de ser informado imediatamente.

— Claro.

Sir Andrew acenou-lhe com a cabeça e conduziu seu convidado à biblioteca.

Charlotte olhou ambos se afastarem. Havia sido fascinante observá-los à mesa. A conversa deslizara para um combate, e ela se perguntou qual seria o prêmio para o vencedor dessa competição.

Antes de seguir para a torre, Charlotte passou mais uma vez no quarto de Emily. A menina dormia. Por essa noite, Nora havia se mudado para seu antigo quarto, que ficava ao lado. Charlotte bateu à porta, e a babá pediu que entrasse.

— Não vou incomodá-la muito, Nora.

— Não incomoda, Miss. Por favor. — Apontou uma cadeira junto à janela.

Charlotte se sentou e olhou para ela com benevolência.

— Mr. Ashdown conversou com você?

Nora olhou para as mãos.

— Conversou.

— Espero que tenha corrido tudo bem.

— Fez muitas perguntas. Mas nem o conheço. — Sua voz soou surpreendentemente forte.

— Ele está aqui para ajudar Emily. Não lhe disse isso?

— Sim, disse. Mas... não gosto disso.

— Do que não gosta?

— Das perguntas. Contei-lhe tudo o que sabia. Não gosto de falar sobre Lady Ellen, é triste. E não faz bem a Emily se lembrar da mãe.

Charlotte suspirou e se perguntou por que Nora era tão obstinada. Então se lembrou da razão que a fizera procurá-la.

— Mas tenho de lhe fazer mais uma pergunta. Qual era o nome do médico que tratava de Emily quando ela ficava doente?

Nora olhou para ela com estranheza.

— Mas ela está bem.

— Claro. Só gostaria de saber. Não deve ser nenhum segredo, ou é?

Mais uma vez, sentiu o muro que Sir Andrew havia erguido ao redor da morte de sua mulher e o medo dos serviçais em derrubá-lo.

— Chama-se doutor Pearson e mora em Reigate.

Charlotte mostrou-se surpresa.

— Não há nenhum médico em Dorking?

— Há, sim, o velho doutor Milton, mas Sir Andrew achava o doutor Pearson melhor. Ele tinha até um consultório em Londres, e só mudou para o campo por causa de seus pulmões.

— O doutor Pearson ainda trata de Emily?

— Não. Sir Andrew já não admite que venha aqui. Mais que isso não sei.

Charlotte tinha ouvido o suficiente.

— Muito bem, Nora. Vou deixá-la em paz agora. Caso aconteça algo a Emily, por favor, me acorde no mesmo instante.

— Sim, Miss.

— Mais uma coisa: Mr. Ashdown só quer o bem-estar de Emily. Temos todos de ajudá-lo nisso. — Com essas palavras, saiu e fechou a porta.

Em seu quarto ainda leu um pouco e depois se deitou, mas supôs que, nessa noite, não teria sossego. Pensou na atmosfera tensa do jantar e se perguntou sobre o que conversariam os dois homens na biblioteca. Imaginou que Sir Andrew tivesse se arrependido de ter trazido Mr. Ashdown para casa. Queria preservar seu prestígio e não ameaçar sua carreira política. Seria esta mais importante do que o desejo de restituir a paz de espírito à sua filha?

Levantou-se e anotou o que Nora havia lhe contado. A história com o médico era peculiar. Para ela, seria difícil encontrar uma ocasião para ir a Reigate sem se fazer notar. Mr. Ashdown teria de assumir essa missão.

A certa altura, seus olhos se fecharam, e ela só despertou ao ouvir um barulho na escada. Charlotte logo pulou da cama, jogou um xale sobre os ombros, acendeu o lampião e procurou perscrutar junto à porta. Seriam passos?

Dessa vez, não sentiu o medo paralisante. Com cuidado, pressionou a maçaneta para baixo e olhou para o patamar escuro. Nada. Desceu a escada em silêncio até conseguir ver o corredor, atravessado por uma faixa de luz vertical. Tinha certeza de que havia fechado a porta pouco antes. Na torre estava tudo quieto.

Charlotte apressou-se até o quarto de Emily e examinou dentro dele. A luminosidade da lua filtrava-se pela janela aberta, e diante do retângulo delineava-se uma pequena figura. Emily estava em pé, totalmente imóvel, olhando para o jardim.

Charlotte refletiu rápido. Sir Andrew havia dito que deveria acordá-lo primeiro, mas já não havia tempo para isso. Correu para o quarto de hóspedes e bateu à porta. Mr. Ashdown respondeu de imediato, como se não estivesse dormindo.

— Sou eu, Charlotte Pauly. Venha rápido. E em silêncio.

Esperou por ele embaixo, junto à escada. Ele desceu de camisa e colete desabotoado e olhou para ela, com ar interrogativo.

— Ela está em frente à janela, imóvel e olhando para fora. Não me atrevi a me aproximar dela. Sir Andrew...

Dispensou a observação dela com um aceno de mão.

— Venha, vamos.

Em silêncio, foram até a porta do quarto de Emily, que Charlotte havia deixado encostada. A menina ainda estava parada junto à janela.

Mr. Ashdown levou o dedo aos lábios e tocou o braço de Charlotte, para que ela não avançasse e assustasse Emily.

— Você está tão longe. Venha até mim. Venha, mamãe!

Entreolharam-se. Mr. Ashdown pôs o dedo nos lábios e deu um passo cauteloso para dentro do quarto. Em silêncio, prosseguiu. Quando estava próximo da cama, Nora irrompeu, tirou Emily da janela e gritou:

— Saia daí, é perigoso! — Com uma das mãos fechou a janela e, com a outra, envolveu Emily e virou-se para Charlotte e Mr. Ashdown. — Por que a deixaram perto da janela? Ela poderia ter caído...

— Ela não fez nenhuma menção de se mover — respondeu Charlotte. — Além do mais, não se deve acordar sonâmbulos.

Com cuidado, pegou Emily no colo e colocou-a na cama. Em seguida, estendeu a coberta sobre a menina e empurrou Nora energicamente para o corredor.

Nesse momento, Sir Andrew veio do andar de baixo, ainda amarrando o cinto de seu roupão.

— O que está acontecendo aqui?

Antes que Charlotte pudesse dizer alguma coisa, Mr. Ashdown respondeu com tranquilidade:

— Ouvi um barulho e tomei a liberdade de ver o que era. *Fräulein* Pauly já estava indo avisá-lo, pois Miss Emily estava sonâmbula.

A gratidão invadiu Charlotte como uma onda quente.

— Ela estava de novo junto à janela e sonhou com a mãe. Já a colocamos na cama e está tranquila agora.

— Bom — Sir Andrew olhou de um para o outro —, então podemos voltar para a cama e desfrutar do merecido repouso noturno.

Depois que ele desceu, Charlotte mandou Nora de volta a seu quarto.

— E da próxima vez, não a assuste dessa forma. Pode ser perigoso.

— Sim, Miss — respondeu a babá, cabisbaixa.

Assim que Nora fechou a porta atrás de si, Charlotte e Mr. Ashdown ficaram sozinhos no corredor. Nenhum dos dois se moveu. Charlotte olhava para o chão. Ao erguer a cabeça, encontrou o olhar pensativo de Mr. Ashdown.

28

A farmácia em Reigate era o primeiro objetivo de Tom. O farmacêutico magro e de cabelos escuros lançou um olhar examinador ao vidro que Tom segurava na mão e fitou-o por cima dos óculos em forma de meia-lua.

— Sim, é daqui, Sir. Tartarato de antimônio e potássio, um medicamento comprovado, que obviamente deve ser utilizado com cautela.

Tom queria ter perguntado se alguém de Chalk Hill o havia comprado, mas não queria dar vazão a falatório. Desse modo, perguntou o caminho para o consultório do doutor Pearson.

— Que tempo horrível! — disse o farmacêutico, lançando um olhar melancólico para a rua. — Espero que o senhor não sofra do pulmão.

Tom achou a observação engraçada e se perguntou se estaria com uma aparência adoentada ou se o farmacêutico só estava querendo ser gentil e entabular uma conversa.

— Não, não. Se puder me... Estou com certa pressa.

O farmacêutico acenou-lhe para se aproximarem da janela e apontou para a rua molhada pela chuva.

— Desça a High Street e vire à direita no próximo cruzamento. Suba a colina e depois vire na terceira à esquerda. É uma casa vermelha com um escudo de latão na porta. Não há como errar.

Tom agradeceu e deixou a farmácia. Ainda viu o proprietário lançar um olhar às pastilhas para tosse e às latas de unguento para o peito que, apropriadamente à época, havia disposto sobre o balcão. Devia estar esperando uma boa clientela devido ao mau tempo.

O guarda-chuva não era suficiente para conter o aguaceiro que o atacava de todos os lados, e, por dentro, Tom praguejou, pois tinha ido a Reigate não de coche, e sim de trem. Depois que Miss Pauly havia lhe contado que Sir Andrew já não admitia o médico em sua casa, ele partiu de imediato.

Aos poucos, começou a gostar de sua incumbência, que evoluía de modo bem diferente do que havia esperado após as experiências com o grupo de Henry Sidgwick. O trabalho se assemelhava mais ao de um detetive, embora a pequena Emily parecesse estar dominada por alguma coisa para a qual ele ainda não tinha nenhuma explicação. Uma doença mental — ainda que fosse terrível imaginar isso numa menina tão nova — parecia concebível, mas alguma coisa não se encaixava nesse quadro. À tarde iriam visitar o reverendo e sua esposa, e Tom esperava receber mais informações deles.

Para ele, a noite anterior tinha decorrido de maneira estranha. Percebeu que Sir Andrew tinha certas reservas em relação a ele, embora ainda não soubesse ao certo em que elas consistiam. De todo modo, tinha sido ele a procurar a Society.

Fräulein Pauly havia lhe contado a respeito da violenta reação de Sir Andrew quando perguntado sobre o médico. Ela ficara sem jeito, como que dividida entre a lealdade para com o patrão e o desejo de desvendar o mistério de Emily. Havia muitos tabus naquela família, e, em princípio, nada o estimulava mais do que as coisas sobre as quais o haviam proibido de falar.

Bruscamente, foi arrancado de seus pensamentos: seus sapatos não resistiram ao dilúvio. Só podia torcer para que o consultório do doutor

Pearson fosse bem aquecido. Caso contrário, teria de recorrer aos serviços do farmacêutico.

Fizeram Tom esperar alguns minutos, que ele utilizou para se aquecer junto à lareira da sala de espera. O doutor Pearson, que devia ter por volta de 55 anos, era um homem esguio, de cabelos grisalhos e traços marcados. Sentou-se à sua frente e observou-o com interesse amigável.

— O que posso fazer pelo senhor, Mr. Ashdown? Suponho que seja novo na cidade.

Tom respondeu sem rodeios.

— Venho de Londres e gostaria de conversar com o senhor sobre Emily Clayworth.

Surpreso, o doutor Pearson ergueu as sobrancelhas. Seu olhar era tão marcado quanto seus traços.

— Emily Clayworth?

— Sim. Era sua paciente?

O médico anuiu.

— Era.

— Posso lhe perguntar desde quando a família não se consulta com o senhor?

— Claro. — O doutor Pearson abriu uma caixa de madeira e, após certa procura, puxou uma ficha.

— Desde 29 de novembro de 1889. — Guardou a ficha e fechou a tampa da caixa, antes de olhar para Tom. — Espero que saiba que não estou autorizado a lhe dar nenhum tipo de informação sobre meus pacientes. Isso fere o dever de sigilo.

— Estou ciente disso. — Tom respondeu ao olhar do médico, até sentir nele um sopro de impaciência.

— Posso lhe perguntar qual sua relação com a menina?

— Trabalho como jornalista. Mas não se preocupe, não vim aqui com essa função. — Refletiu sobre quanto poderia revelar, para, não obstante, conseguir tirar alguma informação daquele homem fechado.

— Emily ficou doente de novo?

— Não tenho certeza — respondeu Tom. Percebeu que quanto menos dissesse, mais seu interlocutor falaria.

— Procuraram um médico?

— Não. Não é uma doença no sentido tradicional do termo, doutor Pearson; nada que possa ser tratado com compressas, gotas ou pomadas. Desta vez, é sua alma que parece estar doente.

O médico recuou com um sobressalto, mas Tom percebeu o horror em seu olhar.

— Sua alma? Está falando de uma doença mental?

— Exato. Ela vê espíritos. — Tom olhou para o doutor Pearson, com ar de desafio.

O médico sorriu com ironia.

— Não está falando sério, está? Ou isso se trata de uma brincadeira de mau gosto, ou o senhor é um desses espíritas que eu, como cientista, não posso levar a sério.

— E se eu lhe disser que não é nem uma coisa nem outra? Minha observação pode ter sido inapropriada, mas não foi minha intenção. Faço parte de um grupo de pessoas que pesquisa cientificamente certos fenômenos...

O doutor Pearson interrompeu-o com um aceno de mão.

— Está falando da Society for Psychical Research?

— Sim.

O médico hesitou.

— Bem, é uma questão delicada. Conheço Lodge de meu período em Londres. É um sujeito decente e inteligente. Contudo, não entendo qual interesse essa sociedade poderia ter na pequena Emily Clayworth.

— Bem, ela diz ter contato com a falecida mãe. Isso deixou seu pai preocupado, e ele pediu ajuda ao professor Sidgwick.

O médico pegou um cachimbo num cinzeiro de latão, bateu nele com cuidado e, em silêncio, encheu-o de fumo. Em seguida, acendeu-o de maneira meticulosa e pitou, antes de tornar a olhar para Tom.

— E o senhor tem a missão de descobrir se a menina é de fato atormentada pelo espírito da mãe falecida? É inacreditável. — No entanto, não parecia irritado, mas abatido.

— Gostaria de lhe pedir para tratar essa questão de modo confidencial, embora não se trate de uma consulta médica — disse Tom. — Sir Andrew quer evitar que seu prestígio e o de sua filha sejam prejudicados. Sei que não pode me falar do histórico de doenças de Emily, mas gostaria de lhe pedir para me responder algumas perguntas sobre sua mãe. Conforme fiquei sabendo, ela cuidava da filha com muito esmero, mais do que o habitual para damas da sua condição.

Notou o olhar do médico se anuviar e se lembrou das palavras da babá. *Sir Andrew já não admite que venha aqui.* Que papel Lady Ellen teria desempenhado nisso?

— De fato — disse Pearson com voz rouca. — Quase nunca saía do lado de Emily. A babá praticamente não tinha o que fazer, pois a mãe assumia quase todas as tarefas de educação e cuidados.

— O senhor achava estranho Lady Ellen dedicar-se com essa intensidade às suas obrigações maternas?

Pensativo, Pearson soltou uma baforada de seu cachimbo.

— Que é raro, não há dúvida. Mas justamente por isso era muito considerada na comunidade, e foi enorme o número de pessoas que expressou condolências por ocasião da sua morte.

— Conhece Tilly Burke?

— A mulher com problemas mentais, de Mickleham, que no passado trabalhou para Lady Ellen? Ouvi falar dela. Até onde sei, Lady Ellen a visitava de vez em quando e levava a menina. Era bastante apegada à velha senhora, talvez por isso tenha empregado sua neta na casa. Sir Andrew não ficava muito feliz com essas visitas, como me relatou certa vez, mas sua esposa não queria abrir mão. — Calou-se de repente, como se tivesse se arrependido das palavras sinceras.

— Posso lhe perguntar por que não continuou a tratar de Emily? — perguntou Tom sem rodeios.

O médico apontou para ele o cabo do cachimbo como se fosse uma arma.

— Mr. Ashdown, meus serviços já não eram necessários. Não posso lhe dizer mais que isso.

— Então lhe agradeço sinceramente a conversa. — Tom se levantou, insinuando uma reverência e se dirigiu à porta.

— Acredita em espíritos?

Virou-se. O médico olhava para ele de modo estranho.

— Sou agnóstico por natureza, doutor Pearson. Se alguém me der provas claras e incontestáveis da existência de Deus, de fenômenos sobrenaturais ou da capacidade de transformar água em vinho, acreditarei. Do contrário, não. Tenha um bom dia.

Depois de fechar a porta atrás de si, caminhou devagar pelo corredor. Havia algo nas palavras do médico, algo importante. Algo que o estava atormentando, e sabia que não iria sossegar enquanto não…

Então, deu um tapa na testa, deu uma meia-volta abrupta e bateu à porta pela qual tinha acabado de passar.

— Entre.

— Me desculpe por incomodá-lo de novo. Há pouco o senhor mencionou que a neta de Tilly Burke trabalha em Chalk Hill.

— Sim. Como a babá de Emily Clayworth.

— Nora, preciso falar com você — disse Charlotte. Seu olhar não aceitava contestação. Estava fervendo por dentro desde que Mr. Ashdown havia lhe dado a notícia, e se esforçou para se controlar e não falar alto demais. — Por favor, vá para o seu quarto. Pode levar as tarefas — disse a Emily.

Quando a menina saiu, não sem antes olhar as duas mulheres com curiosidade, Charlotte cruzou os braços sobre o peito.

— Por que não me contou que Tilly Burke é sua avó?

— A senhora não me perguntou, Miss. — A resposta parecia surpreendentemente pronta.

— Mas lhe perguntei se a conhecia.

— E não neguei.

Charlotte sentiu a raiva arder dentro dela. Ninguém havia achado necessário lhe contar a respeito, nem Mrs. Evans, tampouco Wilkins, Sir Andrew ou os Morton. Em contrapartida, Mr. Ashdown havia considerado o fato digno de ser relatado. Saltara do coche com os cabelos ao vento e o rosto avermelhado para lhe contar.

— Você sabe muito bem que Tilly Burke me relatou coisas estranhas, e seu parentesco com ela é do meu total interesse.

— Então, me desculpe. — Constrangida, Nora abaixou a cabeça, mas Charlotte não estava convencida. Lady Ellen, Nora, Tilly... Sentiu que entre as três mulheres havia uma ligação.

— Bem, já percebi que você não quer conversar comigo a respeito. Pode ir. — Notou o olhar surpreso da babá e, sem rodeios, acrescentou: — Me pergunto seriamente se Emily já não está grande para ter uma babá.

Mas logo após pronunciar essas palavras e ver Nora deixar o cômodo cabisbaixa, sentiu-se envergonhada. Do ponto de vista intelectual, Nora era inferior a ela. Não devia ter-se deixado levar por essa ameaça barata. Talvez Nora se incomodasse com o parentesco com a velha louca, por isso o havia escondido.

Suspirando e irritada consigo mesma, Charlotte se aproximou da janela. A raiva desencadeada pela notícia dada por Mr. Ashdown lhe fez bem e a deixou animada. Finalmente estava rompendo a rede tecida em torno de Chalk Hill; finalmente podia arrancar uma pedra do muro que circundava Emily Clayworth. Mas por que sentia a consciência pesada quando pensava em Nora?

Respirou fundo, fechou os olhos e se concentrou em Emily, que tinha de ser salva, quer dos espíritos, quer da lembrança torturante da mãe. Lembrou-se de como tinham rido juntas, de como Emily a tinha ciceroneado e mostrado os coelhos no jardim do reverendo. Charlotte não tinha compromisso com ninguém — apenas com ela.

À tarde, Wilkins conduziu Tom, Charlotte e Emily até Mickleham.

— Com tempo bom, dá até para ir a pé — disse Charlotte. — É um belo passeio.

— Podemos fazer isso na primavera, *Fräulein* Pauly? — perguntou Emily, que, diante da perspectiva de ver os coelhos, parecia mais alegre do que nos últimos dias.

— Claro, Emily.

— Pena que Mr. Ashdown não estará aqui.

Tom sorriu.

— Talvez eu ainda volte na primavera para isso. Não é longe de Londres. Pelo que me disseram no hotel, Box Hill também deve ser bonito para uma excursão.

— *Fräulein* Pauly e eu também pretendemos ir até lá. Venha passar dois dias conosco, assim podemos caminhar até Mickleham e fazer um piquenique em Box Hill.

— Seria um enorme prazer.

Charlotte desejou que esse momento, esse breve instante de alegria despreocupada durasse para sempre. Entre Mr. Ashdown e ela reinava uma cumplicidade, como se ambos já se conhecessem havia muito tempo, e teve de virar o rosto para a janela da caleche a fim de esconder seu repentino enrubescimento.

Wilkins parou diante da casa do reverendo.

— Meu irmão mora aqui perto. Se não se importar, vou visitá-lo e retorno em duas horas.

— Pode ir, Wilkins.

Tom ajudou Charlotte e Emily a descer e abriu seu guarda-chuva, lançando um olhar aborrecido para o céu.

— Eu estava torcendo para dar uma volta pelo vilarejo.

Charlotte olhou para ele com ar interrogativo, mas, antes que pudesse dizer alguma coisa, a porta da casa se abriu, e a amigável Mrs. Morton apareceu no alpendre.

— Entrem rápido... Que tempo mais hostil! Fico feliz que tenham encontrado o caminho até nossa casa apesar disso.

Mr. Ashdown se apresentou e foi calorosamente recebido pelo pároco, que veio correndo, em mangas de camisa.

— Desculpem, tive de me trocar; uma visita a um doente, um triste incidente. — Vestiu o colete e abotoou-o com cuidado, antes de dar a mão a todos.

— Os coelhos já estão esperando por você, Emily. Espero que tenha trazido algo bom para eles.

Sorrindo, a menina estendeu-lhe uma cesta com cenouras.

— Ótimo! Vamos esperar até a chuva parar ou...

— Por favor, Mr. Morton, por favor, *Fräulein* Pauly, posso ir agora?

Charlotte concordou com um aceno de cabeça.

— Mas não tire o capote nem o chapéu e leve o guarda-chuva de Mr. Ashdown com você.

— Ela também vai levar o Mr. Ashdown — esclareceu Tom, acenando para as damas com a cabeça. — Peço licença para ir dar uma olhada nos animais de que a jovem dama tanto gosta.

Mrs. Morton conduziu Charlotte à sala e lhe ofereceu um assento. Na sala de jantar ao lado, a mesa do chá já estava posta, convidando-as.

— Que senhor encantador! — disse. — É algum conhecido de Sir Andrew?

— Sim, um jornalista de Londres. Escreve para o *Times*.

— Interessante. Bem, espero que, nesse meio-tempo, a senhorita tenha se habituado a Chalk Hill.

Charlotte contou de seus passeios na floresta e do encontro com o guarda de caça de Norbury Park.

— De fato, a Druid's Grove vale a visita, embora eu a ache um pouco sinistra, sobretudo no outono e no inverno. Talvez a razão esteja em seu nome pagão — acrescentou a mulher do reverendo, sorrindo.

Depois que conversaram sobre diversos assuntos, Charlotte perguntou de forma casual:

— A senhora sabia que a babá de Emily é neta da velha Tilly Burke?

Com um sorriso, Mrs. Morton olhou-a.

— Mas é claro. É uma moça gentil. Ainda bem que nada tem da avó. A senhorita sabe, no que se refere à saúde. — A mulher do reverendo parecia bem em paz consigo mesma, e Charlotte se perguntou mais uma vez se não estaria dando uma importância desnecessária a determinadas coisas.

Enquanto conversavam, Charlotte se esforçou para não se distrair, mas seus pensamentos se desviavam continuamente.

Então, Emily entrou com um coelho nos braços.

— *Fräulein* Pauly, esta é Molly. O reverendo disse que eu podia mostrá-la à senhorita.

Charlotte afagou o pelo macio do animal, acocorado na curva do braço de Emily. Exalava um odor maravilhoso de feno e relva fresca.

— O que Mr. Ashdown achou dos coelhos?

— Muito graciosos. Pediu que eu lhes comunicasse que foi dar uma volta rápida pelo vilarejo e uma olhada na igreja antes de vir para o chá.

Charlotte ocultou sua surpresa e decidiu ir com Emily levar o coelho de volta à coelheira, para que ela pudesse olhar mais uma vez Holly, Polly e Jolly, que, com o reverendo, aguardavam o retorno da irmã.

Mr. Morton disse:

— Pelo visto, Mr. Ashdown se interessa por igrejas. Contei-lhe que St. Michael and All Angels é de origem normanda e que há cerca de cinquenta anos passou por uma reforma. — Seu tom de voz deu a entender que ele não aprovava nem um pouco a restauração. — Me ofereci para lhe mostrar algum dia a igreja, mas ele já quis dar uma olhada nela. Logo voltará para o chá, querida — acrescentou, dirigindo-se à mulher.

O suposto interesse de Mr. Ashdown por construções eclesiásticas espantou Charlotte, até lhe ocorrer que talvez fosse apenas um pretexto para poder caminhar sozinho pelo vilarejo.

Quinze minutos depois, a criada o conduziu para dentro da casa. Ele se inclinou um pouco diante de Mrs. Morton.

— Me desculpe, mas não pude deixar de dar uma olhada em sua igreja. O formato da torre é bastante incomum.

Enquanto se dirigiam à mesa, o reverendo expressou sua satisfação de que pelo menos a torre havia sido mantida em seu formato original.

— Vândalos, é o que lhes digo, uns vândalos. Sem nenhum respeito pela dignidade da Idade Média.

Durante o chá, discorreram animadamente, sendo a conversa conduzida em grande parte por Mr. Ashdown, que contou anedotas inofensivas de Londres, apropriadas para uma casa paroquial e para a presença de uma criança. Recebeu sonoras gargalhadas ao relatar uma apresentação teatral em que quiseram representar um naufrágio com tamanha perfeição que o volume de água saiu do controle e acabou invadindo o fosso da orquestra, fazendo flutuar todos os instrumentos, até mesmo um contrabaixo.

— Verdade? — perguntou Emily, entusiasmada.

— Eu estava lá. Por sorte, estava sentado no camarote. Infelizmente, os sapatos dos espectadores na primeira fileira ficaram arruinados.

Charlotte olhou para ele, sorrindo. Era um narrador nato.

Após o chá, despediram-se dos Morton e agradeceram o gentil convite.

— Meus parabéns especiais pela torta de limão — disse entusiasmado. — E minhas recomendações à cozinheira.

— Fui eu mesma que fiz — respondeu Mrs. Morton, contente. — A receita é da minha querida mãe.

— Um excelente legado, Mrs. Morton.

Do lado de fora, Wilkins aguardava com a caleche. Durante a viagem, Charlotte percebeu o olhar de Mr. Ashdown sobre ela, mas ele permaneceu em silêncio. Ao estacionarem diante da casa, ele a ajudou a descer e colocou de leve a mão em seu braço.

— Gostaria de conversar com a senhorita. A sós.

Ela mandou Emily subir até Nora e convidou-o a acompanhá-la até a sala de jantar.

— Decerto a senhorita imaginou que meu principal interesse não era a igreja normanda.

— Tilly Burke.

— Exato.

— Esteve com ela?

Ele se sentou e cruzou as pernas, pegou seu cachimbo e perguntou:

— Posso?

Ante seu gesto afirmativo, começou a enchê-lo de fumo.

— A senhorita tem toda razão. As palavras dela são uma mistura fascinante de delírio e verdade. — Tirou um bilhete do bolso do colete. Conversei com ela em seu jardim e lhe perguntei se conhecia a família Clayworth. Cito suas palavras: "As águas sobem. Ela tem de ir até a filha. Por que Emily não vem me visitar?"

Pensativa, Charlotte acenou com a cabeça.

— O que vai fazer agora?

Olhou para o bilhete e passou a mão pelos cabelos, que ficaram em desalinho.

— Não sei. Se Emily fosse adulta, eu procederia de maneira totalmente diferente. Poderia ir com ela à floresta e ao rio, confrontá-la com as lembranças de sua mãe e, assim, provocar um incidente como o da última noite. Mas ela é uma criança, e precisamos ter cautela para não a prejudicar ainda mais.

Charlotte sentou-se à sua frente e apoiou a cabeça nas mãos.

— Não consigo parar de pensar numa coisa. Por que Nora repreendeu Emily quando ela se aproximou da janela? A menina poderia ter caído de susto, Nora deve saber disso. Mas é teimosa e não quer conversar comigo, ainda mais agora que mencionei seu parentesco com Tilly Burke.

— De fato, é estranho. — Com movimentos ponderados, acendeu o cachimbo. Charlotte notou que não conseguia tirar os olhos de seus dedos finos.

Mr. Ashdown se levantou.

— Vou voltar para o hotel e me trocar. Também vou aproveitar para anotar nossas mais recentes descobertas. Às vezes, as coisas se tornam mais claras quando as vemos por escrito. E nesta noite vou montar guarda pessoalmente ao lado do quarto de Emily.

Quando Tom entrou no hotel, apesar das muitas perguntas que giravam em sua mente, sentia-se muito satisfeito com seu dia. A viagem a Reigate e a visita a Mickleham não tinham sido em vão.

Na recepção, entregaram-lhe uma carta de Sarah Hoskins, que ele levou para o quarto. Atiçou o fogo fraco na lareira e jogou o capote em cima de uma cadeira. Em seguida, afrouxou a gravata, desabotoou o colete, sentou-se à mesinha, pegou caneta e papel e abriu a carta.

Oxford, novembro de 1890.

Caro Tom,
Espero que você me perdoe por ser eu a lhe escrever desta vez, e não John, mas ele anda bastante ocupado com seu trabalho e lhe manda muitas lembranças. Assim, tendo cumprido essa obrigação, vou ao que realmente me interessa.

Por onde você anda? Já faz tempo que não temos o prazer de sua companhia e ficaríamos muito felizes com sua visita depois do Natal.

Espero que você só tenha nos deixado de lado por estar ocupado com coisas agradáveis. Em todo caso, suas últimas críticas foram divertidas e afiadas como sempre. No entanto — e agora não vou me deter por tanto tempo no preâmbulo —, há mais alguém interessado em saber como você está.

Minha querida Emma pergunta por você sempre que nos vemos ou escrevemos, o que, como você sabe, acontece com frequência. Está indo pelo bom caminho e, nos últimos tempos, afastou-se de tudo o que tem a ver com o espiritismo. Se por um lado entendo muito bem que você continue a se ocupar do assunto, por outro me sinto aliviada por saber que, aos poucos, os pensamentos dela estão voltando a se concentrar no presente, o único tempo que na verdade importa, pois é nele que temos de viver.

Por favor, não pense que estou querendo me meter nos assuntos dela ou nos seus, nem que quero provocar uma situação que cabe apenas a vocês decidirem. Só que me parece que há algo entre vocês, uma espécie de ligação ou concordância, que me deu esperanças. Emma ainda tem um longo caminho pela frente, que de fato é mais longo e árduo do que o seu; por isso, tenho um pedido a lhe fazer. Se ela não for totalmente indiferente para você — o que não acredito, diante de seu generoso apoio quanto à questão Charles Belvoir —, eu ficaria feliz em lhe dar alguma esperança de poder receber uma carta ou visita sua em breve.

Meu caro Tom, com estas linhas espero não perder sua amizade, que é muito importante tanto para mim quanto para John.

Com as melhores lembranças,
Sarah

Tom ficou sentado, olhando para a carta que segurava nas mãos imóveis, e perguntou-se por que de repente o dia havia se tornado mais sombrio.

29

Charlotte tinha dado uma desculpa para não participar do jantar, pois a atmosfera tensa entre Sir Andrew e Mr. Ashdown não lhe agradava. Mandou levarem a comida para ela e Emily no andar de cima.

A menina parecia tranquila, ouviu a narração de um conto de fadas enquanto trançava os cabelos da boneca Pamela.

— Eu não sabia que Tilly Burke é avó de Nora — disse Charlotte de maneira casual, depois de terminar de ler *Branca de Neve* e fechar o livro.

Os dedos de Emily moviam-se com habilidade, e ela só respondeu depois de amarrar uma bonita fita nos cabelos de Pamela.

— Ela parece ter saído de um conto de fadas.

— Como assim?

— Me faz lembrar da Branca de Neve. Tilly Burke é como a madrasta perversa. Uma avó malvada.

Com cautela, Charlotte olhou de soslaio para a menina.

— Mas o que ela fez de mau?

— Me deixou com medo. Conta coisas estranhas. A senhorita ouviu quando a encontramos na casa de chá.

— Acho que ela é doente mental, não má.

— É a mesma coisa — respondeu Emily, inesperadamente irritada. — Se alguém me deixa com medo, acho que é má pessoa.

— Não devemos falar isso na frente de Nora; ela pode se magoar.

Emily refletiu.

— Seja como for, ela nunca mais falou da avó. Não desde... — Calou-se.

Charlotte se levantou.

— É hora de ir dormir. Coloque Pamela aqui na estante.

A menina balançou a cabeça, foi para a janela com a boneca e a apoiou em pé contra o vidro. Em seguida, fez uma trança nos cabelos, tirou as pantufas e subiu na cama. Ao notar o olhar de Charlotte, disse:

— Ela gosta de ficar olhando para o jardim.

— Tudo bem, então não vamos lhe tirar esse prazer. — Charlotte passou a mão nos cabelos de Emily e saiu do quarto. No corredor, parou pensativa e bateu à porta vizinha.

— Pode entrar.

Encontrou Nora, tricotando.

— Pois não, Miss.

— Emily já está na cama. Você pode ir dormir hoje no seu quarto. Mr. Ashdown e eu cuidaremos para que nada aconteça.

A decepção no rosto de Nora não passou despercebida. A babá engoliu em seco, juntou a lã e se levantou.

— Como quiser, Miss.

Depois, ao passar apressada por Charlotte, bateu o braço no batente da porta e subiu. Suspirando, Charlotte se virou e foi para o quarto de estudos, onde ficaria até Mr. Ashdown substituí-la.

Tom ficou feliz quando o jantar chegou ao fim e pôde se retirar. Lamentou que Miss Pauly não tivesse estado presente. Estava habituado a conversas animadas com seus amigos em Londres e em Oxford e achava cansativa a postura rígida de Sir Andrew. Por sorte, acabaram conversando sobre botânica, tema que fez o deputado se entusiasmar e fazer um generoso discurso sobre a flora das imediações. Tom ouvira com a devida atenção, embora plantas não fossem seu assunto favorito; entretanto, tudo era melhor do que o incômodo silêncio.

Mas agora, por fim, poderia se dedicar ao verdadeiro objetivo de sua vinda. Havia combinado com Miss Pauly que Nora voltaria a seu quarto para que ele pudesse montar guarda no quarto ao lado do de Emily. Ouviria se acontecesse alguma coisa e, ao mesmo tempo, poderia ficar de olho no jardim.

Com uma revista debaixo do braço, bateu à porta do quarto de estudos e entrou. Miss Pauly levantou os olhos de seu livro.

— Boa noite, Mr. Ashdown. Emily está tranquila. Contudo... — O sorriso escapou de seu rosto quando relatou sobre a boneca na janela. — Se me permite a expressão, talvez eu esteja vendo fantasmas, mas foi estranho. Como se a boneca estivesse de guarda...

Ele colocou a revista sobre uma mesa e encostou-se à porta.

— Não se preocupe, vou ficar atento. Pedi um bule de café à criada e trouxe algo para ler e passar o tempo.

Charlotte deu uma olhada no caderno.

— *Lippincott's Magazine*?

— Sim, de julho passado. Nela há um escandaloso romance de Oscar Wilde. Por sorte ainda consegui um exemplar antes que fossem recolhidas das livrarias da estação.

— Recolhidas?

— Por indecência — respondeu, despreocupado. — Isso porque a obra já havia sofrido rigorosa censura antes de ser publicada.

Charlotte se lembrou de sua observação sobre os travestis e da indignação moral de Sir Andrew, e sorriu consigo mesma.

— Perdoe se a ofendi.

— Não se preocupe, não sou tão sensível quanto parece crer meu patrão — respondeu sorrindo. — Conte-me amanhã como foi, está bem?

Ele concordou com um aceno de cabeça.

— Com prazer. Pode se retirar agora. Tão logo eu perceba algo incomum, tomarei a liberdade de informá-la.

— Faça isso, Mr. Ashdown. Ainda ficarei um tempo acordada, mas pode me acordar mais tarde, a qualquer hora.

Juntos, deixaram o quarto de estudos. No corredor, ela virou à esquerda, e ele foi para a direita. Junto à porta que dava para a torre, ela ainda se virou, mas ele já tinha desaparecido.

Contra sua vontade, Charlotte havia adormecido na poltrona. Não sabia o que a tinha acordado, mas logo se sentiu despertar e olhou ao redor no quarto. Somente então ouviu passos.

Abriu a porta antes que Mr. Ashdown batesse.

— O que aconteceu?

— Ouvi algo no jardim. Fique com Emily, vou dar uma olhada.

Antes que Charlotte pudesse dizer alguma coisa, ele deu meia-volta, e apenas seus passos se fizeram ouvir pela escada.

Charlotte jogou um xale nos ombros e se apressou atrás dele. Emily estava deitada na cama, dormindo, mas a janela estava aberta. Quando a preceptora foi fechá-la, ouviu um barulho. Alguém atravessou o jardim correndo e fechou o portão anexado ao muro.

Ao se virar, bateu o pé em alguma coisa. Charlotte se agachou e, horrorizada, viu que um pedaço da bela cabeça de porcelana de Pamela estava quebrado. Faltava metade de seu rosto.

Pegou a boneca e colocou-a dentro de uma gaveta da cômoda, para poupar Emily por um instante daquela visão grotesca.

Em seguida, aproximou-se da cama e olhou a menina, que repousava tranquilamente de lado, com a mão debaixo da bochecha e a longa trança desfeita. O que deveria se passar por sua cabeça quando levantava da cama e ia até a janela, procurar pela mãe? Que imagens veria nesses momentos?

Charlotte sentiu frio e pegou uma manta no armário, nela se enrolou e se sentou numa poltrona. Esperaria ali por Mr. Ashdown.

Inquieta, perguntou-se o que o teria levado para o lado de fora, na escuridão. Haveria de fato alguém no jardim? Aguçou os ouvidos, mas a casa estava em completo silêncio. Seria recomendável acordar Sir Andrew? Decidiu que não. Enquanto não soubesse de nada, seria melhor deixá-lo dormir. Emily estava bem; era isso que importava.

Os minutos se passaram e começou a sentir uma leve inquietação. Onde estaria Mr. Ashdown? Teria levado um lampião? Sem luz, não conseguiria se orientar na floresta, isso ela sabia por experiência própria. Apoiou a cabeça nas mãos e tentou se distrair da espera, mas passou o tempo inteiro aguçando os ouvidos. O silêncio era mortal.

Em certo momento, ouviu um barulho vindo de baixo. Rapidamente, saiu do quarto e parou junto à escada. Alguém irrompeu no *hall* de entrada. Charlotte apertou o xale nos ombros e desceu em silêncio.

À luz das arandelas, viu uma figura se delinear diante do quadrilátero da porta aberta.

— Quem está aí? — De repente, sua própria voz soou estranha.

— Sou eu.

Ao aparecer à luz, ela viu que apertava o braço esquerdo. Ele deu um passo em sua direção, depois seus joelhos cederam, e Charlotte conseguiu segurá-lo antes que caísse.

— Devo acordar Sir Andrew? — perguntou Mrs. Evans, mas Charlotte balançou a cabeça em negativa.

— Primeiro vamos cuidar de Mr. Ashdown. — Ela o havia sentado na escada e o encostado nos pilares da balaustrada, antes de ir chamar a governanta. Em seguida, ambas as mulheres o levaram para a sala, onde Mrs. Evans jogou depressa uma toalha sobre o sofá, para evitar que se manchasse de sangue.

— Do que a senhorita precisa? — perguntou, uma vez que Charlotte havia assumido o comando.

— De água quente, toalhas, algo para fazer ataduras — disse brevemente. — E de uma tesoura.

Depois que Mrs. Evans saiu, inclinou-se sobre o sofá para tirar a sobrecasaca de Mr. Ashdown. Por sorte ele não estava de capote; já era difícil o suficiente livrá-lo dessa peça de roupa. Moveu-o com o máximo cuidado possível, mas o ouviu gemer de dor ao respirar.

Jogou a sobrecasaca numa cadeira. Então pôde ver que, no ombro esquerdo, sua camisa estava ensopada de sangue. Tirou seu colete, passando-o com todo o cuidado pelos ombros. Mrs. Evans chegou com os utensílios desejados e colocou-os sobre a mesa, antes de pegar o colete. Charlotte desabotoou a camisa com cuidado.

Ao ver a ferida, Mrs. Evans perguntou, estupefata:

— Como isso aconteceu?

— Não sei. Mr. Ashdown me acordou porque Emily estava outra vez junto à janela. Achou ter visto alguém do lado de fora e correu para a floresta. Fiquei com Emily, até que ouvi um barulho e o encontrei nesse estado, no *hall* de entrada.

— Tenho de chamar Sir Andrew...

— Espere até eu terminar — interrompeu-a Charlotte. — E vá buscar conhaque.

Puxou a camisa pelos ombros e braços com mãos tranquilas.

— Mande Nora até o quarto de Emily, para que ela não fique sozinha.

Mergulhou uma toalha em água quente e começou a limpar o ferimento. Mr. Ashdown gemeu e abriu os olhos.

— Por favor, permaneça deitado até eu fazer as ataduras.

— Preciso lhe contar o que aconteceu — disse com esforço.

Nesse meio-tempo, a água se tingiu de vermelho na bacia, mas a ferida não parou se sangrar. Parecia uma punhalada, um corte profundo de cerca de duas polegadas de comprimento, logo abaixo do ombro.

Charlotte refletiu se não devia mandar Wilkins ir buscar um médico, mas Mr. Ashdown pareceu adivinhar seus pensamentos e, com a mão direita, agarrou seu braço.

— Ouça.

— Só se o senhor ficar deitado.

— Tudo bem. — Fechou os olhos para reunir forças. — Ouvi um barulho vindo do quarto de Emily e fui até lá. Ela estava em pé, próxima à janela aberta, falando com alguém que não consegui ver. Não deu para ter certeza se estava acordada, então a levei para a cama, onde se virou de lado e continuou a dormir. Em seguida, fui logo até a senhorita.

Teve um sobressalto quando Charlotte comprimiu uma tira de gaze sobre a ferida.

— Poderia manter o braço um pouco afastado do corpo? Isso, assim mesmo, obrigada. — Enrolou a atadura várias vezes ao redor do pescoço e passou-a pela axila, até ficar firme. — Por alguns dias, terá de usar uma tipoia.

Ele anuiu.

— Dei a volta na casa e corri para o jardim. A senhorita já havia me mostrado o portão anexado ao muro, então, passei por ele. Infelizmente, na pressa, não levei lampião e confiei apenas na luminosidade da lua, que me abandonou assim que entrei na floresta.

— Durante o dia a floresta já é um pouco sombria — disse Charlotte.

— Nem deu tempo de sentir medo — respondeu Mr. Ashdown com um fraco sorriso. — Mal passei pelo portão, alguém se lançou contra mim e me atacou. Devia ter se escondido atrás do muro ou de uma árvore, mais que isso não sei dizer. Foi bem rápido. Senti uma dor lancinante abaixo do ombro e só ouvi a pessoa sair correndo. Era alguém que conhece muito bem a floresta.

— E essa pessoa não disse nada?

Mr. Ashdown negou com a cabeça. Charlotte verteu conhaque de uma garrafa num copo, ambos trazidos por Mrs. Evans, e entregou-o a ele.

— Beba.

Ajudou-o quando ele fez esforço para se erguer.

— Podem me explicar o que está acontecendo aqui?

Não tinham ouvido Sir Andrew chegar. Atrás dele, ela viu Mrs. Evans no vão da porta, olhando com curiosidade.

Charlotte se ergueu e, irritada, sentiu que seu rosto estava enrubescido.

— Perdoe, mas achei aconselhável primeiro cuidar de seu hóspede, Sir Andrew.

Ele passou a mão pelos cabelos e postou-se ao seu lado.

— Durante a noite, acontecem coisas nesta casa que desafiam qualquer descrição.

Charlotte olhou-o de esguelha, com ar de súplica, mas ele não se deixou perturbar.

— Quero saber o que isso significa. E como está Emily? Por acaso ela ficou sabendo desse... incidente? Nunca ninguém foi ferido debaixo do meu teto. Espero que isso não saia daqui.

Mr. Ashdown relatou de forma sucinta o ocorrido, e Sir Andrew se sentou numa poltrona e disse, em tom atenuante:

— Perdoe-me por minhas palavras irritadas. Precisa de assistência médica?

Balançou a cabeça.

— Posso procurar um médico mais tarde. Miss Pauly cuidou muito bem de mim.

— Ótimo. — Sir Andrew esfregou as mãos. A intensa indignação havia desaparecido de seus traços. — Numa região com florestas densas como esta, infelizmente perambulam caçadores não autorizados e ladrões que não se intimidam em cometer roubos e atos violentos. É lamentável. Vou comunicar ao guarda de caça de Norbury Park, para que ele fique atento e reviste a floresta com outros homens. Talvez encontrem pistas do malfeitor.

Charlotte notou uma expressão estranha no rosto de Mr. Ashdown, que logo desapareceu.

— O senhor acha, então, que foi um estranho que por acaso vagava pela floresta e se sentiu ameaçado por mim?

— Quem mais poderia ser? — perguntou Sir Andrew, surpreso.

— Tive a impressão de que essa pessoa estivesse junto ao portão que dá para seu jardim, por isso fui correndo até lá.

Sir Andrew levantou-se da poltrona com um sobressalto.

— Está querendo insinuar que a pessoa que o atacou e feriu teria falado com minha filha?

— Foi a impressão que tive — respondeu Mr. Ashdown, com voz cansada, mas firme.

Charlotte comprimiu os lábios. A tensão entre os homens era palpável.

— Não pode estar falando sério. Permiti que o senhor viesse para investigar se minha filha é atormentada por... fenômenos sobrenaturais ou seja lá como o senhor chama isso. Em vez disso, faz afirmações absurdas e corre perigo ao andar à noite sozinho pela floresta, sem tomar o devido cuidado...

— Sir Andrew. — Mr. Ashdown ergueu-se com esforço do sofá e, por um momento, fechou os olhos, antes de se apoiar na mesa e se levantar cambaleando. Charlotte precisou se controlar para não intervir. — Vou me deitar agora. Se estivesse em condições, livraria o senhor agora mesmo da minha presença, mas infelizmente terá de esperar até amanhã.

— O que está querendo dizer?

— Creio que o senhor sabe muito bem. Não sou nenhum rapaz de recados que o senhor paga para poder mandar e desmandar. Vim até aqui por livre e espontânea vontade e do mesmo modo partirei, se meu auxílio já não for desejado.

Charlotte viu os nós da mão com que agarrava o canto da mesa ficarem brancos.

— Gostaria de acrescentar uma coisa: tenho certeza de que sua filha está sofrendo; do quê, ainda não sei dizer. Mas de uma coisa posso lhe assegurar: por si só esse mistério não se resolverá.

Em seguida, olhou com ar interrogativo para Charlotte.

— *Fräulein* Pauly, sou-lhe muito grato. Poderia fazer a gentileza de me acompanhar até a porta do meu quarto? Boa noite, Sir Andrew.

Apoiou-se nela e, assim, deixaram a sala, sem olhar para Sir Andrew. A cada passo, o peso em seu ombro tornava-se maior, mas ela não deixou que nada transparecesse.

A escada lhe custou muito esforço, e quando chegaram à porta de seu quarto, ele se apoiou na parede e fechou por um breve momento os olhos. Em seguida, seu olhar enfático encontrou Charlotte.

— O que foi? — perguntou ela, ofegante.

— Há uma coisa que não mencionei há pouco.

Ela esperou em silêncio.

— Acho que o agressor era uma mulher.

Exausta, Charlotte subiu até a torre. Ao fechar a porta atrás de si, desabou sem forças na cama. Somente então notou o sangue em suas mãos, mas não se sentiu em condições de se levantar e lavar-se na bacia.

Tinha perdido toda a noção do tempo desde que Mr. Ashdown a acordara. Teria passado meia hora? Não, devia ter sido mais. Sentou-se na poltrona junto à janela. Do lado de fora ainda estava escuro e silencioso, nada se movia nas árvores, cujos contornos se delineavam vagos contra o céu.

Sua cabeça doía, já não conseguia pensar com clareza. Pouco antes tinha permanecido tranquila e racional, dado instruções a Mrs. Evans e não tinha se deixado intimidar por Sir Andrew. Mas naquele momento, como já não precisava se controlar, foi tomada por um tremor que logo abalou seu corpo inteiro. Pressionou as mãos contra a boca e fechou os olhos, mas o tremor não queria cessar. O que estaria acontecendo naquela casa? Bem que gostaria de arrumar suas coisas e pedir demissão a Sir Andrew antes mesmo do café da manhã, mas o que seria de Emily? Inspirou fundo e se forçou a respirar tranquilamente, até o tremor por fim passar.

Charlotte ainda permaneceu por um tempo sentada, cabisbaixa, até que se recompôs e conseguiu se levantar e se lavar. Devagar, mergulhou as mãos na bacia e viu delicados véus vermelhos se espalharem. Ao secar as mãos e olhar para baixo, descobriu que o peito, a saia e as mangas de seu vestido estavam manchados de sangue. Despiu-se e pendurou o vestido numa cadeira. Torceu para que a criada conseguisse tirar aquelas manchas.

Mas que absurdo!, pensou horrorizada. Preocupar-se com as manchas no vestido depois que alguém havia tentado matar Mr. Ashdown! Era vergonhoso pensar assim, mas nem por um minuto tinha acreditado na teoria de Sir Andrew sobre algum estranho perambulando pela floresta. A pessoa o havia esperado logo atrás do portão, como se soubesse que ele passaria por lá. Então se lembrou de suas palavras: *Acho que o agressor era uma mulher.*

Não havia mencionado isso a Sir Andrew, talvez porque imaginasse que ele ficaria indignado e achasse tudo uma loucura. Afinal, já havia arranjado uma história para manter sua família imune a qualquer perturbação: a de um estranho que estaria ocasionalmente circulando pela região, talvez com a intenção de assaltar, e que teria se sentido incomodado. Porém, mesmo sem a explicação de Mr. Ashdown, Charlotte teria sabido que nada daquilo era por acaso, que o portão junto ao muro era tão significativo quanto a floresta, Tilly Burke, o rio e os espíritos que supostamente circulavam por ali.

30

Charlotte se levantou cedo, uma vez que, de todo modo, não havia conseguido dormir. Torcia muito para que Sir Andrew ou Mr. Ashdown tivessem mudado de ideia durante a noite. Pareceu-lhe inconcebível que Mr. Ashdown partisse e a vida em Chalk Hill continuasse do mesmo jeito — não depois de tudo o que havia acontecido. No entanto, tinha a impressão de que justamente isso seria inevitável.

Estava escuro, e o tempo encoberto permitia supor que o dia mal iria clarear. Os galhos nus e pretos brilhavam de umidade, e entre a copa das árvores pendiam farrapos de névoa. Fazia frio no quarto, e na lareira já não havia lenha. Teria de avisar Susan.

Charlotte quis se lavar, mas a água reluzia como vinho *rosé* na porcelana branca. Não conseguiu suportar essa visão e desviou o olhar, que pousou no vestido colocado no encosto da cadeira. As manchas secas pareciam de ferrugem.

Vestiu-se, pegou o vestido sujo e desceu apressada para a cozinha. Ali estava quente e pairava no ar o cheiro de café e pão fresco.

— Susan, este vestido precisa ser lavado.

A criada a olhou surpresa. Teria dito a frase de maneira demasiado hostil?

— É sangue. Espero que as manchas saiam. E a bacia de água no meu quarto... — Respirou fundo.

A cozinheira pôs as mãos no quadril.

— A senhorita deveria comer alguma coisa e tomar um chá bem forte. Parece abatida.

Nesse momento Mrs. Evans apareceu.

— Bom dia, Miss Pauly.

— Os senhores já se levantaram?

— Já. Estão tomando café. Mandaram chamá-la.

— Obrigada.

Charlotte sentiu o olhar das três mulheres ao sair da cozinha aconchegante. Diante da porta da sala de jantar, fechou os olhos por um instante, bateu e entrou.

Sir Andrew ergueu-se um pouco da cadeira, mas o primeiro olhar de Charlotte foi para Mr. Ashdown. Parecia exausto, mas se manteve ereto com grande disciplina.

— Bom dia. — Charlotte hesitou diante da mesa.

— Por favor, sente-se — disse Sir Andrew.

— Como se sente, Mr. Ashdown?

Ele pousou sua xícara e sorriu.

— Vaso ruim não quebra. Estou melhor, mas um café forte faz milagres. Na verdade, prefiro um *earl grey*, mas em emergências...

— Mr. Ashdown gostaria de nos fazer uma sugestão — interrompeu Sir Andrew com frieza.

Charlotte notou a centelha irônica nos olhos escuros, que apenas ela parecia perceber.

— Claro. Numa situação como esta, minhas preferências de bebidas quentes estão em segundo plano.

Ela precisou reprimir um sorriso e surpreendeu-se com o fato de o homem ter conseguido espantar sua sensação de opressão em poucos segundos. Serviu-se de chá e passou manteiga numa torrada.

— Qual sugestão?

— Eu estava dizendo a Sir Andrew que voltarei a Londres, caso ele já não precise de minha ajuda. Além disso, gostaria de conversar com meus colegas na cidade. Contudo — e este é meu conselho a ambos —, Emily deveria deixar esta casa durante certo tempo, quer eu continue me ocupando dela, quer não. A casa e seu entorno abrigam tantas lembranças tristes que considero urgente tirá-la daqui.

— Em que lugar pensou, Mr. Ashdown? — perguntou Sir Andrew.

— Passar uma temporada na praia não é nada recomendável nesta época do ano. E, no momento, minha atividade política não me permite viagens mais longas.

— Pensei em Londres. O senhor mencionou que possui um domicílio espaçoso na cidade. Seria interessante observar como o comportamento de Emily evolui, sobretudo à noite, num novo ambiente. Miss Pauly também poderia lecionar-lhe em Londres, e à noite o senhor ficaria perto de sua filha. Caso deseje, continuarei à sua disposição.

No mesmo instante, Charlotte sentiu uma grande ansiedade se espalhar dentro dela. Londres! Tinha ouvido falar tanto dessa enorme metrópole, que até superava Berlim em poder e tamanho. Porém, mesmo deixando esses pensamentos egoístas de lado, esta seria a decisão correta, pois ninguém melhor do que ela sabia que Emily não poderia ficar mais tempo em Chalk Hill. O que quer que estivesse à espreita do lado de fora era perigoso e não daria paz enquanto morasse ali.

Sir Andrew olhou pensativo para sua xícara de chá.

— Bem, a ideia faz sentido. Sem dúvida uma mudança de ambiente não seria ruim. Emily não conhece a cidade e poderia visitar alguns museus, com propósitos educacionais. — Olhou para Charlotte. — A senhora nos acompanharia, como sugeriu Mr. Ashdown, contanto que também esteja disposta a assumir as tarefas de Nora. A casa é espaçosa, mas não oferece espaço suficiente para uma babá.

Charlotte precisou conter sua excitação.

— É claro que estou disposta a fazer isso. — Notou uma piscadela furtiva por parte de Mr. Ashdown e enrubesceu. — Quando deseja partir?

Refletiu.

— Depois de amanhã; portanto, na segunda-feira. Assim, teremos dois dias inteiros para tomar as providências necessárias. Vou telegrafar para Londres e avisar a governanta de nossa chegada. — Lançou um olhar a seu convidado. — Volta conosco para Londres? Se quiser, Wilkins pode ir buscar sua bagagem no hotel. Além disso, sugiro que consulte um médico, para que possa examinar sua ferida. Wilkins o levará até ele mais tarde, depois que me deixar em Norbury Park.

Mr. Ashdown sorriu, mas aparentemente lhe custava certo esforço manter-se ereto na cadeira.

— Aceito a oferta com gratidão, Sir Andrew.

— Por que quer ir ao porão?

— Porque várias vezes durante a noite ouvi barulhos que pareciam descer a escada da torre, mas a porta lá embaixo estava trancada. Alguma coisa está acontecendo nesta casa, e não irei a Londres sem antes dar uma olhada lá.

Mrs. Evans anuiu a contragosto.

— Há dois acessos ao porão: um a partir da cozinha, que é utilizado com frequência, e outro nos fundos da casa.

— Gostaria de entrar pela porta que é menos utilizada.

— Sir Andrew está sabendo dessa intenção?

Charlotte balançou a cabeça.

— Não quero preocupá-lo sem necessidade.

— Muito bem — Mrs. Evans olhou pensativa para o pesado molho de chaves que trazia preso ao cinto —, é um pedido um tanto incomum, mas estes também são tempos incomuns nesta casa. — Tirou uma enorme chave de metal do molho e entregou-a a Charlotte. Em seguida, ergueu a mão, em sinal de aviso. — Mas não deve descer sozinha. Wilkins irá acompanhá-la. Depois do ocorrido na noite passada, não pode correr perigo.

Aproximou-se da porta que dava para o jardim e chamou o cocheiro.

— Acompanhe Miss Pauly até o porão. Ela tem algo a fazer por lá. E leve um lampião.

Ele murmurou, foi buscar um lampião na cocheira e seguiu Charlotte até os fundos da casa, onde alguns degraus cobertos de musgo conduziam a uma porta de madeira. Embora a porta estivesse com rachaduras e a madeira, acinzentada, surpreendentemente a chave girou com perfeição.

— Cuidado, Miss, está escorregadio.

Segurou a porta para ela e iluminou o interior. Pairava no ar um odor de umidade e bolor, e Charlotte ficou feliz por não ter ido até ali sozinha.

— Mostre-me a porta que leva do porão à torre.

Wilkins conduziu-a por diversos cômodos, entre os quais uma oficina e diversas despensas, até pararem diante de uma porta. Charlotte empurrou a maçaneta — a porta estava trancada.

— Esta porta fica sempre fechada. Por aqui, ninguém entra nem sai.

— Por favor, me passe o lampião, Wilkins. — Charlotte iluminou a direção da qual tinham partido. No chão estavam espalhados pequenos torrões de terra e, entre eles, algumas folhas secas e marrons de outono. Exatamente como na escada da torre. Seu coração disparou.

— Está vendo isto? A terra está seca e decerto já está há bastante tempo aqui. Esses rastros não são nossos.

O cocheiro coçou a cabeça e fungou.

— A senhorita pode estar certa, Miss. Mas quem...

— É o que eu também gostaria de saber, Wilkins.

Após sua inspeção, Charlotte foi até Mr. Ashdown, na sala.

— Agora pouco fiz algo que já deveria ter feito há muito tempo.

— Mais uma vez pensamos a mesma coisa, não é? — perguntou depois que ela terminou de lhe relatar.

— Se acredita que alguém tem acesso a esta casa sem precisar empregar força porque possui uma chave ou tem a entrada facilitada por uma pessoa daqui e que provavelmente foi quem o atacou, então, de fato, pensamos a mesma coisa.

— Precisa conversar mais uma vez com Nora, sem falta — insistiu. — Se tiver de confiar em alguém, será na senhorita; sou um completo estranho para ela. Se isso também não der resultado, pedirei a Sir Andrew para tomar uma providência.

— Acha que ela sabe de alguma coisa?

Fez que sim.

— Ninguém é mais íntimo de Emily do que ela. Conhece a menina melhor do que o próprio pai. Se houver algum segredo em torno do desaparecimento de Lady Ellen, Nora deve saber de alguma coisa. — Hesitou. — Suponho que ela tenha chamado e advertido a pessoa que estava no jardim. — Distraído, passou a mão na atadura e balançou a cabeça. — Droga! E eu que achei uma boa ideia ir para Londres!

— Agora não mais?

Deu de ombros.

— Para a Emily, sim. Mas aqui acontecem coisas... — Calou-se.

— Ainda temos tempo até segunda-feira — disse Charlotte de imediato. — Vou falar com Nora. Depois veremos. — Olhou para o braço dele. — E como vai o ferimento?

— Ah, dá para suportar. Só atrapalha um pouco ter de fazer tudo com uma só mão. Por exemplo, abotoar a camisa. Um camareiro ajudaria bastante.

— Mesmo assim, deveria procurar um médico.

Ele se calou por um momento e olhou para ela, com ar indagador.

— Acha mesmo?

— Claro que acho. O senhor me deu um belo susto.

Uma expressão de alegria esboçou-se em seu rosto.

— Falou a preceptora! Serei ajuizado, prometo.

— Emily, pode ir brincar. Preciso conversar com Nora. E pegue as coisas que já não vou precisar até segunda-feira. Depois vou até você.

A menina hesitou quando Charlotte se dirigiu à porta do quarto.

— Não estou encontrando Pamela. Já procurei por ela antes do café da manhã.

As palavras pegaram Charlotte desprevenida. Tinha se esquecido por completo da boneca que deixara na gaveta. Relutante, aproximou-se de Emily e passou a mão em sua cabeça.

— Aconteceu um acidente esta noite.

A menina olhou para ela com temor.

— O que foi?

— Pamela caiu do parapeito. Ela... sua cabeça quebrou.

Emily olhou para as mãos, que estavam apoiadas em seu colo como estrelas pálidas.

— É grave?

— Temo que sim. Talvez possamos mandar fazer uma nova cabeça para ela. Em Londres.

— Posso vê-la?

— Venha.

Charlotte foi até a cômoda e pegou a boneca. Ao olhá-la, teve novo calafrio.

Emily pegou-a com cuidado e colocou a mão na cavidade, como se quisesse curá-la.

— Nem percebi.

— Você estava dormindo.

— Como ela caiu?

— Você a tinha colocado em pé, junto à janela. Talvez a tenha derrubado sem querer.

Emily concordou com um aceno de cabeça.

— Estava ali. Por isso fui até a janela. — A menina olhou para Charlotte, com ar de súplica. — Podemos levar Pamela a um hospital de bonecas? Ouvi dizer que existem lugares assim. Afinal, Londres é uma cidade grande.

— Claro que sim — disse Charlotte aliviada, pois havia temido que a menina chorasse. Depois se deu conta de que mal tinha percebido as primeiras palavras de Emily, pois já se habituara a elas. Teria mesmo se acostumado com o fato de que a menina via a mãe morta?

— O que aconteceu com Mr. Ashdown?

Charlotte encolheu os ombros.

— Tropeçou no escuro e se machucou. Mas já está melhor. Está feliz com a viagem para Londres? — perguntou logo em seguida, a fim de mudar de assunto.

Emily fez que sim.

— Estou...

— Mas?

Emily tinha se sentado na cama. Estava com a cabeça baixa e puxava o lábio inferior com os dentes. Com cuidado, Charlotte colocou dois dedos sob seu queixo e o levantou.

— O que foi?

— Tenho medo de que a mamãe não me encontre se eu sair daqui.

Charlotte se sentou ao seu lado e colocou o braço em seus ombros.

— Sua mãe estará sempre com você, aonde quer que vá. Quando alguém morre, não significa que se está sozinho. Se pensar nela, estará com você. Também em Londres.

Mas Emily permaneceu em silêncio. E Charlotte sabia muito bem que não era esse tipo de proximidade a que Emily estava se referindo.

Chamou Nora no quarto de estudos porque queria indagá-la em seu próprio terreno.

— Sente-se.

Charlotte apontou-lhe a carteira escolar. Nora hesitou, como se soubesse muito bem que, assim, estaria em posição inferior, mas a paciência de Charlotte tinha chegado ao fim.

— Nora, mais uma vez vou lhe fazer algumas perguntas e espero que você as responda com a verdade. Sei quanto é apegada a Miss Emily, mas tenho a impressão de que está escondendo alguma coisa. E esse segredo não está fazendo bem a ela.

— Não sei do que está falando, Miss — respondeu a babá em voz baixa, mas com o olhar fixo no chão, sem enfrentar o de Charlotte.

— Do fato de ter escondido de mim seu parentesco com Tilly Burke. E de ter gritado quando Emily caminhou, sonâmbula, até a janela, embora você saiba muito bem quanto isso pode ser perigoso. Já está há muito tempo nesta família e conheceu bem a mãe de Emily. — Ao ouvir essas palavras, Nora levantou bruscamente o olhar. — Por isso, estou convencida de que você sabe mais sobre ela e sua morte do que me contou até agora. Quero saber tudo, Nora; é a vida de Emily que está em jogo.

Charlotte apoiou-se na mesa e, com firmeza, olhou para a babá, sentada em silêncio à sua frente. Em seguida, enfiou a mão no bolso da saia.

— Encontrei isto aqui no meu quarto, que foi de Lady Ellen há muito tempo. — Colocou o frasco com o vomitório diante de Nora. — Sabe o que é?

— Não, Miss.

Charlotte viu a babá engolir em seco.

— Não acredito em você. É tartarato de antimônio e potássio, mais conhecido como tártaro emético. O que estava fazendo debaixo das tábuas do meu quarto?

Nora cerrou os dentes com força.

— Não sei.

Charlotte bateu a palma da mão com tanta raiva no tampo da mesa que Nora teve um sobressalto.

— Você me contou que Sir Andrew não quis que o doutor Pearson continuasse a tratar Emily. Tenho certeza de que sabe de mais coisa a respeito. Qual a razão para isso?

Charlotte tinha de fazer a babá falar de qualquer jeito. Já a tinha ameaçado uma vez e, caso necessário, o faria de novo.

— Você tem o direito de ficar calada, mas pense no que acontecerá a Emily. Ela não resistirá por muito tempo, vai acabar sucumbindo. Você pode ajudá-la me contando tudo. Senão...

Viu a moça encolher os ombros. Uma lágrima pingou na velha madeira da mesa, com o tinteiro embutido.

— O doutor Pearson... disse... que tinha sido *ela*. Ela mesma tinha feito aquilo.

Charlotte mal ousou respirar.

— Quem fez o quê?

Nora ergueu a cabeça, quase com arrogância, e olhou-a nos olhos.

— Ele disse a Sir Andrew que Lady Ellen tinha feito Emily adoecer.

Por essa Charlotte não esperava.

— Como assim?

Com um gesto impulsivo, Nora apontou para o frasco.

— Com isto aí, o vomitório! Teria dado à menina. Foi o que ele afirmou. E a febre... as dores de barriga... Tudo... Que mãe iria... Ninguém, ninguém faz uma coisa dessas!

Charlotte respirou fundo.

— Se estou entendendo direito, o doutor Pearson fez essas acusações e, por isso, foi proibido de entrar nesta casa?

A babá concordou com um aceno de cabeça.

— Ela amava tanto Emily... era a melhor mãe. Estava sempre presente, cuidava dela, lia para ela, dava-lhe remédio, trocava a fralda... Estava sempre presente...

Seria concebível uma coisa tão terrível como essa?

— Mas o que o fez afirmar isso? Devia ter provas...

Nora deu de ombros.

— Isso, eu não sei. Eu... estava diante da porta quando ouvi. Mas então veio Mrs. Evans e me mandou sair... Disse que eu estava espiando.

Charlotte ficou atordoada. Seria possível uma coisa dessas? De repente, ficou ansiosa para falar com Mr. Ashdown, sentiu falta de seu modo irônico, mas caloroso, e do divertimento que quase sempre oscilava em suas palavras.

— Chegou a ver ou ouvir alguma coisa que justificasse essa suspeita?

Nora balançou a cabeça.

— Não, nunca... Ela sempre foi muito boa para Emily. Não me denuncie! Sir Andrew... Ele vai me...

Charlotte suspirou.

— Pode ir agora. Mas certamente vou voltar a esse assunto. Quanto a Sir Andrew, por enquanto não lhe direi nada.

Nora enxugou as lágrimas com o dorso da mão e anuiu.

— Obrigada, Miss. Mas não acredite nessa história. Nenhuma mãe faria uma coisa dessas. Lady Ellen era um anjo. A melhor mãe que se pode imaginar.

Depois da conversa com Nora, Charlotte foi para seu quarto. Em pouco tempo, arrumou seus poucos pertences na mala. Ao pegar o tártaro emético, girou-o, indecisa, de um lado para o outro e, por fim, colocou-o no seu *nécessaire*.

Pensativa, observou o quarto. Estava intacto, como no dia de sua chegada e como se ela nunca tivesse passado por ali. Respirou fundo. Independentemente de suas perspectivas de futuro, tinha de deixar aquela casa com urgência, antes que sua imaginação dominasse por completo sua razão. Em seus empregos anteriores, algumas vezes chegara a ansiar por mais aventura e mudança e a detestar os dias longos e monótonos nos quartos de estudos, mas Chalk Hill, onde pairavam tantas sombras, causava-lhe medo.

Tirou outra vez o caderno de anotações do bolso e sentou-se à mesa para escrever a conversa com Nora. Nem percebeu o tempo passar e levantou surpresa o olhar quando o quarto escureceu. Olhou para o relógio. Já eram quatro horas. Onde estaria Mr. Ashdown?

Como uma resposta, ouviu passos na escada e, então, alguém bateu à porta.

— Pois não?

— Posso entrar?

Esgotado, ele apoiou-se no batente. Sob seus olhos havia grandes olheiras.

— Mas é claro. Sente-se. O senhor não parece nada bem.

Apontou para uma poltrona.

Ele se sentou e fechou por um breve momento os olhos.

— O que o médico disse?

Mr. Ashdown fez um gesto de desdém.

— Ah, não é nada grave. Deu quatro pontos. Perdi sangue, mas de resto... — Calou-se.

Verteu um pouco de água num copo e ofereceu-o a ele.

— Obrigado. — Deu um gole e olhou para ela. — O que aconteceu? A senhorita parece... inquieta.

— Fui muito cruel com Nora — disse, por fim.

— Valeu a pena? — Típico dele perguntar isso!

Charlotte sentou-se à sua frente e relatou o que ficara sabendo da babá.

Ele pousou o copo em silêncio, passou a mão pelos cabelos e disse em voz baixa:

— Parabéns! Não deve ter sido fácil arrancar isso dela. — Deteve-se. — Parece inconcebível...

Charlotte não conseguiu avaliar se a confissão de Nora o havia abalado ou se estava sofrendo com os efeitos do ferimento.

— O doutor Pearson poderia nos dizer mais coisas, mas não irá violar seu juramento de médico. E o doutor Milton, a quem falei de Emily, disse o de sempre: pobre criança, boa mãe. A senhorita já sabe. — Afrouxou a gola da camisa e respirou fundo.

Charlotte olhou-o com preocupação.

— Não prefere ir se deitar em seu quarto?

Balançou a cabeça.

— Deixe-me pensar. — Recostou-se, pôs a ponta dos dedos no rosto e fechou os olhos. Em seguida, disse devagar: — Vamos supor que o doutor

Pearson estivesse certo em sua acusação. Qual poderia ser o motivo de um comportamento tão incompreensível?

— Também não paro de pensar nisso — disse Charlotte, hesitante. — Nunca ouvi uma coisa dessas. Para uma mulher fazer isso com a própria filha é porque deve estar muito infeliz. Nenhuma mãe feliz faria mal ao próprio filho. Mas por que ela estaria triste? Talvez por causa do casamento. Possivelmente o matrimônio ocorreu por desejo dos pais, ou os cônjuges perceberam depois de algum tempo que não tinham afinidade.

— Parece plausível — disse Mr. Ashdown de olhos fechados. — Continue.

— Uma mulher infeliz quer estar o mínimo possível com o marido. Bem, ela tem uma filha, mas damas em sua posição social geralmente transferem a responsabilidade pela criança a babás e preceptoras. Contudo, decide dedicar-se à filha.

Mr. Ashdown abriu os olhos e olhou-a com perspicácia.

— Isto é bom, muito bom. Mas ela precisaria de uma desculpa para se esquivar da companhia do marido e, por conseguinte, da vida social, sem com isso pôr em risco o próprio prestígio.

— Sim, mas... isso ainda não significa que tenha de fazer a filha adoecer de propósito. Até lá é um grande passo — objetou Charlotte. — Não tenho uma explicação lógica para isso.

Mr. Ashdown ergueu a mão.

— Se se tratasse de uma mulher com uma sensibilidade normal e que pensa com a razão, claro que não há explicação lógica. Porém, se supusermos que Lady Ellen não tenha pensado com a razão e estivesse concentrada, se me permite a franqueza, em evitar qualquer contato com o marido, sem ameaçar as aparências de seu casamento...

— Não basta — insistiu Charlotte. — Ainda que quiséssemos acreditar no que o doutor Pearson afirmou, teríamos de encontrar uma justificativa.

Olharam-se. No quarto, reinou o silêncio.

— Talvez tenha sido por acaso — disse Mr. Ashdown, por fim. — Suponhamos que Emily tenha adoecido um dia, como acontece com toda criança. Lady Ellen aproveitou a ocasião e cuidou sozinha da filha. Isso lhe rendeu respeito e reconhecimento e, ao mesmo tempo, ela pôde evitar ir a Londres com o marido ou participar de obrigações sociais.

— Sim — disse Charlotte lentamente —, entendo aonde o senhor está querendo chegar. E, para manter essa situação, a filha teria de adoecer sempre. Para ela, Emily era o símbolo desse casamento infeliz, mas, ao mesmo tempo, oferecia-lhe uma saída. Quem cuida de uma criança doente e, por isso, retira-se da sociedade, faz um sacrifício e merece respeito.

Já não conseguia ficar sentada e passou a caminhar de um lado para o outro, os olhos voltados para baixo e a mão diante da boca, como se quisesse impedir-se de continuar a falar. O que ambos haviam pensado em voz alta era terrível, mas infelizmente fazia sentido. Esclarecia muitas coisas que até então lhes tinham parecido inexplicáveis — a proibição categórica de Sir Andrew de se falar a respeito de Lady Ellen, a estreita ligação entre mãe e filha e, sobretudo, a rápida recuperação da menina depois da morte da mãe.

— O tartarato de antimônio e potássio — disse Mr. Ashdown, de repente.

Charlotte abriu o *nécessaire* e pegou o frasco do emético.

O olhar dele foi a resposta que faltava.

31

Novembro de 1890, Londres

Somente ao deixarem a estação Waterloo e se sentarem no coche que os levaria ao domicílio londrino de Sir Andrew é que Charlotte pôde desfrutar aos poucos da cidade. No trem, seus pensamentos giraram sem cessar em torno das coisas que Nora havia lhe contado. Não conseguia pensar em mais nada. Nesse meio-tempo, olhava de vez em quando para Mr. Ashdown, mas ele não deixou que nada transparecesse, continuou conversando de modo gentil com Sir Andrew e brincou com Emily. Na estação, despediu-se deles e foi para seu apartamento em Clerkenwell.

O entusiasmo tomou conta de Charlotte, que adoraria ter manifestado seu encantamento em voz alta, o que foi feito por Emily, que pelo menos temporariamente havia esquecido o medo de deixar Chalk Hill. Quando o coche atravessou a Westminster Bridge, apontou animada para o prédio do Parlamento, que reinava à esquerda deles, às margens do Tâmisa.

— Está vendo, *Fräulein* Pauly? Aquela é a Clock Tower com o Big Ben; papai me falou a respeito! Falta pouco para a uma hora. Logo vai soar, não é?

Seu pai concordou com um aceno de cabeça. Emily teve sorte, pois na ponte o trânsito dos mais diferentes coches e veículos era grande; assim, foram obrigados a prosseguir devagar. No momento em que passaram pela torre, o sino soou, e a menina abriu um largo sorriso de entusiasmo.

Com paciência, seu pai respondeu a todas as perguntas e acrescentou explicações para Charlotte. Longe de Chalk Hill e de suas lembranças, ele parecia mais tranquilo, como se a cidade enorme e viva também o distraísse de suas preocupações.

Durante a viagem de trem, Charlotte tivera uma primeira impressão da gigantesca dimensão da capital, que estendia seus subúrbios como tentáculos na periferia verde e parecia se aproximar das pessoas que, pela ferrovia, vinham de todas as direções para o centro do Moloque. Contudo, não sentiu a cidade como ameaçadora, e sim como um vórtice irresistível. Teve vontade de sair andando e só parar quando seus pés se recusassem a continuar.

Passaram pelo St. James Park e pelo Buckingham Palace. Emily arregalou os olhos e perguntou se a rainha estaria ali.

— Está, sim — respondeu Sir Andrew com tranquilidade.

— Como sabe? — perguntou Emily, espantada.

— Está vendo aquela bandeira ali? É o estandarte real. Os três leões dourados da Inglaterra, o leão da Escócia, em pé e vermelho, e a harpa irlandesa. Quando está hasteado, é porque a rainha está no palácio.

— Que prático! Assim, todo mundo vê se ela está — disse Emily. — Eu bem que gostaria de ter uma bandeira também.

— É uma boa ideia — observou Charlotte. — Você poderia criar uma bandeira para a sua família e bordar uma imagem nela.

— Excelente sugestão — disse Sir Andrew.

— E Mr. Ashdown? — quis saber Emily, como se quisesse desviar a conversa do odiado trabalho manual. — Para onde ele foi?

— Para a casa dele — respondeu o pai. — Precisa descansar um pouco.

— Ele vem nos visitar, já que mora em Londres?

Charlotte examinou Sir Andrew. Ela também gostaria de saber como ele pensava em proceder dali em diante. Talvez, a princípio, quisesse esperar, para ver se Emily se recuperaria no novo ambiente. Mr. Ashdown entregara seu cartão de visita a Charlotte e pedira para lhe mandar um telegrama imediatamente, caso ocorresse algo importante. Não tinha mais ninguém com quem conversar sobre os acontecimentos mais recentes e sentiu-se sozinha. Passou a olhar a menina com outros olhos e, caso o doutor Pearson tivesse dito a verdade, perguntou-se se teria percebido alguma coisa em relação às atitudes da mãe. E, em caso afirmativo, se teria consciência do que a mãe lhe fizera. *Por favor, não* — pensou consigo —, *ela não pode saber de uma coisa dessas!* Respirou fundo para afugentar o medo crescente.

Pela manhã, houve choro quando Nora se despediu de Emily. Devia imaginar que seus dias de babá estavam contados. Mais uma vez, tinha chamado Charlotte de lado e suplicou-lhe:

— Não deve acreditar nele, Miss; o doutor Pearson estava errado! Lady Ellen jamais faria uma coisa dessas. Era a melhor mãe do mundo.

Charlotte pôs a mão em seu ombro para consolá-la.

— Não se preocupe.

— O que será de mim agora? Quando Emily vai voltar? Já não vou ter serventia. Sir Andrew disse que, durante esse período, é para eu cuidar da minha avó. Mas não sei, não...

— É uma boa ideia. Ela ficará feliz por ter companhia.

Contudo, Nora a tinha deixado com uma sensação de vazio no estômago.

Charlotte sabia que Sir Andrew era um homem de posses, mas se espantou quando chegaram ao bairro onde se encontrava a residência. Casas grandes, elegantes e brancas, cuja entrada era flanqueada por colunas, orlavam praças arborizadas. No verão, a oposição entre o branco ofuscante e a folhagem verde devia ser maravilhosa.

— Que maravilhoso, papai! — exclamou Emily. — Aqui só devem morar duques e condes!

— Não, não — disse, balançando a cabeça —, não apenas.

— Mas eles também moram aqui?

— Sim, Emily.

A Chester Square era estreita e longa; em seu centro havia uma área verde cercada por uma grade de ferro forjado. Numa extremidade do local via-se uma bela igreja de pedra clara, com torre pontiaguda.

— Que lindo!

Sir Andrew olhou sorrindo para Charlotte.

— É, sim. Um oásis no meio da cidade. Não tão luxuoso quanto Eaton ou Belgrave Square, mas por certo mais tranquilo e agradável.

Um leve orgulho oscilou em suas palavras, e Charlotte se perguntou se ele desfrutava de sua condição de homem desimpedido ou sentia falta da esposa. De repente, se deu conta do quanto ele ainda era estranho para ela, enquanto com Mr. Ashdown ela havia criado uma familiaridade após poucas horas. Sir Andrew era um homem que se escondia atrás dos muros do silêncio e da cortesia.

O coche parou, e o cocheiro ajudou-a a descer. A casa, cujo primeiro andar era habitado por Sir Andrew, era pintada de cor creme. Ao lado da entrada, alguns degraus flanqueados por uma balaustrada preta e cintilante conduziam a um subterrâneo, cujo parapeito era decorado com vasos de urzes outonais.

— Ali mora Mrs. Clare. Ela cuida da casa quando estou na cidade. Além dela, vêm uma criada e uma faxineira — explicou e tocou a campainha. Enquanto isso, o cocheiro ia trazendo as malas, pois Sir Andrew havia lhe dado uma boa gorjeta para que ele levasse a bagagem até o primeiro andar.

Mrs. Clare era uma senhora forte, com cerca de 50 anos e rosto avermelhado, como se passasse boa parte do tempo ao ar livre. Parecia mais uma mulher do campo do que da cidade que cuidava da casa de outras pessoas.

— Seja muito bem-vindo, Sir Andrew. Esta é sua encantadora filha?

— Sim, Mrs. Clare. Esta é Emily, e esta é sua preceptora, *Fräulein* Pauly.

— Muito prazer, Miss. É sua primeira vez em Londres? Então deve querer ver muitas coisas. Não há outra cidade como esta no mundo.

A criada parecia falante; isso por certo não era nenhuma desvantagem. Para puxar conversa, Charlotte perguntou:

— A senhora é londrina?

— Mas é claro, Miss, e tenho orgulho de nunca ter me afastado mais do que dez milhas da minha cidade. Meu Eddie, que Deus o tenha, sempre queria me levar a Brighton, mas eu dizia...

Charlotte notou o olhar rigoroso que Sir Andrew dirigiu à mulher.

— Desculpe, Sir Andrew, falo demais. Por aqui, por favor.

Abriu a porta e conduziu os patrões pela escada até o primeiro andar. As paredes eram pintadas de cor creme; o chão, coberto de tapetes vermelho-escuros; a balaustrada marrom-claro da escada reluzia como um espelho, e do teto pendiam lustres, cujos pingentes de cristal cintilavam ao brilho da luz. Pairava no ar um odor de limão e bom tabaco.

Admirada, Emily olhou ao redor enquanto todos subiam a escada, e Charlotte pensou quanto, já à primeira vista, essa casa clara e agradável se distinguia de Chalk Hill, encerrada pela floresta densa e escura e pelo jardim exuberante. Uma dúvida passou por sua cabeça: teria Lady Ellen sido mais feliz ali? Então se lembrou de que ela havia crescido em Chalk Hill, onde havia permanecido por vontade própria depois de se casar com Sir Andrew.

Emily parecia se sentir bem, e Charlotte torceu para que, naquela casa, em que nada lembrava sua mãe, ela reencontrasse a tranquilidade.

A acomodação era ampla, clara e elegante como o restante da residência. Móveis requintados e tapeçaria em tons de bege claro e verde, nada que parecesse pesado ou excessivamente masculino. Se não conhecesse o proprietário, imaginaria um toque feminino por trás da decoração.

Sir Andrew já tinha ido para o quarto dele. Enquanto conduzia Charlotte por um longo corredor, Mrs. Clare ia abrindo as portas.

— Este quarto é para Miss Emily, e o próximo, para a senhorita, Miss. Ao lado está sua sala, na qual também poderá dar aulas.

A Charlotte não incomodava o fato de ali não haver um quarto de estudos, e dormir ao lado do quarto de Emily lhe era bastante adequado. Assim, poderia perceber de imediato qualquer incidente noturno.

— Mrs. Clare, poderia me fazer um favor? — perguntou sem rodeios. — Conhece alguma oficina ou loja de brinquedos que conserte bonecas?

— A Pamela precisa de um rosto novo — interveio Emily.

Mrs. Clare sorriu.

— De pronto não me ocorre nenhuma oficina, mas vou me informar. Por certo encontraremos um médico de bonecas para Pamela.

Um calor agradável, que nada tinha a ver com a residência bem aquecida, inundou Charlotte. Aquela mulher era maternal e afável, bem diferente de Mrs. Evans, e pareceu logo conquistar a confiança de Emily. Após a morte da esposa, Sir Andrew deveria ter ido mais vezes a Londres com a menina. Quão fria, úmida e soturna lhe parecia Chalk Hill em comparação com essa morada; quão sombria era a casinha onde morava a confusa Tilly Burke; quão sinistra era a floresta dos druidas, onde os teixos estendiam os braços enlaçados em sua direção. Era um paradoxo, mas logo Londres, considerada suja e nevoenta, parecia atraí-la pela claridade. Tomara que permanecessem ali por um bom tempo.

— Meu Deus, Ashdown, o que aconteceu com você? — perguntou Henry Sidgwick, preocupado, quando Daisy o conduziu à sala. — Não parece nada bem.

Tom se levantou e lhe deu a mão.

— Sou a prova viva de que a investigação de fenômenos sobrenaturais pode estar ligada a perigos bastante naturais — respondeu sorrindo, e ofereceu ao visitante uma poltrona junto à lareira.

— Vamos, conte! Seu telegrama me deixou curioso — insistiu o professor.

— Um conhaque nesse tempo desagradável? — perguntou Tom, imóvel, e rejeitou com um gesto a ajuda que Sidgwick quis lhe oferecer com o copo e a garrafa. — Pode deixar.

Seu visitante pegou o copo.

— Sente-se de uma vez! Está me deixando nervoso andando de um lado para o outro com o braço na tipoia.

Sorrindo, Tom afundou-se na poltrona e fitou-o com os olhos faiscantes.

— Obrigado, Henry. Você me arranjou uma verdadeira aventura.

— Hum, a história não pareceu tão arriscada no início. Por favor, conte.

Tom bebeu um gole e começou seu relato. Enquanto discorria, Sidgwick foi arregalando os olhos e se inclinando cada vez mais para a frente, como se não quisesse deixar escapar a menor nuance do que lhe era exposto. Em certo momento, Tom se levantou e começou a caminhar de um lado para o outro, ressaltando suas palavras com o braço saudável. Por fim, encostou-se à lareira e olhou com expectativa para Sidgwick.

— O que acha de tudo isso?

— É inacreditável.

— Não preciso ressaltar que essa história deve ser tratada de maneira inteiramente confidencial. Ninguém fora do nosso círculo pode saber disso; devo isso a Sir Andrew e, sobretudo, à menina.

— Certo, mas...

— Não concluí o caso, é o que quer dizer?

— Bem, não somos a polícia, Tom, mas admito que meus pensamentos foram nessa direção. Por acaso, Sir Andrew manifestou se pretende continuar com a investigação?

Tom encolheu o ombro saudável.

— Ao que parece, devo aguardar para saber como evoluirá o estado de Miss Emily em Londres. Talvez ele ainda acredite num caso de sonambulismo, que se resolverá sozinho no novo ambiente, livre de lembranças trágicas. Ele parece ser um homem que prefere reprimir a enfrentar as dificuldades.

— Mas você não acredita nessa solução simples? — perguntou Sidgwick de imediato.

— Não. — Tom se sentou e bateu a unha do polegar contra os dentes. — Considere o que acabei de lhe confiar. Quer o doutor Pearson estivesse certo ou não em suas críticas, a menina sofreu danos psíquicos. Porém, enquanto levantarmos apenas teorias e não tivermos acesso a todas as informações, não poderemos fazer nada.

— E quais seriam suas teorias?

— Bem, no fundo, há duas explicações: ou Emily de fato é atormentada por assombrações, ou há uma justificativa racional para tudo isso, e seu sofrimento é meramente de natureza psíquica. Em todo caso, tudo está fundamentado na morte de Lady Ellen.

— Então, vou bancar o advogado do diabo — interveio Sidgwick. — E a carta de despedida, da qual ela não poderia ter conhecimento? E o xale rendado, encontrado à margem do rio?

Tom refletiu.

— É possível que tenha visto a carta em algum lugar. Ou que tenha ouvido alguém falar dela ou do xale. Mesmo que Sir Andrew tenha proibido os criados de mencionar essas coisas, é possível ter havido algum boato. Os criados também podem ter contado a terceiros, que, por sua vez, fizeram a história chegar até Emily. Seria o caso de Nora, a babá. De todo modo, ela desempenha um papel estranho em toda a questão. Nesse sentido, não seria um caso para a Society.

Sidgwick ergueu as sobrancelhas, tirou seu estojo de charutos do bolso do casaco. Ofereceu a Tom, que recusou agradecendo, e pegou um para si.

— Então irá desistir do caso?

— De jeito nenhum! — respondeu Tom, indignado. — É interessante demais para eu fazer isso.

— Tanto quanto a preceptora?

Tom se virou ao sentir seu rosto se aquecer.

— O que está querendo dizer?

O professor deu uma prazerosa tragada no charuto e olhou para as próprias mãos bem cuidadas.

— Bem, também já brinquei de detetive e tirei algumas conclusões do seu relato. Surpreendentemente, o nome Pauly foi mencionado diversas vezes...

— O que é natural; afinal, ela tem uma estreita relação com Emily.

— Passou uma tarde com ela numa casa de chá...

— Sem deixar de seguir todas as regras do decoro.

— Partilhou conhecimentos e teorias com ela, dos quais não revelaram uma palavra sequer a Sir Andrew...

— E tive boas razões para isso.

— Como se não bastasse, deixou que ela fizesse curativos em você no meio da noite e foi procurá-la em seu quarto.

— *Touché*, Henry. Ela é mesmo uma mulher interessante. — Com ar provocador, Tom olhou para seu visitante, que, sorrindo, bateu a cinza de seu charuto.

— Pena que minha querida Eleanor não esteja aqui. Conhece bem o ser humano.

— Poderíamos voltar ao assunto que nos interessa? — perguntou Tom, que começou a se sentir incomodado com a conversa.

— Mas é claro. Me perdoe se me distraí demais.

Com um gesto da mão, Tom deu a entender que o assunto estava encerrado.

— Do ponto de vista médico, resta saber se o doutor estava certo em suas suposições e, em caso afirmativo, se Lady Ellen sofria de alguma doença psíquica.

Sidgwick cruzou os braços sobre o peito e olhou pensativo para Tom.

— Vou me informar nos círculos médicos para saber se esse tipo de distúrbio é cientificamente comprovado ou, pelo menos, concebível. E você deve aguardar para ver como a menina se comporta no novo ambiente.

— Aguardar não está entre meus pontos fortes — notou Tom, rindo. — Nos próximos dias, vou passar em Chester Square para dar as boas-vindas a Miss Emily Clayworth em Londres.

Depois que Sidgwick se despediu, Tom se sentou à mesa e verificou a correspondência que Daisy, como sempre, havia deixado numa bandeja. Assim que leu todas as cartas — entre elas, o telegrama de seu redator-chefe, que mal disfarçava sua impaciência ao querer saber da próxima crítica —, serviu-se de outro conhaque. A ferida estava coçando, sinal de que estava começando a cicatrizar. Esticou as pernas, recostou-se confortavelmente e deixou o olhar passear pela sala.

Sentiu uma inquietação que não conseguia nomear direito e que — disso tinha certeza — nada tinha a ver com o caso Clayworth. Olhou para o canto onde Lucy costumava se sentar, como se ali pudesse encontrar a resposta. Foi quando se lembrou da carta de Sarah Hoskins, que havia recebido no hotel e que até então não tinha respondido. Não sentira vontade de fazê-lo, já que a investigação, como chamava, requeria toda a sua atenção. Mas seria isso mesmo o que o estava preocupando de modo inconsciente? Deveria responder e acrescentar algumas linhas amigáveis a Emma Sinclair? Pensar nisso não o agradou.

Tom se levantou, tirou com cuidado a incômoda tipoia, lançou-a numa poltrona e moveu o braço, cauteloso. Em seguida, andou de um lado para o outro, com um cigarro na mão, parou algumas vezes e olhou pela janela. Faltava-lhe alguma coisa. Seria a tensão dos últimos dias, a sensação de estar caçando e se aproximando aos poucos da presa? Que comparação mais teatral! E, no entanto...

Seu olhar passou mais uma vez pelo canto de Lucy, que como antes parecia escuro e abandonado. Porém, ao se deter nele, de repente ouviu mentalmente a voz de Sidgwick — *tanto quanto a preceptora?* — e se lembrou da disputa verbal. Um sorriso surgiu em seus lábios.

32

As primeiras noites se passaram sem incidentes. Na manhã de quinta-feira, Sir Andrew tomou o café da manhã cedo com Charlotte, enquanto Emily ainda dormia.

— Hoje a senhorita retomará as aulas, para que a vida de Emily volte a entrar nos eixos. A inquietação dos últimos tempos não lhe fez bem.

Charlotte olhou para ele por cima da xícara de chá.

— Certamente. E hoje à tarde eu gostaria de voltar a passear com ela, como fiz nos últimos dias. O ar fresco parece lhe fazer bem.

— Não há nenhum problema, desde que antes ela trabalhe com afinco — respondeu.

Charlotte sentia-se atormentada por uma inquietação interna. Como nas últimas noites Emily tinha dormido bem, Sir Andrew parecia ver confirmada sua esperança de que a viagem de vinte ou trinta milhas de distância voltaria a colocar sua vida no prumo. Por um lado, estava aliviada, mas não podia esquecer o que havia acontecido em Chalk Hill nem o que ficara sabendo de Nora. Pensava com frequência em Mr. Ashdown e se perguntava quando ele viria visitar Emily. Ou teria Sir Andrew lhe comunicado que já não precisava dele porque Emily estava bem de novo?

O pensamento a deixou com medo.

Depois que Sir Andrew saiu, Charlotte foi acordar Emily e lhe contou que Mrs. Clare tinha se informado a respeito de um hospital de bonecas e que, de fato, havia uma oficina do gênero em Chelsea.

— É uma senhora muito habilidosa que parece fazer milagres — havia relatado a governanta. — Indico o local com prazer, Miss.

Emily pulou da cama ao ouvir a boa notícia.

— Podemos ir até lá, *Fräulein* Pauly? Assim, posso escolher eu mesma uma cabeça. Eu... eu gostaria que Pamela ficasse como antes.

Charlotte refletiu.

— Vou lhe fazer uma proposta: se hoje e amanhã você estudar direitinho, amanhã à tarde vamos até lá. Hoje eu gostaria de passear com você.

Pensativa, Emily inclinou a cabeça para o lado e anuiu.

— Está bem. Vou me vestir rápido para começarmos a aula — disse a menina.

Charlotte a deixou sozinha. Não faria mal se a menina se acostumasse a se vestir sem o auxílio de uma babá. Foi para a sala, arrumou um lugar para Emily estudar e colocou seu material numa mesinha de canto. O cômodo era apertado, mas serviria. Ainda sentia como um paradoxo poder respirar com mais liberdade naquela residência em plena cidade grande do que nas florestas verdes de Surrey.

Pegou o globo que Sir Andrew havia deixado à sua disposição e começou a arrumar seus livros numa pequena estante. Nesse momento, uma folha de papel caiu no chão. Tinha se esquecido por completo de que havia guardado a carta de Friedrich dentro de um livro. Charlotte hesitou por um momento, depois a amassou e jogou no cesto de lixo, constatando que fazia uma eternidade que não pensava nele. Melhor assim.

Em seguida, Emily apareceu radiante à porta. Tinha trançado sozinha e com êxito seus cabelos.

— Pronto!

— Você está linda, Emily! Realmente parece uma mocinha.

Emily entrou na sala e olhou ao redor.

— É aconchegante aqui. Vamos começar?

De fato, Mrs. Clare era bem mais falante do que Mrs. Evans, o que convinha bastante a Charlotte. Depois do almoço, passou uma lição para Emily copiar e foi conversar com a governanta.

— Emily é uma menina encantadora — disse Mrs. Clare. — Pena que a conheci tão tarde. O pobre Sir Andrew sempre se preocupou com sua saúde.

— Ele costumava falar de Emily?

— Não, mas eu percebia que isso o fazia sofrer. Um homem afável, sempre gentil e nunca descortês.

— Conheceu sua esposa?

Mrs. Clare fez que sim.

— Logo após o casamento passaram uns dias aqui. Ele parecia muito apaixonado.

Charlotte notou que ela havia usado o singular, e se perguntou até onde poderia ir sem se mostrar curiosa de maneira inadequada. Mrs. Clare tomou a decisão por ela.

— A patroa era muito quieta, parecia tímida. É compreensível quando se acaba de... Bem, ela era muito jovem. — Mrs. Clare se calou e secou as mãos no avental. — Perdoe, não quis ser indiscreta.

— Fico sempre feliz quando encontro pessoas que conheceram a mãe de Emily — disse Charlotte de imediato. — Isso me ajuda a compreender melhor a menina.

— Ah, sim — disse Mrs. Clare, aliviada. — Meu falecido marido sempre dizia: "Elsie, você fala demais". Mas às vezes não consigo me controlar. Em todo caso, Sir Andrew amou muito a esposa; isso, todo mundo podia perceber. Quando era convidado para um evento, ficava sempre triste porque ela não podia acompanhá-lo. É claro que não comentava nada comigo. E quando recebia convidados, quase sempre políticos, era um tanto desconfortável para ele não ter uma dama ao lado para ser a anfitriã.

— Posso imaginar — disse Charlotte, intimamente entusiasmada com a loquacidade da governanta. — Deve ter sido horrível para ele perder a mulher, depois de terem passado tão pouco tempo juntos.

Está parecendo um romance de quinta categoria, pensou Charlotte, achando graça, e logo depois se perguntou qual seria a opinião de Mr. Ashdown sobre tudo aquilo.

— É verdade — concordou a governanta com expressão séria. — Mas é bom ver que agora a menina está saudável. Sempre houve muita preocupação em torno dela. Sem dúvida ela será um consolo para ele.

— Emily é uma criança muito amável — respondeu Charlotte com sinceridade. Gostaria de continuar falando de Lady Ellen, mas não deveria parecer íntima demais. — Poderia me apresentar a criada, para que eu saiba a quem devo me dirigir?

— É claro, Miss.

Saiu apressada e voltou com uma moça gordinha, que fez uma reverência.

— Esta é Lizzie, Miss. Apresente-se, Lizzie.

O dialeto londrino da moça era bem acentuado, e Charlotte teve de se esforçar para compreendê-lo.

— Lizzie, tente falar um inglês decente. Você sabe o que Sir Andrew acha disso.

A criada enrubesceu e anuiu.

— Sim, Miss. Sim, Mrs. Clare.

Charlotte lançou-lhe um sorriso.

— Por favor, cuide para que meu aposento esteja sempre aquecido todas as manhãs, antes que eu inicie a aula.

— Sim, Miss.

Depois que Emily terminou suas tarefas com perfeição, por volta das duas e meia vestiram roupas quentes e foram dar um passeio. Charlotte queria voltar a tempo para o chá; além disso, escurecia e esfriava cedo. Quando estavam para deixar a residência, chegou um telegrama.

— Para a senhorita, Miss.

Charlotte olhou surpresa para a moça que lhe segurava uma bandeja de prata com o telegrama.

— Obrigada. — Abriu-o e leu rapidamente as linhas, esboçando um sorriso.

Ótima região para amantes da literatura. Mary Shelley morou na vizinhança. Recomendo Frankenstein *como leitura noturna, caso não lhe pareça muito assustador. Permita-me visitá-la amanhã. Atenciosamente, T. A.*

Aquele homem parecia ser vidente. Ela havia ouvido falar do romance, mas não o lera. Talvez fosse o momento de mudar isso.

Do lado de fora, foram recebidas por um forte vento, que fez as folhas secas rodopiarem e seus xales esvoaçarem. Pulando com uma perna só, Emily seguia o redemoinho de folhas. Charlotte voltou a pensar que, em Londres, a menina parecia liberta.

Após alguns passos, parou diante da casa de número 24, que parecia muito semelhante à residência onde estava, mas com um andar a menos.

— O que há com esta casa? — perguntou Emily, curiosa.

— Aqui morou uma famosa escritora — respondeu Charlotte. — Infelizmente, não sei muito sobre ela.

— Ainda mora aqui?

— Não. Já faleceu. Escreveu um livro sobre um homem que criou um ser artificial.

— Que sinistro! É um conto de fadas?

Charlotte sorriu.

— Talvez. Um conto de fadas para adultos, é o que se poderia dizer. Pretendo comprá-lo na próxima ocasião.

A área verde no centro da praça parecia triste nessa época do ano, mas os canteiros cercados por pequenas sebes, o gramado e as árvores permitiam imaginar como devia ser bonita em outras estações. Emily pareceu pensar a mesma coisa.

— *Fräulein* Pauly, precisamos voltar aqui com tempo bom e sentar naquele banco ali. Assim, faço um bordado enquanto a senhorita me conta uma história.

— Se quiser fazer trabalhos manuais de livre e espontânea vontade, não vou dizer não. Mas vamos esperar para saber quanto tempo ficaremos aqui.

— Gostaria de passar o Natal em casa — disse Emily em voz baixa e olhando para os sapatos.

Charlotte prosseguiu em silêncio. Ainda faltava um mês e meio para a data, que pela primeira vez passaria longe de sua terra natal.

Depois que caminharam até a nobre Eaton Square e voltaram, viraram outra vez na Chester Square.

— Logo mais Mrs. Clare vai fazer um bom chá para nós e me prometeu deliciosos bolos para acompanhar — ia dizendo Charlotte ao perceber que Emily parou abruptamente ao seu lado. Olhou para a menina, que, no entanto, não olhava para ela, mas para o vazio, como se ouvisse seu próprio interior.

— O que foi? — perguntou Charlotte, preocupada.

— Nada. Eu... eu pensei... — Sua voz esmoreceu.

Charlotte sentiu um aperto na garganta.

— O que foi? — repetiu. — Você viu ou ouviu alguma coisa?

Emily negou com a cabeça.

— Não. — Continuou devagar. — Não.

Os bolos tinham gosto de serragem, embora a expectativa era de que fossem deliciosos. Charlotte mastigou e engoliu com dificuldade para não magoar Mrs. Clare, enquanto a menina mostrou um apetite saudável. Charlotte examinou-a, mas parecia tranquila, sem vestígios de medo nem perturbação. Emily pareceu não perceber que a preceptora estava preocupada por causa do incidente de pouco antes.

Tinha sido apenas um breve momento, mas Emily parecera ausente, como em Chalk Hill, quando brincaram com a casinha de bonecas.

Charlotte queria muito que Mr. Ashdown viesse naquele dia, e não apenas no seguinte. Não morava longe dali, mas poderia estar do outro lado da Inglaterra.

— Estão gostosos, não estão?

Teve um sobressalto quando Emily lhe dirigiu a palavra.

— Já comi três pedaços. Posso pegar mais um?

— Desculpe, Emily, eu estava distraída. — Olhou para as migalhas no prato da menina. — Você disse três?

Envergonhada, a menina fez que sim.

Charlotte pigarreou.

— Só mais um, depois chega. Do contrário, pode passar mal.

Radiante, Emily pôs mais um pedaço no prato.

— Me diga uma coisa: o que aconteceu há pouco, na rua? Quero dizer, você parou de repente.

A menina mastigou e engoliu.

— Tive uma sensação estranha, como se tivesse ouvido uma voz. Mas depois ela desapareceu. Parecia a voz da mamãe. Deve estar me procurando.

Era difícil descrever seu medo com tão poucas palavras. Ao terminar, chamou a criada Lizzie.

— Poderia enviar este telegrama para mim?

— Com prazer, Miss. — Pegou-o fazendo uma reverência.

Charlotte lhe entregou uma soma em dinheiro que considerou suficiente.

Em seguida, voltou a ficar sozinha com seus pensamentos. Refletiu se e de que maneira deveria relatar o incidente a Sir Andrew, e quase sentiu compaixão por ele. Afinal, ele tinha muitas esperanças de que Emily deixasse para trás as sombras escuras que pairavam sobre Chalk Hill. No entanto, de nada adiantava; tinha de contar para ele.

Distraiu-se ao começar a desenhar com Emily um modelo de bordado na forma da bandeira britânica.

Em certo momento, a voz de Sir Andrew se fez ouvir no corredor.

— Seu pai chegou.

Emily virou depressa a folha com o desenho que tinha feito.

— É para ser uma surpresa.

Em seguida, olhou esperançosa para a porta.

Mas ele não entrou. O olhar decepcionado de Emily foi como uma punhalada no coração de Charlotte.

Depois do jantar, a preceptora bateu à porta do escritório e entrou.

— Poderia falar por um instante com o senhor?

— Claro — disse Sir Andrew, levantando o olhar de seus papéis. — Sente-se.

Ela se sentou, hesitante, na beirada da cadeira e relatou o incidente ocorrido na rua e o que Emily havia dito durante o chá. Ele empalideceu.

— O que acha disso?

Ela levou algum tempo para responder.

— Sem dúvida não foi um sonho nem um caso de sonambulismo. — Hesitou. — Talvez tenha pensado tanto na mãe e se preocupado com a viagem que tenha imaginado vozes. Seria totalmente possível. — Esforçou-se para parecer convincente e viu que a cor voltava ao rosto dele.

— Sim, seria uma explicação. — Olhou para ela, aguardando. Charlotte tentou permanecer tranquila e não deixar transparecer que não estava convencida das próprias palavras. Mas o que mais poderia dizer? Que sua filha sofria de alucinações ou que de fato era atormentada por um espírito?

— Se ocorrerem outros incidentes, o que não espero, por favor me comunique sem demora. Quero saber o que está acontecendo com minha filha. Não precisa me poupar. — Era como se ele soubesse quanto ela havia lutado consigo mesma pouco antes.

Charlotte já estava para se levantar quando bateram à porta. Lizzie entrou com uma bandeja, na qual havia um telegrama. Sir Andrew já ia pegá-lo, mas a criada se virou para Charlotte.

— Para a senhorita, Miss.

Charlotte não ousou olhar para o patrão ao pegar o papel com o coração disparado e se dirigir à porta.

O telegrama era tão curto quanto característico.

Aguente firme. Estou me armando para um Hamlet medíocre. Até amanhã, T. A.

Tudo permaneceu tranquilo durante a noite, mas Charlotte teve um sono inquieto, sempre sendo despertada por sonhos confusos. Só conseguia se lembrar de uma coisa: de uma mulher saindo de um teixo muito antigo na Druid's Grove e a atraindo, com voz aduladora, até o rio.

33

Sir Andrew pediu a Charlotte que recebesse Mr. Ashdown.

— Passarei o dia no Parlamento e lhe dou carta branca — disse durante o café da manhã. — Pode contar a ele o que aconteceu ontem, porém concordamos que esse incidente deve ter causas naturais e explicáveis.

Não totalmente, pensou Charlotte. Não haviam concordado. Ela lhe dera uma explicação possível, que ele aceitou de pronto, mas que ela não compartilhava nem um pouco.

Passara a manhã brigando consigo mesma, tentando concentrar seus pensamentos erráticos na aula. Para seu alívio, Emily pareceu não perceber quanto ela estava distraída, e trabalhou com afinco.

Logo após o almoço, o céu escureceu de repente, de maneira angustiante. Olharam-se, então Emily deu um salto e correu para a janela.

— O céu está todo amarelo!

Charlotte se aproximou dela. De fato, toda a praça tinha mergulhado num brilho cor de enxofre, que fazia com que as casas, as árvores e os postes parecessem estranhamente irreais.

— O que é isso? — perguntou Emily.

Nesse momento, ouviram um estrondo. Um vento repentino soprou, vergando galhos espessos e comprimindo a relva no meio da praça. Folhas secas rodopiaram até as calhas, dançando no crepúsculo amarelado.

— Uma tempestade.

— Nesta época?

— Essas coisas acontecem, Emily. Vamos assistir... adoro tempestades.

— Espero que Mr. Ashdown esteja em segurança — disse a menina preocupada.

Espero que ele venha mesmo, pensou Charlotte.

— Por certo está. Suponho que ainda não tenha saído e que esteja esperando a tempestade passar.

Lado a lado, ficaram junto à janela, observando o vento soprar as árvores com intensidade cada vez maior e arrastar farrapos de papel pela rua. O trovão ecoou mais alto, e os primeiros relâmpagos rasgaram o céu.

— Prefiro as tempestades de verão, pois deixam um cheiro bom de poeira — disse Emily.

— E, depois, o ar fica bem fresco. Mas também gosto delas no inverno, pois chegam de surpresa. Sabe o que acontece durante uma tempestade?

— Não muito bem.

Charlotte aproveitou a interrupção para lhe dar uma breve aula de física.

— E o que devemos fazer para nos proteger? — quis saber Emily. — Posso ficar embaixo de uma árvore ou não?

— Nunca busque abrigo embaixo de árvores isoladas. Os raios caem nos pontos mais altos. Na Alemanha, temos um ditado: "Fuja dos carvalhos, procure as faias". Mas é uma bobagem. Árvore é árvore. O melhor a fazer é buscar um lugar profundo e se encolher o máximo possível. Ou então ficar embaixo de uma ponte.

Nesse meio-tempo, havia escurecido por completo, e a luminescência amarela dera lugar ao azul-escuro. Em poucos minutos, uma chuva de granizo espalhou um manto branco e reluzente sobre o parque e a rua. Charlotte abriu um pouco a janela.

— Me dê sua mão.

Colocou as pedrinhas de gelo em sua palma. Com cautela, a menina as tocou com a ponta dos dedos e as segurou junto da bochecha. Em seguida, colocou-as rapidamente na boca.

— Hum, são gostosas.

Charlotte sorriu. De repente se lembrou de que, quando criança, deitava a cabeça para trás e apanhava flocos de neve com a língua.

Passada a chuva de granizo, os primeiros criados saíram das casas com pás e começaram a liberar a calçada diante das entradas da lama gelada.

— Ali está ele! — exclamou Emily, agitada, apontando para a rua.

Um homem de capote e chapéu escuros, com um longo cachecol enrolado no pescoço, apressava-se para chegar a casa. Pouco depois, ouviram a campainha, e a porta foi aberta.

Por pouco Charlotte não disse "pode entrar" ainda antes que batessem à porta.

Seus cabelos estavam úmidos; seu rosto, avermelhado pelo frio. Olhou sorrindo para ela e, depois, para Emily.

— Após o maldito *Hamlet* de ontem à noite, estou encantado por ver duas damas inteligentes. É um prazer!

— Não devia ter me deixado envolver por essa encenação — esclareceu Mr. Ashdown, enquanto aquecia as mãos na xícara de chá. — Seja como for, fui avisado. O ator que fez Hamlet era horrível, um herói velho de meia-calça, que esqueceu metade do texto. O espírito de seu pai teve de lhe servir de ponto. Ofélia cochichou para ele: "Vá para um mosteiro", mas o fez tão alto que até quem estava em pé conseguiu ouvir. É claro que podiam ter poupado o homem dessa tortura e encurtado o texto, mas o diretor se propusera o objetivo ambicioso de levar ao palco cinco horas de encenação. — Agitou-se. — Depois do terceiro ato, fugi.

— Podemos ler essa peça, *Fräulein* Pauly? — perguntou Emily. — Parece emocionante.

— Talvez ainda seja um pouco cedo para isso — disse Charlotte com cautela, pois se perguntou se a história sombria do príncipe da Dinamarca era adequada como leitura para uma menina sensível de 8 anos.

— Ah, posso lhe contar do que se trata. Depois, você ainda poderá ler a história. A linguagem é difícil de entender — disse Mr. Ashdown, alegre, e começou sua narração de modo tão empolgante que Charlotte se deixou arrebatar, embora conhecesse a ação e o desfecho.

Enquanto permaneceram ali sentados, ela quase se esqueceu da razão pela qual havia mandado o telegrama a Mr. Ashdown. Tinha de conversar com ele a sós de qualquer modo.

— Emily, você poderia nos deixar a sós por alguns minutos?

A menina olhou espantada para ela.

— Mas Mr. Ashdown ainda ia me contar do rei e de suas três filhas...

— Emily, poderá ouvir o restante da história mais tarde. — O tom de Charlotte era amigável, mas bastante rigoroso, e sua aluna pareceu entender que estava falando sério. Levantou-se, fez uma reverência e saiu da sala.

Mr. Ashdown olhou para ela com uma expressão insondável.

— Eu é que não gostaria de ser um aluno mal-educado com a senhorita.

— Como assim?

— Bem, deu para ouvir o som de aço em sua voz. Com a senhorita não dá para brincar.

Charlotte se perguntou se aquilo era um elogio.

— Não faz ideia do que acontece em muitas salas de aula. Podem se tornar um verdadeiro inferno ou purgatório quando não se sabe lidar com as crianças. Não imagina as torturas por que já passaram muitas mulheres, encurraladas entre os patrões, a cujo ambiente não pertencem, os serviçais, pelos quais são evitadas, e as crianças, que delas não gostam ou até as desprezam. — Sua voz soou irritada.

A surpresa dele foi sincera.

— Me desculpe, eu não sabia que já tinha tido experiências ruins.

— Não estou falando de mim — disse logo. — Na maioria das vezes, tive sorte com meus alunos. Mas conheço preceptoras mais velhas que adoeceram, envelheceram precocemente e levam uma vida miserável porque já não conseguem ou não querem exercer a profissão.

Perturbado, olhou para ela.

— Nesse caso, reitero meu pedido de desculpas. Em geral se considera natural a presença de mulheres como a senhorita em casas como esta, mas ninguém pensa que...

— ... são cepos insensíveis? — Charlotte voltou a sorrir.

— Eu não diria de maneira tão crua, mas, sim, há certa verdade nisso.

— Com Emily, raramente tenho de ser rigorosa. É uma menina adorável e aplicada, e quando a repreendo, em geral é apenas em razão de seu excessivo zelo. Mas não é de mim que deveríamos estar falando.

— Claro. Seu telegrama. Me conte o que aconteceu ontem.

Charlotte descreveu-lhe o incidente com a maior exatidão possível.

— Isso é tudo?

— É. Emily só falou a respeito quando estávamos sentadas, tomando chá. Sua voz estava diferente, parecia bastante despreocupada. Como se a sombra que antes havia pairado sobre ela tivesse desaparecido. Acha que de fato ouviu alguma coisa? Simplesmente não consigo acreditar.

Pensativo, Mr. Ashdown olhou para ela.

— Não sou especialista nessas coisas. Descrevi o caso para o doutor Henry, que não vê um indício claro de fenômeno sobrenatural. — Hesitou. — Para ser sincero, no meu entender a solução está em Chalk Hill e sua vizinhança. Há várias questões em aberto que vão muito além das aparições vistas por Emily ou de como quisermos chamá-las. Porém, não conseguiremos respondê-las enquanto Sir Andrew se recusar a encarar os fatos de frente. Honestamente, cheguei ao fim de minha modesta sabedoria.

Charlotte olhou para ele, angustiada. Se ele já não sabia mais o que fazer, quem saberia? De repente, só de pensar em voltar com Sir Andrew e a menina para Chalk Hill e continuar a viver daquela forma, sentiu medo.

— Não está se sentindo bem? — perguntou Mr. Ashdown, preocupado.

— Perdão, foi só uma... ligeira tontura.

A atmosfera havia mudado, o olhar dele era de seriedade.

— Está com medo, Miss Pauly.

Ela olhou para o chão.

— Eu... eu não sei se consigo continuar vivendo assim. — Respirou fundo. — Se Sir Andrew quiser voltar para casa — enfim, logo será Natal — e tudo recomeçar desde o princípio... — Mordeu o lábio, para não demonstrar fraqueza. — Não quero abandonar Emily, mas não sei se terei forças para continuar vivendo naquela casa. Ouvir passos à noite. Sentir medo da floresta. Ou de que em algum momento, diante da janela aberta, Emily...

Sentiu um toque e levantou o olhar. Mr. Ashdown havia se aproximado e colocado delicadamente a mão em seu braço.

— Vou conversar com Sir Andrew e dizer a ele o que sei e suponho.

— Se fizer isso, ele vai demitir Nora!

— Talvez já devesse ter feito isso há muito tempo — disse com voz tranquila.

— Por quê? Acha que...

— Tenho certeza de que Nora tem algo a ver com os incidentes noturnos. Sobretudo depois daquele grito estranho que emitiu junto à janela.

— Mas por que iria querer prejudicar Emily?

— Talvez não o queira. Talvez só queira o melhor para ela — foi sua resposta provocadora.

A habitação era espaçosa, mas sem dúvida com uma acústica ruim, em comparação com a casa em Surrey, e Charlotte não fez nenhum esforço para tampar os ouvidos. A voz alta masculina não era nada auspiciosa.

— Isto é um absurdo! — exclamou Sir Andrew. — Como ousa difundir um boato tão repugnante como este? Não foi à toa que proibi o doutor Pearson de frequentar minha casa!

Não foi possível ouvir as respostas de Mr. Ashdown; ela só conseguiu inferir o que ele dizia.

— É claro que isso é mentira! Me arrependo do dia em que pedi para que fosse a Chalk Hill. O senhor não ajudou em nada, só instigou mais inquietação. Se se aproximar mais uma vez desta casa ou de minha filha, chamarei a polícia!

Charlotte se comprimiu ainda mais contra a parede quando a porta se abriu com um ímpeto e Mr. Ashdown saiu. Em seguida, foi atrás dele. Ele alisou as mangas da camisa, como se quisesse se livrar de alguma sujeira, e se dirigiu à saída. Mas se virou quando sentiu seu toque.

— Miss Pauly. — Sorriu, perturbado. — Infelizmente, não consegui convencer Sir Andrew.

— Ele o expulsou — disse em voz baixa.

— É o que se pode dizer. Isso não acontecia comigo desde meus tempos de estudante.

— Por que sempre tem de fazer graça de tudo? — perguntou, quase com raiva.

Ele deu de ombros.

— Porque muita coisa só é suportável assim.

Ela anuiu.

— E agora?

— Não sei.

Ela estava para lhe dizer uma coisa, mas então soou um grito como nunca havia ouvido antes.

Irrompeu no quarto de Emily. A menina estava sentada na cama, com os olhos arregalados, espremida contra a cabeceira. Charlotte mal percebeu que Mr. Ashdown a tinha seguido.

— O que está acontecendo? Por que o senhor ainda está aqui?

Sir Andrew abriu passagem por entre eles e se aproximou da cama.

— O que aconteceu com minha filha?

— Acabei de entrar — disse Charlotte, sentando-se com cuidado ao lado da menina.

— Emily, o que foi?

Pegou sua mão.

Mr. Ashdown ainda estava em pé no vão da porta. De repente, fez-se total silêncio no quarto, como se as quatro pessoas presentes prendessem a respiração. Então Emily começou a falar com uma voz que soou totalmente estranha.

— A mamãe quis me buscar. Procurou por mim, mas eu não estava lá. Acha que não vou voltar mais. Então foi até o quarto da torre e pegou um lençol. Rasgou-o em pedaços e amarrou um no outro...

Emily desmaiou.

— Precisamos chamar um médico — disse Sir Andrew.

— Deixe que faço isso — respondeu Mr. Ashdown depressa. — Me dê o endereço.

Sir Andrew anotou algo numa folha de desenho, que entregou a ele e agradeceu em silêncio.

Em seguida, voltou-se para Charlotte. Em seu olhar havia profundo desespero, e ela sentiu sincera compaixão por ele.

Cobriu Emily com uma manta e tomou seu pulso.

— Acho que está inconsciente. Com certeza não é nada grave.

— Nada grave? — falou tão alto que ela pegou seu braço e o tirou do quarto. — A senhorita ouviu o que acabou de dizer?

Charlotte concordou com um aceno de cabeça.

— Ouvi, sim. Alguém precisa ir a Chalk Hill.

— Mas ela não disse coisa com coisa!

— Pode ser, mas temos de verificar. Nunca a vi como há pouco.

— Não posso deixar minha filha sozinha agora. E ela não está em condições de viajar.

— Então vou eu com Mr. Ashdown — disse Charlotte, com voz firme.

Sir Andrew olhou para ela, surpreso.

— Tenho certeza de que não foi um sonho nem um discurso confuso, Sir Andrew. Está acontecendo alguma coisa estranha em sua casa, e o senhor sabe disso tão bem quanto eu. E Emily está sofrendo por causa disso. Se não pusermos um fim nisso, ela ficará gravemente doente. Aí, sim, temo por sua saúde mental.

Era como se ele a estivesse ouvindo pela primeira vez. Charlotte continuou a falar de maneira acelerada, antes que ele pudesse fazer-lhe objeções.

— Vou pedir a Mr. Ashdown que me acompanhe. Ainda há algum trem hoje à noite para Dorking?

Ele olhou para ela, espantado.

— Quer partir *agora*?

— Sim. Com sua permissão, Sir.

E, se for o caso, mesmo sem ela, acrescentou em pensamento.

34

Novembro de 1890, Westhumble

No trem, Charlotte por fim conseguiu respirar. A última hora havia passado por ela como um arrebatamento de imagens e impressões — a discussão entre Sir Andrew e Mr. Ashdown, a crise de Emily, sua decisão espontânea de partir de imediato para Chalk Hill, a profunda preocupação que nela se alastrara e que simplesmente não queria retroceder.

— A senhorita está pálida. Quer um gole?

Mr. Ashdown havia tirado uma garrafinha do bolso do capote e ofereceu a ela.

— É uísque.

Charlotte não pensou duas vezes. O líquido desceu quente por sua garganta, deixando uma ardência agradável que se expandiu até o estômago. Percebeu seu olhar surpreso.

— A senhorita nem sequer tossiu.

— E por que deveria?

— Ah, não sei. — Pegou a garrafinha de volta e a enfiou no bolso do capote. — Sente-se melhor?

Ela concordou com um aceno de cabeça.

— Estou... estou tentando entender o que na verdade estou fazendo aqui.

— Bem, está sentada com um cavalheiro no trem para descobrir se uma menina está a ponto de enlouquecer. E esperamos que não seja o caso.

Sua análise, tão sucinta quanto pertinente, a deixou com um nó na garganta.

— Há esperança?

Ele deu de ombros.

— O que acha?

Ela não respondeu.

— Há três explicações. A primeira, de ela ser sonâmbula e imaginar coisas, o que já descartamos. A segunda seria de que Emily na verdade mantém uma ligação com um mundo que não somos capazes de perceber com nossos sentidos.

— E a terceira?

— Acho que a senhorita imagina o que é, mas considera tão improvável que não quer admitir.

Mais ele não disse.

Charlotte recostou-se. Sir Andrew tinha enviado um telegrama para que Wilkins os buscasse na estação, mas achava que ele não chegaria a tempo. Bem, na pior das hipóteses, teriam de ir a pé da estação até Westhumble.

Por sorte, havia parado de chover, mas quando desceram do trem em Dorking, um vento frio soprou em suas roupas e chapéus. Mr. Ashdown aproximou-se dela, tentando protegê-la até entrarem no edifício. De Wilkins, nenhum sinal. Porém, junto do hotel havia um fiacre de aluguel. Mr. Ashdown atravessou a rua correndo e voltou com o veículo, ajudando-a a subir.

— Chalk Hill, na Crabtree Lane. Rápido.

O fiacre partiu, assim que ele acabou de falar. Na escuridão, a região parecia estranha, mais do que no dia de sua chegada. Charlotte tinha a impressão de que as sombras tentavam agarrá-la, e a sensação de carregar um peso grande como chumbo só fez crescer. Pensou em sua primeira viagem da estação para Westhumble e quase sentiu pena da Charlotte da época, que nem sequer desconfiava dos mistérios que esse novo mundo lhe reservava. Também pensou na menina e em sua mãe, que em tese teria feito coisas impronunciáveis, no esconderijo debaixo das tábuas do quarto na torre e no ataque noturno a Mr. Ashdown. Quando o fiacre virou à esquerda e, pouco depois, à direita, ela se ergueu de modo abrupto.

Mr. Ashdown colocou a mão em seu braço.

— Ninguém sabe que chegamos.

Ela anuiu.

— Rápido!

Ele pagou o cocheiro, e ambos correram para a casa em meio à escuridão. Bateu enérgica à porta. Nada aconteceu. Bateu de novo e exclamou:

— Abram! É urgente!

Através do vidro na porta, puderam ver que, do lado de dentro, uma luz se acendeu; em seguida, Susan surgiu.

— *Vocês*! Mas pensei...

Charlotte e Mr. Ashdown entraram no *hall*. Nesse momento, Mrs. Evans apareceu de roupão e cabelos soltos e olhou-os com ar interrogativo.

— Mrs. Evans, sei que é muito tarde, mas Mr. Ashdown e eu precisamos ir imediatamente ao meu quarto. Susan, pegue um lampião.

A governanta anuiu, confusa, e a criada saiu correndo. Em seguida, olhou para Charlotte.

— Poderia me explicar o que está acontecendo?

A mamãe quis me buscar. Procurou por mim, mas eu não estava lá. Acha que não vou voltar mais. Então foi até o quarto da torre e pegou um lençol. Rasgou-o em pedaços e amarrou um no outro...

— Ainda não. — Quase arrancou o lampião da mão de Susan e subiu correndo a escada, seguida por Mr. Ashdown. Diante da porta de seu quarto na torre, parou e respirou fundo.

— Me deixe ir na frente — disse ele, com brandura.

Charlotte se afastou e lhe entregou o lampião. Mr. Ashdown pressionou a maçaneta com cautela, empurrou a porta e iluminou o quarto.

Charlotte levou as mãos à boca.

Na casa reinava o caos. Chorando, Susan estava sentada na cozinha, onde a cozinheira cuidava dela, enquanto Mrs. Evans foi arrancar Wilkins da cama. O cocheiro estava sonolento no *hall* de entrada, olhando para a governanta sem entender nada.

— Vá agora mesmo para Dorking e traga a polícia! O superintendente Jones, em pessoa. Sabe onde ele mora. Sim, eu sei que é tarde. Mas vá assim mesmo! — Parecia pálida e abatida, e apenas com esforço conseguiu manter a compostura.

Wilkins precipitou-se para fora da casa, como se o diabo estivesse em seu encalço.

Mr. Ashdown encostou-se à parede do corredor, com as mãos enterradas nos bolsos do capote. Estava tão pálido quanto na noite em que o encontraram sangrando no *hall* de entrada.

— Não posso levá-la para baixo — disse em voz baixa. — Primeiro a polícia terá... de vê-la.

— Claro, o senhor tem razão. — Charlotte respirava de olhos fechados, a fim de reprimir o mal-estar que aumentava.

Mrs. Evans demonstrou uma postura surpreendente quando foi chamada para identificar a mulher que havia se enforcado dependurando-se no gancho do lustre. Afinal, nem Charlotte nem Mr. Ashdown tinham conhecido Lady Ellen Clayworth pessoalmente.

Nenhum deles pensou em descer para a sala. Permaneceram imóveis na fria escada da torre, como se montassem vigília.

— Mas como...?

Ele ergueu o olhar.

— Tilly Burke. Devia saber que ainda estava viva. Talvez até a tenha escondido em sua casa. Lady Ellen sabia que ninguém daria ouvidos ao falatório de uma velha louca. No entanto, nele havia tanta verdade!

— É mesmo. — Fechou rápido os olhos. — E Nora deve tê-la ajudado. Era fiel a Lady Ellen, implorou para que eu não acreditasse nas acusações do doutor Pearson. E Tilly é sua avó. — Charlotte olhou para ele com expressão de horror. — Ela estava o tempo todo perto de Emily! E eu não percebi nada.

— Ninguém percebeu — respondeu bruscamente. Em seguida, mordeu o lábio inferior. — Precisamos telegrafar a Sir Andrew.

— Como dizer isso num telegrama? — perguntou Charlotte, aflita.

Ele franziu a testa.

— Preciso tentar. Mas o correio só abre de manhã cedo. E a esta hora já não há nenhum trem para Londres. — Em seguida, balançou a cabeça e respirou fundo. — Ela está morta. Vamos dar a ele essas poucas horas, antes de...

Charlotte viu como ele cerrava os punhos. Alguma coisa em suas reações era estranha. Por mais horrível que tenha sido vê-la, aquela mulher era uma estranha para ele.

— É... vamos descer? Acho que o senhor está precisando de um uísque.

O superintendente Jones era um homem forte, com cabelos grisalhos e bastos, que emanava tranquilidade. Depois de examinar o corpo, também deixou que Tom lhe servisse um uísque.

— Perdão, mas preciso me recuperar. — Olhou de Mr. Ashdown para Charlotte. — É um tanto inesperado... para dizê-lo com cautela. Lady Ellen era considerada já falecida, e agora isso...

Deu um bom gole na bebida e continuou com o copo na mão. Em seguida, olhou sério para ambos.

— Acho que vocês têm de me explicar algumas coisas.

Relataram alternadamente os acontecimentos em Chalk Hill e, como em tácito consenso, calaram-se apenas quanto à suposição de que Lady Ellen teria feito a própria filha adoecer.

Ao terminarem, o superintendente olhou-os com desconfiança, e Charlotte sentiu que devia ter percebido muito bem a lacuna em seu depoimento.

— Minha senhora, meu senhor, na verdade eu teria de conversar pessoalmente com Sir Andrew, mas estou ciente do fato de que hoje não conseguirei encontrá-lo. Vamos retirar o corpo do quarto e conservá-lo frio até o legista vir buscá-lo amanhã. — Ergueu a mão. — Mas acho que ainda tenho algumas perguntas à família, sem as quais esse caso não poderá ser encerrado.

Charlotte pigarreou.

— Estou preocupada devido ao dano que Emily Clayworth poderá sofrer se todos esses acontecimentos vierem a público. Ela já sofreu muito e...

— A polícia irá proceder do modo mais discreto possível, Miss Pauly, mas há leis que não podemos deixar de cumprir. Um suicídio precisa ser investigado e esclarecido, sobretudo quando a falecida já havia sido dada como morta quase um ano antes.

— A imprensa pode ser deixada fora disso? — perguntou Mr. Ashdown, que estava apoiado na lareira. — Pelo bem da família.

O superintendente Jones lhe lançou um olhar interessado.

— É o que vamos tentar fazer, mas não sei se conseguiremos, não posso prometer. A investigação oficial não poderá ser mantida em sigilo. — Pousou o copo e se levantou. — Esclareceremos todo o restante amanhã. Primeiro vamos tirar o corpo de lá. Mrs. Evans deve nos indicar um quarto onde poderemos colocá-lo.

A governanta conduziu-os a um quarto sem uso no segundo andar, no qual havia apenas uma cama e um armário. Em seguida, o superintendente olhou para Mr. Ashdown, como se o estivesse intimando.

— Poderia contar com sua ajuda, Sir?

Sem saber o que fazer, Charlotte olhou para ambos e acabou decidindo esperar na sala. Não aguentaria entrar outra vez em seu quarto naquela noite.

Ao se sentar no sofá, notou que Mrs. Evans estava no vão da porta, agarrando o tecido da saia.

— Sente-se — disse Charlotte. — É um grande choque para todos nós.

Cabisbaixa, Mrs. Evans sentou-se numa cadeira.

— Não... não consigo acreditar, Miss Pauly. Ela estava nesta casa! E não percebi nada. Simplesmente não entendo.

— Não contava com isso, Mrs. Evans, e por que deveria? Todos nós acreditávamos que Lady Ellen tivesse morrido afogada.

A governanta balançou a cabeça.

— Mas aconteceram coisas estranhas. O ataque a Mr. Ashdown. A inquietação durante a noite. Antes, a senhorita já tinha suposto que alguém havia invadido a casa.

— Mas ninguém poderia imaginar que pudesse ser Lady Ellen. — Enquanto encorajava a mulher, que normalmente parecia tão segura de si e superior, foi se acalmando aos poucos. — Acho que quando tudo isso passar, Chalk Hill por fim voltará a ter paz de novo.

— Acha que Sir Andrew continuará morando aqui?

Charlotte não queria lhe dar falsas esperanças.

— Isso eu não sei dizer, Mrs. Evans. Ele ainda nem sabe que a esposa...

A governanta ergueu de repente a cabeça.

— Aliás, como soube que tinha acontecido alguma coisa? A senhorita e Mr. Ashdown não chegaram de Londres à noite sem motivo.

Charlotte ficou feliz quando a porta se abriu e um pálido Tom Ashdown entrou. O superintendente Jones se despediu e explicou que voltaria no dia seguinte, por volta do meio-dia.

— Até lá, espero que Sir Andrew seja encontrado.

— Vou acompanhá-lo até a porta — disse Mrs. Evans, levantando-se da cadeira.

Ao entregar-lhe o copo, Charlotte notou que a mão de Mr. Ashdown estava tremendo.

— Posso lhe fazer uma pergunta?

Ele se antecipou.

— Minha esposa faleceu há três anos.

Ela se sentou numa poltrona. De repente, o som de sua respiração pareceu alto e artificial.

— Desde então, não vi mais nenhum morto. Nem toquei em um.

Bebeu o restante do uísque de um só gole.

— Era isso que queria me perguntar?

— Na verdade, não. — Hesitou. — Me desculpe se o fiz se lembrar de algo sobre o que sem dúvida não gostaria de falar.

— Não hoje. Outra hora, sim.

Por um instante, ficaram sentados em silêncio. Então, Charlotte olhou para ele e disse, com dificuldade:

— O senhor já imaginava havia algum tempo que Lady Ellen estivesse viva, não é?

— Era a única explicação lógica para o ataque que sofri — respondeu, com ponderação. — Tinha certeza de que era uma mulher que havia lutado com a força do desespero... ou da loucura. Quem mais poderia ser, ainda que isso parecesse tão improvável?

— Isso certamente esclarece o que Emily viu e ouviu em todas aquelas noites. Não eram sonhos nem encontros com espíritos; era sua mãe que havia se esgueirado para dentro de casa ou tido o acesso facilitado por alguém. E quando Lady Ellen não vinha, Emily ficava à janela, esperando por ela. Explicações bastante racionais, que talvez até possam ser comprovadas. Mas... — Engoliu em seco. — Mas isso não muda o fato de que foi Emily quem nos mandou esta noite para cá. Ela sabia o que estava acontecendo em Chalk Hill.

Ele se manteve calado por tanto tempo que Charlotte chegou a acreditar que já não fosse responder.

— Quando assumi essa incumbência — disse, por fim —, não contava com o fato de que fosse me ver diante de algo que não pudesse compreender. E por muito tempo tive a certeza de que para tudo o que vimos aqui havia uma explicação. Até hoje. Charlotte, acho que me enganei.

35

Depoimento de Nora Burke, Mickleham, tomado em 15 de novembro de 1890 pelo inspetor Williams, Dorking Constabulary:

Sou Nora Jane Burke, nascida em 2 de março de 1865, em Mickleham. Trabalhei por oito anos como babá de Emily Clayworth. Sua mãe, Lady Ellen Clayworth, me contratou porque conhecia bem minha avó, que antes trabalhara com ela.

Sempre me dei bem com a patroa. Era gentil comigo e me confiava a menina quando não estava em casa. Certa vez me deu uma fivela e uma bela fita para o cabelo, para me agradar. Com Sir Andrew, eu quase não tinha contato, pois, por ser deputado, com frequência ele ia a Londres.

Emily era um bebê saudável, mas a partir de seu primeiro ano de vida começou a adoecer e a nos causar muitas preocupações. Tinha febre, vômito, câimbras e problemas de pele. A patroa se recusou a contratar uma enfermeira e sempre cuidou da filha. Eu a ajudava. Era a melhor mãe que se pode imaginar.

No começo, as pessoas da região comentavam, indagando por que ela fazia tudo e não contratava serviçais como as outras damas, mas para Lady Ellen era natural que cuidasse de sua única filha.

Emily era muito apegada à mãe e a seguia por toda parte. Chorava quando a patroa tinha algum compromisso social; assim, Lady Ellen saía cada vez menos e passava a maior parte do tempo com a filha.

Se ela e Sir Andrew tinham um bom casamento, isso não sei dizer, mas ele não aprovava seu comportamento, disso tenho certeza. Às vezes brigavam. Eu não queria ouvir, mas eles falavam alto. Ele exigia que ela fosse com ele a Londres. Não queria aparecer sempre sem a esposa, mas ela insistia em permanecer em Chalk Hill com Emily. Sofria quando se desentendia com o marido, mas ficava muito feliz ao lado da filha.

Conhecia bem vários tipos de medicamentos. Lia muitos livros a respeito para poder cuidar bem de Emily. O doutor Pearson sempre a elogiou bastante por ela cuidar tão bem da menina e saber exatamente o que tinha de fazer.

Sim, Sir Andrew expulsou o doutor Pearson de casa, mas isso foi bem mais tarde, poucos meses antes do acidente de Lady Ellen. Segundo o patrão, ele seria incompetente e, por isso, não poderia mais cuidar de sua filha.

Sim, ouvi-o dizer isso. Ele afirmou — é uma coisa horrível, nem gosto de falar — que a própria Lady Ellen fazia a filha adoecer. Nunca tinha ouvido uma coisa dessas. Que mãe faria isso?

Em seguida, nada mais foi como antes. Sir Andrew já não deixava Lady Ellen sozinha com Emily. Insistiu para que eu passasse a noite com ela quando fosse viajar. Para Mrs. Evans e as criadas, disse que era muito cansativo para sua esposa cuidar de Emily. Portanto, deveriam fazer com que apenas eu cuidasse dela. Foi uma grande maldade. Ele a manteve como uma prisioneira em sua própria casa. Ela foi ficando cada vez mais pálida e triste. Não conseguia entender por que a estava punindo com tanta crueldade.

Algumas vezes, foi a Mickleham para visitar minha avó, que todos consideram louca. Mas ela enxerga mais coisas do que outras pessoas, nisso o senhor pode acreditar. Lady Ellen conhecia bem o caminho que passa pela floresta e atravessa o Mole até Mickleham; sempre o tomava. Não queria que vissem aonde estava indo. Confiava na vovó desde menina.

Certa vez, quando Sir Andrew voltou de Londres, contou a Lady Ellen a decisão que tinha tomado. Ela deveria deixar Chalk Hill. Ele compraria para ela uma casa perto de sua irmã ou onde quer que ela quisesse morar. Mas de maneira alguma deveria viver perto de Dorking e menos ainda em Surrey. Ela mesma me contou isso. Ficou desesperada. Disse que queria expulsá-la. Se ela não concordasse, ele iria se separar e culpá-la por isso. E ela nunca mais veria Emily.

Não me contou nada sobre seu plano. Só fiquei sabendo dele mais tarde. Realmente cheguei a acreditar que tivesse morrido. Que tivesse se matado, embora isso seja um pecado terrível contra Deus. Todos disseram que havia sido um acidente, mas eu sabia que não. Sabia que tinha medo do marido e de suas ameaças. Fizeram de tudo para encontrar o corpo, mas o senhor sabe como o Mole pode ser traiçoeiro. Tranquilo e pacífico e, de repente, transborda e arrasta tudo consigo. Na última primavera, estava bastante caudaloso.

Uma vez por mês, em minha tarde de folga, visito minha avó. Ela sempre fica feliz em me ver. Era verão quando, certa vez, estávamos sentadas em sua sala e ela começou a contar que Lady Ellen queria ir buscar a menina. Não entendi o que estava dizendo. Afinal, como poderia? Achei apenas que a vovó tinha tido um dia ruim. Então, de repente, Lady Ellen apareceu no cômodo. Meu coração quase parou.

Ela ergueu a mão e disse: "Não tenha medo, Nora. Não sou nenhum fantasma. Pode acreditar em mim".

"Sim, patroa", respondi. "Mas como fez isso?"

Ela me contou que tinha deixado o xale na margem do rio, nadado de modo furtivo até a ponte e se esgueirado na pequena casa da vovó, onde se escondera. Tinha escrito uma carta de despedida, que havia colocado embaixo da porta de Sir Andrew. Nela havia explicado quanto amava a ele e sua filha e que não poderia continuar vivendo daquela forma.

Eu estava totalmente perturbada quando voltei a Chalk Hill, mas por sorte ninguém percebeu. Em seguida, todas as noites eu esperava com medo que algo acontecesse. Ela me falara de seu plano e que precisava da minha ajuda. Um dia, recebi uma carta. Mrs. Evans me olhou com estranheza, porque eu nunca recebia correspondência, mas eu disse que era da minha prima. De algum modo, intuí que a carta nada tinha a ver com ela.

E estava certa. Era de Lady Ellen. Escrevera que tinha uma chave do porão e que viria à noite para ver Emily. Não gostei da notícia, mas fiquei com pena dela, depois das ameaças que Sir Andrew lhe havia feito.

E ela veio mesmo. Foi pouco antes de a nova preceptora chegar. A patroa ficou assustada quando soube, pois temia que a mulher pudesse perceber alguma coisa. E foi o que acabou acontecendo. Miss Pauly é esperta, logo começou a desconfiar. Então, a patroa decidiu a contragosto não revelar a Emily que não tinha caído no Mole e que estava morando na casa da minha avó. A menina achou que a mãe fosse um espírito, disso tenho certeza. Eu sentia pena, mas, pelo menos assim, Lady Ellen podia ir visitá-la.

Se era louca? Como minha avó, o senhor quer dizer? A princípio, não, do contrário não teria sido capaz de elaborar esse plano. Mas acho que, em dado momento, tudo isso foi demais para ela, se é que entende o que quero dizer. Esconder-se, estar sempre com medo, andar como um fantasma na escuridão, não poder falar com ninguém... foi difícil para ela. Era como se fosse invisível. E depois ainda veio esse Mr. Ashdown. Avisei-a de sua presença. Ele era curioso e tinha um olhar perspicaz. Ela mal ousava vir à noite. Certa vez, ele a seguiu na floresta, então ela o atacou. Com uma faca. Pelo menos é o que acho. Só pode ter sido ela.

A última vez que a vi foi quando Sir Andrew viajou com a filha. Fui para a casa da minha avó e lhe contei do meu medo de que talvez eles não voltassem mais. Afinal, ele não me dissera quando voltariam e se ainda ia precisar de mim.

Sim, talvez no final ela tenha enlouquecido. Mas era uma boa mãe, ninguém poderá me convencer do contrário. Amava tanto a filha que não quis viver sem ela. Por isso, sacrificou a própria alma. Nesse caso, não cometeu nenhum pecado, não é?

36

Os últimos dias passaram por Charlotte como ondas gigantescas de imagens e palavras que a inundavam e mal lhe permitiam respirar. Sir Andrew havia deixado Emily com Mrs. Clare, em Londres, pois se recusou terminantemente a levá-la de novo para Chalk Hill. Depois que a polícia encerrou as investigações e declarou como causa oficial da morte o enforcamento, Lady Ellen Clayworth foi afinal enterrada em seu túmulo no cemitério de Dorking. O sepultamento ocorreu no início da manhã, e apenas Sir Andrew, Charlotte e os Morton estiveram presentes. O coveiro havia prometido manter sigilo sobre o enterro.

Sir Andrew estava em pé junto ao túmulo, com expressão petrificada. Charlotte não podia nem imaginar o que estaria se passando dentro dele — estaria sentindo raiva, tristeza, assombro? Naquele cemitério escuro no topo da colina, com o vento gelado de novembro batendo em seu capote, sentiu falta de Tom, mas Sir Andrew havia deixado bem claro que não desejava sua presença em Chalk Hill nem no cemitério. Desse modo, Tom lhe dera os pêsames, despedira-se e voltara no dia anterior para Londres.

Por mais que se buscasse a discrição, todos comentavam o caso. A criadagem de Chalk Hill já havia sido avisada, assim como Nora Burke e a polícia, mas dificilmente o ocorrido seria mantido em segredo por muito tempo. Por isso, logo após o enterro, Sir Andrew comunicou a Charlotte que voltariam naquele mesmo dia a Londres, onde ele decidiria sobre seu futuro e o de Emily.

Consternada, viu-o instruir Mrs. Evans a demitir as criadas. Ela deveria contratar apenas uma faxineira para manter a casa em ordem, enquanto Wilkins se ocuparia dos trabalhos mais urgentes no jardim e na cocheira.

Quando Mrs. Evans lhe perguntou, preocupada, quando ele e Miss Emily voltariam, não recebeu resposta.

No trem, ficou quieto, sentado na frente de Charlotte. Quando ela já não conseguiu suportar o silêncio, fez-lhe a pergunta que ardia em sua alma desde a descoberta da falecida.

— O que o senhor dirá a Emily?

Seu olhar se voltou bruscamente para ela, como se seus pensamentos estivessem muito distantes dali. Suspirou.

— Não sei.

Ela respirou fundo.

— Me perdoe, mas alguém precisa lhe explicar por que estivemos em Chalk Hill. E, no que se refere às suas... visões...

Ele se endireitou com um sobressalto.

— Minha filha não tem visões — respondeu com rispidez. — Não aguento mais toda essa bobagem. Ela já sofreu demais. — Olhou para as mãos e deu de ombros. Como devia ser difícil para ele admitir seu desamparo para uma preceptora!

— É preciso dizer alguma coisa a ela. Por favor.

Seu tom de voz fez com que ele levantasse o olhar.

— Não consigo. Eu... eu certamente não fui um pai muito atencioso... — Ela sentiu quanto esforço essas palavras lhe custavam. — Não devia ter deixado Emily com aquela babá depois que sua mãe... Pretendo agir melhor no futuro. — Engoliu em seco. — Mas isso... Não sei o que dizer a ela. Poderia se incumbir disso?

Charlotte viu que o muro que ele havia erguido ao redor de si e de seu luto começava a desabar e, pela primeira vez, sentiu-se próxima daquele homem fechado. Por outro lado, se opunha a assumir essa incumbência, uma vez que era tarefa dele como pai conversar com Emily.

— Sou apenas a preceptora de Emily.

— Ela confia na senhorita, sabe muito bem disso. — Em seguida, acrescentou algo que pareceu tão lógico quanto egoísta. — Se for eu a lhe contar, ela sempre irá relacionar a má notícia a mim. Sempre que pensar na morte da mãe, irá pensar em mim também. Como poderá surgir algo novo e bom de uma situação como essa?

Pensando bem, ele estava certo. Ela era apenas uma figura passageira na vida de Emily, enquanto ele seria seu pai para sempre.

Assim, coube a Charlotte explicar a Emily o que havia acontecido sem lhe contar toda a verdade. Uma tarefa que chegava a lhe parecer impossível.

Ela olhou pela janela, em que as gotas de chuva resistiam à força da gravidade e corriam pelo vidro na diagonal. Não devia esconder de Emily que sua mãe finalmente tinha morrido. Mas não podia dizer o que de fato acontecera; isso seria cruel demais. Então teve uma ideia. Anuiu em silêncio. Talvez assim desse certo.

Tom Ashdown mal tinha conseguido dormir. Os acontecimentos dos últimos dias não o haviam deixado, e embora ainda fosse bem cedo, sentiu que precisava de um uísque. Tinha de admitir que a morte da mulher desconhecida o atingira mais do que gostaria. Talvez não fosse sua morte em si, mas o pensamento nos acontecimentos perturbadores dos anos e meses antes de ele e Charlotte encontrarem a mulher enforcada.

Estava presente quando Sir Andrew entrou no quarto em que haviam colocado a morta, e esperou discretamente junto à porta. Sabia o que significava perder uma pessoa amada — mas e quando o antigo amor tinha mudado, quando tinha se transformado em algo sombrio, que pousava como uma sombra sobre lembranças felizes? Sir Andrew perdera a esposa três vezes: ao entender o que havia feito à menina — pois Tom tinha certeza de que havia acreditado no médico, do contrário, não a teria mantido afastada de Emily —; ao pensar que tivesse morrido afogada no Mole e, por fim, ao saber que tinha se enforcado no quarto de sua infância. Permaneceu ali imóvel e em silêncio, por uma eternidade, como pareceu a Tom.

Sir Andrew observou a esposa morta. Depois saiu e voltou com uma faca. Começou a cortar os pedaços amarrados de lençol que feriam profundamente o pescoço do cadáver. Ao mesmo tempo, respirava de forma descontínua, os cabelos caídos no rosto, enquanto a lâmina se movia sem cessar para cima e para baixo, até o tecido se rasgar e o pescoço ser liberado. Deixou a corda improvisada cair, limpou as mãos nas calças distraído e saiu do quarto.

Tom seguiu-o a passos lentos, depois de fechar a porta com cuidado. Na verdade, era um consolo que suas lembranças de Lucy não fossem anuviadas por esse tipo de sombras e que ele não tivesse perdido o amor por ela. Sentiu um leve calafrio e apertou a sobrecasaca nos ombros.

O uísque deixou uma ardência agradável em sua garganta. Inquieto, andou de um lado para o outro do escritório, pegou um livro, colocou-o novamente de lado, depois olhou para o canto de Lucy, mas também não encontrou paz. Em seguida, seu olhar pousou na carta que Daisy havia deixado sobre a mesa.

Grato pela distração, abriu-a e aproximou-se da janela.

Meu caro Ashdown,

Como prometido, pesquisei sobre a possível doença mental de E. C. Há algumas décadas, na literatura médica foram descritos distúrbios em que as pessoas se identificam como doentes ou até se colocam num estado de enfermidade, por exemplo, ingerindo substâncias tóxicas. Supõe-se que façam isso para chamar atenção ou despertar compaixão, o que permite concluir um alto grau de perturbação psíquica.

Até hoje não se tem conhecimento de nenhum caso como o descrito por você, em que esses danos são causados a uma terceira pessoa, menos ainda a uma criança. Contudo, como asseguraram meus colegas da área médica, isso não significa necessariamente que algo do gênero seja inconcebível ou deva ser descartado. Há uma grande reserva quando se trata de analisar e descrever ferimentos causados por adultos a crianças, o que poderia reconduzir a uma ideia errônea de decência, por ser descabida.

Lamento não poder lhe transmitir nenhuma resposta mais clara além desta: é incomum, mas não inconcebível. Infelizmente, a ideia de uma coisa dessas é tão inaudita que ainda vai demorar muito até que se dê prioridade à proteção da criança.

Grande abraço,
H. Sidgwick

Tom se sentou à mesa, pegou papel e caneta e pôs-se a escrever uma breve carta.

— Vou fazer uma viagem com minha filha — explicou Sir Andrew depois de chegar a Chester Square. Tinha chamado Charlotte em seu escritório, ainda antes que ela pudesse ir ao encontro de Emily. — A senhorita há de compreender que precisamos nos distanciar após esses trágicos acontecimentos. Espero que minha filha recupere a saúde mental se for afastada das novas impressões. Pensei na Itália.

— De fato seria uma excelente experiência — disse Charlotte, depois que ele se calou, como se quisesse ouvir sua opinião.

— Também pensei em vir morar em Londres logo após a viagem, para que, livre das lembranças de Chalk Hill, Emily possa começar uma nova vida.

Na qual ela própria não teria lugar, pensou Charlotte. Não era uma suposição, e sim um reconhecimento que nela logo cresceu com certeza incontestável. Sir Andrew não a levaria na viagem à Itália, tampouco a empregaria como preceptora após seu retorno. Ele ainda não o tinha dito, mas ela percebeu que a despedida era iminente.

Engoliu em seco ao sentir um gosto amargo na boca.

— Estarei certa ao supor que o senhor já não vai precisar de meus serviços? — Escolheu a expressão mais impessoal possível, para conter as lágrimas que ameaçavam desabar.

— Sim, *Fräulein* Pauly, embora eu lamente isso. Até onde pude avaliar, seu trabalho com minha filha foi excelente, e lhe darei ótimas referências. Com elas, não será difícil encontrar uma boa posição. Além disso, a senhorita receberá três meses de salário, para que possa procurar com calma outro emprego.

Ela abaixou a cabeça.

— Quando o senhor vai partir?

— O mais rápido possível. Ainda antes do Natal. Pelo bem de Emily.

Interrompeu-se. Ela percebeu como a situação o incomodava; porém, após o vestígio de fraqueza que ele se permitira no trem, voltava a mostrar sua fachada inacessível.

— Trouxe todas as minhas coisas de Chalk Hill e posso deixar a casa a qualquer momento, se desejar.

— Permaneça enquanto estivermos aqui.

Charlotte anuiu e se levantou.

— Então agora vou até Emily.

Sentiu o coração apertado ao bater à porta do quarto da menina. Não contava com o fato de que aquela conversa delicada seria o primeiro passo para a despedida.

Emily estava sentada perto da janela, com uma boneca ao seu lado, sobre o braço da poltrona. Ao ver Charlotte, deu um salto e foi com a boneca ao seu encontro.

— Veja só, *Fräulein* Pauly! A conhecida de Mrs. Clare consertou Pamela! Não ficou tão bonita como antes, mas agora gosto ainda mais dela.

A cabeça havia sido substituída, o rosto era um pouco mais grosseiro e colorido, mas os cabelos eram longos e sedosos, e Emily pareceu feliz. Isso era o mais importante.

— Emily, sente-se. Precisamos conversar.

A menina olhou-a com curiosidade e voltou a se sentar de pernas cruzadas na poltrona. Charlotte não quis repreendê-la por isso.

— Você deve ter se perguntado por que seu pai e eu viajamos.

Emily fez que sim.

— Tivemos de ir a Dorking. É que... Aconteceu uma coisa, que seu pai teve de resolver. Não é fácil para mim lhe contar o que foi, mas quero que você saiba.

— Foi por causa da mamãe?

Charlotte teve um sobressalto.

— Como sabe?

— Vocês partiram tão de repente depois que vi como ela...

— Sim. Tem a ver com sua mãe. Mas não foi como você pensa. Você sabe que ela caiu no Mole e se afogou.

Emily concordou com a cabeça. Tinha ficado pálida, mas parecia tranquila.

— Ela foi encontrada. Um pouco mais abaixo do rio. — Sabia que a tentativa era arriscada, e esperava que Emily esquecesse excepcionalmente seu raciocínio lógico e acreditasse nela. — Nós a enterramos. No mesmo lugar onde devia ter sido enterrada antes. No cemitério de Dorking, no topo da colina, com vista para Box Hill.

Emily calou-se. Em seguida, disse em voz baixa:

— Mas ela estava lá! Vinha à noite para me visitar. Com toda a certeza.

— Há coisas que não podemos explicar. Sentimos uma ligação com uma pessoa que já está muito distante. Alguma coisa nos diz que não devemos atravessar determinada rua, e no instante seguinte uma carroça dobra a esquina a toda velocidade. Você amava muito sua mãe, e ela a você, e talvez algo tenha sobrevivido à sua morte. Mas ela morreu, Emily, e não vai voltar.

Os olhos de Charlotte ardiam, e ela mordeu o lábio inferior. *Droga, por que o pai de Emily não podia resolver isso sozinho?*, pensou com raiva.

— E os pedaços de lençol que ela amarrou? Por que vi isso?

Charlotte pensou. Tinha de encontrar uma explicação convincente para isso. Se Emily acreditasse nela naquele momento, encontraria paz no futuro, pois Ellen Clayworth estava morta e nunca mais importunaria a filha. Então lhe ocorreu uma mentira audaciosa.

— Você disse que a viu no seu antigo quarto na torre, onde ela viveu quando criança. Talvez ela tenha lhe contado algum dia que rasgou um lençol para fazer uma corda e brincar. Talvez conhecesse a história da Rapunzel.

Emily olhou para ela com ceticismo. Charlotte estava caminhando numa corda bamba. Um passo em falso e não teria como evitar a queda.

— Rapunzel vivia numa torre. Deixou que um príncipe subisse em sua longa trança. Talvez sua mãe tenha brincado disso quando criança e mais tarde lhe contado a respeito. E você pensou nela, lembrou-se do fato e o viu tal como ela o havia descrito.

— Não sei, não, *Fräulein* Pauly... Acha que foi isso?

O coração de Charlotte batia tão forte que ela achou ter ouvido seu eco.

— Pode ser. Ninguém pode saber o que se passa no íntimo de outra pessoa. Mas tenho certeza de que ela amou muito você.

— É verdade. — Emily apertou a boneca contra si.

Ninguém podia dizer o que o futuro traria, se a menina se contentaria com a explicação de Charlotte ou se mais tarde investigaria para saber a verdade e, então, amaldiçoaria a preceptora por ter lhe mentido. Mentiras bem-intencionadas não deixavam de ser mentiras. Mas Charlotte não podia contar a uma menina de 8 anos o que sua mãe tinha feito a ela e, depois, a si mesma. Só podia esperar que, com o tempo, também viesse o esquecimento. E que seu pai a tratasse com mais sensibilidade do que antes.

Seu pai.

— Emily, tenho outra coisa a lhe dizer. Conversei há pouco com seu pai...

Quando Charlotte finalmente foi para o seu quarto, estava exausta. Se por um lado Emily mostrou autocontrole ao saber do enterro de sua mãe, por outro ficou inconsolável quando Charlotte lhe contou que teria de se despedir. Chorou muito e, por fim, adormeceu no colo da preceptora. Levou a menina até Sir Andrew e entregou-a a ele, como se o repreendesse enfaticamente e o lembrasse de sua obrigação. Ele se sentou com ela junto à lareira, e Charlotte os deixou a sós.

Encontrou a carta em cima da cama. Ao reconhecer a caligrafia, pela primeira vez naquele dia sentiu algo parecido com alegria.

Minha cara Charlotte,
Espero que tenha voltado ilesa a Londres. Ficaria feliz de recebê-la em minha casa para um chá nos próximos dias. Há uma carta que gostaria de lhe mostrar de todo jeito. Esperarei pela senhorita todos os dias às cinco.
Tom

P. S.: O endereço é 54, Clerkenwell Green.

37

No dia seguinte, Charlotte foi à agência que a colocara em contato com Sir Andrew. A proprietária, Miss Manning, a recebeu com frieza, pois Charlotte havia trabalhado apenas poucos meses em Chalk Hill, o que indicava uma possível insatisfação por parte do empregador. Contudo, quando ouviu que Sir Andrew passaria um bom tempo no exterior por motivos pessoais e daria as melhores referências à sua empregada, mostrou-se mais gentil.

— Muito bem, Miss Pauly, então vamos colocá-la de novo na nossa ficha de procura de empregos e, assim que recebermos um pedido correspondente ou soubermos de uma vaga para uma mulher com suas capacidades, entraremos em contato. Que endereço posso anotar?

Charlotte hesitou.

— Poderia me recomendar uma pensão onde eu possa alugar um quarto provisório? Sir Andrew viajará em breve, por isso preciso procurar um lugar para ficar. — As palavras lhe saíram com dificuldade. De repente, ficou relutante em colocar-se à disposição desse modo, embora fosse o procedimento mais comum.

— Bem... — A mulher olhou para ela por cima dos óculos em forma de meia-lua. — Londres é uma cidade muito dispendiosa, como a senhorita deve saber. Contudo, conheço algumas senhorias que alugam quartos por preços adequados para damas que estão procurando emprego. Vou anotar um endereço aqui perto. Pode dizer que fui eu que recomendei. — Ela pegou um pedaço de papel, onde anotou um nome e um endereço em Brixton, que, conforme acrescentou, ficava ao sul do Tâmisa.

— Os quartos são pequenos, mas limpos. Quanto às despesas, por favor converse com a própria Mrs. Farley. Se não me der notícia, partirei do princípio de que poderá ser encontrada nesse endereço.

Charlotte se levantou.

— Muito obrigada.

Em seguida, saiu do escritório e, pelo corredor mal iluminado, dirigiu-se à porta que, através de seu vidro colorido, deixava passar uma pálida luz invernal. Ao fechar a porta atrás de si, respirou fundo. Abriu o mapa da cidade que havia comprado pouco antes e procurou a rua que a mulher da agência havia anotado. De fato, era bem perto.

A casa ficava a pouca distância da rua, atrás de uma grade de ferro forjado e, com seus tijolos sujos de fuligem, parecia sombria e nada convidativa. Charlotte sentiu um aperto no peito quando pensou na casa agradável e clara em Chester Square, que em poucos dias teria de deixar. Tantas despedidas... Cerrou os dentes.

Não voltaria para a Alemanha em hipótese alguma, não cogitou essa possibilidade nem por um minuto sequer. Tinha conseguido encontrar um bom emprego na Inglaterra e não tinha dúvida de que conseguiria uma segunda vez. Porém, de repente se perguntou se era de fato o que queria.

Ficou parada diante da casa para se recobrar. Somente depois de se despedir de Emily e de seu pai encontraria tempo para refletir. Então talvez compreendesse o que tinha vivido nos últimos meses e o que isso significava para sua própria vida.

Assim, abriu o portão verde-escuro do jardim e dirigiu-se decidida até a casa.

Nos dias seguintes, passou a maior parte do tempo com Emily. Em cada história que lia para ela, em cada figura que viam juntas, em cada canção que cantavam oscilava um sopro de despedida. Raramente falavam a respeito, mas Charlotte percebeu que a menina procurava ficar perto dela, apoiando-se nela ou tocando em seu braço. Doía-lhe, mas respondia aos carinhos até onde sua posição lhe permitia.

— Posso escrever para a senhorita? — perguntou Emily, por fim, em voz baixa, na noite antes da viagem. As malas de Charlotte já estavam no corredor. Na manhã seguinte, deixaria a casa para sempre. Fazia dias que Mrs. Clare andava pela casa com os olhos vermelhos. Embora nada soubesse do trágico acontecimento em Surrey, como era compassível, partilhava da dor alheia.

— Ficaria muito feliz. Desde que seu pai esteja de acordo — respondeu Charlotte. Então escreveu o endereço da agência de empregos num bilhete. — Ainda não sei onde vou trabalhar. Se mandar a carta para este lugar, com certeza a receberei. E tão logo eu estiver numa nova família, mando-lhe o endereço.

Emily pegou o papel e colocou-o na parte da frente do vestido de Pamela. O lugar mais seguro; a boneca a acompanharia em todos os lugares.

— Sinto muito — disse Emily.

— Por quê? — perguntou Charlotte, surpresa.

— Por deixá-la sozinha.

Respirou fundo e passou a mão na cabeleira escura da menina.

— Não se repreenda, você não tem culpa! Aconteceu. Algumas coisas não podem ser mudadas. Quem é inteligente reconhece isso e acaba se conformando. Além de poupar as próprias forças para coisas que podem ser mudadas.

Emily olhou para ela, pensativa. Em seguida, seu rosto se iluminou.

— Mas a senhorita não está sozinha em Londres.

— Como assim?

— Mr. Ashdown mora aqui.

Charlotte deu um sorriso involuntário. Tinha respondido à sua carta, dizendo que aceitaria seu convite depois que os Clayworth partissem. Até lá, gostaria de desfrutar cada minuto com a menina.

Na manhã seguinte, havia chegado o momento. Estavam os três na calçada diante da casa. Sir Andrew tinha pagado para Charlotte um fiacre de aluguel, que a levaria a seu novo alojamento; ao lado aguardava o coche que o levaria com Emily para a estação. Charlotte deu a mão a Sir Andrew, e ele lhe agradeceu mais uma vez sua ajuda com inabitual afabilidade.

Quando ela se voltou para Emily, deixou de lado toda reserva e apertou a menina contra si. Sentiu as mãozinhas dela apertarem suas mangas, e segurou as lágrimas, mordendo as bochechas por dentro.

— Gosto muito de você — sussurrou no ouvido de Emily.

— Eu também. E vou lhe escrever em breve — murmurou a menina, por sua vez.

— Temos de ir, Emily — disse Sir Andrew, e Charlotte se desprendeu do abraço, não sem certo alívio. Não teria suportado por mais tempo.

Ela fez sinal para o cocheiro aguardar mais um momento e viu o coche de Sir Andrew se afastar até virar na próxima esquina.

Uma criada — tão pálida e magra que Charlotte ficou com a consciência pesada — arrastou sua bagagem até o primeiro andar, enquanto ela acertava o aluguel com a senhoria.

— Por dois meses, então.

— Sim, Mrs. Farley. Estou confiante de que encontrarei um trabalho nesse período.

A mulher examinou Charlotte.

— Bem, a senhorita é estrangeira, mas como vem com recomendação de Mrs. Manning, eu poderia concordar em receber apenas um mês adiantado. Se quiser água quente, é só pedir. Nada de visitas depois das nove horas. E nada de visitas masculinas. Avise na noite anterior se quiser café da manhã no dia seguinte ou se prefere tomá-lo fora de casa. Refeições dentro do quarto são proibidas.

Charlotte anuiu. De repente, sentiu-se como uma criança sendo repreendida pela mãe, e ficou feliz quando pôde fechar a porta do quarto atrás de si. Em sua primeira visita, Mrs. Farley tinha enfatizado que se via obrigada a alugar quartos, pois seu marido tinha morrido cedo, como se fosse algo escandaloso ceder a Charlotte um quarto em sua casa.

O cômodo era limpo, mas pequeno e bem escuro. Dava para um pátio minúsculo e cercado por muros, no qual havia duas cadeiras e uma arvorezinha ressequida num vaso. O panorama deixou Charlotte mais triste do que já estava.

Tirou apenas as roupas necessárias da mala, como se não quisesse se sentir de modo algum em casa naquele lugar, e pendurou-as no pequeno armário. Pensativa, alisou seu melhor vestido de veludo verde-escuro, que quase não havia usado. Em seguida, tirou-o do cabide e colocou-o sobre a cama. O vestido adequado para um convite para o chá.

Como Sir Andrew havia se mostrado generoso, permitiu-se alugar um fiacre, e não um dos habituais Hansom Cabs, pois Mrs. Farley havia lhe deixado bem claro que este era o tipo de veículo utilizado apenas por "damas de moral duvidosa".

Durante o percurso, Charlotte admirou encantada a paisagem. Londres era de fato imensa. Atravessaram a Vauxhall Bridge e passaram ao longo do Tâmisa, até o Parlamento e a Westminster Abbey surgir à sua frente. Charlotte se lembrou do dia de sua chegada, quando atravessou a Westminster Bridge com Emily e seu pai e obtivera uma primeira impressão da cidade. Reprimiu depressa o pensamento para não estragar a alegria da viagem.

Não sabia em que direção estava indo. No meio da multidão, perdera totalmente o senso de orientação e só de vez em quando conseguia dar uma olhada num edifício ou numa praça que conhecia de ilustrações. A coluna de Nelson na Trafalgar Square e, depois, de longe, a cúpula da St. Paul's

Cathedral. No entanto, o cocheiro prosseguiu, e ela logo intuiu que em breve estaria no campo. A cidade não tinha fim.

Finalmente chegaram a uma praça orlada por belas casas, com uma pequena área verde no centro. A torre branca de uma igreja despontava entre as construções. Ali, tudo parecia menor, e a praça era como a de um vilarejo perdido em meio à metrópole. O cocheiro parou diante de uma casa de tijolos avermelhados, cujo andar térreo era pintado de branco. Na porta azul se destacava uma aldraba reluzente de latão.

— Chegamos, Miss. — Ajudou-a a descer, e ela pagou os três xelins combinados antes da partida. Enquanto o fiacre se afastava, olhou para a fachada da casa e sentiu o coração disparar.

Durante o trajeto, havia se concentrado no vaivém intenso das ruas e em toda a opulência da grande cidade, mas ao se encontrar naquela calçada tranquila, ficou repentinamente nervosa. Antes de perder toda a coragem, avançou e bateu à porta.

Uma criada abriu e sorriu-lhe gentil.

— Pois não, Miss?

— Vim visitar Mr. Ashdown. Ele está à minha espera — acrescentou, decidida.

— Por favor, queira entrar. — No corredor de lajes pretas fazia um calor agradável e pairava um odor de lustra-móveis e cera de abelha. Ao dar o chapéu e o capote para a criada, notou que nos cabides do recinto havia dois casacos femininos. Sentiu-se angustiada, e logo em seguida uma porta se abriu e Tom Ashdown foi ao seu encontro.

— Charlotte, que prazer! Mas... parece tão consternada...

Ela lhe lançou um sorriso, envergonhada.

— Não é nada, está tudo bem. Para mim também é um prazer.

Conduziu-a para uma confortável sala de jantar, onde uma mesa de chá estava posta. Em seguida, pela porta de duas folhas atrás da qual se viam estantes de livros e uma grande escrivaninha, exclamou:

— Vocês três poderiam vir até aqui e cumprimentar minha convidada especial? Afinal, o crânio não é tão interessante assim. — Olhou sorrindo para Charlotte. — O crânio de Yorick, um apetrecho que um diretor amigo meu me deu há anos. Não é autêntico, pelo menos espero. Ele bem que seria capaz de uma coisa dessas.

Logo em seguida, duas mulheres e um homem passaram pela porta.

— Permitam-me apresentar: Sarah e o doutor John Hoskins, de Oxford, caros e velhos amigos. E esta é Miss Emma Sinclair, irmã de Mrs. Hoskins. Esta é Miss Charlotte Pauly, da Alemanha. Passamos por muitas experiências juntos.

A primeira coisa que Charlotte notou foi o olhar da jovem mulher. Um ligeiro espanto, um sopro de desdém antes de lhe estender a mão, sorrindo. Era graciosa e loura, com olhos azuis quase grandes demais para seu rosto. A irmã se parecia com ela, mas era mais robusta e alegre. O homem com óculos de metal e casaco de *tweed* com cotoveleiras de couro correspondia à imagem que tinha de um erudito.

— Muito prazer — disse Charlotte, sentindo um aperto no peito, que a deixou confusa. — Eu... não quero incomodar. — Lançou um olhar a Tom Ashdown, como se lhe pedisse ajuda.

— Charlotte, meus amigos tomaram a liberdade de se convidar para o chá, enquanto meu convite a você foi feito há dias. Porém, não sou capaz de colocá-los para fora com esse tempo.

— Você não tem jeito mesmo — disse Mrs. Hoskins dirigindo-se à mesa. — Por quanto tempo ainda quer nos privar dessas delícias?

Charlotte sorriu e olhou a sala.

— É bastante confortável aqui... Tom. — De repente, sentiu dificuldade para pronunciar seu primeiro nome.

— Por favor, sentem-se — disse, oferecendo a ela e a Emma Sinclair uma cadeira.

Os outros visitantes eram gentis e perguntaram a Charlotte sobre seu país e seu trabalho, mas ela ficou inibida, pois no momento estava sem trabalho e nada podia falar de seu emprego anterior. Para encorajá-la, Tom chegou a colocar de leve a mão em seu braço.

— O que você andou aprontando nos últimos tempos? — perguntou Mr. Hoskins sem rodeios. — Acho estranho o modo como tem segurado seu braço esquerdo. Andou se metendo em alguma história suspeita? Um duelo com algum ator ofendido ou o mecenas de alguma diva que você tenha ridicularizado numa crítica? Talvez uma briga de bar?

Charlotte teve a impressão de perceber certo enrubescimento no rosto de Tom.

— Ah, nada disso. Torci o braço ao tropeçar na escada. E muito obrigado por levantar essas suposições pouco lisonjeiras na frente das damas. Quem o tem como amigo não precisa de inimigos.

— Sabemos que é um homem de bem — respondeu Miss Sinclair, lançando um rápido olhar a Charlotte.

— Emma ficará mais tempo em Londres. Vai morar na casa de uma amiga e fazer um curso na escola de artes — esclareceu Mrs. Hoskins, olhando para Tom com expectativa.

De repente, Charlotte sentiu muito calor e mal conseguiu respirar. Teve a impressão de que tinha ido parar numa peça teatral, cuja ação e cujo texto todos sabiam de cor, menos ela, e cujos atores se conheciam desde uma eternidade e lançavam as falas uns aos outros como bolas. Suas mãos agarraram a borda da cadeira com tanta firmeza que chegaram a doer.

— Ela ficaria feliz se de vez em quando você visse seus quadros e lhe desse alguns conselhos — acrescentou John Hoskins.

Quando Charlotte se levantou, ainda não sabia o que iria dizer no momento seguinte.

— Eu... Peço desculpas, mas não posso ficar mais. — Não conseguiu dizer mais nada. Só queria sair daquela sala, daquela casa, para a noite fria de inverno.

38

Pediu desculpas aos convidados e saiu correndo da casa, em direção a uma rua mais movimentada, abotoando o capote e enrolando um cachecol no pescoço pelo caminho. Quase colidiu com um vendedor de castanhas que oferecia sua mercadoria na calçada. Logo depois, Tom acenou para o primeiro Hansom.

— Chester Square, o mais rápido que puder.

O cocheiro olhou para ele com compaixão.

— Esse horário não é nada bom, Sir. Vou fazer o possível, mas, como pode ver... — Com o chicote, apontou para o tráfico intenso de coches e veículos de todo tipo, que bloqueavam as ruas.

Tom se enrolou na manta que estava ao seu lado no assento e armou-se para uma longa viagem. Olhou para as ruas sem realmente perceber o que via. As pessoas moviam a boca sem que qualquer som chegasse a seus ouvidos; ele não ouvia os gritos alegres das crianças nem o de dois carreteiros que haviam colidido em um cruzamento e, irritados, se insultavam. Ouvia apenas as últimas palavras dela e o barulho da porta se fechando.

Charlotte já não sabia como tinha entrado no fiacre. Em sua lembrança havia uma lacuna, mas naquele momento estava sentada e aquecida e podia fechar os olhos. A viagem a Clerkenwell, que havia observado da janela, tão fascinada, parecia muito distante.

Você é sensível demais, repreendeu-se. Tom estava com visitas, velhos amigos, que o conheciam havia mais tempo do que ela. Estava no seu direito. As pessoas foram gentis com ela, e havia se comportado de maneira ridícula. Tinha saído correndo, sem se despedir, feito uma cena, perdido a compostura, enquanto nos meses anteriores, que haviam sido agitados, sempre mantivera a calma. Esse tipo de comportamento não era do seu feitio. Talvez fosse um efeito dos trágicos acontecimentos, talvez os medos reprimidos dos últimos tempos estivessem abrindo caminho. Talvez...

Comprimiu os lábios e olhou para a noite escura de inverno. De repente, a cidade lhe pareceu fria e desagradável, e ela se perguntou por que havia se sentido bem-vinda ali. Em Londres não havia nada que a prendesse; era e continuaria sendo uma estrangeira na cidade. Mesmo que encontrasse um novo emprego, nada mais seria como antes. Algo tinha se rompido e se perdido; talvez seu desejo de aventura ou a euforia da partida, que sentira quando havia deixado Berlim. Lembrou-se da travessia para Dover, quando esticara o pescoço ao vento e ansiara por chegar à costa. A viagem de coche de Dorking para Chalk Hill, o primeiro encontro com Emily, o encanto que a casa e a floresta exerceram sobre ela no início.

Tinha perdido tudo isso. Estava de mãos vazias.

E não era só isso, mas não queria tocar no verdadeiro ponto que mais lhe doía. Se fosse para esse lugar de seu íntimo, não acharia o caminho de volta, e temia isso mais do que qualquer coisa. Se abrisse passagem para esses sentimentos, estaria perdida.

A governanta o olhou com surpresa.

— A família viajou por tempo indeterminado, Sir. Eu estava fechando a casa.

— Eu sei, só queria... Sabe onde posso encontrar Miss Pauly?

Mrs. Clare sorriu.

— Que moça gentil! Miss Emily por certo teria ficado feliz se ela tivesse ido junto; as duas pareciam se entender tão bem.

— Por favor, tem o endereço? — perguntou com mais insistência do que antes.

— Desculpe, fiquei falando, e o senhor está com pressa. Um momento, por favor. — Desapareceu dentro da casa e voltou com um papel. — Aqui está o que tenho. — Entregou-lhe um cartão de visita.

Era o endereço de uma agência de empregos para profissionais de ensino, pelo menos era o que estava escrito no cartão.

— Só isso? Nenhum endereço particular?

Mrs. Clare balançou a cabeça em uma negativa.

— Não, lamento, Sir. Mas sei que ela deu esse endereço a Miss Emily também. Por isso, com certeza poderá perguntar por lá. — Olhou-o com simpatia e compaixão.

— Obrigado. Posso? — Anotou o endereço do cartão, que devolveu à governanta. — Tenha uma boa noite.

Do lado de fora da casa, olhou para o relógio. Faltava pouco para as seis e meia. Supostamente, àquela hora, já não haveria ninguém na agência, mas precisava tentar. Apertou o cachecol no pescoço, acenou para um coche e começou sua busca.

O quarto pareceu ainda mais lúgubre do que antes, e tão logo fechou a porta atrás de si, Charlotte deu livre curso às lágrimas. Chorou por Emily, por quem tinha se afeiçoado tanto; pela mãe dela, que buscara um caminho para sair de seu casamento infeliz e, desse modo, acabara por destruir sua família; por Sir Andrew, que se encontrava tão preso em seu luto e em sua vergonha que não era capaz de oferecer à filha o carinho e a proximidade de que ela tanto precisava; chorou também por Tilly Burke, que gostava de Lady Ellen e por ela havia sido usada; por Nora, cuja fidelidade à avó e à patroa não a deixou ver que estava fazendo a menina sofrer.

Depois, finalmente permitiu-se chorar por si mesma. Estava sentada na cama, de cabeça baixa, sem prestar atenção nas lágrimas que pingavam em suas mãos e em seu vestido.

Tentou encontrar um restante de calor dentro de si, que havia sentido desde o primeiro instante na presença de Tom, e assim encontrar consolo. Mas não conseguiu.

Não tinha experiência nessas coisas, mas havia interpretado corretamente o olhar da mulher. Alguém como ela, Charlotte, que vivia às margens da sociedade, sem de fato pertencer a ela, percebia isso melhor do que ninguém.

Aquela mulher havia olhado para Tom Ashdown como se quisesse reivindicá-lo para si. Como se ele já lhe pertencesse.

A certa altura, quando sentiu tanto frio que suas mãos ficaram roxas e avermelhadas, ouviu um barulho na porta do andar de baixo.

Mrs. Farley falava tão alto que Charlotte se levantou e abriu uma fenda na porta.

Logo em seguida, ouviu a senhoria dizer:

— Nada de visitas masculinas, não se abrem exceções. Menos ainda a uma hora dessas, Sir.

Assim que reconheceu sua voz, seu coração disparou de tal forma que conseguiu sentir a pulsação na garganta.

— É claro que não quero violar seus princípios, Mrs. Farley. Mas poderia fazer a gentileza de pedir para a moça descer e lhe explicar que um senhor precisa lhe transmitir um comunicado urgente?

— Bem — respondeu Mrs. Farley, hesitante —, o senhor parece ser um cavalheiro. Por isso, ofereço-lhe minha sala para que possa conversar rapidamente com Miss Pauly.

— É muita gentileza sua — disse a familiar voz irônica —, mas não quero incomodá-la em seus aposentos privados. Se Miss Pauly puder se aprontar e descer, não tomaremos mais seu tempo.

— Está bem, Sir, vou avisá-la — anunciou Mrs. Farley.

— Não é necessário — disse Charlotte, aparecendo, decidida, na escada. Pendurou o capote no braço, colocou o chapéu e desceu os degraus com passos firmes.

Olhou Tom nos olhos. O olhar dele respondeu a todas as suas perguntas.

— Estou pronta — declarou.

POSFÁCIO

Como em meus outros livros, para *Mistério em Chalk Hill* também houve diversas inspirações. A principal por certo foi a leitura da obra *Ghost Hunters: William James and the Search for Scientific Proof of Life After Death* [Caçadores de fantasmas: William James e a busca de provas científicas de vida após a morte] de Deborah Blum (trad. alemã de Gisela Kretzschmar, Munique, 2007). De início, gostaria de introduzir as outras fontes, às quais devo minhas ideias:

Há muitos anos, para meu trabalho de final de curso, ocupei-me de traduções do famoso romance *Jane Eyre*, de Charlotte Brontë, no qual uma preceptora começa a trabalhar numa residência senhorial inglesa e acaba se deparando com segredos sombrios. Esse motivo foi adotado por muitas autoras e autores antes de mim. Tentei manter certa ressonância, porém modernizando a história – afinal, *Jane Eyre* se passa algumas décadas antes — e brincando com as expectativas de minhas leitoras e meus leitores. Como suponho que se lembrarão do epílogo, não estou aqui revelando nenhum segredo. Admito honestamente que devo muito a *Jane Eyre* e gostaria de recomendar esse romance aos que ainda não o conhecem.

Outro motivo são os contos de fadas que volta e meia são mencionados no livro e preenchem diversas funções. Não por acaso são contos alemães, que Charlotte, por assim dizer, levou de seu país na bagagem e com os quais familiariza sua aluna. Eles servem de consolo, distração ou ainda símbolo para coisas que ela não pode dizer abertamente.

Um papel importante também é desempenhado pela floresta que cerca a casa e, vez por outra, se mostra ameaçadora — um motivo bem alemão, também adotado em *Das kalte Herz* [O Coração Frio], de Wilhelm Hauff, conto que Charlotte narra para Emily.

O comportamento espantoso de Lady Ellen Clayworth não é invenção minha, mas um fenômeno cientificamente comprovado — ainda que raro —, designado como síndrome de Münchhausen por procuração. O nome vem do barão de Münchhausen, conhecido pelas mentiras que inventava. As pessoas afetadas — em geral, mães — inventam doenças em seus filhos ou até as provocam neles para chamar atenção para si.

Entre outras coisas, o diagnóstico pode ser comprovado ou reforçado — tal como em meu romance — quando as crianças deixam de ter os sintomas, tão logo são separadas do respectivo responsável. Isso indica que a criança não tem nenhuma doença ou que os sintomas que de fato se manifestavam antes deixam de existir porque já não podem ser artificialmente produzidos.

Esse distúrbio foi descrito pela primeira vez em 1977 pelo pediatra inglês Roy Meadow, na revista científica *The Lancet*, o que, é claro, não exclui que tais casos já não tenham surgido antes, apenas não tinham sido reconhecidos nem descritos pela ciência.

Mas voltemos ao tema que constitui o verdadeiro cerne do romance e é tão típico para a época em que ele se passa. Por volta do final do século XIX, identifica-se, por um lado, um afastamento da religião, da crença no Deus Criador, e buscam-se respostas científicas para questões elementares. As pesquisas de Charles Darwin são apenas um exemplo dessa corrente. No entanto, ao mesmo tempo se verifica, sobretudo na Grã-Bretanha, um enorme interesse por aparições de espíritos, sessões espíritas, telepatia, telecinesia, médiuns, escritas em lousas e muito mais. As pessoas buscam o que há por trás de fenômenos explicáveis e mensuráveis e já não se contentam com um esclarecimento meramente científico.

Como produto dessas correntes no fundo opostas, surge em 1882 a Society of Psychical Research (http://www.spr.ac.uk), ativa até hoje. Nela se reúnem cientistas das mais diversas áreas, a fim de pesquisar, com o auxílio de métodos empíricos verificáveis, se fenômenos sobrenaturais existem de fato. Alguns de seus membros também se encontram neste romance:

- Henry Sidgwick, um dos fundadores, professor de Filosofia Moral na Universidade de Cambridge;
- sua esposa, Eleanor Sidgwick, matemática e reitora do Newnham College, em Cambridge;
- Sir Oliver Lodge, físico;
- Frederick Myers, poeta, crítico e ensaísta;
- Richard Hodgson, jurista.

A médium Leonora Piper também é uma personalidade histórica, sobre a qual nunca se conseguiu comprovar nenhuma fraude.

Numa visita a Londres, assisti a uma demonstração da Spiritualist Association of Great Britain (http://www.sagb.org.uk/), que não me converteu ao espiritismo, porém mais de uma vez me causou surpresa.

No romance, não forneço nenhuma resposta clara para a questão recorrente sobre a existência ou não de espíritos. Pessoalmente, não acredito que existam. Contudo, considero possível que algumas experiências não possam ser comprovadas de modo racional, mas designadas como premonições ou intuição. Conversei com pessoas do meu círculo de amizades e, para minha surpresa, muitas vezes deparei com fenômenos do gênero. William Shakespeare foi quem se exprimiu da maneira mais pertinente a respeito, colocando na boca do desesperado Hamlet as seguintes palavras:

"Há mais coisas entre o céu e a terra, Horácio, do que sonha a nossa filosofia."

UM PASSEIO POR LONDRES

Caso você visite Londres e tenha vontade de percorrer o caminho tomado por Tom Ashdown rumo ao jantar em Savoy, aqui vai ele:

Comece pelo Hotel Savoy — se antes quiser ir ao restaurante, fica a critério seu e de sua carteira.

Do hotel, percorra The Strand, à direita. A rua é a antiga ligação entre o centro histórico de Londres e a cidade de Westminster e é orlada por belos edifícios, como Somerset House, Royal Courts of Justice e a igreja St. Clement Danes, erguida pelo grande Sir Christopher Wren. Em determinado ponto, as vias se bifurcam e contornam a igreja St. Mary Le Strand, como se ela fosse uma ilha. The Strand atravessa a Fleet Street, na qual antigamente se encontrava o bairro jornalístico.

Royal Courts of Justice

Middle Temple Lane

Se virar à direita na pequena Milford Lane, logo se sentirá transportado ao passado. Em Temple, antiga área da Ordem dos Templários, onde há setecentos anos os juristas londrinos têm sua sede, o tempo parece ter parado. Fachadas de reboco branco e tijolos vermelhos, paralelepípedos, praças arborizadas, a redonda Temple Church (que adquiriu fama suspeita em *O Código Da Vinci*). Se tiver tempo, passeie com calma pela região e desfrute do extraordinário silêncio. No final da Milford Lane, passando por um arco suntuoso, você chegará a Victoria Embankment e ao Tâmisa, de onde poderá admirar o Parlamento e a Westminster Bridge.

Caso não tenha a oportunidade de ir a Londres em breve, em minha página no Facebook você encontrará outras fotos que fiz durante esse passeio.

Atenciosamente,
Susanne Goga

Middle Temple Lane com porta de entrada para Victoria Embankment

AGRADECIMENTOS

Como sempre, muitas pessoas contribuíram com seu conhecimento, sua paciência e suas próprias experiências para este livro. Meu especial agradecimento a:

Axel, Lena e Felix Klinkenberg
Hanne Goga
Rebecca Gablé
Ruth Löbner

Kathy Atherton, do Dorking Museum, em Surrey, que me forneceu importantes informações históricas sobre Dorking e a região.

Robert Bartlett, que colocou à minha disposição fotos com as cheias do rio Mole, bem como seu vasto conhecimento sobre as histórias policiais de Surrey.

Tom Ruffles, da Society of Psychical Research.

Lealah Kay, da Spiritualist Association of Great Britain.

Impresso por :

gráfica e editora
Tel.:11 2769-9056